VERSCHWUNDEN

CALLAHAN & MCLANE
BUCH 1

KENDRA ELLIOT

OCEANFRONT PRESS

Die englische Ausgabe erschien 2014 unter dem Titel »Vanished« bei Montlake.

Deutsche Erstausgabe 2025

Lob für Kendra Elliot

»Elliot versetzt ihre Leser mit ihrer großartigen Gabe für Romantic Suspense immer wieder in Erstaunen, und der vierte Band der Bone-Secrets-Reihe ist der beste Beweis dafür ... Fans von Kriminalromanen werden von dem Nervenkitzel, das abscheuliche Verbrechen aufzudecken, begeistert sein.«

-Romantic Times Book Reviews zu Verraten (Ein Bone Secrets Roman, Band 4) 4½ Sterne, Top-Tipp

»Kendra Elliot hat es wieder geschafft! Voller überraschender Wendungen und nervenzerreißender Details ist Alone eine beeindruckende Ergänzung der Bone-Secrets-Reihe.«

-Laura Griffin, New-York-Times-Bestsellerautorin, zu Verraten (Ein Bone Secrets Roman, Band 4)

»Kendra Elliot liefert unvorhersehbare, fesselnde Geschichten im Genre Romantic Suspense. Mit einem faszinierenden Kriminalfall und einer leidenschaftlichen Romanze hat mich ihr neuester Roman der Bone-Secrets-Reihe, Alone, bis spät in die Nacht gefesselt.«

-Melinda Leigh, Bestsellerautorin der She-Can-Reihe, zu Verraten (Ein Bone Secrets Roman, Band 4)

»Mit ihrem dritten atemberaubenden Roman der Bone-Secrets-Reihe beweist Elliot einmal mehr ihr Genie in diesem Genre. Die Autorin versteht sich auf Romantik und Spannung, zieht die Leser sofort in ihren Bann und verblüfft sie mit einem extrem überraschenden Ende ... Elliots mit Abstand bestes Buch!«

-Romantic Times Book Reviews zu Verscharrt (Ein Bone Secrets Roman 3), 4½ Sterne, Top-Tipp (HEISS)

»Eine aufregende Geschichte über Leidenschaft und Spannung … Realistische Charaktere und eine furchteinflößende Handlung werden die Leser mit zahlreichen Wendungen und Überraschungen fesseln … Gekrönt von einer Liebesszene, die heiß genug ist, um einen Eisbären ins Schwitzen zu bringen.«

-Romantic Times Book Reviews zu Verdeckt: Thriller (Ein Bone Secrets Roman, Band 1), 4½ Sterne (HEISS)

»Eine fesselnde Mischung aus Romantik, Nervenkitzel und Gefahr! Verdeckt ist ein gelungenes Debüt eines neuen Stars im Bereich Romantic Suspense.«

-Allison Brennan, New-York-Times- Bestsellerautorin

»Schaffen Sie Platz in Ihrem Bücherregal! Verdeckt hat alles: eine komplexe Handlung, fesselnde Charaktere, einen wirklich perfiden Bösewicht. Ich kann es kaum erwarten, zu sehen, was Kendra Elliot als Nächstes auftischt!«

-Karen Rose, New-York-Times- Bestsellerautorin

Für alle vermissten Kinder

1

Mason Callahan hatte Josie seit drei Monaten nicht mehr gesehen. Ihr hageres Gesicht und die tiefen Mulden über ihren Schlüsselbeinen verrieten ihm, dass sie abgenommen hatte. Auf eine üble Art und Weise. Die Zeit war nicht gut zu ihr gewesen, und die verkrusteten Wunden auf ihren Wangen deuteten darauf hin, dass Meth wahrscheinlich die neue Liebe ihres Lebens war. Es hatte eine Zeit gegeben, in der er eine leichte Anziehung zu der Frau bekämpft hatte. Sie war süß gewesen und stets bemüht, es einem recht zu machen, eine hübsche Frau, auf so eine unschuldig-biedere Countrysong-Art. Sie und Mason teilten einen eher ländlichen Hintergrund und einen ähnlichen Musikgeschmack, was den Umgang mit ihr angenehmer gemacht hatte als mit seinen anderen vertraulichen Informanten.

Aber jetzt würde sie nie wieder mit ihm zusammenarbeiten. Seine Finger umklammerten die Krempe des Cowboyhuts in seiner Hand fester, und beim Anblick ihres verrenkten Körpers auf dem Boden des Badezimmers in ihrer engen Wohnung musste er schwer schlucken. Wut verschleierte ihm schlagartig den Blick. Jemand hatte ihr mit einem Baseballschläger den Schädel eingeschlagen. Die Mordwaffe war in die Dusche geworfen worden; Blut und Haare klebten an dem Schläger.

»Heilige Mutter Gottes«, murmelte sein Partner Ray Lusco. Die beiden Detectives hatten als Teil der Sondereinheit für Gewaltverbrechen der Oregon State Police mehrere Jahre lang brutale Verbrechensfälle bearbeitet. Aber das war das erste Mal, dass sie beide das Opfer gekannt hatten. Der Mord an Josie würde nicht ihr Fall sein. Ihr Sergeant hatte ihn einem anderen Ermittlerduo zugewiesen, weil er wusste, dass Mason bei einem Mordfall an einer Prostituierten mehrmals mit Josie zusammengearbeitet hatte, um an Informationen zu kommen.

Die Detectives Duff Morales und Steve Hunsinger waren das Team, das auserwählt war, für Gerechtigkeit für Josie zu sorgen.

Mason würde ihnen die ganze Zeit über die Schulter schauen und ihnen im Nacken sitzen.

»Sie haben genug gesehen. Und jetzt weg von meinem Tatort«, sagte Morales aus dem Flur.

Mason blickte zu dem Mann zurück, rührte sich aber nicht. Er und Ray sahen sich den Tatort noch immer an. Josies Finger waren gebrochen. Sie hatte versucht, sich gegen den Schläger zu schützen, vielleicht sogar versucht, ihn ihrem Angreifer zu entreißen. Als sie schon auf dem Badezimmerboden lag, hatte der Angreifer weiter auf sie eingeschlagen. Blutspuren zogen sich die Wände bis zur Decke hinauf, wohin die Waffe das Blut geschleudert hatte, als sie zu einem weiteren Schlag auf ihren Kopf ausholte.

»Was sind das für grüne Metallstückchen bei ihrem Kopf?«, fragte Lusco.

»Ohrringe. Weihnachtskugeln«, antwortete Morales.

Mason fluchte leise. Hatte Josies Familie sie nächste Woche zu Weihnachten erwartet? Hatte sie überhaupt eine Familie? Er hatte den geschmückten Plastikbaum in ihrem Wohnzimmer gesehen. Ein paar Geschenke lagen darunter und warteten darauf, von eifrigen Händen aufgerissen zu werden.

Mason schloss die Augen und erinnerte sich an das letzte Mal, als er Josie im Starbucks vier Blocks entfernt getroffen hatte. Sie hatte den größten und zuckerhaltigsten Frappuccino auf der Karte bestellt und wie ein Wasserfall geredet. Hatte sie da schon Meth genommen? Er war davon ausgegangen, dass sie überdreht und einsam war. Auch Prostituierte sehnten sich ab und an nach einem Gespräch. Sie waren ein seltsames Paar gewesen. Die aufgeweckte Prostituierte und der Cowboy-Detective. Er war ihr zu ihrer winzigen Wohnung gefolgt, weil sie ein paar Zwanziger von einem Freier hatte, der kürzlich in eine große Drogenrazzia verwickelt gewesen war. Mason hatte ihr sagen wollen, dass auf den Scheinen wahrscheinlich keine Fingerabdrücke zu finden waren oder sie bei den Ermittlungen nicht helfen würden, aber er war mitgegangen, weil sie hatte helfen wollen und anscheinend etwas Gesellschaft gebraucht hatte.

In ihrer Wohnung zu sein, war etwas unangenehm gewesen. Er war sich der Intimität, einfach nur in ihrem femininen Bereich zu stehen, überaus bewusst gewesen. Sie hatte ihm eine Cola angeboten, die er abgelehnt hatte, aber er hatte ihren Vorschlag angenommen, sich für unterwegs eine Flasche Wasser aus dem Kühlschrank zu nehmen. Ihr Kühlschrank enthielt Wasser, Cola und Milch. Sonst nichts. Was aß sie? Er hätte schon damals wissen sollen, dass sie Drogen statt Kalorien zum Funktionieren brauchte. Er hatte ihre Scheine gegen welche aus seiner eigenen Tasche getauscht und ihr sechzig Dollar zusätzlich angeboten. Sie hatte höflich abgelehnt, aber er hatte das Geld unter den Salzstreuer auf ihrer Küchentheke geschoben, und sie hatte so getan, als würde sie es nicht bemerken.

Mason hatte genug von Josies Blut gesehen. Er drehte sich um und drängte sich an Lusco und dem anderen Detective-Paar vorbei, wobei er Augenkontakt vermied. Er schritt in ihre winzige Küche. Die Küche war eine übelriechende Grube aus schmutzigem Geschirr und To-Go-Essensbehältern. Bei seinem letzten Besuch war sie makellos gewesen.

Der Salzstreuer war immer noch da – Teil eines Sets aus silbernen Katzen –, aber das Geld war weg. Er überflog den trostlosen Raum. Es war nicht einmal ein Raum, eher ein großer Schrank mit Spüle und kleiner Mikrowelle. Er wollte den Kühlschrank öffnen, um zu sehen, ob sie endlich Essen darin hatte, aber er wusste, dass er nichts anfassen durfte, bevor die Spurensicherung die Wohnung untersucht hatte. Die Arbeitsflächen in der Küche zeigten alters- und gebrauchsbedingte Risse. So ähnlich wie Josie immer ausgesehen hatte. Ihre Risse hatten sich in den Sorgenfalten um ihre Augen und ihren Mund gezeigt. Falten, die bei einer Frau unter dreißig nicht hätten vorhanden sein sollen.

Wer ist dir durch die Maschen geschlüpft, Josie?

Sie hatte Mason erzählt, dass sie nie Freier mit in ihre Wohnung brachte. Sie hatte eine sorgfältige Trennlinie zwischen ihrer Arbeit und ihrem Zuhause gezogen. Hatte sie ihre eigene Regel gebrochen? Oder war ihr jemand gefolgt?

»Nur eine weitere tote Nutte«, sagte eine Stimme hinter Mason.

Er wirbelte herum und sah einen ihm unbekannten Polizisten aus Portland, der ihn mit scharfen Augen musterte.

»Zeigen Sie ein bisschen Respekt«, schnauzte Mason ihn an.

Der Polizist grinste spöttisch, und Mason hätte ihm am liebsten mit dem blutigen Schläger den Kopf eingeschlagen.

»Sie wurde im letzten Monat dreimal aufgegriffen. Zweimal wegen Trunkenheit in der Öffentlichkeit und einmal wegen einer Rauferei mit ein paar anderen Nutten. Es fällt mir schwer, Mitleid mit ihr zu haben«, erklärte der Polizist.

Mason war verblüfft. Das klang nicht nach der Josie, die er kannte. Warum hatte sie sich nicht an ihn gewandt, wenn sie Probleme hatte? Er hatte ihr schon früher aus kleinen Schwierigkeiten geholfen. War sie in etwas hineingeraten, von dem sie nicht wollte, dass er davon erfuhr?

»Lass uns von hier verschwinden«, sagte Ray. Masons Partner war leise zur Tür der schrankgroßen Küche getreten und hatte wahrscheinlich den Zorn auf Masons Gesicht gesehen.

Mason stülpte sich den Hut auf den Kopf und ging an dem Uniformierten vorbei. Der Beamte drehte sich kaum zur Seite, um ihn durchzulassen.

»Schicker Hut«, murmelte der Polizist Masons Rücken hinterher.

Mason ignorierte ihn. Die gelegentlichen Sticheleien wegen seines Hutes oder seiner Cowboystiefel machten ihm nichts aus. Er fühlte sich in seiner Kleidung wohl. Cowboyhüte waren auf der Westseite des Kaskadengebirges selten, aber wenn er zurück in seine Heimatstadt Pendleton auf der Ostseite des Staates fuhr, sah man sie überall.

Im Moment war er wütend, dass er nicht nach Josie gesehen hatte. Normalerweise meldete sie sich etwa einmal im Monat bei ihm mit Informationen, die sie verkaufen wollte. Er hatte seit drei Monaten keinen Pieps mehr von ihr gehört, und er hatte keinen Gedanken an sie verschwendet.

Schuldgefühle.

Diesem Gefühl folgte immer ein weiteres: der Wunsch nach Gerechtigkeit. Er hatte niemanden, dem er die Schuld für Josies Ermordung geben konnte, außer dem Mörder, aber ein Teil von ihm fragte sich, ob er sie hätte retten können, wenn er sich früher gemeldet hätte.

Er würde denjenigen finden, der das getan hatte. Und er würde ihn zur Strecke bringen.

Er folgte Ray aus der Wohnungstür und die dunkle Treppe hinunter. Den Aufzug in dem alten Wohnhaus mieden sie. Die Treppenhäuser stanken vielleicht nach Pisse, aber das war immer noch besser, als für ein paar Stunden in einem alten, knarrenden Aufzug stecken zu bleiben. Das war anderen Detectives in anderen Gebäuden schon zweimal passiert. Mason legte keinen Wert darauf, diese Erfahrung zu teilen.

Er stieß die Außentür auf, trat hinaus in den strahlenden Sonnenschein und sog die eiskalte Luft ein. Es war eine dieser seltenen, klaren Winterwochen im Pazifischen Nordwesten, in denen die Bewohner ihre Sonnenbrillen herauskramten und so taten, als bräuchten sie keine dicken Mäntel. Masons Haut sog die Sonne auf, die sich monatelang hinter dunkelgrauen Regenwolken versteckt hatte. Er hatte fast vergessen, dass der Himmel so ein intensives Blau haben konnte.

Ein paar Gruppen von Leuten hatten sich auf dem Bürgersteig versammelt, blinzelten in die Sonne und stellten Vermutungen an, während sie die vier in zweiter Reihe geparkten Polizeiwagen musterten. Das Viertel in Portland bestand aus Dutzenden von niedrigen Wohnhäusern und alten Häusern in engen Straßen. Es war ein Viertel, das für seine vielen Studenten und Leute auf der Durchreise bekannt war. Niemand blieb jemals lange. Ray warf einen Blick auf seine Uhr. »Fast Mittag. Willst du was essen gehen?«

Mason murmelte, dass er keinen Hunger habe, während er sein lautloses Handy zückte. Er hatte fünf verpasste Anrufe von seiner Ex-Frau.

Scheiße. Jake.

Sein Herzschlag beschleunigte sich, und er rief mit plötzlich eiskalten Fingern zurück. »Mit Jake ist irgendwas«, sagte er zu Ray. »Robin hat in der letzten halben Stunde fünfmal angerufen.«

»Ist er für die Winterferien vom College nach Hause gekommen?«, fragte Ray.

»Robin hat ihn vor zwei Tagen vom Flughafen abgeholt. Ich habe kein Wort von dem Jungen gehört, außer einer Antwort auf meine SMS, in der ich gefragt habe, ob er sicher gelandet ist.« Sein Sohn lebte bei seiner Ex-Frau, ihrem neuen Mann und ihren gemeinsamen kleinen Töchtern. Mason hatte vorgehabt, sich dieses Wochenende bei seinem Sohn zu melden, um zu fragen, ob er zum nächsten Basketballspiel der Trail Blazers mitkommen wolle.

Gerade als er erwartete, dass er auf Robins Mailbox landen würde, nahm sie endlich ab. »Mason?«, fragte sie.

Fast zehn Jahre waren seit ihrer Scheidung vergangen, aber am Klang ihrer Stimme erkannte er, dass sie Todesangst hatte.

»Was ist passiert? Geht es Jake gut?«, bellte er ins Telefon.

»Mit Jake ist alles in Ordnung.« Robins Stimme brach. »Es ist Henley. Sie ist verschwunden.« Sie brach in Tränen aus.

Masons Gedanken waren wie leergefegt. Henley? Wer-

»Lucas ist völlig fertig«, schluchzte Robin.

Aha. Henley war Robins Stieftochter. Mason konnte sich nicht an das Alter des Mädchens erinnern. Anfang Teenageralter? Jake erwähnte sie selten, und Mason hatte das Mädchen nur ein- oder zweimal getroffen. Die meiste Zeit lebte sie bei ihrer Mutter.

»Wann wurde sie zuletzt gesehen? Habt ihr die Polizei gerufen? Wie lange ist sie schon verschwunden?«, feuerte Mason die Fragen auf seine Ex-Frau ab.

»Natürlich haben wir die Polizei gerufen. Den Sheriff von Clackamas County. Sie wird seit heute Morgen vermisst. Sie ist zur Schule gegangen, aber sie sagen, sie sei dort nie angekommen.« Robins Stimme war nun fester.

»Die Schule hat noch keine Ferien?«

»Heute ist der letzte Tag.«

»Okay. Ich rufe Clackamas County an und frage nach, was los ist. Wie alt ist sie?«

»Elf«, flüsterte Robin.

Mist. Mason schloss die Augen. »Wir werden sie finden.«

MASON VERLAGERTE sein Gewicht von einem Stiefel auf den anderen, während er darauf wartete, dass Lucas Fairbanks ihn in sein Haus bat. Der Eingangsbereich des Vorstadthauses des Buchhalters war riesig, mit einer schweren Holz- und Eisentür, die besser zu einer Burg gepasst hätte. Und das Haus sah genauso aus wie die fünfzig anderen Häuser in der Vorstadtsiedlung der oberen Mittelklasse. Mason war nie ein Fan von Lucas gewesen, aber er achtete ihn dafür, dass er bei der Erziehung von Jake gute Arbeit leistete. Robin hatte immer glücklich gewirkt, seit sie den Buchhalter geheiratet hatte.

Lucas hatte dort Erfolg gehabt, wo Mason versagt hatte.

Robin hatte gewusst, dass sie einen Cop heiratete, als sie Mason das Ja-Wort gab, aber sie hatte nicht verstanden, wie schwer es sein würde, immer an zweiter Stelle nach dem Job zu kommen. Mason hatte versucht, jeden Abend zu einer vernünftigen Zeit nach Hause zu kommen, aber es hatte selten funktioniert. Das Verbrechen arbeitete nicht von neun bis fünf, und er auch nicht. Im Rahmen der Scheidung hatte Robin zugegeben, dass sie sich jahrelang als alleinerziehende Mutter betrachtet hatte, um ihren Verstand zu retten. Es war die einzige Möglichkeit, wie sie seine Abwesenheit mental verkraften konnte. Sonst hätte sie immer nur gewartet. In ihrem Kopf machte es mehr Sinn, ihn nie zu erwarten; auf diese Weise wurde sie nie enttäuscht. Wenn er es schaffte, rechtzeitig zum Abendessen durch die Tür zu kommen, war das eine schöne Überraschung.

Mason folgte Lucas in sein formelles Esszimmer und versuchte, nicht auf den protzigen Kronleuchter zu starren. Der Raum war voller Erwachsener. Draußen standen drei Wagen der Lake Oswego Police, zwei Fahrzeuge von Clackamas County, ein ziviler Polizeiwagen und drei gewöhnliche amerikanische Limousinen, die darauf hindeuteten, dass das FBI eingetroffen war. Mason ließ den Blick durch den Raum schweifen und suchte nach bekannten Gesichtern. Er kannte keinen der Beamten. Robin saß am Tisch und hielt die Hand einer anderen Frau, die sich mit zwei Männern in Anzügen unterhielt. Vor beiden Frauen lag ein gut benutzter Haufen Taschentücher. Mason vermutete, dass die andere Frau Henleys Mutter, Lilian, war.

Mason hatte Lucas noch nie mit hängenden Schultern gesehen. Seine übliche fröhliche Begrüßung war stark gedämpft gewesen, und er sah aus, als wäre er wochenlang krank gewesen. »Das FBI schickt noch mehr Leute«, sagte Lucas leise. »Ich glaube, die haben eine Art Spezialteam, das sie für Entführungen aus den anderen Büros an der Westküste zusammenziehen.«

»Das CARD-Team«, antwortete Mason. »Child Abduction Rapid Deployment. Die nehmen so was verdammt ernst. Wir alle.« Er schluckte schwer und dankte dem Himmel erneut, dass es nicht sein Kind war, das vermisst wurde. Er blickte zu Lucas und fühlte sich sofort schuldig. Der Mann starrte seine Ex-Frau an, während sie an Robins Schulter schluchzte.

Mason wusste nicht, woran ihre Ehe zerbrochen war. Er hatte nie gefragt, und jetzt spielte es keine Rolle mehr. Sie mussten ein kleines Mädchen finden. Die Oregon State Police würde Ressourcen anbieten, aber Mason konnte nicht dazugehören. Als Familienmitglied konnte er nicht offiziell an den Ermittlungen teilnehmen. Aber er hatte bereits einen Plan in die Wege geleitet, um diese Regel zu umgehen. Er hatte schon um eine Auszeit gebeten. Und Gott sollte besser jeden schützen, der versuchte, ihm zu sagen, dass seine Hilfe nicht gebraucht wurde.

»Erzähl mir, was passiert ist«, sagte er mit leiser Stimme zu Lucas.

Lucas blickte zu den beiden Frauen und deutete dann mit einer Kopfbewegung an, dass Mason ihm in den Durchgang zwischen Küche und Esszimmer folgen sollte.

»Henley war diese Woche bei uns. Normalerweise bekomme ich sie für eine der beiden Wochen der Winterferien, aber ihre Mutter bat mich, diese zusätzliche Woche zu übernehmen, während sie etwas Arbeit erledigte. Henley ist heute Morgen gegen halb acht wie üblich zur Bushaltestelle gegangen. Robin hat zugesehen, wie sie zur Tür hinausging. Ein paar Stunden später rief ihre Mutter an und fragte, ob Henley krank zu Hause geblieben sei, weil sie automatisierte Anrufe und E-Mails erhielt, dass Henley nicht in der Schule sei.«

»Die Schule meldet sich bei euch, wenn euer Kind nicht auftaucht?«, fragte Mason.

Lucas nickte. »Man muss bei einer speziellen Nummer anrufen, wenn das eigene Kind an dem Tag in der Schule fehlt, auch wenn es nur teilweise ist. Ich weiß, dass wir das bei Jake ein- oder zweimal vergessen haben, als er krank zu Hause geblieben ist, und wir haben daraufhin einen Haufen Benachrichtigungen bekommen. Das ist ein gutes System.«

»Aber es dauert trotzdem ein paar Stunden, bis alles verarbeitet ist.«

»Na ja, sie müssen die Anwesenheitslisten mit den Krankmeldungen vergleichen. Das wird von Hand eingegeben. Bei Abweichungen werden die Anrufe und E-Mails ausgelöst.«

»Was ist passiert, als Lilian hier angerufen hat?«

»Robin hat ihr versichert, dass Henley zur Schule gegangen ist, und hat sofort in der Schule angerufen, um sich bestätigen zu lassen, dass sie dort ist. Ich glaube, Lilian hat dort auch angerufen. Henleys Klassenlehrerin hat gesagt, dass sie nicht erschienen ist.«

»Was ist mit dem Schulbusfahrer? Was ist mit den anderen Kindern im Bus? Hat jemand mit Henleys Freunden gesprochen?«, feuerte Mason eine Frage nach der anderen ab.

Lucas schien noch mehr in sich zusammenzufallen. »Sie arbeiten an all dem.«

»Moment. Wie kann Henley mit dem Bus fahren, wenn sie normalerweise nicht bei euch wohnt?«

»Wir wohnen im selben Schulbezirk und haben dieselben Grundschulgrenzen.«

»Ich wusste nicht, dass ihr so nah bei an deiner Ex wohnt. War das schon immer so?«

»Ja, Lilian wohnt etwa fünf Minuten von hier entfernt. Das ist wirklich praktisch für Henley. Lilian und ich verstehen uns ziemlich gut.«

»Ist sie wieder verheiratet? Haben sie noch mehr Kinder?«

Lucas schüttelte den Kopf, und sein Blick wanderte über Masons Schulter, als die Lautstärke im Esszimmer zunahm. Mason drehte sich um und sah, wie sich weitere Personen der Gruppe anschlossen – den biederen Anzügen nach zu urteilen, FBI-Agents. Gut. Niemand wusste mehr über Kindesentführungen, und die einzigartigen Fähigkeiten, die das FBI der örtlichen Polizei zur Verfügung stellen konnte, waren Gold wert. Je nach Größe hatte eine Polizeibehörde vielleicht mit einer großen Kindesentführung pro Jahrzehnt zu tun. Das FBI hatte monatlich damit zu tun. Mason hatte das CARD-Team noch nie in Aktion gesehen, aber er hatte Gutes darüber gehört.

Mason wandte sich wieder an Lucas. »Offiziell kann ich keiner Taskforce beitreten, die sie einrichten, aber ich kann als Familienmitglied helfen. Ich werde das Sprachrohr der Familie für die Medien und der Verbindungsmann zur Polizei und zum FBI sein. Lasst mich das für euch tun. Ich habe meiner Arbeit bereits mitgeteilt, dass ich mir eine Auszeit nehme. So lange, wie es eben dauert, Henley nach Hause zu bringen.«

Lucas wollte gerade ablehnen, da legte Mason ihm eine Hand auf die Schulter und rüttelte ihn leicht. »Hör mir zu. Deine Frau und deine Ex-Frau werden dich als Unterstützung brauchen. Du hast keine Zeit, dich mit den Formalitäten der Situation zu befassen. Ich weiß, wie diese Leute arbeiten. Lass mich das regeln. Alles, was ich herausfinde, gebe ich sofort an euch weiter. Robin, Lilian und du werdet im Zentrum der Ermittlungen stehen wollen, und das wird nicht helfen.«

Lucas' Augen wirkten trostlos. »Werden sie dich das denn tun lassen?«

»Wenn ihr mich unterstützt. Macht ihnen klar, dass ihr euch ein wenig zurückziehen wollt, dann sind sie vielleicht eher bereit, das zu akzeptieren.«

Verzweiflung lauerte in Lucas' Blick, als er Mason erst in das eine und dann in das andere Auge sah.

»Ich weiß nicht, was ich tun soll«, flüsterte er. »Ich muss helfen. Ich muss wissen, was los ist. Sie ist meine *Tochter*, um Himmels willen. Ich kann mich nicht einfach zurückziehen und nichts tun.«

»Du wirst nicht untätig sein. Man wird euch alle ausquetschen. Immer und immer wieder. Alles, was ihr ihnen sagen könnt, wird helfen, aber man wird euch im Lagezentrum nicht über die Schultern schauen lassen. Ich werde das tun und euch Bericht erstatten.«

»Lagezentrum?«, Lucas' Stimme brach. »Du glaubst, sie brauchen ein-«

»Sie werden sicher innerhalb einer Stunde eines einrichten. Ihr müsst sie ihre Arbeit machen lassen. Das wird eure schwierigste Rolle sein.« Mason runzelte die Stirn, als er einen Blick auf die wachsende Menge warf.

Ursprünglich hatte er Lucas leidenschaftlich gehasst, seit er Jake zum ersten Mal aufgeregt von dem Mann hatte reden hören. Lucas war alles, was Mason nicht war. Er war Trainer in jedem erdenklichen Jungensport gewesen, und Mason hatte nie ein unanständiges Wort aus dem Mund des Mannes gehört. Lucas hatte immer ein breites Lächeln im Gesicht. Bis heute. Mason hatte die ersten paar Male, als er ihn traf, den Drang bekämpft, Lucas das Lächeln aus dem

Gesicht zu wischen, weil er glaubte, der Mann sei schadenfroh. Aber es hatte sich herausgestellt, dass er einer dieser seltenen, immer fröhlichen Typen war. Lucas war kein Fake. Es hatte Jahre gedauert, bis Mason akzeptiert hatte, dass der Mann authentisch war.

Er hätte sich keinen besseren Mann wünschen können, um ihm bei der Erziehung seines Sohnes zu helfen.

Das hieß nicht, dass sie die besten Freunde sein mussten.

Wieder überkam ihn ein Schuldgefühl, als er sich an all den Groll erinnerte, den er gegen den Mann gehegt hatte. Ein Teil von Mason war eifersüchtig gewesen, weil er nicht die Art von Vorstadtidylle-Familie mit Robin geschaffen hatte, die sie mit Lucas hatte. Jetzt wollte er um nichts in der Welt in der Haut dieses Mannes stecken.

»Wo ist Jake?«, fragte Mason. Sein Sohn hatte sich noch nicht blicken lassen.

»In seinem Zimmer. Er war eine Weile hier unten, sagte aber, er könne es nicht ertragen, seine Mutter so am Boden zerstört zu sehen. Ich kann es ihm nicht verdenken«, sagte Lucas mit einem Blick auf seine Frau. Sie und Lilian hielten sich immer noch an den Händen, schenkten aber dem Mann, der leise mit ihnen sprach, ihre volle Aufmerksamkeit.

Ein schwindelerregendes Bedürfnis, seinen Sohn zu sehen, übermannte Mason. »Ich bin gleich zurück.«

Er ließ Lucas stehen und ging zur Treppe.

2

SEIT FÜNF STUNDEN VERMISST

»Nachmittag, Ava.«

Special Agent Ava McLane nickte dem Assistant Special Agent in Charge Ben Duncan zu, als sie das überfüllte Esszimmer der Fairbanks betrat. »Wie läuft's, Ben?« Die schiere Anzahl an Menschen in dem Raum war beklemmend. Alle unterhielten sich mit leisen Stimmen, während sie umhergingen, telefonierten oder in private Gespräche vertieft waren. Entschlossenheit und Konzentration lagen in der Luft.

Seine braunen Augen trafen ihre, und er lächelte leicht. »Wir sind noch dabei, alles zu organisieren. Wir werden sie finden.«

Guter Mann. Er blieb positiv. Das war ihre persönliche oberste Regel bei der Suche nach Kindern. Sie atmete aus und überblickte den Raum, machte sich ein Bild von den Beteiligten. Sie war eine von zwei Koordinatorinnen für Verbrechen gegen Kinder im Portland-Büro des FBI und war der Special Agent gewesen, der heute Morgen den

Anruf aus Clackamas County wegen Henley entgegengenommen hatte.

Ava hatte ein ganz mieses Bauchgefühl gehabt, als sie dem Sheriff des Countys zugehört hatte. Sie hatte gewusst, dass sie schnell handeln mussten. Sie dankte dem Himmel, dass Clackamas County nicht lange gefackelt hatte, eine Untersuchung einzuleiten. Sie hatten umgehend die Schule durchkämmt und die Nachbarn befragt.

Das Büro des Sheriffs von Clackamas County hatte Henleys Grundschule empfohlen, alle Kinder für einen »Spaßtag« in die Turnhalle zu bringen, während sie die Schule und die Umgebung absuchten. Von Henley Fairbanks fehlte jede Spur. Sie waren sich nicht sicher, ob sie es überhaupt bis zum Schulbus geschafft hatte. Ihre Mutter und ihre Stiefmutter hatten nichts von Henley gehört, und die Eltern der meisten ihrer engen Freunde waren kontaktiert worden, um herauszufinden, ob das Mädchen bei einem von ihnen aufgetaucht war. Elfjährige verschwanden nicht einfach so. Sie versteckten sich, liefen weg oder wurden entführt. Henleys Lehrer und Eltern waren überzeugt, dass die ersten beiden Möglichkeiten bei dem Mädchen nicht zutrafen, und die Suche des Sheriffs schien ihnen schnell recht zu geben.

Die Wahrscheinlichkeit einer Entführung wurde mit jeder Stunde größer.

Angesichts dieser Tatsachen war es Avas Entscheidung gewesen, beim Hauptquartier die Aktivierung des CARD-Teams anzufordern. Man hatte ihrer Einschätzung zugestimmt und die notwendigen Schritte in die Wege geleitet. Sechs Special Agents mit besonderen Fähigkeiten zur Aufklärung von Kinderentführungen waren aus verschiedenen FBI-Büros in der westlichen Hälfte der USA auf dem Weg nach Portland.

Für das FBI gab es so etwas wie eine Überreaktion nicht, wenn ein Kind verschwunden war. Egal, ob das Kind weggelaufen oder entführt worden war, sie warteten nicht, um zu handeln. Warten kostete Leben. Das FBI reagierte, als wäre der schlimmstmögliche Fall eingetreten. Neunzig Prozent der Special Agents des Portland-Büros räumten ihre Terminkalender für die nächsten achtundvierzig Stunden frei, um mehr Leute für die Suche vor Ort zu haben. Die Grenzen zwischen den offiziellen Abteilungen im Büro waren aufgehoben; heute gehörte jeder Agent zur VCMO, der Abteilung für Gewaltverbrechen und Schwerverbrecher. Es spielte keine Rolle, ob ein Agent für Terrorismus, Wirtschaftskriminalität, Cyberkriminalität oder Kunstraub zuständig war. Heute suchten alle nach einem Kind.

Es würden Unmengen an Knochenarbeit auf sie warten. Befragungen aller Anwohner in der Nachbarschaft und jedes Erwachsenen in der Schule. Befragungen von Kindern. Hinweisen von Bürgern, denen man nachgehen musste. Quadratmeilen von Gelände, das durchsucht werden musste. Überwachungsbänder, die gesichtet werden mussten. Und das war erst der Anfang.

Ben kippte das zwanzig mal fünfundzwanzig Zentimeter große Foto in seiner Hand, sodass Ava es sehen konnte. Henley Fairbanks, mit braunen Augen und blondem Haar, lächelte sie von einem Schulfoto an. Ihr fehlte ein oberer Schneidezahn. Avas Herz zog sich zusammen.

»Irgendwelche Streitereien mit ihren Eltern oder Probleme in der Schule, die sie dazu veranlasst haben könnten, sich zu verstecken oder wegzulaufen?«, fragte Ava, obwohl sie wusste, dass diese Frage bereits ein Dutzend Mal gestellt worden war.

Ben schüttelte den Kopf. »Nichts deutet darauf hin, dass sie eine Ausreißerin ist.«

»Wo willst du mich einsetzen?«, fragte Ava Ben.

Er runzelte die Stirn, während er sie einen Moment lang musterte. »Bleib in der Nähe. Ich möchte, dass du gleich mit den Müttern sprichst. Sanford hat mit beiden gesprochen, aber ihre Körpersprache schreit förmlich, dass sie ihn nicht mögen.«

Kluge Frauen. Sanford war ein großartiger Agent, aber er konnte keine Beziehung zu einer Frau aufbauen, und wenn sein Leben davon abhinge. Was er als Freundlichkeit auszustrahlen glaubte, kam als Herablassung rüber. Ava war überrascht, dass Ben ihn überhaupt mit den Frauen hatte reden lassen.

»Er war der Erste hier«, sagte Ben leise, als könnte er ihre Gedanken lesen. »Ich wusste, dass du auf dem Weg bist, also habe ich ihn eine Weile machen lassen. Ich denke, du könntest einen besseren Draht zu ihnen finden.« Er blickte auf den Bildschirm seines Handys, und sein Gesicht hellte sich bei einer neuen Nachricht auf. »Ein paar Straßen weiter gibt es eine Kirche, die zugestimmt hat, dass wir ihren Konferenztrakt als Kommandozentrale nutzen dürfen. Klingt, als wäre es perfekt. Ich werde Sanford damit beauftragen, beim Aufbau zu helfen. Er hat die Ausbildung für die Koordination im Krisenmanagement.«

»Er wird die Befragungen nicht einfach so abgeben«, murmelte Ava.

»Wells macht Notizen.« Ben neigte den Kopf in Richtung des schlanken Special Agents, der neben Sanford saß. »Er hat bei der ganzen Befragung zugehört. Er kann dich auf den neuesten Stand bringen.«

Ava nickte. Zander Wells war einer dieser stillen Agents, die Informationen und Fakten aufsogen, als würden sie verdursten. Sein Gedächtnis und seine analytischen Fähigkeiten waren nicht von dieser Welt. Er könnte die gesamte

Befragung wahrscheinlich Wort für Wort wiederholen, ohne auf seine Notizen zu schauen.

Ava stimmte zu, dass Sanfords organisatorisches Talent beim Aufbau der Kommandozentrale nützlicher sein würde. Innerhalb von Stunden würde sich der Flügel der Kirche von einem einfachen Raum in ein Hightech-Computerzentrum verwandeln. Die Zentrale in der Nähe des Wohnhauses und der Schule des Opfers anzusiedeln war ideal, da Henley in der Nähe verschwunden war.

So vermuteten sie jedenfalls.

Keine voreiligen Schlüsse.

Ava musterte die beiden Mütter. Sie wusste, dass die Brünette Henleys Stiefmutter und die Blonde die leibliche Mutter war. Beide Frauen sahen wie typische Mütter der oberen Mittelschicht in ihren Dreißigern aus. Yogahosen, Pferdeschwänze und wahrscheinlich ein Minivan in der Garage. Ben hatte Recht mit ihren Reaktionen auf Sanford. Die Blonde funkelte ihn böse an, und die Brünette saß so aufrecht da, als hätte sie eine Eisenstange im Rücken.

Ob sie mich mehr mögen werden?

Ein alberner, weiblicher Teil von ihr wollte, dass die Frauen sie mochten, nicht nur, dass sie ihr in ihrer Rolle als Agentin vertrauten. Aus irgendeinem Grund tat sie sich schwer damit, Freundschaften mit Frauen zu schließen. Sie hatte viele männliche Freunde, aber Frauen hielten normalerweise Abstand. Ihre Schwester, die kein Blatt vor den Mund nahm, hatte gesagt, das läge daran, dass sie keinen Spaß verstehe. Laut Jayne war sie spießig, total auf die Arbeit fixiert, und es war unmöglich, sie aus der Reserve zu locken.

Daran war nichts falsch.

Die Mütter waren ungefähr in Avas Alter, aber sie hatten beide bereits Ehe und Kinder erlebt. Sie hatten einen Weg eingeschlagen, der sich in Avas Leben nicht aufgetan hatte. Ihr Lebensweg war vom ersten Tag an von der Strafverfolgung vorgezeichnet. In der Grundschule hatte das bedeutet, jeden Kriminalroman zu lesen, den sie in die Finger bekommen konnte, wie Trixie Belden und Nancy Drew. Später hatte sich diese Faszination auf True-Crime-Romane und ein praxisorientiertes Explorer-Programm für Jugendliche bei ihrer örtlichen Polizeidienststelle ausgeweitet. Das College brachte ein Studium mit dem klaren Ziel, zum FBI zu gehen. Der Teil mit Ehe und Kindern hatte nie zur Debatte gestanden.

»Sanford«, Ben trat an den Tisch. »Ich möchte, dass Sie sich mit Morales in Verbindung setzen, um die Einsatzzentrale einzurichten. Ich will Sie als einen der Koordinatoren für das Krisenmanagement.«

Sanford sah den ASAC überrascht an und blinzelte. »Aber …«, er beendete den Satz nicht, als er die Entschlossenheit in Bens Gesicht sah. Agents stellten Befehle nicht infrage. Sie gingen dorthin, wohin man sie schickte. Sanford blickte hinter Ben und sah Ava warten. Verständnis zeichnete sich auf seinem Gesicht ab.

Ava konnte seine Gedanken lesen. *Ach, sicher. Das hier erfordert weibliches Feingefühl.*

Er nahm an, dass er versetzt wurde, weil er keine Frau war, aber Ava wusste, dass es an seiner Art lag, nicht an dem, was zwischen seinen Beinen hing.

Sanford blickte zu Wells und dann zurück zu Ben. »Wird Wells …«

»Ich möchte, dass Wells bei seinen Notizen bleibt und Agent McLane auf den neuesten Stand bringt.«

Sanford entschuldigte sich bei den Frauen, stand auf und schob seinen Stuhl an den Tisch. Er zog sein Handy heraus, als er wortlos den Raum verließ, ohne Ava eines weiteren Blickes zu würdigen.

Ava hoffte, dass die Einrichtung der Einsatzzentrale sein Ego heilen würde. Das war ein großes Projekt, das es zu leiten galt. Sie zog Sanfords Stuhl hervor und ließ sich auf den noch warmen Platz gleiten. »Ich bin Special Agent McLane«, sagte sie zu den beiden Frauen und erwiderte ihre neugierigen Blicke. »Ich bin eine der Koordinatorinnen für Verbrechen an Kindern.« Sie sprach mit ruhiger, tiefer Stimme. Ihre Schwester Jayne nannte sie Avas ‚Ich-weiß-was-ich-tue'-Stimme und behauptete, sie flöße dem Zuhörer sofort Vertrauen in sie ein. Ava tat nichts Besonderes. Es war ihre alltägliche Stimme, und als Teenager hatte es sie genervt, dass ihre Stimme eine tiefere Klangfarbe hatte als die der anderen Mädchen. Die Frauen stellten sich vor, und Ava bat Wells, sie auf den neuesten Stand zu bringen, während sie ihr Notizbuch herausholte. »Sagen Sie mir Bescheid, wenn sich für Sie beide etwas nicht richtig anhört, okay?«, fragte sie die Frauen und sah der einen und dann der anderen direkt in die Augen. Die Frauen nickten einstimmig.

Ava machte sich Notizen, während Wells die Geschichten der Frauen wiedergab. Sie unterbrach ihn gelegentlich und bat die Frauen, ein paar Punkte zu präzisieren, aber im Grunde gab Wells ihre Geschichten perfekt wieder. Ava war Zander Wells ein paar Mal über den Weg gelaufen. Er gehörte zur Abteilung für Cyberkriminalität, die sich mit ihren Fällen überschnitt, wenn Kinder online missbraucht wurden. Seine sozialen Fähigkeiten mochten etwas schwach ausgeprägt sein, aber sie wusste, dass sie sich auf seine Arbeit verlassen konnte.

Durch Wells' Bericht bestätigte Ava ihre früheren Informationen. Henley Fairbanks war Fünftklässlerin an der

Westridge Elementary School. Heute war der letzte Schultag vor den zweiwöchigen Winterferien. Henley war seit Sonntagabend bei ihrem Vater und ihrer Stiefmutter gewesen und hatte sich auf den letzten Schultag gefreut. »Am letzten Tag ist es eine einzige große Party«, hatte Robin gesagt. »Auf keinen Fall wäre sie einfach weggelaufen. Sie hat sich heute Morgen so auf die Schule gefreut, dass sie gestern Abend kaum einschlafen konnte. Sie ist heute regelrecht aus der Tür gehüpft.« Sie hatte Henley an diesem Morgen um halb acht zum Abschied geküsst und zugesehen, wie sie zum Gehweg ging und nach Osten abbog, in Richtung ihrer Bushaltestelle sieben Häuser weiter. Das hatte sich nach einer kurzen Entfernung angehört, bis Ava in die Nachbarschaft gefahren war und die übergroßen Grundstücke und kurvigen Straßen bemerkt hatte.

»Was haben wir von den Kindern an dieser Haltestelle gehört?«, fragte Ava Wells.

»Offiziell noch nichts. Die Schule möchte, dass die Eltern anwesend sind, bevor wir eines der Kinder befragen.«

Ava biss sich auf die Lippe. »Und inoffiziell? Hat sie einfach mal jemand gefragt, ob Henley heute Morgen da war?«

Wells warf einen Blick auf Duncan, der tief in ein Gespräch mit drei anderen Agents vertieft war. »Zwei der Kinder haben Clackamas County gesagt, dass Henley heute Morgen nicht an der Haltestelle war.«

»Ich wusste es«, flüsterte Robin.

»Bevor wir nicht mit allen Kindern gesprochen haben, die dort waren, möchte ich nicht voraussetzen, dass sie es nicht zu ihrer Haltestelle geschafft hat. Aber ja, zwei vorläufige Aussagen besagen, dass sie nicht angekommen ist.« Seine Augen flehten die Mütter an. »Lassen Sie uns das noch nicht als Tatsache ansehen, okay? Und wir ermitteln in beide Richtungen gleichzeitig. Wir könnten mögliche Spuren übersehen, wenn wir davon ausgehen, dass sie es nicht zur Schule geschafft hat.«

»Was ist mit dem Busfahrer?«, fragte Ava.

Wells runzelte die Stirn. »Sie sagt, sie erinnert sich nicht. An dieser Haltestelle steigen ein halbes Dutzend Kinder ein. Mal mehr, mal weniger.«

»Haben irgendwelche Eltern mit ihren Kindern an der Bushaltestelle gewartet?«, fragte sie.

»Heute Morgen nicht«, erklärte Wells. »Und Henley geht kurz vor der Haltestelle um eine große Kurve in der Straße. Es gibt keine direkte Sichtlinie für die anderen Kinder, um sie kommen zu sehen.«

»Warum sagt uns niemand etwas?«, platzte Lilian heraus. »Bisher haben wir nur Spekulationen und Aussagen von Kindern aus zweiter Hand gehört. Sie müssen uns mehr als das geben.«

Ein großer Mann, den Ava mit einem örtlichen Zivilbeamten hatte sprechen sehen, zog den Stuhl neben Robin hervor. »Ich bin Lucas, Henleys Vater«, sagte er zu Ava. Ihr fiel sofort auf, dass er Henleys braune Augen hatte. Er nahm Robins Hand und drückte sie, während er sich zu Lilian lehnte. »Ich glaube nicht, dass sie uns schon viel zu sagen haben, Lilian. Aber Mason hat angeboten, als Verbindungsmann zwischen der Familie und den Ermittlern zu fungieren. Ich denke, wir sollten ihn das übernehmen lassen und darauf vertrauen, dass er uns auf dem Laufenden hält, anstatt dass wir das FBI ununterbrochen damit nerven, uns zu informieren.«

»Wer?«, fragten Ava und Wells gleichzeitig.

»Er ist mein Ex-Mann«, sagte Robin leise. »Er ist Detective in der Abteilung für Schwerverbrechen bei der Oregon State Police. Ich denke, das ist eine gute Idee. Mason weiß, wen und was man fragen muss. Und ich vertraue ihm. Hat er Zeit dafür?«, fragte sie ihren Mann.

»Er sagt, er hat sich freigenommen und dass es kein Problem sein wird.«

»Ich bin sicher, er hat genug Urlaubstage übrig«, murmelte Robin.

Ava zog innerlich eine Augenbraue hoch bei dem Kommentar. Gab es da unausgesprochene Spannungen zwischen Robin und ihrem Ex-Mann? Aber Robin hatte ihm schnell ihr Vertrauen ausgesprochen, als Verbindungsmann zu fungieren. Ava gefiel die Idee eines Verbindungsmanns für die Familie, und sie wusste, Ben würde es auch tun. Eine Familie während einer Entführung zu betreuen, erforderte Personal. Sie verdienten es zu wissen, was vor sich ging, aber die Behörde wollte nicht, dass zehn Familienmitglieder mehreren Agents dieselben Fragen stellten. Ein Vermittler, insbesondere jemand von der Polizei, war ideal.

Würde Ben einen Agent bei der Familie unterbringen? Es war nicht ungewöhnlich, dass ein Agent bei der Familie einzog, um bei der Organisation ihrer Seite der Ermittlungen zu helfen.

»Aber wie lange soll das dauern?«, fragte Lilian mit erhobener Stimme. »Sie werden sie doch bald finden, oder? Müssen Sie wirklich eine Einsatzzentrale einrichten und brauchen wir eine Verbindungsperson? Sie kann nicht weit weg sein. Es sind doch erst ein paar Stunden vergangen, richtig?« Die verzweifelten Augen einer Mutter starrten Ava an.

Es sind schon über fünf Stunden vergangen.

Ava blickte Lilian direkt an. »Wir wollen jede nur erdenkliche Möglichkeit nutzen. Wenn es um Kinder geht, werden wir sofort aktiv. Wir warten nicht. Das bedeutet, dass wir jedem Hinweis, den wir bekommen, sofort nachgehen. Um das zu tun, müssen wir unsere Ressourcen an einem Ort bündeln. Das ist effizienter. Vertrauen Sie mir, wir wissen, was wir tun.« Sie beendete den Satz mit sanfter Stimme und schenkte Lilian ein trauriges Lächeln. »Ich weiß, dass das schwer für Sie ist. Sie sitzen hier und sehen die fünfzig Agents nicht, die sich bereits an der Suche bei der Schule und in der Nachbarschaft beteiligen. Und viele weitere sind auf dem Weg.« Ihr Herz schmerzte für die Eltern. Das FBI hatte umfassende Erfahrung in der Organisation von Suchen nach vermissten Kindern. Es war ein Bündel fein geschliffener Fähigkeiten, die auf schmerzhafte Weise erworben worden waren.

»Ist jemand bei Lilian zu Hause?«, fragte Ava Wells.

Er nickte. »Ja, wir haben dort Agents, die warten und die Nachbarschaft befragen. Sie hat keinen Festnetzanschluss, also gehen alle Anrufe auf ihr Handy.« Zur Bestätigung zog er eine Augenbraue in Lilians Richtung hoch. Sie nickte und berührte ihr iPhone auf dem Tisch, woraufhin der Bildschirm aufleuchtete. Ava erhaschte einen Blick auf ein Foto von Henley. Es war nicht das Schulfoto, das Ben ihr gezeigt hatte. Dieses hier war am Meer aufgenommen worden.

»Glauben Sie, dass es eine Lösegeldforderung geben wird?«, flüsterte Lilian.

Ava schüttelte den Kopf. »Ich weiß es nicht.«

Lilian berührte erneut ihren Bildschirm.

»Kann ich das Foto auf Ihrem Handy sehen?«, fragte Ava und streckte ihre Hand aus. Lilian gab ihr das Telefon.

Ava betrachtete das kleine Mädchen, das im leuchtend blauen Wasser planschte. Das war kein Ozean im pazifischen Nordwesten. »Hawaii?«, fragte sie und entschied sich für das nächstgelegene tropische Urlaubsziel.

Lilian nickte.

Das Kind auf dem Foto hatte noch diesen dünnen Babyspeck, der verhinderte, dass man es für eine Mittelstufenschülerin hielt. Dies war ein Kind, das es noch genoss, ein kleines Mädchen zu sein. Ihr Badeanzug war von Minnie Maus und ihr langes, weißblondes Haar hing in Zöpfen bis zur Taille.

»Wunderschön.« Ava gab das Telefon zurück. »Hat Henley ein Handy?«

»Ja, aber sie lässt es zu Hause.« Lilian stand auf. »Entschuldigen Sie mich für einen Moment?«

Ava nickte und sah Lilian aus dem Raum gehen. Die leibliche Mutter war eine schlanke, sportlich aussehende Frau. Ava wusste, dass sie nicht wieder verheiratet war, aber hatte sie einen Freund? Sie hörte, wie sich eine Tür den Flur hinunter schloss, aus der Richtung, in die Lilian gegangen war. Wahrscheinlich ein Badezimmer.

Ava richtete ihren Blick auf das Paar auf der anderen Seite des Tisches. Lucas hielt Robins Hand auf dem Tisch krampfhaft fest, und die Frau lehnte ihren Kopf kurz an seine Schulter, die Augen geschlossen. Lucas erwiderte Avas Blick mit grimmiger Miene.

»Sie drei scheinen sich ja für eine Scheidungssituation ziemlich gut zu verstehen«, hakte Ava nach.

Robin hob den Kopf und nickte. »Ich würde ihre Scheidung als ziemlich einvernehmlich bezeichnen.« Sie sah Lucas an, der das Gesicht verzog und nickte.

»Größtenteils«, stimmte Lucas zu. »Henley stand für uns an erster Stelle. Das war von Anfang an unsere Abmachung. Als Robin und ich anfingen, uns zu treffen, war Lilian bereits in einer festen Beziehung, das hat es einfacher gemacht.«

»Ist sie immer noch mit ihm zusammen?«, fragte Ava.

Robin und Lucas sahen sich an. »Nein«, antwortete

Robin. »Das war vor zwei Freunden. Im Moment ist sie mit niemandem zusammen.«

»Sie klingen ziemlich sicher.«

Robin lächelte gequält. »Überraschenderweise stehen Lilian und ich uns ziemlich nahe. Wir lieben beide Henley, und wir haben viel gemeinsam. Es war nicht schwer, gute Freundinnen zu werden. Sie hält mich über ihr Liebesleben auf dem Laufenden.«

Lucas nickte kurz.

Okay. Das muss für ihn seltsam sein. Ava zog eine Augenbraue in Lucas' Richtung hoch. »Prallen da Welten aufeinander?«

Er schnaubte. »Es ist wirklich in Ordnung. Am Anfang war es ein bisschen komisch, aber Lilian und ich haben uns zu guten Freunden entwickelt. Unsere Ehe fühlt sich an, als wäre sie eine Ewigkeit her. Es war nur ein so kurzer Abschnitt in meinem Leben.«

Ava schaute zu Robin. »Sie haben zwei gemeinsame Töchter?«

»Ja, Kindy und Kylie sind drei und fünf. Ich habe meine Eltern gebeten, sie heute Morgen abzuholen. Und dann ist da noch Jake, den ich mit Mason habe, dem State Detective, von dem ich Ihnen erzählt habe. Jake ist im ersten Jahr am College.«

»Ist er für das Studium weggezogen?«, fragte Ava, als Lilian wieder zu ihnen stieß.

»Jake ist oben. Er ist für die Winterferien zu Hause und ist völlig am Boden zerstört«, antwortete Lucas. »Er hat ein enges Verhältnis zu all seinen Schwestern, aber er und Henley haben eine besondere Verbindung, würde ich sagen.« Er blickte zu Lilian, die nickte, und frische Tränen rollten ihr über das Gesicht.

»Das stimmt«, stimmte Lilian zu. »Selbst mit dem Altersunterschied von sieben Jahren können die beiden stundenlang reden und herumalbern. Bevor er aufs College ging, kam er zum Babysitten, und ich glaube, er hat es genauso genossen wie Henley. Die beiden können über dieselben Videospiele fachsimpeln.«

»Aber es gibt keine Blutsverwandtschaft«, fügte Ava für sich selbst hinzu, um gedanklich die richtigen Eltern dem richtigen Kind zuzuordnen. *Die Tochter von Lucas und Lilian und der Sohn von Robin.*

»Das hat nie eine Rolle gespielt. Vielleicht stehen sie sich so nahe, weil es keine Verwandtschaft gibt«, fügte Robin hinzu.

»Versteht sich Jake mit seinem Vater?«, fragte Ava. »Verbringt er Zeit mit ihm?«

Lucas und Robin nickten.

Ava wartete auf mehr.

»Mason ist ein guter Vater. Er hatte nur nie die Zeit für ein Kind. Bevor Jake aufs College ging, hatte Mason ihn jedes zweite Wochenende«, bot Lucas an.

Stiefvater redet positiv über leiblichen Vater. Ava fand, das sprach für den Detective. »Hier scheinen sich alle ziemlich gut zu verstehen«, sagte sie. »Sie sind keine schreiende Patchworkfamilie, wie man sie im Fernsehen sieht.« *Fast zu gut, um wahr zu sein …*

»Wir sind relativ vernünftige Leute«, sagte Lucas, nachdem er einen Blick mit Robin und Lilian gewechselt hatte. »Hier gibt es keine Verrückten. Die Kinder stehen an erster Stelle. Solange jeder diese Priorität hat, funktioniert es.«

»Erzählen Sie mir von Henley«, bat Ava sanft und sah Lilian direkt in die Augen. »Was macht sie am liebsten?« Ava konzentrierte sich auf das Interview, schärfte ihre Wahrnehmung, während die Mutter sprach, und studierte ihre

Körpersprache, lauschte auf die Worte, die die Mutter nicht aussprach. Neben ihr machte Wells mit seinen Notizen weiter.

In ihren Gedanken wuchs das Bild des kleinen Mädchens Stück für Stück und wurde lebendig, als Henleys Mutter die sonnige Natur ihrer Tochter beschrieb. Ava blendete die anderen Gespräche im Raum aus, während sie sich auf Lilians Geschichten konzentrierte. Mit jedem Wort wurde Henley Fairbanks für Ava mehr als nur ein Bild auf dem Handy ihrer Mutter.

3

Mason blieb vor der geschlossenen Zimmertür seines Sohnes stehen. Er kannte sich im Haus aus, aber es fühlte sich trotzdem falsch an, hier allein umherzuwandern. Er war am Zimmer eines kleinen Mädchens vorbeigekommen, das von zwei Agents in Anzügen durchkämmt wurde, und war im Flur zur Seite getreten, als drei Agents mit den Armen voller Computerausrüstung an ihm vorbeigingen. Das FBI verlor keine Zeit.

Er fragte sich, ob Lucas' Buchhaltungsfirma durch den plötzlichen Verlust der Geräte beeinträchtigt werden würde. Er wusste, dass Lucas ein Büro in Lake Oswego hatte, wo wahrscheinlich gerade Agents an die Tür klopften, Mitarbeiter befragten und Festplatten anforderten. Wie viel Arbeit nahm Lucas mit nach Hause? Mason nahm an, dass der Buchhalter seine Dateien irgendwo in einer Datenbank gesichert hatte, aber es würde verdammt nervenaufreibend werden, seine Arbeit zu erledigen, wenn die Hardware fehlte. Wenigstens war es Dezember und nicht April.

Er klopfte an Jakes Tür und wartete.

Stille.

Er klopfte fester, und endlich öffnete sich die Tür. Sein Sohn hatte ein Headset mit Mikrofon um den Hals und einen Gaming-Controller in der Hand.

»Hey, Dad.« Jake trat zurück und hielt die Tür als Einladung in sein Zimmer offen. Mason schnupperte. Jakes Zimmer roch schwach nach Pizza, und er entdeckte ein paar Pizzaränder auf einem Teller auf dem Schreibtisch seines Sohnes. Mason überkam eine Welle der Vertrautheit; sein Sohn aß seine Pizzaränder immer noch nicht auf.

An manchen Tagen hatte Mason das Gefühl, seinen Sohn nicht zu kennen. Jake lebte hauptsächlich bei seiner Mutter, und Mason war ein Jahrzehnt lang ein ›Jedes-zweite-Wochenende‹-Vater gewesen. Aber in diesem Moment sah er den kleinen Jungen, den er immer gekannt hatte. Jakes Augen waren vom Weinen gerötet. Er war schon immer ein einfühlsamer Junge gewesen.

Mason deutete auf das Headset. »Zockst du mit jemandem?«

Jake nahm es ab. »Nicht mehr. Ich dachte, es wäre eine gute Möglichkeit, mich von Henley abzulenken, aber alle meine Freunde stellen Fragen, und ich will nicht darüber reden.« Er warf das Headset auf sein Bett und wich dem Blick seines Vaters aus. Seine hängenden Schultern brachen Mason das Herz.

»Sie werden sie finden, Jake. Das FBI hat alle Schleusen geöffnet. Fast jeder Agent in Portland rennt sich die Hacken ab, um sie zu suchen.«

Sein Sohn drehte sich zu ihm um, und Mason wollte Jake die zotteligen Haare aus den nassen Augen streichen. »Sie ist nur ein Kind. Ein kleines Mädchen. Weißt du, was für kranke Schweine kleine Mädchen entführen?« Seine Stimme brach.

»Fluch nicht«, korrigierte Mason ihn automatisch. »Ich

weiß genau, was das für Arschlöcher sind. Niemand weiß besser als ich, was für kranke Leute da draußen herumlaufen. Aber du darfst nicht gleich vom Schlimmsten ausgehen. Das zieht dich nur runter.«

»Niemand lässt mich irgendetwas tun.« Jake ließ den Controller neben den Laptop auf seinem Bett fallen. »Ich wollte mit den Kindern in ihrer Schule reden, aber die Polizei sagte, ich muss hierbleiben.«

»Da haben sie absolut recht. Darum kümmern sie sich. Du wärst nur im Weg. Haben die Polizei oder das FBI schon mit dir gesprochen? Sie werden jedes Familienmitglied ausführlich befragen wollen. Wahrscheinlich mehr als einmal.«

Jake schüttelte den Kopf. »Nicht wirklich. Ein Typ hat ungefähr zehn Minuten mit mir geredet und gefragt, ob ich eine Ahnung hätte, wohin sie gegangen sein könnte, oder ob ich in den letzten Tagen jemanden ums Haus habe schleichen sehen. Ich war noch nicht mal auf, als sie zur Schule ging. Ich wusste nicht, dass etwas nicht stimmte, bis Mom hochkam und fragte, ob ich von Henley gehört hätte.« Er saß auf der Kante seines Bettes, die Hände zwischen den Oberschenkeln zusammengepresst.

Mason sah Rückblenden zu seinem eigenen Vater, wenn er Jake ansah. Groß, schlank, riesige Hände und breite Schultern. Mit achtzehn war Jake noch nicht ganz in seinen Körper hineingewachsen. Seine Schlüsselbeine ragten unter seinem T-Shirt hervor, und er wusste nicht, was er mit seinen langen Armen anfangen sollte. Es sah aus, als bräuchte er noch zehn Kilo mehr, um richtig ausgefüllt zu sein.

Jake deutete auf seinen Laptop. »Ich habe es nachgesehen. Fünfundsiebzig Prozent der vermissten Kinder werden in den ersten drei Stunden getötet. Nach sieben Tagen sind es siebenundneunzig Prozent.« Seine Augen flehten seinen Vater an. »Du musst ihnen helfen, sie zu finden. Kannst du nicht jemanden anrufen? So eine Art Elite-Fährtenleser? Kennst du jemanden, einen Söldner vielleicht, der diesen ganzen bürokratischen Scheiß umgehen kann? Ich weiß, Lucas würde alles bezahlen, was immer es kostet.«

Mason machte keine Anmerkung zu dem Schimpfwort. Er starrte seinen Sohn an. Für wen hielt Jake seinen Vater eigentlich? Für den Anführer eines verdeckten Einsatzteams, der zum Schein bei der Staatspolizei arbeitete? War Jakes Gehirn so von Filmen und Videospielen verdreht, dass er wirklich dachte, das sei möglich? Mason schüttelte langsam den Kopf und sah, wie sich das Elend in Jakes Augen vertiefte.

Mason setzte sich neben Jake und hatte das Gefühl, seine Beine seien aus Gummi und sein Herz würde gleich zerspringen. »Tut mir leid, mein Sohn. Das ist nicht die reale Welt. Unsere beste Chance ist, das FBI das tun zu lassen, was es am besten kann. Die wissen, wie man jeden Stein umdreht. Ich weiß, es fühlt sich an, als würde nichts passieren, aber während wir hier sitzen und reden, sind da draußen hundert Agents, die an Türen klopfen und alles auf den Kopf stellen.«

»Aber sie haben diesen einen Jungen aus Portland nie gefunden. Den Jungen, der verschwand, als seine Stiefmutter ihn bei der Schule absetzte. Das ist vier Jahre her!«

»Du kannst Henley nicht mit anderen Fällen vergleichen, Jake. Jede Situation ist anders. Die Leute da unten werden nicht aufgeben, und sie haben die besten Mittel für diese Art von Ermittlung. Für dein eigenes seelisches Wohlergehen musst du positiv bleiben. Es ist noch nicht einmal ein Tag vergangen. Greif den Dingen nicht vor.«

»Wie kann jemand jahrelang positiv bleiben?«

»Sieh dir die drei Mädchen in Cleveland an, die ein Jahrzehnt lang gefangen gehalten wurden. Oder Elizabeth Smart, die neun Monate lang vermisst wurde. Es gibt immer noch Hoffnung, solange sie nicht …« Mason schluckte schwer. Er hatte beinahe »eine Leiche« gesagt.

Jake starrte ihn mit den Augen eines Kindes an, dem man gerade gesagt hatte, dass es den Weihnachtsmann nicht gibt.

Sein Sohn war fast erwachsen, aber er hatte immer noch die Seele eines Kindes. Er war schon immer von seinen Gefühlen beherrscht worden. »Nächste Woche ist Weihnachten«, flüsterte Jake. »Ich habe ihr eines dieser Pillow-Pet-Dinger gekauft. Du weißt schon, ein Stofftier, das man zu einem Kissen zusammenfalten kann. Sie hat schon fünf, aber sie will mehr.«

»Wir werden Henley finden. Ich verspreche es dir. Wir werden sie rechtzeitig zu Weihnachten zurückholen«, schwor Mason seinem Sohn. Er machte nie Versprechen, die er nicht halten konnte. Niemals. Aber er hatte gerade ein Versprechen gegeben, bei dem er keinerlei Kontrolle über den Ausgang hatte.

Er kam sich wie ein Lügner vor.

Jake sank in Masons Arme und sog tief Luft ein, seine Brust bebte, und Mason spürte, wie die heißen Tränen des Jungen durch sein Hemd auf die Schulter sickerten. Er blinzelte seine eigenen Tränen zurück und machte sich Vorwürfe, weil er die Verbundenheit seines Sohnes zu seiner Stiefschwester unterschätzt hatte. Mason wünschte, er hätte besser aufgepasst, die paar Mal, als sein Weg den von Henley gekreuzt hatte. Aber sie war ein kleines Kind gewesen, für ihn unsichtbar, und er hatte sie übersehen.

Jetzt hatte sie seine volle Aufmerksamkeit.

Mason hielt im Flur unten an, um zu verschnaufen,

bevor er sich wieder zu der Gruppe im Esszimmer gesellte. Sein Gespräch mit Jake hatte eine tiefe Wunde in ihm aufgerissen, von deren Existenz er nichts gewusst hatte. Jake war schon immer ein sympathischer Junge gewesen und hatte keine Probleme mit Schlägern oder beim Sport gehabt, und Mason hatte seinen Sohn nie beschützen müssen; es war eine neue Erfahrung für ihn. Jake hatte die Scheidung gut überstanden. Aber vor fünf Minuten hatten ihn die Gefühle, die Mason in seinem Sohn sah, wie nichts anderes zuvor fertiggemacht. Ein Teil von ihm wollte Henley nur finden, um das gebrochene Herz seines Sohnes zu heilen.

Familienporträts säumten den Flur. Mason fand das, das am neuesten aussah, und trat näher, um es zu betrachten, sein Blick fiel auf seinen Sohn. Jake sah groß und stark aus, und Stolz durchströmte Mason, wurde aber sofort von einem vertrauten Gefühl der Unehrlichkeit verdrängt. Wer hatte Jake zu dem Beinahe-Mann gemacht, der er heute war? Lucas? Mason wusste, dass dem Mann ein Teil der Anerkennung gebührte, aber wie viel?

Die beiden kleinen dunkelhaarigen Mädchen auf dem glücklichen Familienfoto waren Mini-Robins. In Masons Augen waren sie schmerzlich jung, eine etwa drei und die andere um die fünf. Mason konnte sich nie merken, welche Kylie und welche Kindy war.

Mein Gott, was war er für ein Arschloch.

Er konnte die Mädchen nicht auseinanderhalten, weil es komisch gewesen war, Robin mit dem Kind eines anderen Mannes schwanger zu sehen. Also hatte er es ausgeblendet und nie richtig zugehört, wenn Jake von seinen jüngeren Schwestern sprach. Heute Morgen hatten Robins Eltern die Mädchen zu sich nach Hause geholt, solange wie nötig, und Mason hatte gefragt, ob Clackamas County für Schutz sorge.

Wenn eine Tochter zur Zielscheibe geworden war, könnten es die anderen auch sein.

Das County hatte bereits einen Deputy vor dem Haus der Großeltern postiert.

War Jake in Sicherheit?

Mason hatte ihm gesagt, er solle das Haus nicht verlassen. Jemand, der ein elfjähriges Mädchen entführte, hatte wahrscheinlich kein Interesse an einem schlaksigen achtzehnjährigen Jungen, der auf dem Sprung zum Mann war, aber Mason wollte nichts riskieren oder irgendwelche Annahmen treffen. Niemand kannte das Motiv für die Entführung.

Wenn Lucas Fairbanks einen Klienten verärgert hatte, der jetzt auf Rache sann, war niemand in der Familie sicher.

Mason konnte sich nicht vorstellen, dass Lucas jemanden wütend machen würde. Der Kerl war zu nett. Aber bis das FBI wusste, warum Henley verschwunden war, würden die Strafverfolgungsbehörden an allen Familienmitgliedern dranbleiben.

Er ging ins Esszimmer, wo der ständige Strom von Uniformen und Anzügen einen beruhigenden Rhythmus erzeugte, der ihn in den Arbeitsmodus zurückversetzte. Die Arbeit war Masons Komfortzone. Nicht das Trösten eines Teenagers in seinem Zimmer. Oben, mit seinem weinenden Sohn in den Armen, hatte er sich verloren und hilflos gefühlt, unsicher, ob er das sagte, was Jake hören musste. Hier unten konnte Mason etwas erreichen.

Lucas fing seinen Blick auf und deutete auf den Stuhl neben sich. Mason ging hinüber und zog den Stuhl hervor, wobei er die beiden FBI-Agents am Tisch musterte. In der hinteren Ecke des Raumes nickte ihm ASAC Ben Duncan zu, der sich gerade mit einem anderen Agent unterhielt. Mason kannte Duncan von früheren Fällen. Er fragte sich, ob Lucas Masons Bitte, als Verbindungsmann zu fungieren, bereits erwähnt hatte. Falls Lucas das nicht getan hatte, nahm Mason an, dass Duncan eins und eins zusammengezählt hatte. Bei seinen früheren Erfahrungen mit dem ASAC hatte Mason erkannt, dass sie aus demselben Holz geschnitzt waren. Wäre Duncan an Masons Stelle, würde er tun, was Mason geplant hatte. Er war froh, dass Duncan der ASAC war, der dem Fall zugewiesen worden war.

Mason kannte die beiden Agents am Tisch nicht. Der Mann war gut gekleidet, aber schlank, und sein Auftreten schrie förmlich »Computer-Nerd«, obwohl er sich Notizen auf einem Notizblock machte. Die Frau war jünger, strahlte aber die Autorität am Tisch aus. Mason war lange genug im Raum gewesen, um zu erkennen, dass sie die Fragen stellte und Lilian, Robin und Lucas durch ihre erste Befragung führte. Ihre klaren blauen Augen musterten ihn, als er sich neben Lucas setzte. Sie zeigte keins der Abwehrsignale, die Mason als Reaktion darauf erwartet hatte, dass er in ihre Befragung platzte.

»Das ist Mason Callahan, der Detective der State Police, der angeboten hat, unser Sprecher zu sein«, sagte Lucas zu der Frau.

Sie erhob sich ein wenig, beugte sich über den Tisch und streckte Mason ihre Hand entgegen. »Ich bin Special Agent McLane. Das ist Special Agent Wells. Danke, dass Sie Ihre Hilfe anbieten.«

Ihre Stimme war tief und voll und ließ Mason beinahe vergessen, die angebotene Hand zu ergreifen. Er stand auf, schüttelte sie und dann Wells' Hand. Mason sah zu, wie Wells seinen Namen in sauberen Druckbuchstaben zu den Notizen hinzufügte.

»Haben Sie sich bei Ihrem Vorgesetzten eine Auszeit genehmigen lassen, Detective Callahan?«, fragte McLane.

Diese Stimme. Bis zu diesem Moment hatten nur Stimmen, die Country-Musik sangen, Masons Aufmerksamkeit erregt. Special Agent McLane klang, als sollte sie in einer schummrigen Bar mit einem guten Whiskey im Glas irgendeinen bluesigen Soul-Song singen. Er musterte ihre gebügelte weiße Bluse, ihre gerade Haltung und ihren glatten, dunklen Pferdeschwanz und fragte sich, ob sie singen konnte. Oder ob sie überhaupt jemals einen Fuß in eine verrauchte Bar gesetzt hatte. McLane sah eher wie der Typ aus, der ins Fitnessstudio ging. Oder in die Bibliothek.

Mason ließ sich wieder auf seinen Stuhl sinken und bemerkte, dass ihn alle erwartungsvoll ansahen.

Was hatte sie gefragt?

»Ich habe ihm eine E-Mail geschrieben. Habe noch nichts gehört. Ich glaube nicht, dass es ein Problem sein wird. Fahren Sie bitte fort.« Er deutete auf die Familienmitglieder. »Lassen Sie sich durch mich nicht bei Ihrer Befragung stören.«

»Tatsächlich denke ich, dass wir für den Moment an einem guten Punkt sind, um eine Pause zu machen. Lilian muss eine Tasche packen – sie wird heute Nacht hierbleiben.« Special Agent McLane lächelte die Frau an. »Ich fahre Sie nach Hause.«

Mason bemerkte, dass Lilian und Robin sehr empfänglich für McLane zu sein schienen. Er fragte sich, was mit dem ersten Agent passiert war, der sie bei seiner Ankunft befragt hatte. Beide Mütter hatten ausgesehen, als wären sie kurz davor, an die Decke zu gehen, während sie mit ihm sprachen. Jetzt waren Lilian und Robin ruhig und entschlossen und ahmten die Haltung von Special Agent McLane nach. Eine Harmonie summte zwischen den drei Frauen. Irgendwie hatte Agent McLane einen Draht zu ihnen gefunden.

Mason warf einen Blick auf seine Uhr. Vierzehn Uhr. Er sollte auch packen gehen. Er konnte nicht von zu Hause aus der Verbindungsmann sein; er plante, sein Lager bei den Fairbanks aufzuschlagen. Besser jetzt vorbereitet sein, als sich später etwas von Lucas borgen zu müssen.

Wells machte sich noch ein paar schnelle Notizen, während McLane und Lilian aufstanden. ASAC Duncan trat zu ihnen.

»Holen Sie ein paar Sachen von zu Hause?«, fragte Duncan Lilian, die nickte. Duncans Blick glitt über den Tisch. »Es wird für uns einfacher sein, wenn wir Sie alle an einem Ort haben. Wir richten unsere Einsatzzentrale in einer Kirche ganz in der Nähe ein, sodass Ihnen die meisten Agents nicht mehr auf die Füße treten werden. Wir haben noch einige Leute von der Spurensicherung im Haus und ich werde jemanden abstellen, der rund um die Uhr hierbleibt. Die Person wird sozusagen bei Ihnen einziehen. Ist das ein Problem?«, Er sah Robin und Lucas an.

Das Paar wechselte einen Blick und Robin zuckte mit den Schultern. »Wir haben ein Gästezimmer und meine Mutter wird bei den jüngeren Mädchen bleiben, sodass deren Zimmer frei werden. Solange es Ihrer Person nichts ausmacht, in Hello-Kitty-Bettwäsche zu schlafen.«

»Ich glaube nicht, dass es Agent McLane etwas ausmachen wird«, antwortete Duncan.

»Was?«, Agent McLane wirbelte zu ihrem Chef herum. »Ich? Was ist mit Christine?«

»Ihr Mutterschaftsurlaub hat letzte Woche begonnen. Ihr Arzt hat ihr für die letzten zwei Monate Bettruhe verordnet. Haben Sie das nicht gehört?«

»Nein. Habe ich nicht«, sagte McLane langsam. Sie drehte sich mit einer entschuldigenden Miene zu den Müttern und Lucas um. »Christine ist unsere Opferspezialistin. Normalerweise ist sie diejenige, die in Zeiten wie diesen bei den Familien bleibt. Ihre Aufgabe wäre es, Sie zu unterstützen und Ihnen bei allem zu helfen, was Sie brauchen.«

»Ich denke, du wirst dich gut einfügen«, erwiderte der ASAC.

Mason biss sich auf die Wange. Die FBI-Agentin hatte das nicht kommen sehen. McLane blinzelte schnell und versuchte, die unerwartete Wendung zu verarbeiten, mit der der leitende Ermittler sie gerade überrumpelt hatte. Würde das ihre Rolle in diesem Fall verändern? Mason fragte sich, was McLane davon hielt, so tief in die Familiendynamik hineingestoßen zu werden.

Nach Robins Gesichtsausdruck zu urteilen, war sie erfreut und Lilian nickte nachdrücklich.

»Sie sind herzlich willkommen, hier zu wohnen«, sagte Robin. »Ich bin froh, dass man Sie ausgewählt hat und nicht den ersten Agent, der mit uns gesprochen hat.«

Lilian schnaubte verächtlich.

Mason sah, wie die Lippen von Agent Wells zuckten, während er weiterschrieb, und Agent McLane wischte abrupt jeden Ausdruck aus ihrem Gesicht. Mason fragte sich, was er bei dem ersten Agent verpasst hatte; der Mann musste ja ein wahrer Schatz gewesen sein.

4

SEIT 6 STUNDEN VERMISST

Ava staunte, als sie an dem Apartmenthaus vorbeifuhr, auf das Lilian deutete, und wünschte sich, sie würde eine dieser Wohnungen besitzen. Lilian wohnte in einem brandneuen Gebäude mit einer römisch anmutenden Architektur. Im Erdgeschoss gab es ein uriges Café und eine Kunstgalerie. Die Stadt war für die Feiertage geschmückt worden; Kränze und rote Wimpelketten hingen an den altmodisch anmutenden Straßenlaternen, und geschmackvolle Weihnachtsbäume zierten die Schaufenster. Ava fragte sich, wie hoch das Dekorationsbudget von Lake Oswego wohl sein mochte, da sie nicht wie manch andere Städte kitschige, metallisch glitzernde Girlanden aufgehängt hatten. Es sah so aus, als hätten sie einen professionellen Designer engagiert, um die Einwohner in Weihnachtsstimmung zu versetzen.

Ava fuhr auf die Rückseite des Gebäudes und stieg aus. Als sie nach Süden blickte, wurde ihr klar, dass die oberen

Stockwerke des Gebäudes wahrscheinlich eine wunderschöne Aussicht auf den See und die umliegenden Hügel boten.

»Nicht schlecht«, murmelte Ava vor sich hin und dachte an ihr winziges Haus und den Garten, dessen Pflege nie enden wollte.

»Ich liebe es«, erwiderte Lilian und blieb auf dem Gehweg stehen. »Die Leute fragen immer, warum ich für Henley kein Haus gekauft habe, aber wir sind keine Gartenmenschen. Wir lieben es, durch die Stadt zu spazieren und die Geschäfte zu besuchen. Die Verkäufer kennen sie alle beim Namen, und ein paar Straßen weiter gibt es einen tollen Park.«

Ava schnupperte in die Luft. »Riecht es hier immer nach Kaffee?«

»Ja! Und dieser Duft wird nie alt.«

Ava folgte ihr durch ein Sicherheitstor und nickte anerkennend beim Anblick des Tastenfelds und des Kartenlesers, die den Zugang zum Wohnbereich sicherten. »Keine Herumtreiber, die hier umherstreunen?«

»In Lake Oswego?«

Die Frau hatte nicht ganz unrecht. Die Stadt in Oregon mit dem höchsten Pro-Kopf-Einkommen zog keine Penner an. Und sollte sich doch einer hierher verirren, wurde er ohne Zweifel schnell weitergeschickt.

Ein Aufzug brachte sie drei Stockwerke nach oben. Sie gingen einen Flur entlang, blieben stehen, und Lilian wollte ihre Tür aufschließen.

»Klopfen Sie einfach«, schlug Ava vor. Duncan hatte zuvor mehrere Agents zur Wohnung geschickt, und es war zu erwarten, dass mindestens einer für eine Weile bleiben würde.

Lilian starrte sie ausdruckslos an, nickte dann und klopfte. Ava bemerkte den flüchtigen Anflug von Traurigkeit, der über ihr Gesicht huschte, ohne Zweifel, weil sie an ihrer eigenen Haustür klopfen musste. Ava hoffte, dass die Durchsuchung im Inneren ordentlich vonstattengegangen war. Ihre mütterlichen Beschützerinstinkte würden erwachen, wenn die Polizei ein Chaos hinterlassen hätte. Sie hatte sich diese beiden verängstigten Mütter zu Herzen genommen und war entschlossen, ihre Tage so schmerzfrei wie möglich zu gestalten.

Ava erkannte den jungen männlichen Agent, der die Tür öffnete, nicht. Sie tauschten ihre Ausweise aus. Special Agent Parek trat zurück und ließ die Frauen eintreten. Es war nicht ungewöhnlich, dass Ava jemanden aus dem Büro in Portland nicht kannte. Sie hatten fast hundert Agents, und Agents wurden häufig zwischen den Büros versetzt. Sie war seit fünf Jahren in Portland und mochte es. Ihren früheren Posten in Los Angeles hatte sie gehasst. Sie hatte die wechselnden Jahreszeiten vermisst, und es gab dort einfach zu viel Stadt. Zu viele Menschen. Und zu viele Autos.

Sie folgte Lilian durch die luxuriöse Wohnung und entdeckte, dass man vom formellen Wohnzimmer aus einen fantastischen Blick auf den See hatte. Bisher sah das Zuhause nicht durchwühlt aus. Entweder war die Polizei außerordentlich ordentlich gewesen oder jemand hatte sich einige Zeit genommen, um aufzuräumen. Lilian ging einen Flur entlang und trat in ein helles Schlafzimmer. Ava kniff die Augen zusammen. Drei der Wände waren neongrün und eine war pink. Alles schrie »Mädchen«. Lilian drehte sich langsam im Kreis und musterte alles.

»Ich merke, dass sie hier gesucht haben«, flüsterte sie.

»Sie haben die Sachen zwar schön wieder zurückgelegt, aber ich merke es trotzdem.«

Ava fand, dass es für das Zimmer einer Elfjährigen überraschend aufgeräumt war. In diesem Alter hatten sie und ihre Schwester den Boden ihres gemeinsamen Schlafzimmers selten gesehen; sie hatten den Boden praktisch als Kleiderschrank benutzt. Henleys Bett war gemacht, und es war kein einziges Kleidungsstück zu sehen. Mehrere Regale waren mit Stoffkisten bestückt. Von außen sahen sie schön ordentlich aus, aber Ava vermutete, dass sie mit einem Sammelsurium aus Spielzeug, Büchern und Barbies vollgestopft waren.

Ein Poster einer unbekannten Boyband hatte den Ehrenplatz über Henleys Kopfteil inne. Ein riesiger weißer Schreibtisch mit einem Regalaufsatz für Krimskrams quoll über vor Stofftieren mit riesigen Augen. Ein Dutzend Lipglosse und ein beleuchteter Schminkspiegel waren auf eine Seite des Schreibtisches geschoben.

»Sie haben ihren Computer mitgenommen.« Lilian fuhr mit der Hand über das weiße Holz. »Das überrascht mich nicht. Es hinterlässt nur eine klaffende Lücke auf ihrem Schreibtisch.«

Ava starrte auf die leere Stelle. Hatten alle Elfjährigen einen eigenen Computer in ihrem Zimmer? Warnten nicht alle Erziehungsratgeber davor?

»Ich hatte eine gute Kindersicherungssoftware drauf«, sagte Lilian, als könnte sie ihre Gedanken lesen. »Sie hat sie daran gehindert, auf bestimmte Webseiten zuzugreifen. Sogar auf einige, mit denen ich kein Problem hatte.«

»Haben Sie sich jemals ihren Browserverlauf angesehen?«

»Am Anfang schon. Aber das waren alles einfache Sachen. Disney und Barbie und Spiele. Ich habe schon eine Weile nicht mehr nachgesehen.« Ihre Stimme wurde leiser.

Avas Gedanken schossen zu Internet-Verbrechern; sie vermutete, Lilians ebenfalls. »Wenn da etwas drauf ist, werden unsere Leute es finden. Und zwar schnell. Das wird das Erste sein, wonach sie suchen«, sagte sie.

Lilian schüttelte den Kopf und starrte auf den Haufen Lipgloss. »Ich hätte öfter nachsehen sollen. Aber ich habe darauf vertraut, dass sie mit Fragen zu mir kommt. Wir haben darüber gesprochen, was im Internet angebracht ist, und ich habe sie davor gewarnt, sich von Leuten kontaktieren zu lassen, die sie nicht kennt. Ich weiß, dass sie mit ihren Freundinnen auf einigen Spieleseiten war, aber sie konnte nicht wirklich mit anderen Spielern chatten. Sie konnte nur aus einer Reihe von vorgegebenen Sätzen wählen, wie ›Das macht Spaß‹ oder ›Hab einen schönen Tag‹.«

»Das FBI wird jede Seite sehen können, die sie besucht hat«, sagte Ava.

»Ich hätte sie besser beaufsichtigen sollen«, flüsterte Lilian. »Ich habe sie zu oft allein daran gelassen.«

Ava gefiel die Verzweiflung nicht, die Lilians Blick zu überschatten drohte. Die Frau geriet in einen Strudel aus Selbstzweifeln und Schuldgefühlen. »Lilian. Sehen Sie mich an.« Die Frau drehte sich um, ihre braunen Augen waren feucht. Ava ergriff ihre Hände und drückte sie. »Hören Sie zu. Sie sind keine schlechte Mutter. Nicht jede Minute des Tages über die Schulter Ihres Kindes zu schauen, macht Sie nicht zu einer schlechten Mutter. Das ist nicht Ihre Schuld. Machen Sie sich nicht selbst fertig, solange wir nicht wissen, was passiert ist.« Die Frau nickte, während Ava sprach, aber sie bezweifelte, dass ihre Worte Lilians Selbstvorwürfe durchdrangen.

Wie kann eine Mutter funktionieren, wenn ihr Baby außer ihrer Reichweite ist?

»Packen wir Ihre Sachen«, schlug Ava vor, in der Hoffnung, Lilian damit auf andere Gedanken zu bringen. Sie zog an den Händen der Mutter und führte sie zur Tür. Lilian folgte ihr und blickte nicht in das Zimmer ihrer Tochter zurück. Im Flur schien sie aus ihrer Stimmung herauszukommen und ging an Ava vorbei in ihr eigenes Schlafzimmer.

»Ich brauche nur ein paar Minuten.« Sie schloss die Tür zu ihrem Zimmer.

Ava blieb im Flur stehen. Das war ein unmissverständliches ‚Kommen Sie nicht herein'.

Das war also ihre neue Rolle. Sobald Duncan gesagt hatte, dass sie bei der Familie untergebracht werden würde, hatte sich Avas Rolle von der einer Ermittlerin zu der einer Händchenhalterin gewandelt. Es wäre schön gewesen, wenn Duncan sie unter vier Augen auf die Sache angesprochen hätte. Es war eine ziemliche Arschlochaktion, ihr das vor den Müttern einfach so vor den Latz zu knallen. Aber sie hätte zugestimmt, wenn er sie vorher gefragt hätte. Und Duncan kannte sie gut genug, um das zu wissen. Trotzdem würde sie als Vergeltung dafür, dass er sie nicht gewarnt hatte, seine Lieblingstasse verstecken.

Sie ließ Lilian ein paar Minuten für sich und ging in die Küche. Special Agent Parek blickte auf, als sie eintrat. Er saß am Küchentisch, vor sich zwei Handys, einen Roman und einen Notizblock. Ava vermied es, den Weihnachtsbaum im Wohnzimmer anzusehen. Der Stapel Geschenke darunter tat ihr in der Seele weh.

»Sie sagt, sie haben die Sachen ordentlich zurückgelegt. Sie scheint ziemlich zufrieden zu sein«, sagte Ava zu ihm. Er nickte und deutete auf einen Stuhl am Tisch. Sie zog den

Stuhl heraus, um sich zu ihm zu setzen. Parek schien ein ruhiger Typ zu sein. Er war von kompakter Statur, nicht viel größer als sie, mit freundlichen, dunklen Augen. »Wissen Sie, wie die Befragung hier im Haus gelaufen ist?«

»Von einem Dutzend Wohnungen waren nur in sechs Leute zu Hause. Ein Team kommt heute Abend noch einmal vorbei, um erneut an die Türen zu klopfen. Die Kunstgalerie hat ein Kamerasystem, das einen Teil des Gehwegs vor dem Haus erfasst, und eine weitere Kamera am Hintereingang. Sie sichern die Aufnahmen für achtundvierzig Stunden, wenn Henley es also irgendwie hierher geschafft hat, werden wir sie sehen.« Parek nahm einen Schluck von einer Limonade und Ava wurde klar, dass sie das Mittagessen verpasst hatte. Sie verpasste nie das Mittagessen. Sie schluckte schwer, ihr Mund war trocken. Sie musste mehrmals am Tag essen, sonst bekam sie starke Kopfschmerzen.

Sie würde diesen Fall leben und atmen, bis er vorbei war. Es war die Art von Fall, in den sie sich zu hundert Prozent hineinstürzen musste, sonst hätte sie das Gefühl, die Eltern im Stich gelassen zu haben. Und sich selbst.

Sie war auf das Schlimmste vorbereitet, aber sie würde auf jede erdenkliche Weise für den bestmöglichen Ausgang für Henley kämpfen. Aber sie würde in diesem Fall nicht die Straßen abklappern oder sich durch Papierkram wühlen. Auf der ermittlungstechnischen Seite waren ihr die Hände gebunden. Als eingesetzte Opferbetreuerin war es ihre Aufgabe, für die Familie da zu sein. Nicht, die Eltern zu befragen.

Natürlich würde sie die Ohren offen halten ... und hier und da eine Frage stellen.

»Was halten Sie von der Mutter?«, fragte Parek mit leiser Stimme.

»Ich weiß nicht. Ich habe sie vor ein paar Stunden kennengelernt und sie ist durch den Verlust ihrer Tochter traumatisiert. Es ist zu früh, um sich eine zutreffende Meinung zu bilden.«

Aber was sagt mir mein Bauchgefühl?

Sie hatte jeden Ausdruck und jede Bewegung von Lilian beobachtet. Sie hatte jedes Wort analysiert, das aus ihrem Mund kam. Hatte sie irgendetwas gesehen, das ihr das Gefühl gab, Lilian würde lügen? Oder etwas zurückhalten?

Noch nicht.

Ihr Verschwinden im Flur war abrupt gewesen, aber Ava verstand das Bedürfnis nach etwas Privatsphäre. Die Frau würde nicht viel davon haben, bis sie ihre Tochter gefunden hatten.

»Ist jemand vorbeigekommen? Irgendwelche Nachbarn oder Freunde?«

Special Agent Parek schüttelte den Kopf. »Es war ruhig. Bei dem Sicherheitssystem, das das Gebäude hat, erwarte ich nicht, dass irgendwelche Freunde vorbeischauen. Was die Nachbarn angeht, weiß ich nicht, ob dies ein Haus ist, in dem man seine Nachbarn kennt oder nicht. Es gibt keinen Festnetzanschluss, also auch keine Anrufe.«

»Ich bin fertig.« Lilian trat in die Küche. »Ich wusste nicht, für wie viele Tage ich packen soll. Meinen Sie, ich brauche Kleidung für mehr als ein oder zwei Tage?« Ihre rot umrandeten Augen blinzelten schnell und Ava wusste, dass sie geweint hatte, als sie sich in ihrem Schlafzimmer versteckt hatte.

Auf diese Frage gibt es keine Antwort.

Ava zwang sich zu einem Lächeln. »Wir können jederzeit zurückkommen und mehr holen.«

Lilian zuckte zusammen und Ava wünschte, sie hätte sagen können: »Ich bin sicher, das ist mehr als genug.«

Aber so war sie nicht. Sie war zu verdammt praktisch. »Packen Sie für den schlimmsten Fall«, wollte sie sagen. Sie glaubte daran, eine positive Einstellung zu bewahren, ließ sich aber bei praktischen Entscheidungen nicht davon beeinflussen.

Immer auf das Schlimmste vorbereitet sein.

Man konnte nie genug Unterwäsche einpacken oder zu viele Nachbarn befragen. Ein Agent tat, was getan werden musste.

»Das bedeutet nicht, dass wir nicht damit rechnen, sie bald zu finden. Es ist in Ordnung, vorausschauend zu planen.« Ihre Stimme wurde sanfter. »Unser Ziel ist es, sie zu finden, bevor Sie irgendetwas von dem brauchen, was Sie eingepackt haben.«

Lilians Kehle zog sich beim Schlucken zusammen. Sie nickte. »Gehen wir.«

Im Auto auf dem Weg zurück zum Haus der Fairbanks fragte Ava sie, ob es sich seltsam anfühlte, im Haus ihres Ex-Mannes zu wohnen.

»Nicht wirklich. Wir haben schon ein paar Kurzurlaube zusammen gemacht. So wie Ausflüge an die Küste oder in den Wasserpark in Washington«, antwortete Lilian, ihr Blick auf die vorbeiziehende Landschaft gerichtet.

»Sie kommen alle gut miteinander aus«, stellte Ava fest. »Das ist selten.«

»Ich schätze schon. Die Kinder mögen sich alle. Sogar Jake ist gerne mit den jüngeren Mädchen zusammen. Er ist ein guter großer Bruder. Es macht es einfacher, wenn sich alle Erwachsenen darauf geeinigt haben, das zu tun, was für die Kinder am besten ist.«

»Was ist mit Jakes Vater? Ist er oft da?« Der Detective ging Ava nicht mehr aus dem Kopf. Seine Professionalität und seine fast altmodische Art bei der Befragung hatten sie beeindruckt. Er sah aus wie Ende vierzig, mit grau meliertem Haar und dunkelbraunen Augen. Sie hatte sofort erkannt, dass er ein Ermittler durch und durch war. Man erkannte seinesgleichen.

»Mason? Er ist ein guter Kerl. Arbeitet nur ständig. Er ist mit seinem Job verheiratet. Ich weiß nicht, wie er und Robin es so lange miteinander ausgehalten haben. Ich sehe ihn nicht oft, aber Robin sagt, er hält Kontakt zu Jake. Sie verliert kein schlechtes Wort über ihn. Ich glaube, er tut ihr fast schon leid. Er hat nie wieder geheiratet und scheint ein ziemlich einsames Leben zu führen.«

Ava verstand das vollkommen.

Sie spürte, wie Lilians Blick sich auf sie richtete. »Was ist mit Ihnen? Ich sehe keinen Ring. Haben Sie Kinder?«

Ava hielt inne. In jeder anderen Situation wäre sie den Fragen ausgewichen. Ihr Privatleben war ihre Sache. Aber sie würde möglicherweise viele Stunden mit Lilian und den Fairbanks verbringen. Sie musste offen erscheinen, um ihr Vertrauen zu gewinnen. »Nie verheiratet. Keine Kinder. Ich schätze, ich bin ein bisschen wie Jakes Vater. Mit dem Job verheiratet. Aber ich mag es so.« Sie sah Lilian nicht an, deren Neugier das Auto erfüllte. Ob sie ihr das glaubte? Manche Leute dachten, ihr Leben sei nicht vollständig, wenn sie keine bessere Hälfte hatten.

Wie Avas Schwester. Sie sprang von einem Mann zum nächsten, immer auf der Suche nach ihrem Seelenverwandten.

»Das klingt friedlich. Es gab Zeiten, da …«, brach Lilian ab, ein Schluchzer blieb ihr in der Kehle stecken. »Oh, mein Gott«, flüsterte sie. »Wie konnte ich nur jemals so denken?« Sie vergrub das Gesicht in ihren Händen und ließ den Tränen freien Lauf.

Ava wusste, dass sie sagen wollte, dass es Zeiten gegeben hatte, in denen sie sich gewünscht hatte, allein zu leben.

Jede Mutter hatte sich in den anstrengenden Zeiten der Kindererziehung wohl schon einmal nach einsamer Ruhe gesehnt. Besonders, wenn sie alles allein schaffen musste.

Jetzt war Lilians Wunsch in Erfüllung gegangen, und sie durchlebte die Hölle.

5

SEIT 7 STUNDEN VERMISST

Mason rannte die Stufen zu seiner Veranda hoch, seine Stiefel polterten laut auf. Er betrachtete es als eine Warnung für jeden, der die Eier hatte, bei ihm einzubrechen. Es war ein freundlicher Hinweis, dass er zu Hause war, der ihnen den Arsch davor retten sollte, überrascht und wahrscheinlich erschossen zu werden. Er hatte seit zwanzig Jahren niemanden mehr überrascht; er war enttäuscht, als er die Tür aufstieß und statt eines Meth-Junkies, der aus einem Fenster hechtete, nur Stille vorfand. Anscheinend hatte er etwas überschüssiges Adrenalin abbauen müssen.

Er trat ein, hielt inne und streckte den Kopf wieder nach draußen, um seine breite Veranda abzusuchen. Alles still.

Kein Hund.

Er pfiff ein paarmal leise und rief: »Hier, Junge.«

Immer noch still. Er zuckte innerlich mit den Schultern, trat ein und griff nach seinem Handy. Er musste eine Tasche packen und mit seinem Vorgesetzten reden. Er hatte keine

Antwort auf die E-Mail erhalten, die er an seinen Sergeant geschickt hatte, um ihn über den Shitstorm zu informieren, der plötzlich über Masons Leben hereingebrochen war. Er suchte seinen Chef in den Kontakten und drückte auf die Anruftaste. Er schritt den Flur entlang, das Telefon am Ohr, schaltete die Lichter an und überprüfte alle Zimmer. Seine übliche Angewohnheit, wenn er nach Hause kam.

Keine Meth-Junkies.

Sein Haus war nicht groß. Es war genau richtig für einen alleinstehenden Mann, der keine Zeit für Gartenarbeit hatte und nicht gerne putzte. Das Geld, das er zweimal im Monat für eine Haushälterin und einen Gärtner ausgab, betrachtete er als die beste Investition, die er je getätigt hatte. Er holte eine Reisetasche mit Rollen aus seinem Schrank und warf sie aufs Bett. Sein Chef ging ans Telefon.

»Schefte.«

»Denny. Callahan hier. Haben Sie meine E-Mail bekommen?«, fragte Mason, zog eine Schublade auf und schnappte sich drei Paar Socken. Ob er mehr brauchen würde?

»Habe ich. Das vermisste kleine Mädchen war in den Zwölf-Uhr-Nachrichten. Sie ist die Tochter Ihrer Ex?«

»Es ist die Stieftochter meiner Ex. Aus der früheren Ehe ihres Mannes.«

»Sie ist erst elf«, murmelte Schefte. »Gottverdammt, was für Arschlöcher es da draußen gibt.«

»Amen. Und als Vorwarnung, Sie könnten mich in den Nachrichten sehen. Ich werde nicht zulassen, dass die Familie vor die Kameras tritt. Ich werde alle öffentlichen Äußerungen für sie übernehmen. Warnen Sie die Abteilung, dass die Presse ihre Nase in meine Angelegenheiten stecken könnte.«

Schefte räusperte sich. »Ja, wir werden der Presse gegenüber klarstellen, dass Sie ausschließlich als Familienmitglied handeln. Das liegt außerhalb unserer Zuständigkeit, aber lassen Sie das FBI wissen, dass sie um jede benötigte Unterstützung bitten können. Ich habe Ihren Dienstplan für die nächsten Tage geregelt. Morales und Hunsinger können alles übernehmen, was anfällt.«

»Wie kommen sie im Fall Josie Mueller voran?«

»Sie stellen viele Fragen. Sie hat sich nicht mit den saubersten Leuten abgegeben, wissen Sie. Sie befragen Leute, die mehr Zeit auf der Straße verbringen als unter einem Dach. Wie Sie sich vorstellen können, sind ihre Erzählungen nicht gerade die präzisesten.«

»Aber irgendetwas taucht immer wieder auf«, stellte Mason fest. Er konnte zwischen den Zeilen lesen. Etwas wurde oft genug erwähnt, um Morales und Hunsinger dazu zu bringen, nachzuhaken.

»Ja, es sieht so aus, als hätte sich ein Freier in der Nähe ihrer Wohnung herumgetrieben. Es gab ein paar Berichte über einen regelmäßigen Besucher in Jeans und Cowboystiefeln. Und einige haben einen Cowboyhut erwähnt.«

Mason schnaubte. »Sind Sie sicher, dass sie nicht über mich reden? Aber ich war seit Monaten nicht mehr dort. Andererseits haben die vielleicht kein Zeitgefühl, wenn sie regelmäßig konsumieren. Eine von Josies Regeln war, dass sie keine Freier mit zu sich nach Hause brachte. Sie nutzte eines dieser Motels am Barbur. Ich schätze, das könnte sich geändert haben. Es ist billiger, die eigene Wohnung zu nutzen als ein Motel. Ich weiß, dass mit ihr etwas nicht stimmte, Denny. Sie sah heute Morgen furchtbar aus; sie hatte viel abgenommen.«

»Erste forensische Berichte deuten darauf hin, dass sie ihre Wohnung fürs Business genutzt hat.«

»Scheiße.«

»Man kann diese Leute nicht retten, Callahan. Besonders, wenn sie erst einmal an den Drogen hängen. Alles, was sie wollen, ist Geld für ihre Sucht zu beschaffen. Wenn jemand wie Josie entdeckt, dass der einfachste Weg ist, die Beine breit zu machen und Geld dafür zu verlangen, gehen ihre Prinzipien und Moralvorstellungen den Bach runter.«

»Ja, ich weiß. Ich hatte gehofft, sie würde es schaffen. Sie war ein guter Mensch. Hatte nur etwas Pech.« Mason schloss für eine Sekunde die Augen. Er hatte geglaubt, er hätte Josie erreicht. Sie hatte entschlossen gewirkt, ihr Leben umzukrempeln. Was hatte sie vom Weg abgebracht?

Und warum hatte sie ihn nicht angerufen?

Es war ihr peinlich. Sie wusste, du würdest es nicht gutheißen. Also hat sie es verheimlicht.

»Feiern Sie ab oder nehmen Sie Urlaub?«, fragte Schefte und wechselte abrupt das Thema.

»Nennen Sie es Urlaub.«

Schefte schnaubte. »Da Sie nie Urlaub nehmen, haben Sie, glaube ich, mehr angesammelt als die gesamte Abteilung zusammen.«

»Was sollte ich im Urlaub tun? Auf meiner Veranda sitzen und den Leuten beim Vorbeifahren zusehen?«

»Wie wäre es mit Hawaii? Oder eine Woche Vegas? Das machen normale Leute.«

»Zu heiß.« Mason klemmte das Telefon unter seine Schulter, während er drei T-Shirts aus einer Schublade holte, sie zusammenrollte und ordentlich in den Koffer packte. Zwei identische Jeans folgten.

»Dann machen Sie eine Kreuzfahrt nach Alaska.«

»Das machen alte Leute. Ich würde mich zu Tode langweilen.«

»Sie sind auch kein junger Hüpfer mehr. Wann steht bei Ihnen die große Fünfzig an?«

Arschloch. »Ich werde immer jünger sein als Sie.« Er hatte noch ein paar Jahre bis zu diesem drohenden Meilenstein.

»Halten Sie mich auf dem Laufenden. Schicken Sie mir am Montag eine E-Mail mit einem Update. Vorerst halte ich Ihnen die nächste Woche frei.«

Mason erstarrte, als er nach einem gebügelten Hemd in seinem Schrank griff. Eine Woche? Würde es so lange dauern?

Schefte war für einige Augenblicke still. »Und Callahan?«

»Ja.«

»Ich hoffe, sie finden den Hurensohn und bringen sie sicher nach Hause«, spuckte Schefte die Worte aus.

»Geht mir genauso.« Mason beendete das Gespräch und warf sein Handy aufs Bett, während sich sein Blick bei dem Gedanken verengte, Henley in den Händen eines Perversen zu wissen. *Lass ihr nichts zustoßen.* Bitte lass es nur um Lösegeld gehen. Jemand, der es auf einen Teil von Lucas Fairbanks' Geld abgesehen hat. Bei Lösegeldfällen wurden die Opfer besser behandelt. Ihre Motivation war Geld. Nicht etwas Unaussprechliches.

Die Türklingel unterbrach ihn beim Packen.

Sein Partner, Ray Lusco, stand auf seiner Veranda; seine Linebacker-breiten Schultern blockierten das Sonnenlicht. »Hey, dein Hund will rein«, verkündete er, als Mason die Tür öffnete. Ein schwarzer Mischling mit weißer Brust und weißen Pfoten trottete herein.

»Nicht mein Hund«, sagte Mason.

Der Hund steuerte direkt auf die Näpfe mit Hundefutter und Wasser zu, die gleich rechts neben der Tür standen.

»Er benimmt sich aber wie dein Hund.«

»Nicht mein Hund«, wiederholte Mason. Er sah zu, wie

das Tier das Futter inhalierte. Er hatte den Hund seit gestern nicht mehr gesehen, und er tat so, als hätte er seitdem nichts mehr zu fressen gefunden.

Ray starrte ihn an. »Seit wann hast du denn einen Hund?«

»Er ist vor ein paar Wochen aufgetaucht. Ich füttere ihn ab und zu. Ich weiß nicht, ob er jemandem aus der Nachbarschaft gehört oder hier ausgesetzt wurde.«

»Hast du beim Tierheim angerufen?«

»Nein, ich habe alle Vermissten-Seiten für Hunde durchgesehen, die ich finden konnte. Er hat keine Marken. Ich erwarte eigentlich ständig, dass er wieder verschwindet.« Mason kratzte sich an der Schläfe. Er wusste nicht, was er mit dem Hund machen sollte. Was, wenn er den Hund zum Tierheim brachte und sich herausstellte, dass er einem Nachbarn gehörte?

»Du solltest ihn hinbringen. Vielleicht hat er einen von diesen Chips.«

Der Hund fraß sein Futter auf, setzte sich hin und starrte Mason erwartungsvoll an.

»Er hat immer noch Hunger«, stellte Ray das Offensichtliche fest.

Mason ging in die Küche und holte den Sack Hundefutter unter der Spüle hervor. Er schüttete eine weitere Portion in den Napf, und der Hund machte sich wieder an die Arbeit. Ray beäugte den Futtersack.

»Du benimmst dich, als hättest du einen Hund.«

Mason funkelte ihn an. »Ich hatte es satt, ihm die Hälfte meiner Tiefkühlpizzen zu verfüttern. Das hier war einfacher. Er hängt hier ständig rum.«

»Weil er weiß, dass du ein Weichei bist und ihm Futter gibst.«

Der Hund ließ etwas Futter in seinem Napf zurück und

trottete zum Teppich im Wohnzimmer, drehte sich dreimal im Kreis und ließ sich mit einem Seufzer fallen.

Rays Augenbrauen schossen in die Höhe. »Heilige Scheiße, der Hund hat dich auserwählt. Ich dachte, den Tag würde ich nie erleben. Du musst ihn zum Tierarzt bringen und nach einem Chip scannen lassen, bevor du dich zu sehr an ihn gewöhnst.«

»Ich werde mich nicht an ihn gewöhnen. Ich mag keine Hunde. Zu viel Arbeit. Und wer soll ihn den ganzen Tag rein- und rauslassen, wenn ich bei der Arbeit bin?«

»Bau eine Hundeklappe ein. Dein Garten hat einen guten Zaun. Du solltest dich wirklich besser um ihn kümmern, anstatt ihn herumstreunen zu lassen«, bemerkte Ray.

»Leck mich.«

Ray grinste. »Schon mit Schefte geredet?«

»Ja, ich bin für die nächste Woche freigestellt.«

»Mist. Glaubst du, es wird so lange dauern?«

»Es dauert so lange, wie es eben dauert.« Mason wollte nicht darüber nachdenken. »Kommst du mit den Fällen McGregor und Temple klar?«

»Ja, die werden kein Problem sein. Dass du dir ein paar Tage frei nimmst, kam eigentlich zu einem ziemlich günstigen Zeitpunkt.« Ray verzog das Gesicht. »Das klang jetzt falsch.«

»Es gibt keinen guten Zeitpunkt, damit so ein Mist passiert. Ich weiß, was du meintest.« Ray hatte recht. Ihre Fallbelastung hatte in letzter Zeit etwas nachgelassen. Die Leute konzentrierten sich mehr auf die Feiertage als darauf, schwere Verbrechen zu begehen. Und es war richtig kalt gewesen. Das beruhigte die Kriminalitätsrate bei ihnen immer. Aus irgendeinem Grund benahmen sich die Leute besser, wenn es draußen eiskalt war.

»Du ziehst also bei den Fairbanks ein?«

»Vorerst. Wenn das hier nicht schnell geklärt wird, wird es einen Mediensturm geben, und die Familie braucht jemanden, der der Polizei und dem FBI die richtigen Fragen stellt. Ich glaube, sie waren erleichtert, als ich anbot, ihr Verbindungsmann zu sein. So können sie sich auf sich selbst konzentrieren und müssen sich nicht ständig fragen, ob die Ermittler ihren Scheiß auf die Reihe kriegen. Das wird mein Job sein.«

»Hast du schon mit dem FBI gesprochen?«

»Ein bisschen. Erinnerst du dich an Ben Duncan?«

»Ja, der ist gut.«

»Es ist sein Fall. Er wartet darauf, dass das CARD-Team einschwärmt, aber er hat schon Hunderte von Leuten auf der Straße. Und er hat einen Agent bei Lucas und Robin eingeschleust. Das wird mir auch helfen.«

»Ich glaube, das CARD-Team wurde seit vier Jahren nicht mehr in der Gegend von Portland angefordert.«

Mason nickte. Er und Ray kannten den Fall eines Achtjährigen, der aus seiner Schule verschwunden war. Der Junge wurde immer noch vermisst.

»Da gibt es einige Ähnlichkeiten«, merkte Ray an. »Die Schule. Geschiedene Eltern.«

»Ja, ich bin sicher, das FBI hat sich sofort darauf konzentriert. Ehrlich gesagt, glaube ich das nicht. Ich denke, das ist eine Fremdentführung. In dem Fall damals hat man sich auf Familienmitglieder konzentriert.«

»Fremdentführung? Die sind ziemlich selten.«

»Stimmt. Aber ich kenne diese Familie. Keiner von ihnen würde das tun«, argumentierte Mason.

»Kennst du die Freunde der leiblichen Mutter? Sie ist nicht wiederverheiratet, oder? Was ist mit den Männern, mit denen sie zusammen war? Es gibt alle möglichen Leute in ihrem Umfeld, von denen du nichts weißt.«

Mason fluchte innerlich. Ray hatte recht. Er hatte zugelassen, dass seine Kenntnis der Familie seinen Blick auf die gesamten Ermittlungen verengt hatte. Aber es waren nicht seine Ermittlungen; er war nur ein Beobachter.

Das hieß aber nicht, dass er nicht ein bisschen auf eigene Faust herumschnüffeln konnte.

»Was zum Teufel denkst du gerade?«, fragte Ray. »Du siehst aus, als wärst du bereit, ein paar Gräber auszuheben.«

»Ich ermittle nicht in diesem Fall.«

»Aber du solltest einen guten Überblick darüber haben, was passiert. Haben sie irgendwo eine Kommandozentrale eingerichtet?«

»Ja, es gibt eine Kirche ein paar Blocks entfernt. Ich werde auf dem Rückweg dort vorbeischauen und meine Nase reinstecken. Ich will, dass sie sich an meinen Anblick gewöhnen.«

»Werden die damit ein Problem haben?«

»Ich glaube nicht. Duncan schien fast erwartet zu haben, dass ich mich in die Rolle des Verbindungsmanns dränge. Solange ich mich nicht einmische, wird er mich, glaube ich, gerne vorschieben, um mit der Familie zu kommunizieren.«

»Wer ist der Agent, den sie eingeschleust haben?«

»Eine Special Agent McLane. Den Vornamen habe ich nicht mitbekommen, aber Robin und Lilian schienen gut mit ihr auszukommen, was gut ist, wenn sie jetzt rund um die Uhr da sein wird. Sie macht einen scharfsinnigen und besonnenen Eindruck. Schon mal von ihr gehört?«

»Nein. Soll ich mich mal umhören?«

»Ja. Schau mal, was für einen Ruf sie hat. Ich wüsste gern, wer da mit meinem Kind unter einem Dach wohnt.«

»Wie kommt Jake damit klar?«

»Beschissen. Er hängt sehr an Henley. Ich komme mir wie ein Arschloch vor, weil ich das Mädchen kaum kenne.«

»Natürlich hängt er an ihr. Sie ist seine kleine Schwester. Spielt keine Rolle, dass sie nicht blutsverwandt sind. Ich bin sicher, sie haben viel Zeit miteinander verbracht.«

»Es macht ihn fertig, dass nächste Woche Weihnachten ist.«

»Sie werden sie bis dahin finden.«

Stille breitete sich zwischen ihnen aus. Beide Männer wussten, dass es keine Garantie gab, dass Henley vor Weihnachten zu Hause sein würde. Mit jeder Stunde, die verstrich, sanken ihre Chancen, nach Hause zu kommen. Ray blickte zu dem Hund auf dem Teppich. Ein leises, hündisches Schnarchen war zu hören.

»Du solltest den Hund behalten«, sagte Ray. »Sieht so aus, als hätte er dich ohnehin schon auserwählt. Man sagt, es ist gesund, ein Haustier zu haben. Es ist gut, etwas zu haben, um das man sich kümmern muss, weißt du?«

»Ach ja? Und wer soll auf ihn aufpassen, wenn ich weg bin?«, Mason sah Ray erwartungsvoll an.

Ray wich einen Schritt zurück. »Ich kann ihn nicht mit nach Hause nehmen. Jill ist allergisch.«

Mason seufzte und sah den Hund an. »Ich stelle ihm etwas zum Schlafen auf die Veranda und stelle seine Näpfe auch nach draußen. Mein Nachbar kann ihm dann etwas Futter reinschütten. Mal sehen, ob er bleibt.«

Der Hund hob den Kopf, sah Mason an und wedelte mit dem Schwanz.

»Sieht aus, als hättest du ein neues Familienmitglied«, stellte Ray fest. »Wurde auch Zeit.«

6

SEIT 8 STUNDEN VERSCHWUNDEN

Ava zeigte dem Deputy von Clackamas County, der am Kircheneingang Wache stand, ihren Ausweis. Sie war erfreut, dass er sich ihr Foto und ihr Gesicht genau ansah, bevor er sie einließ. »Gehen Sie den Flur nach rechts. Den Raum können Sie gar nicht verfehlen, folgen Sie einfach den Stimmen«, sagte er zu ihr.

Sie betrat das Gebäude und wurde vom Anblick von vier Dutzend Weihnachtssternen in verschiedenen Rottönen begrüßt. Es war eine dieser Megakirchen, die sich eher wie eine riesige Schule als ein Gotteshaus anfühlte. Es fühlte sich definitiv nicht wie die prunkvolle katholische Kirche an, die sie als Kind besucht hatte. Sie hatte seit zwanzig Jahren keine Kirche mehr betreten, außer für Hochzeiten, und ein leichtes Schuldgefühl durchströmte sie. Es fühlte sich fast falsch an, dass die Kommandozentrale in einem Gotteshaus eingerichtet worden war, aber vielleicht würde es ihrer Suche etwas göttlichen Beistand bescheren.

Sie bog nach rechts ab und folgte dem Stimmengewirr.

Draußen war der Parkplatz voller Polizeifahrzeuge von lokalen und Bundesbehörden. In diesem Fall würde es nicht an Personal mangeln. Ihr Magen kribbelte ein wenig vor Aufregung. Der Nervenkitzel der Jagd. Das FBI auf Hochtouren war ein herrlicher Anblick.

Und sie durfte bei der Familie im Haus sitzen und Händchen halten.

Einerseits war sie geschmeichelt, dass Ben sie als Vertretung für die schwangere Opferbetreuerin des FBI ausgewählt hatte, aber andererseits sehnte sie sich danach, mit dem Rest des Teams draußen zu ermitteln. Sie hatte Lilian am Haus der Fairbanks abgesetzt, sich erkundigt, ob jemand etwas brauchte, und ihnen gesagt, dass sie in einer Stunde zurück sein würde. Sie wollte die Kommandozentrale sehen und die anderen Agents daran erinnern, dass sie immer noch Teil des Falles war. Im Haus der Fairbanks wäre sie aus den Augen, aus dem Sinn. Sie wollte nicht, dass die Behörde einen Beitrag übersah, von dem sie wussten, dass sie ihn leisten konnte.

Das Stimmengewirr wurde lauter, und sie blieb an der Tür zu einem riesigen Mehrzweckraum stehen. Lange Tische und Klappstühle füllten den Raum. Alle paar Meter standen Computermonitore auf den Tischen, zusammen mit kilometerlangen, herabhängenden Computerkabeln. An der Hälfte der Computer saßen bereits Agents, während Techniker die restlichen Monitore und Geräte weiter verkabelten. An einer Wand des Raumes hingen drei riesige Whiteboards. Auf einem von ihnen hatte jemand die Zeittafel begonnen. Die Zeittafel war ein Schlüsselelement ihrer Ermittlungen. Jeder Vorfall wurde mit seiner Uhrzeit vermerkt. Als sie näher herantrat, konnte sie unter den Dutzend Markierungen »das Haus verlassen, um zum Bus zu gehen« und die Zeitpunkte der ersten, zweiten und dritten Benachrichtigung der Eltern durch die Schule lesen.

Vergrößerte Bilder von Henley und ihrer Familie waren mit Schildern versehen, auf denen der Name und das Alter jeder Person standen. Ava nannte es im Stillen das Playerboard, da es jede in den Fall verwickelte Person identifizierte. Sie bemerkte, dass Fotos von Lehrern aus Henleys Schule und der Busfahrerin neben den Familienfotos hinzugefügt worden waren.

Neben den Fotos hingen Karten der Stadt und der Nachbarschaft. Rote und grüne Pinnnadeln mit Fähnchen markierten etwas, wovon Ava noch nichts wusste. Noch nicht. Sie ließ den Blick weiter schweifen und studierte den Anfang der Hinweistafel. Dort wurden die aus der Öffentlichkeit einströmenden Hinweise und die Person, der sie zur Überprüfung zugewiesen wurden, dokumentiert. Es gab bereits über einhundertfünfzig Einträge.

Sie wandte sich wieder dem Raum zu. Jemand hatte Papierschilder gebastelt, die den jeweiligen Zuständigkeitsbereich der Computergruppen anzeigten: Schule, Nachbarn, Medien und Polizei. Ava wusste, dass das erst der Anfang war.

Ein Polizist in Zivil, der sich über die Schulter eines der Deputys von Clackamas County am Polizeitisch beugte, drehte sich zu ihr um, und sie erkannte Robin Fairbanks' Ex-Mann, den Detective der Oregon State Police, Mason Callahan. Kluge braune Augen trafen ihre, und er nickte ihr anerkennend zu. Sie bemerkte, dass er einen Cowboyhut in einer Hand hielt, und fragte sich, ob er seinen Hut vor ihr gezogen hätte, wenn er ihn auf dem Kopf gehabt hätte. Nur wenige Leute kamen damit durch, sich in den Vororten von Portland so zu kleiden, aber diesem Mann stand es. Etwas an ihm war extrem altmodisch, aber auf eine gute Art. Es waren nicht die Cowboystiefel und der Hut. Es war der Mann selbst. Er strahlte eine knallharte Aura aus, und sie hatte das Gefühl, dass er keine Angst hätte, in einer handfesten Auseinandersetzung seine Fäuste oder Stiefel einzusetzen. Er beobachtete die Welt um sich herum mit einem ruhigen Blick, als hätte er schon alles gesehen und könnte eine Situation in Sekundenschnelle einschätzen.

Mit dem Auge einer Ermittlerin musterte Ava den Mann, der ihr Mitbewohner sein würde, solange es dauerte, Henley nach Hause zu bringen. Bei ihrer kurzen Begegnung war ihr aufgefallen, dass seine Augen selten Überraschung zeigten, etwas, das sie bei FBI-Agents gesehen hatte, die jahrelang im Dienst waren. Der Job saugte etwas aus einem Menschen heraus, und oft war es der Teil, der Schock empfand.

Bei der richtigen Person wurde es durch Selbstvertrauen und logisches Denken ersetzt. Bei der falschen Person konnte es durch Sucht und Burnout ersetzt werden. Es brauchte schon ein wahrhaft schreckliches Ereignis, um selbst sie heutzutage noch zu schockieren. Sie drückte die Daumen, dass dieser Fall nicht so enden würde.

Bei ihrer kurzen Begegnung mit Mason Callahan hatte sie die richtigen Dinge gesehen und die richtigen Dinge von den Leuten gehört, die ihn kannten. Aber sie wusste es besser, als sich über eine Person ein vorschnelles Urteil zu bilden. Sie würde sich ihr Urteil für später aufheben. Sie hatte zu viele pathologische Lügner und Blender verhört. Mit einem war sie sogar aufgewachsen.

Ihr privates Handy summte in ihrer Tasche. Sie zog es heraus.

Wenn man vom Teufel spricht.

Sie ließ den Anruf ihrer Schwester auf die Mailbox gehen. Wenn es dringend wäre, würde Jayne eine SMS schicken, da sie wusste, dass Ava private Sprachnachrichten selten zeitnah abhörte.

Ava und Jayne hatten höchst unterschiedliche Auffassungen von »dringend«.

Außer Callahan schien sie niemand bemerkt zu haben. Sie ging langsam an den Tafeln vorbei und musterte den Einsatz in seinen Anfängen. Sanford, der Agent, den Ben Duncan mit dem Aufbau der Zentrale beauftragt hatte, war in seinem Element. Er war tief in ein Gespräch mit zwei Special Agents und einem Deputy von Clackamas County vertieft, schrieb wütend auf einem Notizblock herum und zeigte auf zwei Reihen unbenutzter Computer. Ava rümpfte die Nase, als ihr der Geruch von Salami in die Nase stieg. Auf einer Seite befand sich der Eckpfeiler jedes Einsatzes: Essen. Drei Kaffeebehälter, zwei Platten mit Wurst und Käse und vier riesige Packungen Wasserflaschen standen auf einem langen Tisch neben mehreren rosa Schachteln mit Donuts.

Ihr Magen drehte sich um. Sie konnte keine industriell verarbeiteten Lebensmittel essen. Ihre Magenschleimhaut vertrug das nicht. Sie schwor, dass auch ihr Gehirn besser funktionierte, wenn sie sich einfacher ernährte. Ihre Schwäche war Pizza, und wenn sie sich die gönnte, musste sie immer zwei Tage lang dafür büßen.

Sie ging auf Special Agent Sanford und seine Gruppe zu. Er blickte auf und nickte ihr zu. »Hey, Ava.« Ihre Anspannung ließ ein wenig nach. Er hatte ihr verziehen, dass sie seine Position bei der Befragung im Haus übernommen hatte. Er dachte wahrscheinlich, sie hätte den Scheißjob erwischt, bei der Familie zu bleiben, während er im Zentrum des Geschehens sein würde.

Sie hob das Kinn ein Stück. Sanford würde ihre jetzige Aufgabe niemals bewältigen können.

»Sie müssen hier für anständiges Essen sorgen, Sanford«, sagte sie. »Oder Sie werden bald ein Team mit schlimmen Kopfschmerzen haben. Besorgen Sie frisches Obst und Salate. Bitten Sie den Feinkostladen, Protein zu liefern, das nicht verarbeitet und voller Salz und Chemikalien ist.«

Seine Augen verengten sich kurz. Sie wusste, dass nicht er das Essen bestellt hatte, aber sie hatte Lust, ihn ein bisschen zu reizen. Und wäre sie der Einsatzzentrale zugeteilt worden, hätte sie sich eine gesündere Auswahl gewünscht. Einer der Agents warf ein: »Guter Punkt. Ich versuche gerade, mich nach Paleo zu ernähren. Das hält den Geist wach.« Er erntete einen bösen Blick von Sanford.

Ava verkniff sich ein Lächeln und ging weiter. Sie fühlte sich von der Computerreihe angezogen, wo Callahan und der Deputy aus Clackamas County tief in eine Diskussion über den Bericht auf dem Monitor vertieft waren, einen Stadtplan mit ein paar markierten Stellen. Sie trat näher und ihr Magen verkrampfte sich. *Sexualstraftäter.*

Sie blieb stehen und starrte auf ihren Bildschirm, ihr Blick konzentrierte sich auf den Standort der Fairbanks'. Zwei Punkte erschienen auf Häusern in derselben Siedlung. Sie atmete aus. Zweifellos waren das die ersten Häuser, bei denen Ben Duncan seine Agents hatte anklopfen lassen. Callahan blickte auf und traf ihren Blick.

»Beide Straftäter waren zu Hause, als Clackamas County heute Vormittag anklopfte«, sagte er. »Sie haben sogar einer Durchsuchung zugestimmt. Nichts gefunden. Sie haben die Suche ausgeweitet und sogar schon Special Agents für einen zweiten Besuch zu diesen beiden Häusern zurückgeschickt.«

»Gut.« Ava prägte sich die Lage der beiden Häuser ein. Sie würde auf dem Rückweg zum Haus der Fairbanks' daran vorbeifahren. Täglich. Sie würde täglich daran vorbeijoggen oder -fahren. Ganz langsam.

»Wir haben Glück, dass das nicht in einem anderen Teil von Portland passiert ist. In manchen Vierteln würde man ein Dutzend Punkte in einem einzigen Block sehen«, fügte er hinzu.

Sie bemerkte, dass Callahans Gesichtsausdruck sorgfältig undurchdringlich war. Zweifellos hatte er seinen Teil an Fällen mit Sexualstraftätern gehabt. Zwei Agents betraten die Einsatzzentrale und steuerten geradewegs auf die Computergruppe neben Ava und Callahan zu. Die Anspannung der beiden Männer war förmlich greifbar, und alle Köpfe in der Zentrale drehten sich um, als hätte man sie erwartet. Unbehagen machte sich im Raum breit. Ava musterte die neugierigen Gesichter, die die Agents beobachteten, und beschloss, einen Schritt zurückzutreten, um ihnen etwas Platz zu machen. Schon bewegten sich andere Agents auf die Männer zu.

»Möchten Sie eine Tasse Kaffee, Detective Callahan?«, bot sie an. Es war ein guter Zeitpunkt, um ein paar Einblicke in den Rest der Familie zu bekommen. Die Patchworkfamilie Fairbanks konnte doch nicht so fröhlich sein, wie sie sich gab, oder? Wenn sie Zeit mit ihnen verbringen sollte, wollte sie jede Information haben, die sie kriegen konnte. Die Ermittlungen würden sich zuerst auf die Familie konzentrieren. Vielleicht würde sie im Haus etwas sehen, das in einer formellen Befragung nicht zum Vorschein kommen würde. Sie mochte die Eltern; sie hoffte, dass keiner von ihnen beteiligt war. Aber bis das FBI sie entlastet hatte ...

Callahan hielt ihren Blick für zwei Sekunden. »Den Kaffee lasse ich aus, aber ich nehme eine Flasche Wasser und vielleicht einen Donut.«

Sie lächelte und nickte mit dem Kopf in Richtung des Tisches voller Konservierungsstoffe. Callahan entschuldigte sich bei dem Deputy, der nur nickte, ohne den Blick von den Punkten auf seinem Bildschirm abzuwenden.

MASON FOLGTE Special Agent McLane in Richtung des Essens. Er hatte einen Bärenhunger. Er hasste es, ihr Essen zu plündern, da er nicht zum offiziellen Team gehörte, aber er dachte sich, dass sie einen Donut nicht vermissen würden. Außerdem wurden die Teilchen steinhart, wenn man sie nicht sofort aß. Hoffentlich hatten sie einen Ahorn-Donut mit Speck von Voodoo Donuts. Das wäre so etwas wie eine richtige Mahlzeit; da war Protein drin.

Er entdeckte seine Beute und nahm einen göttlichen Bissen, während er sich den Mund mit einer Serviette abwischte. »Hungrig?«, fragte er Ava.

Sie schüttelte den Kopf. »Ich mag Donuts, aber ich weiß nicht, was die da alles reinpacken. Ich bin keine zwanzig mehr. Mein Körper macht mir zwei Tage lang die Hölle heiß, wenn ich mich mit Konservierungsstoffen oder unaussprechlichen Zutaten vollIade.«

Er nickte kauend. Das verstand er. Wein verursachte bei ihm Kopfschmerzen, also trank er ihn nicht. Das war eine einfache Lösung, da er Wein sowieso nicht mochte, aber auf Donuts zu verzichten, musste ätzend sein.

Special Agent McLane war eine attraktive Frau. Er hatte es vorher nicht bemerkt und vermutete, dass sie ihr Aussehen bewusst unauffällig hielt. Ihr dunkelbraunes Haar war zu einem Pferdeschwanz zurückgebunden und ihr Make-up war minimal, aber ihre Haut hatte eine Frische, die von guter Gesundheit und einer sauberen Lebensweise zeugte. Ihre Augen waren von einem intensiven Dunkelblau, das vor Intelligenz funkelte. Je länger er sie ansah, desto überraschter war er, dass ihm ihr Aussehen nicht sofort aufgefallen war. Ihre sanfte Stimme zog ihn immer noch in ihren Bann. Vielleicht hatte sie ihn bei ihrer ersten Begegnung abgelenkt.

»Wie ist Ihr Vorname, Agent McLane?«

Blaue Augen blinzelten. »Ava. Tut mir leid. Sie sind Mason, richtig?«

Mason nickte. Ava. *Ein Name wie für einen Filmstar.* »Und wir werden für ein paar Tage Mitbewohner sein.«

»Hoffentlich nicht so lange.«

»Amen dazu.«

»Was halten Sie von der ganzen Sache?«

Es war eine sehr offene Frage. Mason biss erneut in seinen Donut und überlegte sorgfältig, bevor er antwortete. »Ich weiß nicht. Ihre Eltern sind gute Leute. Ich tendiere zu einer Entführung durch einen Fremden-«

»Entführungen durch Fremde sind sehr selten.«

Er biss noch einmal in seinen Donut und kaute langsam. Wenn sie ihn unterbrechen wollte, dann konnte sie auch warten. »Ich weiß. Aber ich glaube nicht, dass Sie die Antwort im engsten Familienkreis finden werden. Aber Leute außerhalb der Familie sind eine andere Sache. Vielleicht ein Kunde oder Arbeitskollege von Lucas Fairbanks oder ein früherer Freund von Lilian.«

Die Hosentasche ihres marineblauen Blazers vibrierte, und er schob sich den letzten Rest des Donuts in den Mund, als sie ihr Handy herauszog und auf den Bildschirm blickte. Ärger huschte über ihr Gesicht, und sie ließ das Telefon zurück in ihre Tasche gleiten.

»Müssen Sie telefonieren?«, stichelte er. Sie war nicht erfreut gewesen, den Namen des Anrufers zu sehen. Sein

Bauchgefühl sagte ihm, dass es persönlich war, aber er wollte sie nicht aufhalten, wenn es um ihren Job ging.

»Nein. Es ist nicht die Arbeit.«

Ein Punkt für sein Bauchgefühl.

Er schwieg und gab ihr die Gelegenheit, es zu erklären. Die Leute redeten für gewöhnlich gern über sich selbst, wenn man ihnen die Chance dazu gab.

Special Agent McLane fiel nicht auf seinen üblichen Vernehmungstrick herein. Sie lächelte ihn höflich an, nahm einen Schluck aus ihrer Wasserflasche und kam auf ihr Thema zurück. »Sie glauben also nicht, dass das Mädchen weggelaufen ist? Wie gut kannten Sie sie?«

»Ich kannte sie überhaupt nicht gut. Ich verlasse mich auf das, was Robin sagt. Diese Frau hingegen kenne ich. Wenn sie überzeugt ist, dass Henley keine Ausreißerin ist, dann nehme ich sie beim Wort.«

»Aber Kinder verheimlichen ihren Eltern ständig Dinge. Ich bezweifle, dass Robin oder Lilian alles wussten, was Henley sich online angesehen hat.«

»Deshalb hat das FBI doch die Computer mitgenommen, oder? Ich nehme an, das ist das Erste, was sie sich ansehen werden. Ich weiß nicht, warum Sie mich danach fragen.« Er warf ihr einen spitzen Blick zu. »Sie sind vom FBI, warum sehen Sie sich nicht an, was die herausgefunden haben?«

Die Reaktion in ihrem Gesicht war ein winziges Zucken. Hätte er nicht genau auf ihre Antwort auf seine Stichelei geachtet, hätte er es nicht gesehen.

Frustration.

Sie war bei diesem Fall außen vor. Genau wie er.

»Soweit ich weiß, vertreten Sie die Opferbetreuerin. Ich schätze mal, das bedeutet, dass Sie keine aktive Rolle bei den Ermittlungen spielen.«

Wieder dieses Zucken. »Nicht wirklich. Meine Hauptaufgabe ist es, für die Familie da zu sein. Eine Schulter zum Ausweinen, Chauffeurin, Händchenhalterin, die die Medien abwimmelt.«

Ihr waren genauso die Hände gebunden wie ihm.

»Geschirrspülerin?«

»Vielleicht.«

»Dann sollten Sie also auch nicht hier drin sein.«

Sie lächelte halb, und er war bezaubert. Sie hatte einen subtilen, trockenen Humor, mit dem er sich, so vermutete er, stundenlang würde messen können.

»Ich kann mich auch nicht ganz raushalten«, gestand Mason. »Ich werde die Grenzen so weit ausreizen, wie sie es zulassen, aber ich kenne meine Rolle.«

»Sanford? Sie müssen sich das mal ansehen«, sagte einer der Agents, der kurz zuvor die Kommandozentrale betreten hatte. Ava und Mason tauschten einen Blick und gingen auf die sich versammelnde Gruppe von Agents zu.

Mason blickte über die Schultern einiger Agents und sah die Schwarz-Weiß-Aufnahme einer Kamera in einem Schulbus. Kinder bewegten sich von der Kamera weg, während sie in den Bus stiegen; ihre dicken Jacken und Rucksäcke verbargen ihre Identität. Als sie sich umdrehten, um sich in die Sitzreihen des Busses zu setzen, verrieten flüchtige Blicke auf ihre Gesichter ihr Geschlecht.

»Was haben Sie?« Special Agent Sanford drängte sich durch die Gruppe zu den Männern direkt vor dem Bildschirm.

»Wir haben gerade das letzte Kind von Henleys Bushaltestelle befragt«, sagte der ältere Agent. »Alle sind sich einig, dass sie nicht im Bus war.«

Sanford nickte. »Ich habe viele meiner Entscheidungen in der Annahme getroffen, dass Ihre Befragungen das bestätigen würden, was wir heute Morgen von den ersten beiden Kindern gehört haben.«

»Es waren insgesamt fünf«, fuhr der Agent fort. »Jedes Kind gab an, dass Henley nicht an der Haltestelle war und nicht in den Bus gestiegen ist, aber wir wollten es auch selbst sehen. Der Schulbezirk hat uns dieses Video vor ein paar Minuten per E-Mail geschickt.«

Der andere Agent zeigte auf jedes Kind auf dem Bildschirm, als es sich hinsetzte, und nannte ihre Namen. »Das sind die Kinder, die an Henleys Haltestelle einsteigen. Man muss warten, bis sie sich umdrehen, aber ich erkenne jedes Kind, mit dem wir heute Morgen gesprochen haben. Sie haben alle recht. Henley ist nicht eingestiegen.«

Die Gruppe von Agents war still, als das Video einfror und das Bild eines Dutzends Kinder zeigte, die im Bus saßen. Mason kniff die Augen zusammen und musterte jedes Gesicht auf dem Bildschirm. Kein blondes Mädchen mit zarten Gesichtszügen blickte ihn an.

»Keine Chance, dass sie an einer anderen Haltestelle eingestiegen ist?«, fragte Ava.

»Das haben wir die Kinder auch gefragt. Alle sagen, sie ist nicht eingestiegen.« Der erste Agent legte einen Finger auf das Gesicht eines dunkelhaarigen Mädchens. »Dieses Mädchen sagte, dass sie normalerweise neben Henley sitzt, wenn sie mit diesem Bus fährt, und schwört, dass ihre Freundin heute Morgen nicht da war. Ich habe mir das ganze Video angesehen. Als die Kinder an der Schule aussteigen, hatte ich eine klare Aufnahme von jedem Gesicht. Da gab es nicht den geringsten Zweifel.« Der Agent neben ihm nickte nachdrücklich.

»Ich stimme zu«, sagte der zweite Agent. »Sie ist nicht da.«

Sanford stieß den Atem aus. »Okay. Ziehen Sie bis auf

zwei Agents alle von der Schule ab. Ich will alle zurück in dem Gebiet zwischen dem Haus der Fairbanks und der Bushaltestelle. Unser aktuelles Zielgebiet hat sich für den Moment verkleinert.«

Ava neigte Mason den Kopf zu, und sie entfernten sich leise ein paar Schritte von der Gruppe.

»Ich weiß nicht, ob ich mich über diese Wendung der Ereignisse freuen soll oder nicht«, flüsterte Ava.

»Ich denke, es hilft. Es schließt im Grunde die Untersuchung des gesamten Schulgeländes aus. Es grenzt den Zeitrahmen und den Ort wirklich ein«, erklärte Mason. Er fasste den mentalen Plan, sich in der Nachbarschaft selbst etwas umzusehen. Es konnte nie zu viele Augen an einem Tatort geben.

Ava nickte, ihre Stirn konzentriert gerunzelt, und er vermutete, dass sie denselben Plan schmiedete.

Sanford nahm einen Anruf entgegen, hörte fünfzehn Sekunden lang zu und sagte: »Wir sind sofort da.« Er tippte auf seinen Bildschirm, um den Anruf zu beenden, und wandte sich an Ava und Mason. »Einer der BAU-Agents ist bereit, mir ein vorläufiges Profil zu geben. Wollen Sie beide dabeibleiben?«

Mason nickte gleichzeitig mit Ava.

BAU. Die Verhaltensanalyseeinheit. Die »Profiler«. Sie wussten, wie man Informationen analysierte und ein Profil von der Sorte Bastard erstellte, die ein Kind entführen würde. Mason bewunderte die Vorgehensweise, verstand aber nicht ganz, wie sie funktionierte. Es schien eine Menge Hokuspokus und Verallgemeinerungen im Spiel zu sein. Aber wenn einer von ihnen Informationen zu Henleys Entführer hatte, wollte er es hören. Er würde jede Hilfe annehmen, die sie bekommen konnten.

Sie folgten Sanford aus der Kommandozentrale und ein

kurzes Stück den Flur hinunter in einen kleinen Raum mit einem Stuhlkreis und riesigen Fenstern. Ein Agent, der in einer Akte auf einem Tisch in der Ecke blätterte, drehte sich um, als sie eintraten. Sanford stellte sie einander vor. Special Agent Bryan Euzent trug eine Brille, hatte einen festen Händedruck und sah jung genug aus, um Masons Sohn zu sein. Mason hielt sich mit einem Urteil zurück. Dies war einer der klügsten Köpfe in der BAU-Einheit, hatte Ava ihm zugeflüstert. Niemand wusste mehr darüber, wie ein Entführer tickte.

Ihre Gruppe füllte den Stuhlkreis und blickte erwartungsvoll zu Special Agent Euzent.

»Ich habe den Flug damit verbracht, die Informationen zu analysieren, die in dem Fall bisher gesammelt wurden«, begann Euzent. »Ich habe die Vernehmungsprotokolle und den Personenkreis, der mit Henley zu tun hat, durchgesehen. Es gibt noch eine Menge Informationen, die ich prüfen muss, aber es gibt einige spezifische Botschaften, die wir so schnell wie möglich an die Öffentlichkeit bringen müssen, um weitere brauchbare Hinweise zu bekommen. Zuallererst wollen wir, dass die Öffentlichkeit auf Verhaltensänderungen achtet. Diese Person könnte heute bei der Arbeit gefehlt haben. Sie könnte einfach nicht aufgetaucht sein oder eine plausible Ausrede vorgebracht haben. Oder sie hat einen geplanten Termin verpasst. Vielleicht hat sie auch plötzlich die Stadt verlassen.«

»Wir können die Öffentlichkeit nicht bitten, etwas so Alltägliches zu melden. Wir werden mit nutzlosen Anrufen überschwemmt werden«, erklärte Sanford.

Mason stimmte ihm innerlich zu.

»Ich weiß, das klingt sehr allgemein«, antwortete Euzent. »Aber das ist nur ein Teil einer Liste von Verhaltensweisen. Natürlich wollen wir keine Meldungen über jeden Kerl, der heute nicht bei der Arbeit erschienen ist. Ich komme gleich zum Rest.« Er blickte auf die Papiere in seinen Händen. »Vielleicht hat derjenige das Fahrzeug gewechselt, das er immer fährt, oder sein Fahrzeug auf irgendeine Weise verändert.«

»Typischerweise sind Entführer weiße Männer zwischen dreißig und vierzig. Sie neigen dazu, generell Beziehungsprobleme zu haben, aber besonders im Hinblick auf Frauen.«

Mason blickte in die Runde der weißen Männer und fragte sich, wer im Raum nicht irgendein Beziehungsproblem mit dem weiblichen Geschlecht hatte. Ava war die einzige Frau im Raum, und sie konzentrierte sich voll und ganz auf Euzent.

»Sie neigen dazu, sozial etwas isoliert zu sein, aber nicht immer.«

Mason fühlte sich, als wäre plötzlich ein Scheinwerfer auf seinen Kopf gerichtet.

»Möglicherweise gibt es eine Vorgeschichte von sexuellen Übergriffen oder sexuell übergriffigem Verhalten gegenüber Frauen.«

Da bin ich jedenfalls aus dem Schneider.

»Wie oft ist Sex das Motiv für eine Entführung?«, fragte ein Agent. Aus dem Augenwinkel sah Mason, wie Ava bei der Frage zusammenzuckte.

Euzent räusperte sich. »Oft. Bei einem Kind kann das Motiv ein wenig anders sein. Aber normalerweise läuft es auf Dominanz und Kontrolle hinaus. Es geht um die Macht. Der Entführer hat das Sagen, und er kann genau das tun, was er tun will.«

»Mistkerle«, flüsterte Ava.

»Normalerweise werden Kinder von Fremden aus einem von drei Gründen entführt. Der erste ist Profitgier, und üblicherweise kontaktieren sie die Eltern zeitnah, weil sie das Kind so kurz wie möglich bei sich behalten wollen. Der zweite Grund war der, den ich bereits erwähnt habe ... die Person will das Kind zur sexuellen Befriedigung oder zur Ausübung von Dominanz. Normalerweise wollen diese Leute keinen Kontakt zu den Eltern. Der dritte Grund ist, dass jemand wirklich krank ist und sich einfach ein eigenes Kind wünscht. Auch diese Person nimmt keinen Kontakt auf.«

»Oder es sind die Eltern«, warf Mason ein.

Special Agent Euzent erwiderte seinen Blick. »Genau. Deshalb überprüfen wir sie auch zuerst. Bisher wurde kein Lösegeld gefordert, also scheint die Motivation der Dominanz im Moment am wahrscheinlichsten. Ob es eine Zufallstat war oder vorsätzlich, wird sich noch zeigen. Ich habe die Aussagen der Mütter gelesen. Als sie gefragt wurden, ob sich jemand in Henleys Nähe aufgehalten oder ob sie seltsame Begegnungen mit Erwachsenen erwähnt hätte, verneinten beide.«

»Es könnte immer noch eine Lösegeldforderung kommen«, warf Ava ein.

Euzent hielt inne und lächelte. »Ich bete, dass das hier der Fall ist.« Sein Lächeln verschwand, als er wieder zum Geschäftlichen überging. »Wenn es vorsätzlich war, muss unser Mann einen Ort haben, an dem er sie festhalten kann. Einen Ort, der keine Aufmerksamkeit erregt. Einen Keller, eine Scheune, ein verlassenes Nebengebäude. Selbst sanitäre Anlagen muss der Entführer bedenken. Glauben Sie mir, er hat darüber nachgedacht. Henley war für ihn vielleicht einfach zur richtigen Zeit am richtigen Ort, oder er hat sie gezielt ausgewählt.«

»Sie sagen also, es ist ein Missbrauchstäter«, sagte Ava.

»Das glaube ich«, antwortete Euzent. »Ich weiß, ich habe

Ihnen nicht viel an die Hand gegeben, aber ich werde mein Profil ergänzen, sobald weitere Fakten eintreffen.« Er schob seine Brille zurecht und sah plötzlich zehn Jahre älter aus, als er den Blick senkte. »Ich werde ununterbrochen hier sein, bis wir sie finden«, sagte er leise, als er die Akte schloss.

Die Agents nahmen das als Zeichen zum Aufbruch. Mason folgte Ava aus dem Raum.

»Ich fahre zurück zum Haus«, sagte sie, als sie den Flur entlanggingen. »Sie auch?«

»Ja.«

Sie blieb mitten im Schritt stehen und drehte sich zu ihm um, ihre blauen Augen waren ernst. »Falls Sie irgendwelche Familiendynamiken kennen, über die ich Bescheid wissen sollte, würde ich gerne davon hören. Bisher habe ich von allen drei Elternteilen eine geschlossene Front gesehen, aber meine bisherige Erfahrung sagt mir, dass der Schein trügen kann.«

Mason unterdrückte ein Lächeln. Dafür, dass sie angeblich nicht ermittelte, hatte sie definitiv einige Fragen. »Ich glaube, Sie werden feststellen, dass Robin und Lucas das sind, was sie zu sein scheinen. Ich kenne Lilian nicht so gut, aber Robin hat immer gesagt, dass die beiden eine Einigung haben.«

»Eine Einigung?« Sie rümpfte die Nase, und Mason bemerkte, dass sie Sommersprossen hatte. Nicht viele, aber ein paar über Nase und Wangen verteilt.

»Sie kommen miteinander aus. Wirklich. Sie haben gegenseitigen Respekt voreinander und sorgen sich um Henley. Ich weiß nicht, was ich Ihnen sonst sagen soll. Da versteckt sich keine psychotische Zicke. Ich kenne Lilians Vergangenheit nicht, aber ich bin sicher, sie wird gerade auseinandergenommen, während wir hier reden.«

Ava blickte auf ihre Uhr. »Lucas Fairbanks wird gerade vernommen. Sie müssen hier irgendwo einen Nebenraum benutzen. Ich habe die Familie gewarnt, dass sie viel mit der Polizei werden reden müssen und dass das meiste davon repetitiv sein wird.«

»Das Gleiche habe ich ihnen auch gesagt«, antwortete Mason. Er blickte durch die Türen, eine Bewegung erregte seine Aufmerksamkeit. »Heilige Scheiße. Die Medien haben die Einsatzzentrale gefunden.« Zwei Deputies aus Clackamas County brachten gerade Absperrband an, um die Kamerateams vom Gebäude fernzuhalten und sie an einer Stelle zu sammeln. Ein anderer Deputy stand direkt vor der Doppeltür und bewachte sie, die Hände in die Hüften gestemmt, und schüttelte den Kopf. Mason verstand, wie er sich fühlte.

»Schon zwei Übertragungswagen«, murmelte Ava. »Ich frage mich, wie viele am Haus sind.«

Mason setzte seinen Hut auf. »Guter Punkt. Gehen wir nachsehen, ob sie Hilfe brauchen.«

Ein Handy klingelte, und Agent McLane griff in eine Jackentasche, eine andere als die, in der das vorherige vibrierende Handy gesteckt hatte.

Dienstasche, Privattasche. Mason hatte das private Handy vor ein paar Jahren aufgegeben. Jake war die einzige Person außerhalb der Arbeit, mit der er kommunizierte, und das beschränkte sich auf ein paar SMS. Er fand nicht, dass das ein Missbrauch seines Diensthandys war.

»Special Agent McLane.«

Mason beobachtete ihr Gesicht. Ihre Augenbraue zuckte einmal, als sie zuhörte, und ihr ruhiger Blick blieb auf der wachsenden Medienmeute haften.

»Ich bin schon auf dem Weg. In weniger als fünf Minuten bin ich da.« Sie beendete den Anruf und schenkte

Mason ein halbes Lächeln. »Sieht so aus, als gäbe es zu Hause gerade ein ziemliches Theater. Die Mütter schreien sich an, und der Deputy, der vor dem Haus postiert ist, meint, die Presse draußen könne es hören.«

Mason presste die Lippen zusammen. Er hatte Agent McLane gerade erst eine Predigt darüber gehalten, wie gut abgestimmt die beiden Frauen doch waren.

Anscheinend galt das auch für ihr Temperament.

7

SEIT 9 STUNDEN VERSCHWUNDEN

Der Deputy scheuchte die Reporter vom Anfang der Auffahrt weg, als Ava vorfuhr. Die Reporter wichen zurück, richteten die Adleraugen ihrer Kameras auf sie und beugten sich vor, um einen guten Blick in ihr Fahrzeug zu erhaschen. Ava wünschte, sie hätte getönte Scheiben. Wie lange würde es wohl dauern, bis man sie als FBI-Agentin identifizieren würde? Sie beobachtete, wie die Reporter bei Callahan dasselbe Spiel abzogen, als sein Wagen hinter ihrem hielt.

Der Deputy hatte recht gehabt. Als Ava am oberen Ende der langen Auffahrt der Fairbanks aus ihrer Limousine stieg, hörte sie Geschrei aus dem Haus. Als sie das Haus vor ein paar Stunden verlassen hatte, war nur ein Streifenwagen vor dem Haus zu sehen gewesen. Die Fahrzeuge der Fairbanks waren in ihrer Garage für drei Autos geparkt gewesen, und Lilian hatte ihr Fahrzeug bei ihrer Wohnung gelassen. Jetzt drängten sich der Streifenwagen, ein Übertragungswagen eines Fernsehsenders, weitere Vans von Nachrichtensendern und andere Medienfahrzeuge auf der ehemals ruhigen Straße. Die Sonne war untergegangen, und die Straßenlaterne vor dem Haus beleuchtete die kleine Schar von Reportern und Kameras.

Je mehr Medienrummel für Henley, desto besser. Aber Ava hatte schon erlebt, wie die Medien aufdringlich wurden oder ihre Grenzen überschritten, wenn sie sich langweilten oder das Gefühl hatten, sich gegenseitig übertreffen zu müssen. Konzentriert euch auf das vermisste Kind, wollte sie ihnen am liebsten predigen, bauscht nicht jeden Faktor zu einer Sensation auf.

Zum Glück lag das Haus weit von der Straße zurückgesetzt, sodass sich eine breite Fläche mit gepflegtem Rasen, Sträuchern und Rindenmulch zwischen den Reportern und dem Haus befand. Würden sich einige von ihnen auf das Grundstück wagen? Sie würde dafür sorgen, dass die Türen und Fenster des Hauses rund um die Uhr verschlossen waren. Und sie würden die Jalousien geschlossen halten. So ein verdammter Mist. Gott sei Dank hatte Clackamas County die Notwendigkeit eines Streifenwagens vor dem Haus eingesehen.

Sie und Callahan gingen zur Haustür. Sie drückte auf die Klingel und probierte dann den Türgriff. Abgeschlossen. Gut. »Robin? Hier ist Agent McLane«, rief sie dicht an der Tür. Das Geschrei im Haus war beim Klang der Klingel verstummt. Sie blickte direkt in den Türspion und wartete; sie fühlte sich wie auf einer Bühne, während die Reporter auf ihren Rücken starrten.

»Verdammte Geier«, murmelte Callahan. »Die vermehren sich ja wie die Karnickel.«

Die Tür ging auf, und zu Avas Überraschung sah sie Jakes Gesicht.

»Zurück«, sagten sie und Callahan wie aus einem Munde zu ihm. Der Junge musste nicht in den Nachrichten landen. Diese Kameraobjektive konnten von der Straße aus eine Nahaufnahme seines Gesichts machen. Sie und Callahan traten ein, und er schloss die Tür hinter ihnen.

»Benutz den Türspion«, wies er Jake an. »Öffne die Tür nur für Leute mit einem Polizei- oder FBI-Ausweis. Und bleib hinter der Tür, wenn du aufmachst.«

»Wie lange werden die da draußen bleiben?«, fragte der Teenager. »Gehen die über Nacht nicht weg?«

Ava warf Callahan einen Blick zu. »Nein«, antworteten sie gleichzeitig.

»Was ist mit deiner Mutter und Lilian los?«, fragte Callahan. »Ich konnte sie draußen hören.«

Jake senkte den Blick, seine Schultern fielen leicht ein. »Ich weiß nicht. Ich versuche, nicht hinzuhören. Es geht um irgendeinen Typen, mit dem Lilian ausging.«

Ava sog scharf die Luft ein. Na, da haben wir's ja. Die Wahrheit kam langsam ans Licht.

Callahans Stiefel polterten auf dem Holzboden, als er auf den großen Wohnbereich der Familie zusteuerte. Ava folgte ihm. Er blickte zu ihr zurück und deutete auf sich. Sie nickte. Sie würde Callahan die Fragen stellen lassen. Die Frauen kannten ihn besser. Sollten Sie das Gefühl bekommen, dass eine von ihnen etwas zurückhielt, würden sie die Frauen trennen und sie einzeln befragen.

Im Wohnbereich saß Lilian in einem gut gepolsterten Sessel, die Schultern hingen herab, die Hände hatte sie vors Gesicht geschlagen. Robin stand vor ihr, die Arme vor der Brust verschränkt, ihr Gesicht war rot und ihre Augen feucht. Robin drehte sich um, als die beiden den Raum betraten, und hob das Kinn.

»Was zum Teufel ist hier los?«, fuhr Callahan sie an und

blickte von einer Frau zur anderen. »Wir konnten das Geschrei draußen hören. Und die ganzen verdammten Reporter können euch auch hören.«

Robin sah Lilian nicht an. »Sag es ihnen«, blaffte Robin. »Sag ihnen, was du der Agentin heute in deiner Befragung erzählt hast und was sie über die Männer herausgefunden haben, mit denen du ausgehst.«

Lilian ließ die Hände sinken und krallte die Finger in ihre Jeans, ihr Kiefer spannte sich an. »Ein Typ. Es geht um einen einzigen Typen, und ich hatte keine Ahnung, wie seine Vergangenheit aussah.«

»Deshalb durchleuchtet man ihren Hintergrund, bevor man sie in sein Haus holt!«, Robins Lippen waren nur noch ein weißer Strich, wo ihr Mund gewesen war.

Lilian sah zu Callahan und dann zu Ava. »Es geht um einen Mann, mit dem ich diesen Sommer ein paar Mal aus war. Das FBI hat mir gerade gesagt, dass er ein registrierter Sexualstraftäter ist. Ich hatte keine Ahnung!«

»Warum hast du aufgehört, mit ihm auszugehen?«, fragte Callahan.

Lilian zuckte mit den Schultern. »Es hat nicht geklappt. Es hat einfach nicht gefunkt.«

»Hat er das genauso empfunden?«, fragte Ava. »Wäre seine Version der Trennung dieselbe?«

Lilian zuckte zusammen und sah weg. »Ich weiß nicht.«

»Was glaubst du wirklich, was er sagen würde, Lilian?«, bohrte Callahan nach. »War er wütend? War die Trennung einseitig?«

Lilian rieb sich die Nase und rutschte in ihrem Sessel hin und her.

»Er war stinksauer. Wir waren nur ein halbes Dutzend Mal aus, aber bei mir hat es nicht gefunkt. Ich schätze, er hatte sich mehr versprochen. Er hat mich am Telefon mit ein paar netten Schimpfwörtern bedacht, als ich sagte, wir sollten uns nicht mehr sehen.«

»Hat er Henley kennengelernt?«, fragte Ava leise.

Lilians Gesicht verzog sich. »Ja, zweimal, als er mich abgeholt hat. Nur für ein oder zwei Minuten.«

»Dumm«, stellte Robin fest und verdrehte die Augen zur Decke. »Warum stellst du ihn deiner Tochter vor? Das solltest du nicht tun, es sei denn, du denkst, dass es was Ernstes wird.«

»Ich gehe in jede Beziehung in der Hoffnung, dass sie was Ernstes wird!«, schrie Lilian Robin an. »Was für ein Mensch geht mit der Einstellung da rein, dass es zum Scheitern verurteilt ist?«

Ava hob innerlich die Hand.

»Beruhigt euch!« Mason trat zwischen die beiden Frauen und hielt jeder von ihnen in einer abwehrenden Geste die Hand entgegen. »Lilian«, fuhr er mit leiserer Stimme fort, »was für ein Vergehen haben sie ihm vorgeworfen?«

»Sexueller Missbrauch einer Minderjährigen. Sie war siebzehn.«

»Perverslin«, zischte Robin.

Mason warf Robin einen warnenden Blick zu, fuhr aber in seinem sanfteren Ton fort. »Hat der Agent sonst noch etwas über den Fall gesagt?«

Lilian schniefte. »Er hat behauptet, sie hätte ihm gesagt, sie sei zwanzig.«

»Klar sagt er das«, meinte Robin. »Hat er dich nach deinem Alter gefragt, bevor du mit ihm geschlafen hast?«

»Ich habe nicht mit ihm geschlafen!«, schrie Lilian und richtete sich auf ihrem Stuhl auf.

»Hört auf damit!« Mason zeigte auf Robin. »Du! Geh in die Küche und hol dir etwas zu trinken.« Er warf Ava einen Blick zu.

Robin funkelte ihn wütend an, gehorchte aber. Ava nickte Callahan zu und folgte Robin in die riesige Küche. Sie lehnte sich an die Anrichte und beobachtete, wie die Frau den Kühlschrank öffnete und hineinstarrte. Sie nahm sich nichts heraus. Sie stand nur da, schaute und blinzelte schnell. »Er versucht nur, etwas Abstand zwischen Sie beide zu bringen«, bot Ava an.

»Ich weiß. Und ich hätte sie nicht anschreien sollen.« Sie wandte ihre geröteten Augen Ava zu. »Aber warum war das nicht das Erste, was sie der Polizei heute Morgen erzählt hat? Warum hat sie jemanden wie ihn in Henleys Leben gelassen?«

»Sie dachte offensichtlich, dass nichts dabei war«, erklärte Ava. »Haben Sie der Polizei jede einzelne Begegnung geschildert, die Sie in den letzten Jahren hatten?«

Robin schlug die Kühlschranktür zu und drehte sich zu Ava um. »Ich habe meinen Mann nie betrogen. Niemals!«

»Das habe ich nicht gemeint. Ich meine, haben Sie ihnen von jedem in Ihrem Leben erzählt, von dem Sie sich im Streit getrennt haben? Selbst die kleinen Dinge.« Sie beobachtete, wie sich zwei Falten zwischen Robins Brauen bildeten, während diese nachdachte. »Sehen Sie? Es ist nicht so einfach. Eine Begegnung, die Ihnen vielleicht trivial erscheint, könnte für eine andere Person verheerend gewesen sein und sie wütend gemacht haben – ob die Kränkung nun real oder eingebildet war. Man weiß nie, wie Menschen denken.«

Ava sah eine flüchtige Bewegung hinter Robin im Flur. Jake lauschte. Sie hatte nichts gesagt, was den Jungen beunruhigen sollte. Tatsächlich musste auch er das hören.

»Es ist unmöglich, alles zu wissen, geschweige denn es dem FBI mitzuteilen«, sagte Robin. »Sie könnten jemanden meinen, dem ich aus Versehen mit dem Auto die Vorfahrt genommen habe. Aber das war jemand, mit dem sie ausgegangen ist. Warum hat sie es ihnen nicht schon früher gesagt?« Robins Augen flehten Ava an.

Ava legte so viel Mitgefühl wie möglich in ihren Blick. »Es ist immer noch der erste Tag. Seien Sie froh, dass die Information so früh herausgekommen ist.«

»Aber was, wenn es noch mehr gibt? Was, wenn sie nicht alles erzählt?«

»Ihre Tochter wird vermisst. Glauben Sie nicht, dass sie alles tut, was sie kann, um zu helfen?«

Robin starrte sie eine lange Sekunde lang an. »Ich weiß es nicht«, flüsterte sie. »Langsam frage ich mich, ob ich Lilian so gut kenne, wie ich geglaubt habe.« Ihr schossen die Tränen in die Augen. »Arme Henley. Sie muss schreckliche Angst haben. Ich kann nicht aufhören, darüber nachzudenken, was sie vielleicht durchmachen muss. Ich werde heute Nacht kein Auge zumachen.« Ihre Stimme wurde immer leiser.

Jake trat leise in die Küche. Er zögerte. Mit dem Instinkt einer Mutter wirbelte Robin herum, seinen Namen auf den Lippen.

Der Teenager sah elend aus. Sein Gesicht war aufgedunsen und seine Haare waren ein einziges Chaos. Ava hatte ihn den ganzen Tag kaum gesehen. Er schien es vorzuziehen, in seinem Zimmer zu bleiben. Sie bewunderte seinen Mut, sich mitten ins Drama zu wagen. Sie musterte ihn sorgfältig, da sie wusste, dass Teenager in einem solchen Fall besondere Aufmerksamkeit brauchten. Seine Schwester war verschwunden; seine Eltern waren abgelenkt. Er ging im Hintergrund unter, während sich alles auf seine

Schwester konzentrierte. Aber auch er litt. Er musste seine Gefühle laut aussprechen, bevor er zusammenbrach.

Ava hätte sich dafür ohrfeigen können, ihn übersehen zu haben.

»Jake«, sagte sie und zog einen Hocker an der Frühstücksbar der Küche hervor. »Setzen Sie sich«, befahl sie freundlich. Jetzt war ein so guter Zeitpunkt wie jeder andere. Sie fragte sich, ob die Anwesenheit seiner Mutter ihm helfen würde, sich zu öffnen, oder ob er seine Gefühle dadurch zensieren würde. Der Teenager schlich zum Hocker und setzte sich, den Kopf gesenkt, während ein Finger ein Muster auf die Granitplatte zeichnete. Ava sah Robin an, hielt ihren Blick fest und deutete mit einem Kinnnicken auf den Teenager. *Er muss reden.*

»Sie haben gehört, wie ich Ihrer Mutter sagte, dass wir von allen seltsamen Begegnungen wissen müssen, richtig?«, fragte Ava. Der Teenager nickte, sein Blick immer noch auf die Arbeitsplatte gerichtet.

Ava leckte sich über die Lippen. Teenager waren ihr fremd. Sie versuchte, sich daran zu erinnern, wie sie mit ihrer Schwester und deren Launenhaftigkeit als Teenager umgegangen war. Bei Jayne hatte sich alles ums Drama gedreht. Ava war die Friedensstifterin gewesen und diejenige, die ihre Schwester aus ihren schwarzen Stimmungen herausholte. Angesichts der ständigen Höhen und Tiefen im Seelenleben ihrer Schwester hätte Ava einen Ehrendoktor in Jugendtherapie verdient.

»Ist Ihnen etwas eingefallen? Sie haben heute Nachmittag mit einem der Agents gesprochen, richtig? Ist Ihnen seitdem noch etwas eingefallen?« Ava war sich nicht sicher, wer Jake befragt hatte.

»Nein.«

Ava wartete. Es gab einen Grund, warum Jake sich in die

Küche gewagt hatte. Versuchte er, seine Mutter vor Avas direkten Fragen zu schützen? Sie blickte zu Robin und zog eine Augenbraue hoch.

Die Sorgenfalten standen immer noch zwischen Robins Brauen. »Jake, Liebling«, fing sie an. »Du bist erst seit ein paar Tagen wieder in der Stadt. Mit wem hast du gesprochen?«

Er hob den Kopf und sah seiner Mutter in die Augen. »Nur mit den Jungs. Du weißt schon, Eric, Jack, Lincoln. Die üblichen. Und McKenzie.«

»Sind die alle für Weihnachten vom College zurück?«, fragte Robin. Sie blickte zu Ava. »McKenzie und Jake waren letzten Sommer eine Weile zusammen, aber es war nie was Ernstes, richtig, Jake?«

Jake zuckte mit den Schultern. »Wir sind Freunde. Sie macht sich große Sorgen um Henley. Sie machen sich alle Sorgen.« Seine Stimme brach.

»Haben Sie einen von ihnen gesehen, seit Sie in der Stadt sind?«, fragte Ava. Sie war sich sicher, dass ein Agent das bereits mit Jake durchgegangen war, aber die Ermittlerin in ihr wollte nicht schweigen.

»Nein. Noch nicht. Ich wollte mich dieses Wochenende mit Eric und Lincoln treffen. Irgendwo abhängen. Aber das liegt auf Eis.«

»Sie sind am Mittwoch angekommen, korrekt?«, fragte Ava. »Wo waren Sie, seit Sie zu Hause sind? Nennen Sie mir jeden Zwischenstopp, egal wie unwichtig er erscheint. 7-Eleven oder die Buchhandlung. Nichts ist zu unbedeutend.«

Jakes Augen weiteten sich. »Sie glauben, jemand, den ich kenne, hat das getan?« Entsetzen zeichnete sich auf seinem Gesicht ab. Robin eilte zu ihm, um ihn zu trösten, und umarmte seine Schultern. Sie legte ihre Wange auf seinen Kopf.

»Nein, Süßer, sie drehen nur jeden Stein um. Irgendetwas, das einer von ihnen gesehen hat, könnte der Schlüssel sein, um Henley nach Hause zu bringen. Denk scharf nach. Halte nichts zurück.«

»Meine Güte.« Der Teenager blinzelte heftig.

»Es sind erst zwei Tage vergangen.« Ava schenkte ihm ein aufmunterndes Lächeln. »Da kann es doch nicht so viel zu erinnern geben, oder? Schlafen College-Studenten nicht sowieso zwanzig Stunden am Tag?«

»Ja«, sagte Robin leise. »Ich habe ihn kaum gesehen, seit er zu Hause ist.«

Eine schwere Tür hinter Ava öffnete sich, und sie drehte sich um, als Lucas Fairbanks aus der Garage eintrat. Hinter ihm, wie ein stiller Schatten, ging die große, schlanke Gestalt von Special Agent Zander Wells. Lucas sah aus, als wäre er sechsunddreißig Stunden auf den Beinen gewesen. Er hatte dieselben geschwollenen Augen wie Robin und den traurigen, gebeugten Rücken, den Ava allmählich mit dieser traumatisierten Familie in Verbindung brachte.

Robin trat in seine Arme, und Lucas vergrub sein Gesicht in ihrem Haar und schloss die Augen.

»Irgendetwas?«, hörte Ava Robin ihm zuflüstern. Lucas schüttelte den Kopf. Robins Rücken bebte, als frische Schluchzer die Küche erfüllten.

Ava traf Wells' Blick. Er schüttelte leicht den Kopf.

Nichts Ergiebiges aus der Befragung des Vaters.

Sie beobachtete Jake aus dem Augenwinkel. Er hatte sich umgedreht, als sein Stiefvater in die Küche kam, und sah schweigend zu, wie Lucas seine Mutter umarmte. Jake sah aus wie ein Junge, der seinen neuen Welpen verloren hatte.

Avas Blick wanderte von Lucas zu dem Teenager. Wie war das Verhältnis zwischen den beiden? Callahan hatte in den höchsten Tönen von Fairbanks gesprochen, war aber nicht auf die Sichtweise seines Sohnes auf seinen Stiefvater eingegangen.

Lilian stürzte aus dem anderen Zimmer herein, Callahan dicht auf ihren Fersen. Sie kam abrupt zum Stehen, als sie die Umarmung von Lucas und Robin sah.

»Henley?«, rutschte ihre Stimme eine Oktave höher.

»Keine Neuigkeiten«, antwortete Wells.

Lilian schloss die Augen, und Callahan legte ihr tröstend eine Hand auf die Schulter.

Ava starrte die Mutter an und schluckte schwer. Hinter der Panik in ihrem Gesicht hatte Lilian für den Anflug eines Augenblicks ihr Herz offenbart.

Lilian war immer noch in ihren Ex-Mann verliebt.

Wie viele Schichten hat diese Familie eigentlich?

»Nur weil er Ihnen nicht sagen kann, dass Henley aufgetaucht ist, heißt das nicht, dass es keine Neuigkeiten gibt«, sagte Callahan. »McLane und ich haben einige gute Einblicke in die Arbeit bekommen, die geleistet wird.«

Die drei Eltern sahen ihn hoffnungsvoll an.

»Diese Kommandozentrale verwandelt sich in einen Bienenstock«, erklärte Callahan. »Sie haben bereits die Sexualstraftäter in der Gegend ausfindig gemacht und mit ihnen gesprochen. Wir haben das Video aus dem Bus überprüft und uns mit eigenen Augen vergewissert, dass Henley nicht darin war. McLane hat herausgefunden, dass das Video aus Lilians Wohnhaus keine Anzeichen dafür zeigt, dass Henley zu ihr gegangen ist. Sie hatten sogar schon ein vorläufiges Profil, das von einem der Experten aus Quantico erstellt wurde, der heute eingeflogen ist, um uns zu unterrichten.«

Nacheinander hielt er den Blick jedes Elternteils fest.

»Wir machen Fortschritte. Wir werden jede Spur abarbeiten, bis wir sie finden.«

Ein paar Stunden später saß Mason im großen Wohnzimmer und starrte auf den Gaskamin. Es war fast 22 Uhr. Die Mütter hatten es sich jeweils mit einem Buch auf dem Sofa bequem gemacht, aber Mason war aufgefallen, dass Lilian nur selten die Seiten umblätterte und ihre Augen häufiger auf das Feuer als auf ihren Roman gerichtet waren. Niemand sprach davon, ins Bett zu gehen. Das Gästezimmer, in dem Mason untergebracht war, war von Hello Kitty heimgesucht worden. Zum Schlafen würde es reichen, aber nicht zum Nachdenken oder Auf-und-ab-Gehen. Der einzige Stuhl im Zimmer reichte ihm bis zu den Knien, und er fühlte sich jedes Mal schlecht, wenn er auf den riesigen Teppich mit dem Kitty-Gesicht trat.

Also teilte er sich das deprimierte Wohnzimmer. Der Fernseher blieb aus. Mason wollte keine Nachrichten sehen und nahm an, dass es der Familie genauso ging. Jake war ins Zimmer gekommen und hatte alle angestarrt, als wäre er verloren. Mason zog eine Augenbraue hoch, aber er war in sein Zimmer zurückgegangen und hatte seine Xbox eingeschaltet. Wenn die Spiele Jake von seiner Schwester ablenkten, war Mason absolut dafür.

Wo war Masons Ablenkung? In seinem Kopf kreisten unablässig die ‚Was-wäre-wenn'-Fragen.

Nachdem Lucas angekommen war, hatte Ava eine Tasche aus ihrem Auto geholt. Robin hatte ihr einen dankbaren Blick zugeworfen und sie in das lila Schmetterlingszimmer gegenüber von Masons Zimmer gewiesen.

Gerade führte Ava eine lange Diskussion mit Special Agent Wells im Garten. Mason hatte ein gutes Gefühl bei Zander Wells. Der ruhige Agent wirkte kompetent und konzentriert, seinen scharfen Augen entging nichts. Die beiden Agents kamen durch die Terrassentüren auf der Rückseite herein, ein Schwall eisiger Luft wehte mit ihnen herein.

War Henley irgendwo da draußen? War ihr kalt?

Lilian zuckte zusammen, als die kalte Luft sie traf, und Mason wusste, dass sie dieselben Gedanken hatte.

Er verbannte das Bild des frierenden Kindes aus seinem Kopf.

Er ging den Agents entgegen, als Ava mit Wells auf den Haupteingang zusteuerte. Die beiden blieben stehen und musterten Mason mit wachsamen Augen.

»Gibt es noch etwas, womit ich die Familie auf den neuesten Stand bringen kann?«, fragte Mason.

Die beiden wechselten einen Blick.

»Unser Fokus hat sich auf die Nachbarschaft verlagert, wie Sie wissen«, sagte Wells. »Wir hatten Teams von Agents, die an Türen geklopft und die Grünflächen durchsucht haben. Drei der Häuser haben ihre Überwachungskameras zur Verfügung gestellt, aber keine der Aufnahmen zeigt Henley heute Morgen.« Er atmete tief durch. »Ich habe gerade gehört, dass sie vor einer Stunde ihre Brotdose gefunden haben.«

»Wo?«, fragte Mason.

»Sie war tatsächlich oben in einem Baum, ein paar Häuser von der Bushaltestelle entfernt.«

Sie war so nah dran. »Sie hätte es fast geschafft«, stellte Mason fest. »Aber oben in einem Baum? Wie?«

»Sie war ziemlich gut zwischen den dichten Tannenzweigen versteckt und gut zweieinhalb Meter über dem Boden, was erklärt, warum sie eine Weile niemand entdeckt hat.« Wells verzog das Gesicht und räumte die Frustration des Bureaus über die mehrstündige Verzögerung ein und darüber, diesen Hinweis übersehen zu haben. »Ich schätze, jemand hat sie geworfen. Ich glaube nicht, dass sie hätte platziert werden können, nachdem wir das Gebiet durchsucht hatten. Wir hatten ununterbrochen Leute in der Gegend.«

»Könnte Henley sie geworfen haben?«, fragte Mason.

Wells nickte. »Wir glauben schon. Vielleicht hat sie versucht, etwas zurückzulassen, als sie geschnappt wurde. Es ergibt nicht viel Sinn, dass ein Entführer versucht, etwas so Auffälliges zurückzulassen.«

»Sind Sie sicher, dass es ihre ist?«, fragte Mason.

»Sie passt zu der Beschreibung, die uns die Mütter gegeben haben. Sie haben mir ein Foto davon geschickt, aber die tatsächliche Box ist auf dem Weg ins Labor zur Spurensicherung.« Er zeigte Mason ein Bild auf seinem Handy von einer rosa Brotdose aus Kunstfaser mit einem umklappbaren Deckel und Schnallenverschluss. »Ich schicke es Ihnen, und Sie können es den Eltern zeigen.«

»Was war drin? Passt es zu dem, was Robin als Inhalt angegeben hat?« Masons Gedanken überschlugen sich. *Wer hat sie geworfen? Henley oder ihr Entführer?*

»Das grenzt den Ort, an dem sie geschnappt wurde, praktisch genau ein. So etwas hätte er nicht mit Absicht zurückgelassen«, murmelte Ava und schüttelte den Kopf.

»Der Inhalt war genau das, was Robin aufgelistet hatte«, antwortete Wells. »Und ich weiß, was Sie meinen, Ava. Das ergibt keinen Sinn. Mein Tipp wäre, dass sie die Dose geworfen hat, als er sie packte.«

Die drei nickten zustimmend.

»Was ist mit Fahrzeugen, die auf den Überwachungskameras der Häuser zu sehen sind?«, fragte Mason.

Wells nickte. »Wir arbeiten daran, einige der Aufnahmen zu verbessern.«

»Gibt es sonst noch etwas, das ich wissen muss?«, fragte Mason.

»Versichern Sie ihnen einfach, dass wir die ganze Nacht durcharbeiten werden. Drei Mitglieder des CARD-Teams sind bereits gelandet. Den einen von der BAU haben Sie ja kennengelernt. Drei weitere werden in ein paar Stunden hier sein.«

»Was bringen die für den Fall mit?«

»Erfahrung. Einer ist ein Verhandlungsspezialist für Geiselnahmen, ein anderer ist für die Spurensicherung zuständig, und es gibt einen Computerforensik-Experten. Dazu noch ein paar Agents von der BAU.« Wells blickte zu McLane, die wieder nickte.

»Noch keine Anzeichen dafür, dass dies eine Geiselnahme wird?«, fragte Mason.

»Noch nicht«, antwortete Ava.

»Ich wünschte fast, es wäre so«, murmelte Mason. »Dann wüssten wir vielleicht, dass sie ...«

Avas Blick wurde weicher. »Wir werden mit allem fertig, was auch immer passiert.« Ihr Blick ging an Mason vorbei. »Wie halten Sie sich, Lucas?«

Mason drehte sich um. Lucas sah verdammt übel aus.

»Geht schon. Ist alles in Ordnung?« Er blickte von Wells zu Ava.

»Ich bringe nur Special Agent McLane und Detective Callahan auf den neuesten Stand. Ich lasse sie Ihnen ausrichten, was ich gesagt habe. Ich verabschiede mich für heute Abend. Ich fahre zurück zur Einsatzzentrale.«

Er schüttelte ihnen die Hände und verschwand durch die schwere Haustür. Ein leises Murmeln war von der Meute der Reporter zu hören.

»Was gibt's?«, fragte Lucas.

»Sie haben Henleys Brotdose nicht weit von der Bushaltestelle gefunden«, sagte Ava sanft. »Es sieht so aus, als wäre sie auf einen Baum geschleudert worden. Das könnte Henley oder der Entführer getan haben.«

Lucas runzelte die Stirn. »Ich verstehe das nicht.«

Mason nickte. »Willkommen im Klub.« Er rief das Bild auf, das Wells geschickt hatte, und reichte Lucas sein Handy. »Sieht das richtig aus?«

Lucas starrte auf das Bild. »Ehrlich gesagt, weiß ich es nicht. Ich glaube schon. Ich zeige es Robin.«

»Vielleicht haben wir eine bessere Spur, wenn sie die Fingerabdrücke überprüfen«, sagte Ava. »Das Beste, was Sie tun können, ist, sich etwas auszuruhen.«

»Aber es ist doch was, oder? Wenigstens haben sie etwas gefunden.« Lucas umklammerte das Handy mit weißen Fingern, blickte Mason und Ava mit Hoffnung in den Augen an und fuhr sich mit einer Hand durchs zerzauste Haar. Er schien nicht daran interessiert zu sein, sich auszuruhen.

»Es hilft«, sagte Ava unverbindlich. »Warum fragen Sie nicht Robin und Lilian? Und versuchen Sie dann, sie zu überreden, etwas zu schlafen. Ich wecke sie, wenn ich etwas Neues höre.«

Lucas nickte und ging.

Mason hielt Avas Blick fest. »Was noch? Was verschweigen Sie?«

Sie seufzte und strich ihren Pferdeschwanz glatt. »Es gibt einen hitzigen E-Mail-Wechsel auf Lucas' Arbeitskonto von vor zwei Wochen. Sie befragen den Klienten morgen.«

»Hat Lucas das in seiner Befragung erwähnt?«

»Wells musste es ansprechen. Lucas hat es abgetan. Meinte, so kommuniziere dieser Kunde immer. Klingt, als sei er ein ziemliches Arschloch, und Lucas hat eine harte Haltung eingenommen, um mit ihm fertigzuwerden. Lucas behauptet, es gäbe da kein böses Blut, aber wir gehen dem nach.«

Mason wartete.

Ava sah ihn nur an. Sie war fertig. Wenn sie mehr wusste, behielt sie es für sich. Vorerst.

Mason warf einen Blick auf seine Uhr. »Es ist spät. Ich gehe ins Bett. Gute Nacht, Special Agent McLane. Ich hoffe, der morgige Tag wird besser.«

»Das hoffe ich auch«, flüsterte sie.

8

SEIT 23 STUNDEN VERMISST

Mason wachte durch das Vibrieren seines Diensthandys auf. Es hallte durch das Holz des kleinen weißen Nachttischs neben ihm und klang wie ein Presslufthammer direkt neben seinem Kopf. Er riss es vom Tisch und warf einen Blick auf die digitale Prinzessinnenuhr. Sechs Uhr dreißig. »Callahan.«

»Mason. Bist du wach?« Ray Luscos Stimme dröhnte durch die Leitung.

»Jetzt schon.« Mason rieb sich die Augen. »Was gibt's?«

»Hat Schefte dich heute Morgen angerufen?«

»Noch nicht.« Mason nahm das Handy vom Ohr und tippte auf den Bildschirm. Verschlafen prüfte er, ob er Anrufe oder Nachrichten verpasst hatte, obwohl er wusste, dass er nichts überhört haben konnte, was auf diesem kleinen Tisch vibrierte. Er war müde gewesen, aber so müde nun auch wieder nicht.

»Es gibt da ein paar seltsame Beweismittel in Josies Fall«, sagte Ray.

Der Morgen wurde schlagartig glasklar. »Wie seltsam?«

»Es gibt einen weiteren Augenzeugen, der einen Mann mit Cowboystiefeln und Hut am Tag vor dem Mord bei ihr gesehen hat.«

»Und? Schefte hat erwähnt, dass auch andere Leute etwas Ähnliches gesehen haben. Ich bin nicht der Einzige, der sich so anzieht.« Ein ungutes Gefühl brannte in seinem Bauch. *Noch eine Sichtung?*

Stille.

»Na ja, es gibt nicht viele Kerle, die in der Innenstadt von Portland so herumlaufen«, ruderte Mason zurück. »Was soll's?«

»Deine Fingerabdrücke sind an drei Stellen in der Wohnung aufgetaucht.«

Ein eiskalter Schauer lief Mason über den Rücken, aber sein Tonfall blieb neutral. »Ich war dort, erinnerst du dich? Hunsinger und Morales wussten das. Meine Abdrücke sollten also niemanden überraschen. Worauf willst du hinaus?«

»An der Toilettenspülung?«

Mason setzte sich auf, und in seinem Kopf schrillten die Alarmglocken. »Die habe ich nicht angefasst, als wir gestern da waren.«

»Ich weiß! Aber wenn du seit Monaten nicht mehr dort gewesen wärst, warum sollten deine Abdrücke dann dort auftauchen? Sie müssten doch total verwischt sein.«

»Ich habe Josies Badezimmer nie benutzt.« Mason dachte scharf nach und versuchte, sich daran zu erinnern, was er bei seinen kurzen Besuchen in der Wohnung der Frau getan hatte. Er hatte in den Kühlschrank geschaut, auf der Couch gesessen und Geld unter den Salzstreuer gelegt. »Sie könnten meine Abdrücke am Kühlschrankgriff und am Salzstreuer finden. Ich habe wahrscheinlich den Griff der

Eingangstür angefasst, aber der wurde sicher schon Hunderte Male berührt, seit ich das letzte Mal da war.«

»Das ist nicht richtig«, sagte Ray. »Da ist etwas faul. Du musst herausfinden, wann du das letzte Mal dort warst.«

»Verdammt.« Mason rieb sich die Augen. »Ich muss in meinen Aufzeichnungen nachsehen. Ich weiß, dass es relativ heiß war, denn ich erinnere mich, dass sie sich darüber beschwert hat, keine Klimaanlage zu haben. Wahrscheinlich Ende September, während einer dieser verrückten Hitzewellen, die wir bekommen, bevor das Herbstwetter richtig einsetzt. Ich muss auf meinem Computer im Büro nachschauen.«

»Erinnerst du dich, an welchen Fällen wir gearbeitet haben? Hilft das bei der Eingrenzung des Zeitraums?«

Mason dachte einen langen Moment nach. »Nein, ich erinnere mich nicht. Ich weiß nur noch, dass es in ihrer Wohnung wirklich warm war und dass ich mir eine Flasche Wasser aus ihrem Kühlschrank geholt habe.« Sein Gehirn schlug Purzelbäume auf der Suche nach einer Erklärung. Ja, er war dort gewesen. *Aber das war eine Ewigkeit her. Es gab keinen Grund, warum seine Abdrücke auftauchen sollten. Absolut keinen.*

Galle stieg ihm in der Kehle hoch. *Was ging hier vor sich?*

»Ich fahre heute Morgen für ein paar Stunden ins Büro. Soll ich mal in deinem Kalender nachschauen?«, bot Ray an.

»Klar. Ich weiß nicht, wann ich dorthin komme. Hängt davon ab, was hier heute passiert.« Mason sprach mit zusammengebissenen Zähnen und bemühte sich, gegenüber Ray einen lässigen Ton anzuschlagen, während in seinem Gehirn rote Warnlichter aufblinkten.

Aber warum waren seine Fingerabdrücke in Josies Wohnung? Es musste ein Fehler bei den Beweismitteln sein.

Er war nicht dort gewesen.

»Keine Neuigkeiten?«

Mit einer bewussten Anstrengung lenkte Mason seine Gedanken auf Henleys Entführung. »Henley ist nie am Bus angekommen, also glauben sie, dass sie zwischen hier und der Bushaltestelle entführt wurde. Und sie haben ihre Brotdose unweit der Bushaltestelle gefunden.«

»Das sollte helfen, die Sache einzugrenzen. Das ist doch die Art von Gegend, in der Überwachungskameras quasi Standard sind, oder?«

»Na ja. Sie sehen sich gerade ein paar Aufnahmen an. Die Leute haben normalerweise keine Kameras, die die Straße oder den Bürgersteig vor ihren Häusern erfassen.«

»Wie halten sich alle so?«

»Laufen auf Adrenalin, Gebeten und Kaffee. Lilian und Robin hatten gestern Abend einen Riesenkrach. Wie du dir vorstellen kannst, liegen die Nerven hier blank und die Emotionen kochen hoch.« Er schob seine Gedanken an den Mord an Josie beiseite und dehnte seinen Kiefer. Die Muskeln fühlten sich an, als hätte er die ganze Nacht auf dickem Kaugummi gekaut. Sein Zahnarzt hatte ihn gefragt, ob er im Schlaf mit den Zähnen knirschte. Woher sollte er das wissen? Er schlief ja. Dem Schmerz in seinem Kiefer nach zu urteilen, hatte er letzte Nacht jedoch schätzungsweise einen guten Millimeter Zahnschmelz abgeschliffen.

»Ich nehme an, du schaust dir die Nachrichtensendungen nicht an?«, fragte Ray.

»Zur Hölle, nein.«

»Henley war die Hauptstory in den Abend- und Spätnachrichten. Habe dich auch gesehen. Eine kurze Aufnahme von dir an der Haustür des Fairbanks-Hauses.«

»Haben die Kameras auf Jake gezoomt? Er war derjenige, der die Tür geöffnet hat.«

»Nicht auf dem Sender, den ich geschaut habe.«

»Gut. Hoffentlich hat niemand sein Gesicht aufgenommen. Ich will ihn nicht in den Nachrichten sehen.«

»In den Nachrichten wurde erwähnt, dass sie zwei Schwestern und einen älteren Bruder hat. Ich glaube nicht, dass sie seinen Namen genannt haben. Zumindest noch nicht. Ich habe heute Morgen noch nicht in die Zeitung geschaut. Da könnten mehr Details drinstehen.«

»Lucas bekommt hier keine Zeitung, Gott sei Dank. Ich will mir nicht ausmalen, was die Zeitungen spekulieren könnten.«

»Viele Leute bekommen keine Zeitungen mehr.« Ray hustete vom Hörer weg. »Und ich habe bisher keine Spekulationen mitbekommen. Ich werde Jill bitten, die Nachrichtensendungen im Auge zu behalten und zu sehen, welche Wendungen sie der Geschichte geben.«

»Robin und Lilian werden im Fokus der Medien stehen. Lucas auch.«

»Entführungen durch Fremde sind selten«, stellte Ray fest, obwohl Mason das wusste.

»Ich glaube fest daran, dass keiner der Eltern etwas mit Henleys Verschwinden zu tun hatte. Jemand, den sie kennen, oder jemand, der auf einen von ihnen sauer ist, wäre eine Möglichkeit, aber es ist keiner von diesen Erwachsenen.«

»Und was ist mit dir? Es könnte jemand sein, der sich an dir rächen will. Du hast schon genug Leute vor den Kopf gestoßen, um eine Kleinstadt zu füllen.«

Mason schnaubte. »Warum sollten sie es dann auf Henley absehen? Sie ist nicht mein Kind.« *Was wäre, wenn Jake verschwunden wäre?* Die Erleichterung darüber, dass sein Sohn in Sicherheit war, verursachte ein brennendes Schuldgefühl in Masons Magen.

»Ja, da hast du recht.«

Es herrschte Stille in der Leitung, während Masons Gedanken in tausend verschiedene Richtungen schossen und er Szenarien abwägte. Er vermutete, dass es Ray gerade genauso ging. Er fuhr sich mit einer Hand durch sein kurzes Haar, sodass es zu Berge stand, und kämpfte gegen den überwältigenden Drang, zur FBI-Einsatzzentrale zu stürmen und zu verlangen, zu hören, was sie herausgefunden hatten, während er geschlafen hatte.

Er beendete das Gespräch mit der Erinnerung an Ray, Masons Terminkalender bei der Arbeit zu überprüfen. Sie kannten die Passwörter des jeweils anderen. Sieben Jahre Zusammenarbeit hatten ein tiefes Vertrauen geschaffen. Er würde Ray das Leben seines Sohnes anvertrauen, und er wusste, dass Ray genauso dachte.

Ray wird herausfinden, was bei Josie los ist.

Er zwang sich aus dem Bett und ging zur Tür. Zuerst duschen, dann Kaffee. Wäre er zu Hause gewesen, hätte er zuerst Kaffee getrunken. Aber er wollte niemandem begegnen, solange er so aussah und roch, als hätte er in einem Hauseingang in der Innenstadt von Portland geschlafen.

Er drehte den Türknauf und bemerkte, dass er größer war als die gesamte Hello-Kitty-Messlatte an der Rückseite der Tür. Die Größe von jemandem war stolz auf der Höhe von Masons Hüfte markiert worden. Er konnte sich kaum daran erinnern, wann Jake so klein gewesen war.

Special Agent McLane trat aus ihrem Zimmer auf der anderen Seite des Flurs, voll bekleidet mit Jeans, Stiefeln und einer langärmeligen, legeren Bluse. Blaue Augen musterten ihn amüsiert.

»Guten Morgen, Detective.«

Mason wollte am liebsten wieder ins Bett gehen.

AVA GING am Küchentisch ihre E-Mails durch und nippte an ihrem heißen Kaffee, während sie das neueste Update von ASAC Ben Duncan überflog. Jemand im Hause Fairbanks hatte letzte Nacht nicht geschlafen. Sie hatte frische, selbstgemachte Schokoladenscones, Blaubeer-Kaffeekuchen und Zimtschnecken auf der Küchentheke gefunden. Niemand sonst war auf, und die Küche war blitzsauber. War Robin oder Lilian die mitternächtliche Bäckerin?

Sie tippte auf Robin.

Sie nahm sich ein zweites Stück des konservierungsmittelfreien Kaffeekuchens und betete, dass Robin diese Bäckereiroutine nicht beibehalten würde. Ava hatte eine ernsthafte Schwäche für hausgemachte Süßigkeiten. Sie ernährte sich im Alltag so einfach wie möglich, vermied verarbeitete Lebensmittel mit fünfundsiebzig Zutaten auf dem Etikett, und nach dem, was sie in Robins Kühlschrank und Schränken gesehen hatte, schien die Frau die gleiche Philosophie zu verfolgen. Keine gekauften Twinkies, aber Fan von hausgemachten Backwaren.

Wenn es Robin beruhigte zu backen, könnte Ava vielleicht das, was sie nicht aßen, zur Einsatzzentrale bringen. Das würde dem FBI Geld für sein Donut-Budget sparen und die Versuchung aus Avas Blickfeld schaffen. Zum Teufel, es würde ihr nichts ausmachen, selbst die Hände in Mehl zu tauchen. Ihre Aufgabe war es, bei der Familie zu bleiben, also könnten sie vielleicht einen großen Plätzchenbacktag veranstalten. Ein paar hundert Weihnachtsplätzchen backen. Das würde einige Gemüter beschäftigen.

Ein Schuldgefühl durchzuckte sie. Was, wenn das Plätzchenbacken eine Tradition von Henley und ihrer Mutter oder Stiefmutter war? Wäre es doch eher schmerzhaft als hilfreich? Ava hatte gute Erinnerungen daran, wie ihre Mutter, sie selbst und Jayne in den Wochen vor Weihnachten unzählige Stunden in der Küche verbracht und Lemon Bars, glasierte Butterplätzchen, dicke Haferflocken-Cranberry-Kekse und Schoko-Crossies gemacht hatten.

Das Backen in der Küche hatte Jayne nie in einen Wettbewerb verwandelt. Im Gegensatz zu jedem anderen Aspekt ihres Lebens: Noten, Freunde, Kleidung. Jayne hatte immer darum gekämpft, Ava in allem einen Schritt voraus zu sein. Und Ava hatte es einfach an sich abprallen lassen. Es hatte Jayne höllisch aufgeregt, dass Ava nicht den gleichen Drang verspürt hatte, ihre Schwester zu übertreffen. Ava hatte immer einen kühlen Kopf bewahrt und die Tiraden ihrer Schwester ignoriert. Noch heute war Ava stolz darauf, dass sie die ruhige und gelassene Schwester war, während Jayne die feurige und emotionale war. War Ava passiv-aggressiv in der Art, wie sie mit Jaynes Wettbewerbsgeist umging? Absolut. Es war das Einzige, was ihre Schwester ihr nicht nehmen konnte.

Und was sehe ich hier. Auf ihrem Bildschirm war eine E-Mail von Jayne mit einem Dutzend Ausrufezeichen in der Betreffzeile.

Das beschrieb Jayne auf den Punkt: exzessive Ausrufezeichen. Ava zählte bis drei und atmete aus, bevor sie auf die E-Mail klickte.

Warum ignorierst du meine Nachrichten??? Ruf mich an, bitte!!! Ich muss mit dir über nächstes Wochenende reden. Ich brauche nur für ein paar Nächte eine Bleibe, bis ich ein paar Mitbewohner aufgetrieben habe. Es wäre nicht länger als eine Woche. Ich habe eine mögliche Aquarell-Ausstellung in Aussicht! Das könnte mein großer Durchbruch sein!

XOXOXOX

Ava löschte die E-Mail. Jayne glaubte jedes Wort, das sie schrieb, aber Ava wusste, dass sie nicht wahr waren; sie war schon zweimal auf die Nase gefallen. Wenn sie Jayne für eine Nacht unter ihr Dach ließe, würde sie wie Charlie Harper in *Two and a Half Men enden*, mit dem Geschwisterteil, das nie wieder auszog. Jayne würde ihre Mikrowelle kaputt machen, ihr ganzes Essen aufessen und ihre nasse Wäsche eine Woche lang in der Waschmaschine lassen. Und das waren die kleinen Probleme.

Nie wieder.

Die großen Probleme wären die Vielzahl von Männern, die Jayne zum Übernachten einladen würde, und die illegalen Drogen, die sie vor ihrer Schwester verstecken würde. Ava schloss die Augen und rieb sich die Stirn. Tough Love. Sie würde sich von Jayne nicht unterkriegen lassen. Jayne behauptete, seit zwei Monaten clean zu sein, aber das war Ava egal. Jayne hatte Ava fünfunddreißig Jahre lang belogen, und es hatte das letzte Jahrzehnt gedauert, bis Ava das Band hatte durchbrechen können, mit dem ihre Zwillingsschwester sie gefangen hielt.

Jayne und Ava mochten äußerlich identisch sein, aber innerlich schienen sie unterschiedliche Gene zu haben. Irgendwie hatte Gott Ava den gesamten gesunden Menschenverstand gegeben, während Jayne das Urteilsvermögen eines betrunkenen Flohs abbekommen hatte.

Warum? Warum kann meine Schwester nicht sehen, wer sie ist?

Weil es Jayne egal war. Etwas in ihr fehlte. Sie agierte, als ob sich die Welt um sie drehte. Sie konnte die Bedürfnisse anderer nicht sehen. Sie konnte die verletzten und geschädigten Menschen in ihrem Kielwasser nicht sehen. Wenn Jayne als Kind gelitten hatte, hatte sie Ava mit allen Mitteln mit sich hinuntergezogen, damit sie mit ihr litt. Sie konnte es nicht ertragen, in ihrem Elend allein zu sein.

Ava würde nicht zulassen, dass Jaynes derzeitiges Elend ihr Leben beeinflusste. Diese Lektion hatte sie schon mehrmals gelernt. Schade nur, dass es so lange gedauert hatte, bis sie es endlich begriffen hatte. Und was die Kunstausstellung anging? Ava würde es erst glauben, wenn sie es mit eigenen Augen sah. Alle paar Monate war Jayne begeistert von einem Hinweis auf eine Kunstausstellung oder jemanden, der sich für ihre Aquarelle interessierte, und sie schwor jedes Mal, dass sie nur wenige Tage davon entfernt war, ein Vermögen zu machen. Jayne hatte noch nie einen richtigen Job durchgehalten. Sie jagte schon ewig dem Traum von der Kunst nach, überzeugt davon, dass sie groß rauskommen würde und sich nie wieder Sorgen um Geld machen müsste.

Bis dahin war sie der Meinung, dass Ava sie finanziell unterstützen sollte.

»Alles in Ordnung?«

Ava schreckte auf ihrem Stuhl hoch und riss den Kopf hoch, um in neugierige braune Augen zu blicken. Sie hatte nicht gehört, wie Detective Callahan die Küche betreten hatte. Er hielt eine Tasse dampfenden Kaffee in der Hand. Sie hatte weder gesehen, wie er ihn eingeschenkt hatte, noch das Klirren der Kaffeekanne gehört.

War sie etwa abgelenkt gewesen?

»Es sah so aus, als würden Sie sich gleich die Haut von der Stirn reiben.« Der Detective nahm einen Schluck von seinem Kaffee und ließ sie dabei nicht aus den Augen.

Ava schenkte ihm ein schwaches Lächeln. »Eine private E-Mail. Meine Schwester weiß genau, wie sie mich auf die Palme bringen kann.« Der Detective nickte und bohrte nicht weiter nach. Sie schätzte seine guten Manieren. Jeder andere hätte sie mit hundert Fragen über ihre Schwester gelöchert. Er setzte sich rittlings auf einen Hocker an der Küchentheke, hakte einen Stiefel auf einer Sprosse ein und beäugte die Fülle an Backwaren. Sein grau meliertes Haar war noch feucht von der Dusche. Sie hatte ihn eindeutig überrascht, als er vor einer halben Stunde seine Schlafzimmertür geöffnet hatte. Er war noch schlaftrunken gewesen.

Wenigstens hatte er geschlafen. Ava schätzte, dass sie es auf insgesamt zwei Stunden gebracht hatte, und das auch nur häppchenweise.

Er hatte nicht verlegen gewirkt, dass sie ihn halb angezogen erwischt hatte. Er hatte sie höflich begrüßt und war im Badezimmer verschwunden, in dem sie zuvor geduscht hatte. Seine Schlafkleidung, weite Sportshorts und ein T-Shirt, verriet einen Mann, der auf seinen Körper achtete. Er mochte sich vielleicht gelegentlich einen Donut mit Speck gönnen, aber er verbrannte jegliche überschüssigen Kalorien. Er hatte die schlanke Statur eines Läufers und das wettergegerbte Gesicht von jemandem, der viel Zeit damit verbracht hatte, in die Sonne zu blinzeln.

Insgesamt war Callahan eine beeindruckende Erscheinung. Überaus höflich, fit, klug. Sie musterte sein Gesicht. Sie würde den Mann nicht als attraktiv bezeichnen. Stattdessen hatte er ein beruhigendes, erfahrenes Aussehen. Eine Vertrauenswürdigkeit in seinen Zügen, die ihre weibliche Seite ansprach. Umwerfend gut aussehende Männer beeindruckten sie nicht; Charakter schon. Callahan hatte davon mehr als genug.

Er wählte einen Scone mit Schokoladenstückchen. Sie hätte ihn für den Typ Mann gehalten, der Zimtschnecken bevorzugte. Er biss hinein und lächelte, wobei er sie mit glücklichen Augen ansah. »Da war aber jemand fleißig.«

»Ich schätze, das war Robin.«

Callahan nickte und biss erneut zu. »Gibt es was Neues?«

Ava blickte auf ihren E-Mail-Bildschirm und klickte auf den Aktualisieren-Button. Nichts Neues. »Sie sehen sich immer noch die Videoaufnahmen der Nachbarn an. Henleys Foto ist auf jedem Nachrichtensender und in jeder Zeitung. Sie wollen den Typen befragen, mit dem Lilian zusammen war. Duncan sagt, er hat zugestimmt, heute vorbeizukommen.«

»Ich wäre bei dem Verhör gerne Mäuschen«, murmelte Callahan.

»Sie wollen heute auch mit Jake sprechen.« Ava beobachtete, wie das Gesicht des Detectives gründlich jede Regung verlor.

»Es überrascht mich, dass sie bei ihm noch nicht tiefer gegraben haben. Er ist achtzehn, aber ich werde dabei sein.«

»Ich habe gestern angefangen, mit ihm zu reden«, erinnerte sich Ava. »Er scheint die Art von Junge zu sein, der all seine Gefühle in sich hineinfrisst. Ich mache mir Sorgen, dass er explodiert, wenn er sie nicht rauslässt.«

»Ja, er war schon immer ziemlich still. Aber er fühlt die Dinge sehr tief. Er ist die Art von Kind, das Vögel mit gebrochenen Flügeln mit nach Hause bringt und sich aufregt, wenn jemand in der Schule gemobbt wird.«

»Vielleicht sollte er dann mit jemandem reden. Jemandem vom Fach.«

Ein Hauch von Besorgnis huschte über Callahans Augen. Es war offensichtlich, dass er seinen Jungen liebte, aber er war überfordert, wenn es darum ging, mit Jake über dessen Gefühle zu sprechen.

»Ich kann einen Kinderpsychologen anfordern«, fügte Ava hinzu.

»Er ist kein Kind.«

»Stimmt. Aber er ist auch kein Erwachsener. Ich möchte, dass er mit jemandem spricht, der Erfahrung darin hat, Teenagern zuzuhören. Ich kann nur begrenzt helfen. Ich bin hier, um die Bedürfnisse der Familie zu erfüllen, aber bei Teenagern bin ich etwas ratlos. Ich kann nur auf meine eigenen Teenager-Traumata zurückgreifen.«

»Traumata?« Er zog eine Augenbraue hoch.

Sie machte eine abwehrende Handbewegung. »Typischer Teenager-Mädchen-Kram.«

Ernste Augen musterten sie. »Ich bezweifle, dass Sie als Teenagerin irgendetwas anderes als typisch waren. Ist Ihre Schwester älter oder jünger als Sie?«

Ava wappnete sich für die übliche Flut von Fragen, die ihre nächste Aussage nach sich ziehen würde. »Wir sind Zwillinge.«

»Huh. Das war bestimmt interessant. Mein Bruder ist ein paar Jahre älter als ich.«

Ava wartete. Callahan konzentrierte sich auf einen weiteren Bissen seines Scones.

Das ist alles? Sie wusste nicht, ob sie erleichtert oder enttäuscht war, dass der Detective nicht mehr wissen wollte.

»Morgen.« Lucas Fairbanks betrat die Küche. Er trug eine zerknitterte Jogginghose, aber sein Haar saß perfekt. Er griff nach der Kaffeekanne und schenkte sich einen riesigen Becher Kaffee ein. »Gibt's was Neues wegen Henley?« Er drehte sich zu Callahan und Ava um und entdeckte die Unmengen an Backwaren. Er erstarrte. »Heilige Scheiße. Das hat Robin also letzte Nacht gemacht. Ich dachte schon, ich hätte mitten in der Nacht Zimt gerochen.« Er schnappte sich eine Zimtschnecke und setzte sich an den Tisch. Er sah Ava erwartungsvoll an, seine blutunterlaufenen Augen voller Hoffnung.

Sie schüttelte den Kopf. »Sie sehen sich gerade all die

Aufnahmen an, die sie von den Kameras Ihrer Nachbarn bekommen haben. Noch nichts.«

Lucas sackte in seinem Stuhl zusammen, seine Zimtschnecke unbeachtet. »Ich hatte gehofft, mit guten Nachrichten aufzuwachen.« Er rieb sich die Augen. »Robin war die ganze Nacht über auf den Beinen. Einmal habe ich sie im Badezimmer heulen hören. Jetzt ist sie tief und fest eingeschlafen. Ich weiß nicht, ob sie letzte Nacht überhaupt geschlafen hat.«

Seine traurigen braunen Augen erinnerten Ava an einen verirrten Welpen.

»Ich weiß nicht, ob ich noch Tränen übrig habe«, murmelte er. Er zupfte ein Stück Zuckerguss von seiner Zimtschnecke, betrachtete es und legte es dann wieder auf den Teller. »Henley liebt Zimtschnecken. Ich bin überrascht, dass Robin sie gebacken hat. Normalerweise machen sie das zusammen.«

»Vielleicht hat es ihr geholfen, sich besser zu fühlen«, schlug Ava vor. »Ein Zeichen dafür, dass sie weiß, dass Henley jeden Moment zur Tür hereinkommen könnte, um eine zu essen.«

Lucas erwiderte ihren Blick, all seine Emotionen plötzlich weggepackt und unsichtbar. »Ja, vielleicht. Was wird das FBI heute tun, um meine Tochter zu finden?« Seine Stimme war ausdruckslos.

Ava schluckte. *Es ist normal, dass er wütend ist. Das gehr nicht persönlich gegen dich.* »Weitere Befragungen, Klinkenputzen, Sichtung von Videomaterial, Computerforensik-«

»Sie haben gestern alle Computer aus meiner Firma mitgenommen. Sogar die Computer meines Partners. Wie zum Teufel soll ich ohne unsere Hardware ein Geschäft führen?« Lucas fuhr sich mit einer Hand durch sein perfektes Haar.

»Machen Sie nicht über die Feiertage zu?«, fragte Callahan. »Wer erwartet denn von seinem Steuerberater, dass er in der Weihnachtswoche arbeitet?«

Lucas warf ihm einen säuerlichen Blick zu. »Den Kunden ist es scheißegal, dass bald Weihnachten ist. Denen ist nur wichtig, dass sie vor dem einunddreißigsten Dezember jeden möglichen Steuervorteil ausgenutzt haben.«

»Sie haben doch sicher ein externes Backup von allem, oder? Dann müssen Sie nur neue Hardware mieten oder kaufen«, sagte Callahan.

»Das versuchen wir gerade herauszufinden. Unser IT-Typ ist in Italien im Urlaub.«

»Schlauer Kerl. Nimmt sich über die Feiertage frei«, sagte Callahan mit unbewegter Miene. Lucas funkelte ihn wütend an.

Schritte lenkten die Männer ab, und Jake schlurfte in die Küche. Er blieb stehen und starrte die Gruppe ausdruckslos an. »Henley?« Seine Stimme brach.

»Noch nichts, mein Junge«, antwortete Callahan. »Iss was.«

Jake ging zur Anrichte, die voller süßem Gebäck stand, und seine Augen weiteten sich. »Mom war die ganze Nacht wach?«

»Jep. Hey, hast du in deinen Klamotten geschlafen?«, fragte Callahan.

Er hatte recht, bemerkte Ava. Jake trug immer noch die Jeans und das Hemd von gestern. Das Hemd hatte noch ein paar Dutzend Falten mehr bekommen.

»Hab nichts zum Anziehen«, sagte Jake mit einem Mund voll Streuselkuchen. »Der Flughafen hat meinen Koffer verloren und immer noch nicht gefunden. Mom wollte mit mir einkaufen gehen ... und sie hat nicht gewaschen. Ich hatte die einzigen Klamotten, die ich hier noch habe, schon an.«

»Du weißt doch, wie man Kleidung in eine Waschmaschine stopft, oder?«, fragte Callahan gleichzeitig mit Lucas' Feststellung: »Du kennst doch den Weg zum Einkaufszentrum.«

Jake blinzelte beide Männer an. »Mom hat gesagt, sie geht mit mir. Und ich hatte gehofft, dass inzwischen jemand meinen Koffer gefunden hätte.«

Ava meldete sich zu Wort. »Die Fluggesellschaft hat Ihr Gepäck verloren? Wo gehen Sie zur Schule?«

»Duke. North Carolina. Ich bin in Denver umgestiegen, aber laut dem Computersystem der Fluggesellschaft ist mein Koffer mit meinem Flug in Portland angekommen.«

»Das ist echt mies.« Ava hatte dreimal ihr Gepäck verloren. Einmal war es nie wieder aufgetaucht. Die Fluggesellschaft hatte dasselbe behauptet – dass ihr Koffer sein Ziel erreicht hätte. Etwas bewegte sich auf ihrem Computerbildschirm, und sie überflog die neue E-Mail. »Sie wollen in einer Stunde mit Jake sprechen.« Sie sah beide Väter an. »Möchte einer von Ihnen mit ihm gehen? Ich wäre gerne dabei, falls ich für eine Weile nicht für etwas anderes gebraucht werde.«

Die beiden Männer sahen sich an. »Geh«, erklärte Lucas. »Ich warte, bis Robin und Lilian aufwachen.«

Callahan nickte. »Geh duschen«, befahl er Jake. »Klau dir ein Hemd aus meiner Tasche.«

»Aber Dad, deine Klamotten-«

»Tu es. Du musst es nur eine Stunde lang tragen.«

Der Teenager schlurfte mit seinem Kuchen in der Hand aus der Küche.

»Ich habe ein Duke-Sweatshirt, das er sich leihen kann«, bot Lucas an. »Darüber kann er sich nicht beschweren.«

Callahan nickte, sah den Stiefvater aber nicht an. Ava musterte die beiden Männer. Wie war es wohl, einen Teenager großzuziehen, ohne dem anderen Elternteil auf die Füße zu treten? Sie wusste, dass Jake die meiste Zeit bei seiner Mutter und Lucas verbrachte. Was machte das mit Callahans Gefühl, Vater zu sein? Hatte er das Gefühl gehabt, Lucas hätte Jake zur Befragung begleiten sollen? Hatte sich Lucas' Angebot, zu Hause zu bleiben, wie Mitleid angefühlt?

Die vier Erwachsenen in diesem Haus hatten ein verdammtes Soziologie-Experiment inszeniert.

9

25 STUNDEN VERMISST

Mason bemerkte, dass sich die Anzahl der Autos vor der Kommandozentrale in der Kirche verdreifacht hatte. Weniger Polizeifahrzeuge, dafür mehr unauffällig aussehende Limousinen und SUVs amerikanischer Bauart. Mehr Hilfe vom Bund. Mason bog mit seinem Wagen auf den Parkplatz ab. Die Medien hatten eine weitere Zeltstadt in der hintersten Ecke des Kirchenparkplatzes errichtet, eine Ansammlung von Zelten, Wohnmobilen und Kameras. Er fuhr in die entgegengesetzte Richtung und suchte nach einem Parkplatz, der nicht allzu weit von den Türen entfernt war.

Das FBI hatte einen guten Standort für seine Kommandozentrale gewählt. Der Parkplatz und das Kirchengebäude waren riesig. Es gab Platz für alle. Aber was war mit den Gottesdiensten morgen?

»Die Kirche hat angekündigt, dass morgen alle Gottesdienste ausfallen«, verkündete Ava neben ihm, als hätte sie Masons Gedanken gelesen. »Das ist schon eine harte Sache, wenn man bedenkt, dass nächste Woche Weihnachten ist. Sie hat ihre Mitglieder gebeten, zu Hause zu bleiben und für Henley zu beten oder morgen Abend an der Mahnwache mit Kerzenlicht am Wasser in der Innenstadt teilzunehmen.«

»Was?«, Jake beugte sich vom Rücksitz nach vorne und steckte den Kopf zwischen die Vordersitze. »Was für eine Mahnwache?«

»Ich weiß nicht, wer sie organisiert hat«, antwortete Ava. »Möglicherweise die Kirche. Morgen um sieben Uhr im Waterfront Park.« Ihre Worte wurden schneller, ihre Stimme hob sich ein wenig. Mason verstand den Hauch von Emotion in ihrer Rede. Es tat weh, sich vorzustellen, dass Henley weitere sechsunddreißig Stunden vermisst sein würde. Je länger das Mädchen verschwunden war, desto unwahrscheinlicher war es, sie lebend zu finden.

»Vielleicht werden sie sie nicht brauchen«, murmelte Jake.

»Dafür beten wir alle«, sagte Ava.

Mason parkte, und die drei stiegen aus dem Fahrzeug und gingen auf die Kirchentüren zu. Er unterdrückte den Drang, Jake zu sagen, er solle den Kopf hochhalten und nicht die Schultern hängen lassen. Der Junge sah aus, als hätte er eine Tracht Prügel bezogen. Emotional gesehen hatte er das auch. Masons Manteltasche vibrierte. Er blickte auf das Display und sagte Jake und Ava, sie sollten schon mal vorgehen. Ava warf ihm einen prüfenden Blick zu, nickte aber und führte Jake mit der Hand an seinem Ellbogen hinein. Mason sah ihnen nach, wie Jake in sich zusammengesunken und Ava mit erhobenem Kinn dahinging, mit der Zielstrebigkeit und dem Selbstvertrauen, das man von einer Bundesagentin erwartete. Mason schüttelte den Kopf. Warum bemerkte er überhaupt den schlaffen und unsicheren Eindruck, den Jake machte? Das stand ganz unten auf seiner Prioritätenliste.

Mason starrte auf Scheftes Namen auf seinem Display, während ihm Rays Warnung von heute Morgen durch den Kopf ging.

»Callahan.«

»Mason, hier ist Denny. Haben Sie eine Minute?«

»Ja. Ich habe gehört, Sie haben meine Fingerabdrücke in Josies Wohnung gefunden.« Es hatte keinen Sinn, um den heißen Brei herumzureden.

»Ja, daran besteht kein Zweifel. Ich bin ins Labor gegangen und habe sie mir persönlich zeigen lassen. Sie sind auf dem Toilettengriff und dem Kühlschrank sonnenklar. Es gibt einen von einem Türrahmen, der nicht sehr gut ist.«

»Ich habe nichts angefasst, Denny. Sie können Ray, Morales und Hunsinger fragen. Es war die ganze Zeit einer von ihnen bei mir.«

»Ich habe mit ihnen gesprochen. Sie haben dasselbe gesagt. Ray sagt, Sie waren für einen Moment allein in der Küche, aber ich nehme an, Sie haben sich keine Cola aus dem Kühlschrank genommen?«

»Verdammt, nein. Und da war ein uniformierter Beamter drin. Ich war bei einem früheren Besuch am Kühlschrank, aber das ist Monate her. Da sollten keine Abdrücke sein, oder am Toilettengriff. Ich weiß nicht, wie sie meine Fingerabdrücke finden können.«

»Lassen Sie uns Ihre Abdrücke noch einmal nehmen. Vielleicht sind die Vergleichsabdrücke Mist.«

Mason wischte sich die Stirn ab. Draußen hatte es sieben Grad, aber er schwitzte.

Neue Abdrücke würden das definitiv klären.

»Was ist mit den Sichtungen des Cowboyhuts? Was soll

das? Ich war seit Monaten nicht mehr in der Nähe dieses Gebäudes. Weder drinnen noch draußen.«

»Sie wissen, welche Art von Leuten sich in diesem Gebäude herumtreibt. Ich würde nicht viel auf deren Beobachtungen geben.«

Mason runzelte die Stirn. Warum spielte Schefte die Beweise so schnell herunter? Wäre er an Scheftes Stelle, würde er ihn am Telefon anschreien. »Ray wollte in meinem Kalender nach meinem letzten Besuch bei Josie sehen. Ich glaube, das war im September.«

»Ja, ich habe Ray vor ein paar Minuten gesehen.« Schefte räusperte sich. »Wir hatten Ihre Festplatte bereits ausgebaut.«

»Was?« Masons Blickfeld verengte sich.

»Wir überprüfen auch Ihren Kalender.«

»Sie nehmen nicht meinen ganzen Computer mit, um sich einen Kalender anzusehen. Was zum Teufel geht da vor sich?«

Schefte schwieg.

»Brauche ich einen Anwalt?«, fragte Mason. In seinem Gehirn drehte sich alles, als wäre er betrunken. *Was war hier los?*

»Es würde nicht schaden, mit Ihrem Gewerkschaftsvertreter zu sprechen«, antwortete Schefte. »Einen Anwalt, weiß ich nicht. Ich glaube nicht, dass das nötig sein wird.«

Ein stechender Schmerz schoss durch Masons Schläfe.

»Denny, ich habe keine Zeit dafür! Ich versuche, meiner Familie zu helfen, bei Verstand zu bleiben, während ihre Tochter vermisst wird! Mein Sohn ist so gestresst, dass er kurz davor ist, in sich zusammenzubrechen.« Und ich auch.

»Ich weiß, Sie haben viel um die Ohren. Das war ein guter Zeitpunkt, um sich eine Auszeit zu nehmen. Kommen Sie runter und lassen Sie Ihre Abdrücke erneut nehmen.

Dann reden wir.« Schefte klang distanziert. Sein üblicher kumpelhafter Ton war aus seiner Stimme verschwunden.

Dachten sie, er hätte Josie getötet? Unmöglich.

Irgendwo war etwas gewaltig schiefgelaufen. Beweisketten hatten sich gekreuzt.

»In Ordnung«, antwortete Mason im gleichen gleichmäßigen Ton. »Ich werde meinen Vertreter dabeihaben.« Er beendete den Anruf und steckte das Telefon in seine Tasche, mit dem Gefühl, als würde sein soziales Netz Stück für Stück wegbrechen. Seine Familie machte den schlimmsten denkbaren Horror durch. Und jetzt stand sein Job auf dem Spiel? Er fühlte sich, als würde er entzweigerissen. So langsam wie möglich.

Wie waren seine Fingerabdrücke in diese Wohnung gekommen?

Josie. Wo bist du da nur hineingeraten?

Ava trug sich in die Liste ein und führte Jake durch die Kommandozentrale. Sie war froh über die Wärme. Draußen war es frisch und kalt. Für diese Woche waren weder Regen noch Schnee vorhergesagt, nur Temperaturen um den Gefrierpunkt.

War Henley warm?

Sie verbannte den Gedanken entschlossen aus ihrem Kopf. Jemand hatte das Mädchen aus einem bestimmten Grund mitgenommen. Sie mochte nicht darüber nachdenken, aus welchem Grund, aber was auch immer es war, sie betete, dass derjenige sie drinnen hielt. Ein Bild von einem kleinen, regungslosen Körper, tief im Wald verborgen, blitzte vor ihrem inneren Auge auf.

Hör auf damit!

Sie würden das Mädchen finden. Dieser Fall würde gut ausgehen. Sie warf Jake einen Blick zu und sah das erste Lebenszeichen in seinen Augen, als er das geschäftige Treiben der Einsatzzentrale auf sich wirken ließ. Es tat ihm gut, das zu sehen. Zu Hause hatte er wahrscheinlich das Gefühl, dass niemand etwas unternahm. Das FBI konnte ihm noch so oft versichern, dass sie alles auf den Kopf stellten, aber es mit eigenen Augen zu sehen, machte es glaubwürdig. Jeder Platz in dem Raum war besetzt. Verschiedene Gespräche erfüllten den Raum. Die Leute waren beschäftigt, die Leute waren konzentriert.

Jake wischte sich über die Augen.

Ava entdeckte Special Agent Sanford im Gespräch mit zwei anderen Agents an einem Computerbildschirm und hob die Hand in seine Richtung. Er hob einen Finger. Sie und Jake blieben stehen. Die Tafeln an den Wänden füllten sich mit Notizen und Fotos. Sie entdeckte eine Tafel mit etwa zehn großen Fotos von Häusern und erkannte sie sofort. Alles Häuser, an denen Henley auf ihrem Weg zum Bus hätte vorbeikommen sollen. Ava hatte sich die Häuser persönlich angesehen und sich gefragt, was für Menschen darin wohnten.

War ihr Entführer ein Unbekannter, der zufällig vorbeigekommen war? War es geplant gewesen oder eine spontane Tat?

Morgens vor acht Uhr?

Ihre Erfahrung sagte ihr, dass es Absicht war. Vorsätzlich. Ein komplexer Plan.

Wie sonst verschwindet ein Kind auf dem Weg zwischen seinem Haus und der Bushaltestelle?

Sanford eilte zu ihnen. »Morgen. Bereit für ein kleines Gespräch?« Er richtete die Frage an Jake, der stumm nickte. Sanford zwang sich zu einem müden Lächeln. Er sah beschissen aus und Ava fragte sich, wann er das letzte Mal geschlafen hatte.

»Hast du einen Erziehungsberechtigten dabei?«, fragte Sanford und blickte stirnrunzelnd von Jake zu Ava. Auch wenn Jake achtzehn war, würde es allen ein besseres Gefühl geben, wenn bei der Befragung ein Erwachsener dabei wäre. Sanfords Gesichtsausdruck sagte deutlich, dass er Ava nicht für diese Person hielt.

»Sein Vater ist draußen und telefoniert. Er braucht noch eine Minute.«

Die drei standen einen Moment lang schweigend da und musterten einander.

»Haben Sie irgendwelche Spuren?«, fragte Jake, und Ava brach das Herz bei dem Flüstern des Teenagers. Sie hatte ihm auf der Herfahrt alles erzählt, was sie wusste. Ihr Blick flehte Sanford an, sanft mit Jake umzugehen.

»Äh ... wir haben eine Menge, dem wir nachgehen. Es kommen Hinweise aus der Bevölkerung herein. Wir prüfen jeden einzelnen.«

Jake verlagerte sein Gewicht von einem Fuß auf den anderen, Hoffnung malte sich auf sein Gesicht.

»Und alle Spezialisten sind letzte Nacht eingetroffen. Wir haben sie aus einem halben Dutzend Bundesstaaten abgezogen. Wir haben erfahrene Special Agents für Spurensicherung, Geiselnahmeverhandlungen, Computerforensik und sogar einige Leute von der BAU, die mit uns arbeiten.«

»BAU?«, fragte Jake. »Wie in *Das Schweigen der Lämmer?*«

Für den Bruchteil einer Sekunde zuckte Verärgerung über Sanfords Gesicht. Ava hatte kein Problem mit der öffentlichen Wahrnehmung, die durch den Film entstanden war. Na und, wenn eine Agentin in Ausbildung in einen riesigen Serienmörderfall hineingezogen wurde? Der Film zeigte trotzdem das Talent dieser Abteilung. Aber andere Agents sahen das nicht so wie sie.

»Ja, aber ohne den Hollywood-Glamour«, antwortete Ava. »Wir haben gestern einen von ihnen getroffen. Er war mit einigen seiner Erkenntnisse sehr hilfreich.«

»Wie lange werden all diese Leute hier sein?«, fragte Jake.

»So lange, wie wir sie brauchen«, erwiderte Sanford.

Callahan stieß zu ihnen und nickte Sanford zu. »Entschuldigen Sie die Verzögerung.« Er rieb Jakes Schulter.

Ava spürte, dass der Detective ziemlich genervt war. Er wirkte abgelenkt. Worum war es bei seinem Telefonat gegangen? Es konnte nichts mit dem Fall zu tun haben. Alles, was sie wissen mussten, hätte er sofort zur Sprache gebracht. Sie hatte den Verdacht, dass es um seine Freistellung von seiner Dienststelle ging. Vielleicht hatten sie dort Probleme mit seinem abrupten Weggang.

»Wo machen wir das?«, fragte Callahan.

Sanford zeigte auf eine Tür, die zurück zum Flur führte. »Wells wartet zwei Türen weiter auf der linken Seite.«

Die drei fanden den Raum. Wells saß an einem großen, runden Tisch und tippte auf einem Laptop. Er bedeutete ihnen, Platz zu nehmen. Der Raum schien eine kleine Bibliothek zu sein. Bücher füllten die Regale und mehrere bequeme Sessel luden zum Lesen ein. Spirituelle Poster mit Bibelversen und cleveren Sprüchen zierten die Wände.

EIN BISSCHEN SCHLAFF? ZEIT FÜR EIN GLAUBENSLIFTING.

7 TAGE OHNE GEBET ERGEBEN EINE GOTTLOSE WOCHE.

Die Ruhe und Stille war eine willkommene Abwechslung zum Summen der Einsatzzentrale. Ava atmete erleichtert auf, dass Wells die Befragung von Jake durchführte. Sie wusste, dass er gründlich und rücksichtsvoll auf die Gefühle des Jungen eingehen würde.

»Okay, Jake. Erzählen Sie mir doch mal von Duke«, begann Wells mit einem kleinen Lächeln. »Was studieren Sie, wann sind Ihre Vorlesungen, mit wem hängen Sie gerne rum und wie ist das Essen an der Uni?«

Jake blickte zu seinem Vater, der nickte. Jake begann, sein Leben an der Uni zu beschreiben, und Ava ließ ihre Gedanken für ein paar Sekunden schweifen. Das College schien eine Ewigkeit her zu sein. Sie war auf die UCLA gegangen, weil sie das südkalifornische Lebensgefühl erleben wollte, das sie aus dem Fernsehen kannte. Es war nicht wie im Fernsehen gewesen. Es war überfüllt mit Menschen gewesen und ihre Wohnung war eine halbe Bruchbude gewesen, aber mehr hatte sie sich nicht leisten können. Sie und Jayne waren in einer ruhigen nordkalifornischen Gemeinde aufgewachsen. Beinahe eine ländliche Erfahrung.

Jake schien sein College zu mögen. Als Erstsemester wohnte er im Wohnheim und aß meistens in einer der Mensen auf dem Campus oder in Restaurants, die Essensguthaben vom College akzeptierten. Er war keiner Studentenverbindung beigetreten, seine engsten Freunde waren sein Mitbewohner und zwei andere Jungs aus seiner Etage, und er hatte Schwierigkeiten, zu seinen Vorlesungen um 8 Uhr morgens zu kommen. Bei seiner Bemerkung über die frühen Vorlesungen warf er seinem Vater einen Blick zu. Callahan zuckte mit den Schultern. »Du warst noch nie ein Morgenmensch.«

Wells führte ihn durch ein lockeres Gespräch über sein Hauptfach – Ingenieurwesen – und Ava sah, wie der Junge sich allmählich entspannte und aufhörte, jede Antwort im Kopf zu analysieren, bevor er sprach.

»Wann sind Sie in Portland angekommen?«, fragte Wells.

»Ich bin am Mittwoch gegen 16 Uhr gelandet. Mom hat mich am Flughafen abgeholt. Aber wir sind erst zwei Stunden später losgekommen, weil sie meine Tasche nicht finden konnten.«

»Waren Sie bei der Gepäckausgabe, als die Koffer auf dem Band ankamen?«

»Nee, ich war auf der Toilette und hab dann beim Café angehalten, um was zu essen, aber da war 'ne riesige Schlange. Im Flugzeug gab's nur Snacks und ich hatte einen Bärenhunger. Mom hat mich im Wartebereich hinter der Sicherheitskontrolle getroffen. Als ich dann zur Gepäckausgabe runterkam, liefen die Koffer schon auf dem Band.«

»Also könnte jemand Ihre Tasche mitgenommen haben.«

Jake nickte. »Die Fluggesellschaft glaubt, dass das passiert ist. Sie haben sie bei der Ankunft gescannt, also wussten sie, dass sie auf dem Band hätte sein müssen. Wir haben eine Weile gewartet, um zu sehen, ob sie jemand zurückbringt, falls er sie versehentlich mitgenommen hat. Es ist ein schwarzer Rollkoffer. Sieht aus wie jeder andere Koffer, bis auf den Gepäckanhänger mit dem Duke-Logo.«

Wells tippte auf seinem Computer. Ava würde sicher sofort Kameraaufnahmen vom Flughafen anfordern. Sie vermutete, dass er genau das tat. Aber stand ein Koffer im Zusammenhang mit Henleys Verschwinden? Jede ungewöhnliche Aktivität im Umfeld der engsten Familie musste untersucht werden. Egal, wie trivial sie auch erscheinen mochte.

»Erzählen Sie mir mal, was Sie gemacht haben, seit Sie in der Stadt sind. Wen Sie getroffen haben, wo Sie waren, mit wem Sie online oder per SMS gesprochen haben.«

Jake überraschte sie alle, indem er ein Stück Papier aus

seiner Tasche zog. Er warf Ava einen Blick zu. »Special Agent McLane hat mich gestern danach gefragt. Ich habe mir etwas Zeit genommen und alles aufgeschrieben, was mir eingefallen ist.«

Ava klopfte sich gedanklich auf die Schulter. Sie traf Wells' Blick und lächelte. *Gern geschehen.*

Wells überflog das Blatt. »Sieht so aus, als hätten Sie das Haus nur einmal für einen Einkauf im Supermarkt am Donnerstagvormittag verlassen. Und ein Stopp bei Ihrer Freundin McKenzie nach dem Laden. Sie waren nur fünfzehn Minuten dort?«

»Ja, ihre Eltern wollten mit ihr irgendwohin. Ich bin los, weil Mom Kaffeesahne für ihren Kaffee brauchte. Ich war im kleinen Laden in der Nachbarschaft, nicht im größeren Supermarkt. Hab mir auch eins von diesen Hostess-Kuchenteilen geholt. Schokolade. Hab es im Auto auf dem Rückweg gegessen. Mom sieht es nicht gern, wenn ich so verarbeiteten Kram esse.«

Ava dachte an all das frische Gebäck auf Robins Theke und stimmte seiner Mutter zu. Selbstgemachter Kram war viel besser.

»War außer dem Verkäufer noch jemand im Laden?«

Jake zuckte mit den Schultern. »Keine Ahnung. Vielleicht. Ich meine, es war noch jemand bei den Kühltüren hinten im Laden, als ich die Kaffeesahne geholt habe. Ich habe mit niemandem außer dem Verkäufer gesprochen.«

Wells machte sich eine weitere Notiz, die wahrscheinlich eine Anfrage nach den Kameras des Ladens enthielt.

»Denken Sie an die Gespräche, die Sie mit Ihren Freunden geführt haben, seit Sie wieder da sind. Hat jemand nach Ihrer Schwester gefragt? Über ihre Schule gesprochen?«

»Darüber habe ich nachgedacht«, bot Jake an. »Ich habe

mit niemandem über Henley gesprochen, bevor sie verschwunden ist. Ich habe ein paar Leuten Bescheid gesagt, dass ich in der Stadt bin. Zwei meiner Freunde kommen erst heute Abend an, also habe ich bis dahin nichts zu tun. Gestern habe ich bis fast Mittag geschlafen. Ich wusste nicht einmal, dass Henley vermisst wird.« Er blinzelte schnell.

»Haben Sie mit Henley gesprochen, als Sie am Mittwoch vom Flughafen nach Hause kamen?«

Er nickte. »Ja, sie hat mich umarmt, als ich nach Hause kam.« Der Teenager lächelte verlegen. »Sie ist cool für ein kleines Kind. Keine Nervensäge wie die jüngeren Geschwister mancher meiner Freunde. Wir haben am *Mittwochabend Die Braut des Prinzen geschaut*. Mom hat auch mitgeschaut. Ich glaube, Lucas hat lange gearbeitet. Henley redet viel und hat während des ganzen Films gequatscht. Sie will immer über das diskutieren, was sie sieht, wissen Sie? Sie gibt ständig Kommentare zu allem ab, was sie vor sich sieht. Ich schalte da ziemlich oft ab. Ich meine, sie hört einfach nicht auf.« Er sah die drei Erwachsenen mit großen Augen an und bat um Vergebung dafür, dass er seiner kleinen Schwester nicht zugehört hatte.

»Kleine Kinder können eine Menge zu sagen haben«, sagte Ava.

»Am Donnerstag habe ich sie erst beim Abendessen gesehen. Sie hatte Schule und ich war den ganzen Nachmittag in meinem Zimmer. Sie saß beim Abendessen neben mir und redete. Wie üblich. Sie freute sich auf den letzten Schultag, und es sollte ein Wichteln mit gebrauchten Geschenken geben. Sie hatte ein Stofftier ausgesucht, das sie verschenken wollte, und machte sich Sorgen, dass die anderen Kinder denken würden, es sei ein Babygeschenk. Mom hatte ihr gesagt, das sei in Ordnung und sie solle einfach ein paar Süßigkeiten zum Geschenk dazulegen, wenn sie sich Sorgen mache. Kein Kind beschwert sich darüber, Süßigkeiten zu bekommen.«

Für jemanden, der seine Schwester normalerweise ausblendete, hatte er an diesem Abend ihren Sorgen zugehört, bemerkte Ava.

»Ich habe nach dem Abendessen gespielt. Ich erinnere mich nicht, sie an diesem Abend noch gesehen zu haben«, sagte der Teenager leise.

»Onlinespiele?«, fragte Wells.

»Nein. Ich habe mich abgemeldet. Manche Spiele spielt man besser allein.«

»Was meinen Sie mit abgemeldet?«, fragte Ava.

»Die Xbox-Community von Microsoft. Wenn ich nicht gestört werden will, stelle ich mich auf offline, damit niemand reinschneit, um mit mir zu reden oder mir Nachrichten zu schicken.«

»Ihr Zimmer geht zur Straße raus. Haben Sie etwas Ungewöhnliches gesehen, seit Sie zu Hause sind? Ich weiß, Sie können nicht jedes Auto in Ihrer Straße erkennen.«

»Es ist eine ruhige Nachbarschaft«, antwortete Jake. »Es fahren Autos vorbei. Ich schaue nicht hin. Das Haus liegt ziemlich weit von der Straße zurück.«

»Wie sieht es mit UPS oder FedEx aus? Haben Sie einen dieser Lieferwagen gesehen oder gehört? Es ist die Woche vor Weihnachten; ich könnte mir vorstellen, dass die Leute Lieferungen bekommen.«

Ava wusste, dass Wells versuchte, Jakes Gedächtnis auf die Sprünge zu helfen. Das Dröhnen eines Lieferwagens war ein wiedererkennbares Geräusch.

»Ja, ich erinnere mich, einen Lastwagen gehört zu haben. Ich weiß nicht, ob es Donnerstag- oder Freitagmorgen war. Das Haus nebenan hat eine Lieferung bekommen, und ihr Hund ist total ausgeflippt. Es könnte auch das Haus daneben gewesen sein, das ein Paket bekommen hat, schätze ich. Ich war wach, aber noch im Bett. Der Hund von nebenan bellt immer bei fremden Fahrzeugen in der Einfahrt.« Jake sah überrascht aus, dass er sich an den Vorfall erinnert hatte.

»Haben Sie den Hund noch zu anderen Zeiten gehört?«, hakte Wells nach.

Jake starrte in seine Richtung, seine Augen blinzelten schnell, während er nachdachte. »Gestern Nachmittag«, sagte er nach einer langen Pause. »Als die ganzen Medien anfingen aufzutauchen. Sie müssen den Hund ins Haus gebracht haben, denn letzte Nacht habe ich ihn nicht gehört. Bei all den Fremden und Fahrzeugen da draußen hätte er sich die Seele aus dem Leib bellen müssen.«

Wells nickte. »Gut gemacht. Reden wir noch ein bisschen über Ihre Nachbarschaft. Wer lässt seine Autos normalerweise auf der Straße geparkt?«

»Zwei Häuser weiter«, antwortete er prompt. »Ein roter Taurus steht immer vor deren Haus. Er ist eigentlich eher magentafarben. Und weiter unten auf der gegenüberliegenden Seite steht immer ein großer Chevy-Pickup auf der Straße. Der ist schwarz.«

»Die meisten Leute parken nicht auf der Straße. Mom hat mir erzählt, dass es in der Nachbarschaft nicht gern gesehen ist. Als ich meinen Führerschein gemacht habe, musste ich immer in der Einfahrt parken. So ist mir aufgefallen, wer auf der Straße parkt. Sie ist ein bisschen eng. Man muss immer um die gleichen Fahrzeuge herumkurven.«

Wells sah seine Notizen durch und blieb bei einem Luftbild des Fairbanks-Hauses und der umliegenden Häuser stehen. »Ihr Haus liegt wirklich weit zurück. Ich nehme an,

Sie können nicht sehr weit die Straße hinaufsehen.« Er legte das Foto vor Jake.

Jake nickte und tippte auf seine Straße auf dem Foto. »Von meinem Fenster aus kann ich nur die Straße direkt vor dem Haus sehen. Ich kann die Nachbarhäuser auf beiden Seiten nicht sehen, weil es zu viele Bäume gibt. Aber ich kann den Hund des Nachbarn hören, und ich kann einen Teil des Hauses direkt gegenüber sehen, aber das liegt auch ein Stück zurück.« Er fuhr mit einem Finger über das Bild und deutete seine Sichtlinien an.

»Sind Ihnen irgendwelche Spaziergänger oder Jogger aufgefallen, seit Sie wieder da sind?«

Der Teenager schüttelte den Kopf.

Wells studierte schweigend seine Notizen. Ava warf Callahan einen Blick zu. Der Mann beobachtete seinen Sohn aufmerksam, schien aber abgelenkt zu sein. Er blickte immer wieder auf die Uhr an der Wand und rutschte auf seinem Stuhl hin und her. Er hatte einen Bleistift und einen Notizblock mitgebracht, aber kein einziges Wort geschrieben. Er drehte den gespitzten Bleistift nur zwischen seinen Fingern. Er bemerkte, dass sie ihn beobachtete, und legte den Bleistift ab, nahm aber keinen Augenkontakt auf.

Da ist was im Busch.

Sie sah zu Wells, aber er war in seine Notizen vertieft. Wenn Callahans Herumspielen mit dem Stift ihn störte, ließ er es sich nicht anmerken. Sie vermutete, dass Wells jede von Callahans Bewegungen gedanklich festhielt. Er war der geborene Beobachter.

»Ich habe mitbekommen, wie einer von den Reportern im Fernsehen gesagt hat, dass Lucas' Firma untersucht wird«, sagte Jake langsam. »Sie haben auch gesagt, dass Lucas nicht mit ihnen reden wollte.«

Die gesamte Aufmerksamkeit im Raum richtete sich auf

Jake. Seine Lippen waren blass und sein Blick sprang zwischen den dreien hin und her, auf der Suche nach Bestätigung.

»Hören Sie nicht auf das, was die Medien sagen«, begann Ava. Sie beugte sich vor und berührte die Hand des Jungen. »Denen geht es nur um die Einschaltquoten und Lucas ist klug genug, nicht mit ihnen zu reden. Wir haben ihm davon abgeraten.« Sie wusste das nicht mit Sicherheit, ging aber stark davon aus, dass sie damit richtiglag. »Ja, sie nehmen sein Unternehmen unter die Lupe. Sie müssen wissen, ob es Probleme mit Kunden gab, die jemanden dazu hätten bringen können, Henley etwas anzutun. Es ist nur vernünftig, dem nachzugehen.«

»Ich werde für die Familie mit den Medien sprechen«, fügte Callahan hinzu. »Das habe ich mit Lucas und deiner Mutter so vereinbart.«

»Sie haben gesagt, er hat einen Anwalt. Warum hat er sich einen Anwalt genommen, wenn er nichts getan hat? Sie lassen es so klingen, als würde er etwas verbergen.« Jakes Stimme zitterte.

»Das lässt es wirklich schlimm aussehen, weshalb die Medien so ein Theater darum machen. Die Firma hat einen Anwalt, um ihre Rechte zu schützen. Sich einen Anwalt zu nehmen ist kein Schuldeingeständnis«, beruhigte Callahan den Teenager. »Es ist das einzig Richtige. Auch unschuldige Menschen brauchen Anwälte.«

Jake sah nicht überzeugt aus und Ava vermutete, dass Callahan ihm das nur schwer verkaufen konnte. Anwälte verlangsamten die polizeilichen Ermittlungen und ohne Zweifel hatte Callahan sich in der Vergangenheit in Jakes Beisein über seine Frustration darüber ausgelassen.

»Auch online. Die Leute schreiben schreckliche Dinge über Lucas in den Kommentaren unter den Artikeln auf den

Nachrichtenseiten. Sie alle denken, er hat Henley etwas angetan.«

Ava brach es das Herz. »Lesen Sie das Zeug nicht, Jake. Das sind uninformierte Leute, die an den öffentlichen Spekulationen teilhaben wollen. Einen dummen Kommentar abzugeben, gibt ihnen das Gefühl, klug zu sein. Jeder, der auch nur einen Funken Verstand hat, weiß, dass die nur Scheiße labern.«

Er blinzelte bei ihrer Wortwahl. Das war Ava egal. Online-Spekulationen wären der schlimmste Feind der Familie. Daraus entstand nie etwas Gutes – nur eine Menge verletzter Gefühle und Wut.

»Sie müssen den Kopf oben behalten. Einige Idioten werden ihr Bestes geben, um die Familie in diesem Fall schlecht dastehen zu lassen, und sie werden es dort tun, wo jeder es sehen, darüber lesen und Öl ins Feuer gießen kann. Sie kennen die Wahrheit. Nicht die. Ignorieren Sie es. Es besteht die Möglichkeit, dass es aus dem Ruder läuft. Ich bete, dass es nicht passiert, aber Sie müssen sich darüber im Klaren sein, dass es an Ihnen liegt, sich herauszuhalten, falls es doch geschieht. Geben Sie ihnen keinen Grund, sich auf Sie einzuschießen. Ihre erste Reaktion wird sein, Ihre Familie zu verteidigen. Sie müssen stark bleiben und ignorieren, was die Leute sagen.«

»Bleib offline«, befahl Callahan. »Lass auch den Fernseher aus.«

»Sie haben gestern Abend meinen Laptop mitgenommen«, sagte Jake.

»Benutz auch den Browser auf deinem Handy nicht«, erklärte sein Vater.

»Bekomme ich meinen Computer zurück, bevor ich wieder zur Uni gehe?« Jake sah Wells an.

Der Agent nickte. »Ich werde sicherstellen, dass Sie ihn

so schnell wie möglich zurückbekommen.« Er machte sich eine Notiz.

»Werden wir wissen, was passiert ist, bevor ich wieder nach Duke gehe? Vor Weihnachten?«, flüsterte Jake. Er blickte auf seine zu Fäusten geballten Hände auf dem Tisch, seine Knöchel traten weiß hervor.

Ava biss sich auf die Innenseite ihrer Lippe. Jake hatte nicht gefragt, ob Henley zurückkommen würde.

Hatte ihr Bruder schon aufgegeben?

10

SEIT 26 STUNDEN VERMISST

Jake rieb sich die Augen und starrte aus dem Fenster. Nach seiner Befragung hatte er sich auf die Toilette verabschiedet und war dann zum anderen Ende der Kirche geschlendert. Das Gebäude wirkte eher wie eine Schule. Jede Menge kleine Räume und Gänge. Er spähte durch die Fenster in den Türen, kam an einem offensichtlichen Kinderhort und einem Spielzimmer für Kleinkinder vorbei. Er ging weiter. Gott war irgendwo in diesem Gebäude. Oder zumindest gab es hier einen guten Ort, um mit ihm zu reden.

Seine Familie ging nicht in die Kirche. Einige seiner Freunde schon. Er war an einigen Mittwochabenden mit ein paar von ihnen mitgegangen, wenn sich eine große Gruppe von Jugendlichen traf, um bowlen zu gehen oder in den Schlagkäfigen ein paar Bälle zu schlagen. Niemand hatte bei diesen Treffen versucht, ihm Gott aufzuzwingen. Er hatte darauf gewartet, hatte erwartet, dass sie irgendwann am Abend alle ihre Bibeln hervorholen und beten würden.

Stattdessen hatte er einfachen, bodenständigen Spaß erlebt. Er nahm an, dass sie sich das Predigen für den Sonntagmorgen aufhoben.

Er bog um eine Ecke und entdeckte am Ende des Ganges drei große Doppeltüren, die auf den Gebetsraum hindeuteten.

Das musste er sein.

Der Gang war still; der Lärm des FBI war verhallt, als er durch das große Gebäude gegangen war. Er blieb stehen und spähte durch ein Fenster in einer der Türen. Reihen über Reihen von Stühlen füllten den Raum. Eine traditionell aussehende Kanzel stand allein auf einer niedrigen Bühne, zwei riesige Bildschirme hingen in den vorderen Ecken des Raumes, und ... war das ein Schlagzeug auf der Bühne? Er zog eine Tür auf, und sie schnappte laut, als sie aufschwang. Er trat ein und schloss die Tür leise hinter sich.

Der Raum war still.

Er wartete.

Nichts geschah.

Sollte man in der Kirche nicht Gott spüren? Sollte er sich nicht friedlich und getröstet fühlen? Vielleicht funktionierte das nur bei Mitgliedern. Die Lichter im Gebetsraum waren gedimmt; nur die Bühne war beleuchtet. Er ging nach vorne und musterte die Bühne. Schlagzeug, Mikrofone, Klavier, elektronische Keyboards. Sollten Kirchen nicht riesige Orgeln haben?

Er setzte sich in der ersten Reihe auf einen Stuhl und wartete wieder.

Er wusste nicht, worauf er wartete, aber er dachte sich, er würde es schon merken, wenn es passierte.

»Ist sie in Sicherheit?«, flüsterte er.

Seine Stimme wurde von der Stille des riesigen Raumes verschluckt.

Er beugte sich vor, die Ellbogen auf die Oberschenkel gestützt, und lauschte angestrengt.

»Hat er sie getötet?«

Stille.

Er stieß einen tiefen Atemzug aus und schloss die Augen, ließ sein Gehör den Raum erkunden. Ein sehr leises Summen kam von den Lichtern über der Bühne. Er atmete tief durch und entspannte sich. Wenigstens war es hier ruhig. Keine Eltern oder Polizisten, die ihn mit Adleraugen beobachteten, um sicherzugehen, dass er nicht kurz vor einem Nervenzusammenbruch stand. Keine realitätsfernen Videospiele, um die schrecklichen Bilder in seinem Gehirn abzuschalten. Hier war nur er.

Bitte bring sie nach Hause. Sie ist doch nur ein kleines Kind.

Henley war ein strahlendes Kind. Ihr Lachen ansteckend, ihr Lächeln breit und ihre Augen einnehmend. Von Anfang an war er fasziniert davon gewesen, sie zum Lächeln zu bringen. Nichts machte ihn glücklicher als seine Fähigkeit, das Gesicht seiner kleinen Schwester zu verwandeln. Obwohl sie die meiste Zeit bei ihrer Mutter lebte, war es, wenn sie zu ihm nach Hause kam, als wäre sie nie weggewesen. Sie machten immer genau da weiter, wo sie aufgehört hatten. Er war ihre Informationsquelle über die Welt, und sie hatte immer Fragen. Fragen über das Wetter, über Dreck, die Schule, Jungs und Musik.

Letzten Sommer hatten sie einen Familienausflug nach Disneyland gemacht. Er konnte sie immer noch sehen, wie sie sich mit seiner Mutter in den Teetassen drehte, während er und Lucas zusahen. Rückblickend wurde ihm klar, dass sich der Ausflug um Henley und seine kleinen Schwestern Kindy und Kylie gedreht hatte. Aber das war ihm egal gewesen. Sein halber Spaß hatte darin bestanden, ihnen zuzusehen, wie sie quietschten und schrien und tanzten, wenn sie eine Prinzessin oder Pu den Bären entdeckten. Er und Lucas hatten sich davongeschlichen, um die aufregenderen Fahrgeschäfte zu machen, aber was ihm im Gedächtnis geblieben war, war, Henley auf ihren Kinderfahrgeschäften zu beobachten. Als sie herausgefunden hatten, dass »A Small World« geschlossen war, war Henley in Tränen ausgebrochen, und Jake war von dem Bedürfnis überwältigt worden, die Situation zu retten. Er hatte sie mit einem Souvenir aus dem »Small World«-Geschenkeladen überrascht, das er von seinem eigenen Geld gekauft hatte. Ihre Tränen waren versiegt und ihre Augen hatten ihn angehimmelt. Er hatte sich wie ein echter Superheld gefühlt.

In welchem Alter war das Glück seiner Schwester wichtiger geworden als sein eigenes?

Jake öffnete die Augen.

Gott war nicht erschienen oder hatte in seinem Kopf gesprochen. Er vermisste seine Schwester immer noch und hatte keine Antworten. Wenigstens wollte er nicht mehr gegen die Wand schlagen. Er hatte es ein paar Minuten zuvor auf der Toilette in Erwägung gezogen, als Wut und Zorn unter seinem Drang brodelten, wie ein Schlosshund zu heulen. Er hatte keinem der beiden Bedürfnisse nachgegeben.

Er war hilflos, nutzlos. Wie konnte er seine Schwester finden?

Er hatte seinen Superheldenumhang verloren.

Ava wusch sich langsam die Hände. Die Damentoilette in der Kirche war makellos und roch nach Zitrus-Lufterfrischer. Sie sog die Ruhe und Stille in sich auf und zögerte es hinaus, um dem geschäftigen Treiben und dem Lärm der Einsatzzentrale etwas länger zu entgehen. Es tat gut, für zwei Minuten die Deckung fallen zu lassen, ohne dass ein Agent oder ein Familienmitglied sie beobachtete. Sie zählte langsam bis zehn, atmete tief durch und ließ ihre Gedanken schweifen, wobei sie jeden Gedanken an einen Entführer oder die traurige Familie vermied. Sie schüttelte das Wasser von ihren Händen und starrte in den Spiegel, während sie versuchte, die Züge ihrer Zwillingsschwester in ihrem Gesicht zu ignorieren.

Sie wusste, dass sie da waren. Dieselben Augen, dieselben Lippen, dieselbe Gesichtsform. Dort endeten die Ähnlichkeiten. Oder zumindest hatten sie dort geendet, als sie Jayne das letzte Mal gesehen hatte. War Jayne wieder in einer Phase, in der sie wollte, dass die beiden sich wieder ähnlich sahen? Die Besessenheit schien alle paar Jahre aufzutauchen. Ava hingegen behielt ihren Look beständig bei. Ihr Haar war immer naturbraun, schulterlang, und ihr Make-up war normalerweise minimal. Jayne hingegen veränderte sich mit den Jahreszeiten und durchlief oft eine platinblonde Phase, während sie versuchte, ihre Namensvetterin nachzuahmen.

Ihre Mutter hatte sie nach den klassischen Filmstars Ava Gardner und Jayne Mansfield benannt. Ihre Schwester durchlief verschiedene Phasen, in denen sie dem Glamour ihrer Namensgeberin nacheifern wollte, während Ava schon immer glücklich damit gewesen war, einfach sie selbst zu sein. Sie erklärte nur selten, woher ihr Name kam, und zog es vor, keine Vergleiche zwischen sich und dem Filmstar aufkommen zu lassen. Das war jetzt einfacher als in ihrer Kindheit. Die Filmstars waren in den Köpfen der meisten Leute in Vergessenheit geraten, und Ava war selten in der Lage, dass ihre Schwester dabei war, um Fremden die Geschichte ihrer Namen zu verkünden. Als sie klein gewesen waren, hatte ihre Mutter sie zu oft vorgestellt und dann sofort zu einer langwierigen Erklärung ihrer Namen angesetzt. Ava hatte sich vor Scham gewunden, wenn ein

Fremder die Zwillinge plötzlich musterte. Jayne hatte die zusätzliche Aufmerksamkeit geliebt und hörte nie auf, die Geschichten ihrer Namen zu erzählen, immer auf der Suche nach neuer Beachtung.

In der Mittelstufe wollte Jayne den Lebensstil eines Filmstars annehmen, trug nur Kleider zur Schule und bediente sich heimlich am Make-up ihrer Mutter. Sie war zwölf gewesen, als sie zum ersten Mal beschlossen hatte, blond sein zu müssen. Ihre Mutter hatte beim Anblick von Jaynes furchtbar orange gefärbtem Haar geweint. Spätere Versuche, blond zu werden, waren erfolgreicher gewesen, aber Jayne schien nie zufrieden mit sich zu sein. Sie war immer auf der Suche nach ihrem wahren Ich und zog die Menschen in ihrem unmittelbaren Umfeld in ihre Suche mit hinein.

Ava war jahrelang in Jaynes Dramen hineingezogen worden. Wenn Jayne unzufrieden war, schien sie zu glauben, dass Ava es auch sein sollte. Wenn Jayne ihren Algebralehrer hasste, dann sollte Ava das auch tun. Wenn Jayne einen Jungen heiß fand, dann musste Ava auch in ihn verliebt sein.

Ava hatte sich dagegen gewehrt. Aus Prinzip nahm sie die entgegengesetzte Haltung ein. Es war egal, ob Chris Stemple der heißeste Junge in der siebten Klasse war. Wenn Jayne an ihm interessiert war, fand Ava ihn uninteressant. Wenn Jayne wissen wollte, wen Ava mochte, behielt sie es für sich. Sie hatte gelernt, dass jedes Interesse, das sie an einem Jungen, einem Kleid oder einem Fahrrad zeigte, dazu führte, dass dieses Objekt von Jayne vereinnahmt wurde. Sie musste ihre Vorlieben, ihre emotionalen Reaktionen, einfach alles verbergen.

Jayne konnte ihr eigenes Leben nicht genießen; sie wollte immer Avas.

Sie nickte. Suchte er dieselbe Ruhe, die sie gebraucht hatte?

Sie brauchte nach intensiven Situationen immer Zeit für sich, um wieder aufzutanken. Jakes Befragung war nicht übermäßig intensiv gewesen, aber ihre Sorge um die Gefühle des Jungen und Callahans offensichtliche Ablenkung hatten ihre Emotionen in zu viele Richtungen gezerrt. Die drei Agents vertieften sich in eine andere Diskussion, und sie trat zurück, wobei sie Callahans Ärmel berührte.

»Was ist vor der Befragung passiert, Detective? Sie waren da drin total abgelenkt.«

Überraschung blitzte in seinen Augen auf. »So offensichtlich?«

Sie zuckte mit den Schultern. »Wahrscheinlich für niemanden sonst. Mir fallen solche Dinge auf.«

Er wich ihrem Blick aus und schaute zum Bildschirm mit dem Minivan. »Scheiß auf der Arbeit. Es ist nichts.«

Die Anspannung in seinem Kiefer schrie, dass es mehr als nichts war. Sie wartete. Sie würde ihn nicht drängen. Er sah sie wieder an, und sie hielt ihren Blick neutral. »Betrifft das die Familie?«, fragte sie schließlich.

»Nein, definitiv nicht.«

»Wir haben in zwei Stunden eine Pressekonferenz angesetzt«, unterbrach Sanford. »Ich nehme an, die Eltern wollen keine Erklärung abgeben?«

»Nein«, antwortete Callahan. »Ich werde mit ihnen sprechen und herausfinden, was sie gesagt haben wollen.«

»Es könnte gut sein, die Mütter vor der Kamera zu sehen. Das könnte den Entführer emotional erreichen«, fügte Sanford hinzu.

Ava kannte die Mentalität, auf die Sanford anspielte. Manchmal stuften Entführer ihre Opfer als »Dinge« ein. Es war einfacher, ein Ding zu zerstören oder zu verletzen als die Tochter einer weinenden Mutter im Fernsehen.

Callahan nickte. »Daran habe ich auch schon gedacht, aber mein Hauptziel war es, die Privatsphäre der Familie zu wahren und sie aus dem Medienzirkus herauszuhalten, während sie das durchmachen.«

»Denken Sie noch einmal darüber nach«, sagte Sanford. »Sie müssen nicht alle kommen. Ich denke, mindestens eine Person könnte hilfreich sein.«

»Ich spreche es bei ihnen an. Was, wenn ich eine Erklärung von ihnen verlese? Würde das funktionieren?«

»Das ist besser als nichts. Es könnte für die Öffentlichkeit von Vorteil sein, die Familie zu sehen.«

Callahans Schultern strafften sich, als er Sanford scharf ansah. Hätte er seinen Cowboyhut aufgehabt, so stellte Ava sich vor, hätte er sich die Krempe tiefer ins Gesicht gezogen, um seinen Blick zu intensivieren. »Wollen Sie, dass die Öffentlichkeit die Familie sieht, oder hoffen Sie, dass der Entführer sie sieht? Ihre Bilder sind doch schon überall in den Nachrichten. Brauchen Sie sie wirklich?«

Sanford blinzelte. »Das ist ihre Entscheidung. Ich versuche, jedes Mittel zu nutzen, das uns zur Verfügung steht, um das Mädchen zu schützen. Wenn ein Entführer einen Anflug von schlechtem Gewissen bekommt, weil er ihre Mutter vor der Kamera weinen sieht, werde ich das nutzen.«

»Der hat kein Gewissen«, fuhr Callahan ihn an. »Der hat ein kleines Mädchen von der Straße gezerrt. Wir haben es hier nicht mit einem normalen Menschen zu tun. Das ist ein gestörter Perverser.«

»Dad?«

Das Trio drehte sich zu Jake um. Seine Augen waren weit aufgerissen und seine Wimpern zitterten.

»Du weißt, wer Henley entführt hat?«, platzte es aus ihm heraus.

Ava drückte Jakes Oberarm und lenkte seine Aufmerksamkeit auf sich. »Nein, Jake. Wir besprechen nur, was für ein gestörter Mensch so etwas tun würde.«

Jake sah Callahan und Sanford an. »Haben Sie etwas gefunden?«, fragte er Sanford.

Der Special Agent atmete tief durch. »Wir haben eine Aufnahme von einem Fahrzeug in Ihrer Straße aus dem Zeitfenster, in dem Henley verschwunden ist. Wir werden es finden.«

»Konnte man Henley in dem Fahrzeug sehen?«, fragte er, und seine Stimme schoss eine Oktave in die Höhe.

»Nein, mein Junge.« Callahan legte ihm eine Hand auf die Schulter und deutete auf den Computermonitor. »Das ist alles, was sie haben. Kommt dir das irgendwie bekannt vor?«

Jake betrachtete den Bildschirm, und Ava beobachtete seine Reaktion. Seine anfängliche Eifrigkeit wich schnell der Enttäuschung. »Nein. Ich kann nicht einmal erkennen, was für ein Minivan das ist.«

»Ein Toyota Sienna«, sagte Ava zu ihm.

Der Teenager schüttelte den Kopf. »Ich glaube nicht, dass ich den schon mal gesehen habe. Können Sie ihn mit diesem teilweisen Kennzeichen finden?« Er runzelte die Nase, als er sich näher beugte. »Was sind die letzten beiden Ziffern?«

»Eine Zwei und eine Vier. Wir haben diese Ziffern mit dem Modell abgeglichen und eine Liste erhalten«, erklärte der Agent, der am Monitor saß. »Wir haben die Liste auf den Großraum Portland eingegrenzt und schicken gerade Teams los, um an Türen zu klopfen.« Er warf einen Blick auf seine Uhr.

»Gut«, kommentierte Callahan. »Wir müssen zurück zum Haus. Ich möchte mit Lucas über die Pressekonferenz sprechen. Ich glaube zwar zu wissen, was er antworten wird, aber ich werde ihn fragen.«

»Oh, Scheiße«, fluchte der Agent am Monitor.

»Was?«, fragten Sanford, Ava und Callahan gleichzeitig.

»Ich habe hier die Meldung über einen gestohlenen Toyota Sienna, dunkelgrau, mit einer Zwei und einer Vier am Ende des Kennzeichens. Er wurde vor zwei Wochen in Salem gestohlen.«

»Vor zwei Wochen?«, murmelte Ava. Sie sah Sanford an. »Da hat jemand das schon eine ganze Weile geplant.«

~

MASONS GEHIRN POCHTE. Sein Tag ging weiter den Bach runter. Nicht nur, dass seine Kollegen sich fragten, ob er in Josies Tod verwickelt war, jetzt sah auch Henleys Entführung so aus, als wäre sie sorgfältig geplant worden. Wahrscheinlich hatten sie es nicht mit einem spontanen Entführer zu tun, der sie aus einer Laune heraus von der Straße gezerrt hatte. Diese Schlamper waren die leicht zu findenden Täter. Sie handelten schnell, ohne nachzudenken, waren unsauber und machten Fehler, als würden sie die Polizei geradezu anflehen, sie zu finden. Jetzt war es möglich, dass jemand die Entführung wochenlang akribisch geplant hatte.

Er war schweigend mit Jake und Special Agent McLane zum Haus zurückgefahren. Ava. Sie hatte ihn gebeten, sie Ava zu nennen, aber er vergaß es immer wieder. Wahrscheinlich, weil sie ihn immer Detective nannte. Sie wohnten im selben Haus; es war Zeit für Vornamen. Sie war heute großartig mit Jake umgegangen. Für jemanden ohne

Kinder schien sie einen instinktiven Riecher dafür zu haben, was der Teenager hören musste. Zwischen ihr und Sanford gab es immer noch ein paar Machtspielchen, aber sie ließ ihre Arbeit davon nicht beeinträchtigen. Tatsache war, dass Sanford für die Leitung der Einsatzzentrale verantwortlich war und Avas Aufgabe darin bestand, die Familie im Griff zu haben. Zwei sehr unterschiedliche Positionen. Und es sah so aus, als ob beide ihren Teil dazu beitrugen.

Die Nachricht von dem gestohlenen Van hatte die Energie im Raum verändert. Obwohl der Gedanke, dass jemand Henleys Entführung möglicherweise wochenlang geplant hatte, beunruhigend war, betrachtete das Bureau den Diebstahl als eine Möglichkeit für neue Spuren. Zwei Teams waren sofort nach Salem geschickt worden, um das Diebstahlsopfer zu befragen und alle Informationen zu sammeln, die sie über das Verbrechen auftreiben konnten. Das bedeutete nicht, dass die erste Liste der Minivans mit diesen Kennzeichennummern verworfen wurde. Die Agents verfolgten diese Spuren weiterhin.

Masons Verstand konnte die schiere Menge an Personal kaum fassen, die erforderlich war, um jede Spur schnell zu bearbeiten. Gott sei Dank räumte das FBI Kindesentführungen Priorität ein. Ein sofortiger AMBER Alert war ausgegeben worden. Das vollständige Kennzeichen des gestohlenen Minivans wurde auf elektronischen Autobahnschildern, im Fernsehen und im Radio bekannt gegeben und auch an jeden Mobilfunkmast im Raum Portland gesendet. Es war unheimlich gewesen, die Pings und Vibrationen in dem großen Raum zu hören, als sein Telefon und das jedes Agents die Warnung innerhalb weniger Sekunden nacheinander erhielten.

Scheiß auf die Leute, die Einwände dagegen hatten,

AMBER Alerts auf ihrem Handy zu bekommen, und Maßnahmen ergriffen, um den öffentlichen Dienst zu deaktivieren. Wenn es ihr ihr Kind wäre, das vermisst würde, würden sie die Polizei anschreien, eine Warnung an jedes Telefon im Land zu senden. Was für ein Arschloch regte sich auf, wenn eine Vermisstenmeldung für ein Kind auf seinem Handy landete?

Er und Ava hatten sich mit Lucas, Lilian und Robin zusammengesetzt und sie gefragt, ob sie an der Pressekonferenz teilnehmen wollten. Lilian war sofort zusammengezuckt und zurückgewichen. »Ich will nicht vor die Kamera«, hatte sie gefleht. Lucas und Robin hatten neugierig ausgesehen und gefragt, warum sich die Pläne plötzlich geändert hätten. Mason hatte bereits zugestimmt, alle Medienauftritte zu übernehmen. Warum schlug er jetzt etwas anderes vor?

Ava hatte sanft die Begründung des FBI erklärt, Henleys Familie ein Gesicht zu geben. Robin erbleichte bei der Beschreibung von Henley als »Objekt«, und Lilian brach sofort in Tränen aus.

»Also könnte das helfen? Das könnte ein kleiner Trick sein, um sie zu schützen?«, fragte Lucas.

Ava hatte tief Luft geholt. »Vielleicht. Vielleicht auch nicht. Ihre Familienfotos haben bereits die Runde gemacht. Die Medien haben viele glückliche Fotos gezeigt, die belegen, dass Henley Teil einer liebenden Familie war. Aber dies könnte einen Grad an Realität hinzufügen, den die Fotos nicht haben.«

Die drei Erwachsenen hatten sich angesehen, nach Reaktionen gesucht und eine gemeinsame Basis gesucht. Lucas ergriff schließlich das Wort. »Ich werde sprechen. Ich werde etwas sagen.« Robin und Lilian hatten genickt, Erleichterung auf ihren Gesichtern.

»Ich werde eine formellere Erklärung vorbereiten«, sagte Mason zu ihm. »Ich denke, es ist eine gute Idee, wenn Sie drei als geschlossene Front auftreten. Mein erster Instinkt war, Sie alle zu schützen und Sie komplett aus der Öffentlichkeit herauszuhalten, aber vielleicht habe ich überreagiert. Es schadet nicht, wenn die Öffentlichkeit sieht, dass Sie wirklich existieren und leiden, aber ich will Jake nicht da oben haben.« Er hielt inne und sah Robin an, die zustimmend nickte.

Jetzt starrte Mason auf den leeren Notizblock vor sich. Warum hatte er sich bloß als Sprecher angeboten? Er hasste es, mit Reportern zu reden. Normalerweise überließ er diese Aufgabe dem Pressesprecher bei der Arbeit. Seine eigene Furcht vor dem Umgang mit den Medien hatte ihn dazu gebracht, die Familie vor dieser Erfahrung bewahren zu wollen. Jetzt mussten sie alle da durch.

Noch dreißig Minuten.

Mist. Seine Gedanken überschlugen sich bei dem Versuch, eine zusammenhängende kurze Rede zu formulieren.

Es gelang ihm nicht.

Ava kam in sein Blickfeld, als sie im Garten auf und ab ging. Sie telefonierte und gestikulierte dabei. Ihre Hand machte eine abrupte, scharfe, schneidende Bewegung vor ihrem Körper. Er konnte ihr Gesicht nicht sehen, aber ihre Kopfhaltung war steif.

Sie war ganz offensichtlich nicht gut auf die Person am anderen Ende der Leitung zu sprechen.

Privat? Beruflich? Streit mit Sanford? Stimmt etwas mit der Pressekonferenz nicht?

Sie beendete das Gespräch und rieb sich eine Schläfe, schüttelte den Kopf, und ihr Atem bildete Wölkchen in der kalten Luft. Sein Bauchgefühl sagte ihm, dass es privat war.

Als er heute Morgen in die Küche gekommen war, hatte sie nach dem Lesen einer E-Mail eine ähnliche Bewegung gemacht. *Ihre Schwester.* Sie blickte auf ihr Handydisplay und tippte darauf, dann hob sie das Telefon für einen weiteren Anruf an ihr Ohr.

Ray hatte gesagt, er würde sich über Ava McLane umhören. Mason tippte mit seinem perfekt gespitzten Bleistift auf seinen Notizblock und fragte sich, was er herausgefunden hatte. Er hatte seit dem Morgengrauen nichts mehr von Ray gehört, und er zögerte, seinen Partner anzurufen. Was wurde hinter seinem Rücken im Büro geredet? Warum hatte Ray ihn seit heute Morgen weder angerufen noch ihm eine Nachricht geschrieben? Paranoia überkam ihn. War Ray beschäftigt oder gab er Mason nur Freiraum, damit er sich um Henleys Familie kümmern konnte?

Oder wurde Ray zu Masons Aktivitäten in den Tagen vor Josies Ermordung befragt? Hatte man ihm befohlen, nicht mit Mason zu sprechen?

Verdammte Scheiße.

Kein Wunder, dass er nichts zu Papier bringen konnte. Er starrte auf den leeren gelben Block. *Dank einfach der Öffentlichkeit für ihre Anteilnahme. Sag, die Familie ...*

Ava stürmte von draußen herein und brachte einen Schwall eiskalter Luft mit. Mason schreckte auf seinem Stuhl hoch, seine Konzentration war wieder dahin. Er wollte sie gerade wütend anstarren, erstarrte aber bei ihrem Gesichtsausdruck. Ihre Augen leuchteten, und sie drückte ihr Telefon an ihre Brust. Sein Puls schoss in die Höhe. In dem Bruchteil einer Sekunde, bevor er sprach, schossen Mason zwei gegensätzliche Vermutungen durch den Kopf.

Henley ist tot.

Henley ist am Leben.

»Was ist passiert?«

»Sie haben eine Lösegeldforderung gefunden.«

11

28 STUNDEN VERMISST

Ava saß regungslos am Esstisch, während ihre Gedanken um die Möglichkeiten kreisten, die eine Lösegeldforderung bedeuten konnte. Gestern, als sie an genau derselben Stelle gesessen und die Fairbanks zum ersten Mal getroffen hatte, hatte sie so gut wie nichts über diese Leute gewusst. Jetzt kamen sie ihr fast wie eine Familie vor. Sie lebte und atmete nur noch für die Sicherheit ihrer Tochter. Und sie würde dafür kämpfen, dass ihr Sohn sich nicht von Schuldgefühlen zerfleischen ließ.

Wie hatte sich ihre Perspektive nur so schnell geändert?

Henley war ein Mädchen auf einem Foto gewesen; jetzt war sie die Tochter von Freunden. Sie hatte gewusst, dass dies geschehen würde. Ava konnte an so einem Fall nicht arbeiten, ohne emotional involviert zu sein. Ja, es war schmerzhaft, aber es machte sie auch effektiver.

Robin klapperte mit dem Geschirr in der Küche, kochte Kaffee und richtete einen Teller mit ihrem mitternächtlichen Gebäcksnack an, während sie auf Wells' Ankunft warteten. Ava bewunderte diese Frau. Sie hatte ihre Trauer kanalisiert, indem sie sich beschäftigte. Die Badezimmerböden waren so geschrubbt worden, wie Ava vermutete, dass sie es noch nie erlebt hatten, und dann hatte sich Robin die Fenster vorgenommen. Die Frau war besonnen und praktisch und wusste, wie sie ihren Mann beruhigen und trösten konnte. Ava fragte sich, ob Callahan sah, was er bei der Scheidung verloren hatte.

Wells hatte sie angerufen und die Nachricht von der Lösegeldforderung innerhalb von zwanzig Minuten nach dem Fund des Zettels weitergegeben. Er hatte sich mit den Details kurzgefasst und angeboten, vorbeizukommen und mit der Familie zu sprechen. »Machen Sie ihnen deswegen keine zu großen Hoffnungen, Ava. Lassen Sie uns erst einmal herausfinden, was wir hier haben. Sorgen Sie dafür, dass sie keine voreiligen Schlüsse ziehen.«

Übersetzung: Es könnte eine Fälschung sein. Gehen Sie nicht davon aus, dass Henley am Leben ist.

Sie hatte die Nachricht Callahan gegenüber herausplatzen lassen, der sofort die drei Elternteile zusammengetrommelt hatte.

Wells kam an und legte eine Fotokopie des Zettels vor Lilian auf den Tisch. Robin stellte den Gebäckteller auf den Tisch. »Der Kaffee läuft gerade«, erklärte sie mit auf den Zettel gerichtetem Blick.

»Das wurde heute Morgen gegen elf auf dem Spielplatz ihrer Grundschule gefunden«, begann Wells.

»Was?«, fragte Callahan. »Dieser Bereich wurde hundertmal durchsucht.«

Wells nickte. »Korrekt. Gestern durchsucht. Sobald feststand, dass Henley nicht auf dem Schulgelände war, und als wir das Video sahen, das zeigte, dass sie es nicht einmal in den Bus geschafft hatte, konzentrierte sich die Aufmerksamkeit aller auf andere Orte. Die Schule galt als ‚sauber'.«

»Also hat es jemand letzte Nacht dort gelassen«, sagte Robin.

»Oder heute Morgen«, fügte Wells hinzu. »Wir haben das Gebiet seit gestern nicht mehr im Auge gehabt.«

Ava starrte auf den Zettel. »Ist das Wachsmalstift? Ernsthaft? Jemand hat das mit Wachsmalstift geschrieben?« Rote Schrift bedeckte die Seite. Sie war zu sauber, um von einem Kind geschrieben worden zu sein, aber jemand hatte absichtlich das Schreibgerät eines Kindes gewählt.

»Es ist nicht Henleys Handschrift«, stellte Lilian fest. Die blonde Frau sah für Ava dünner aus. Wie hatte sie an einem Tag abgenommen? Sie fühlte sich ein wenig schuldig, dass sie seit der gemeinsamen Fahrt von ihrer Wohnung gestern keine Zeit allein mit Henleys Mutter verbracht hatte. Sie hatte sich auf Jake konzentriert und Lilians Bedürfnisse vernachlässigt, weil diese so still gewesen war.

»Laut unseren Handschriftexperten ist es nicht die Schrift eines Kindes«, sagte Wells. »Eine vollständige Analyse ist im Gange, aber das war eine Sache, die wir sofort geklärt haben wollten. Wir mussten feststellen, ob es sich überhaupt lohnt, dem nachzugehen.«

Lilians Blick schnellte nach oben. »Natürlich lohnt es sich, dem nachzugehen! Es ist eine verdammte Lösegeldforderung! Ich würde hoffen, dass das FBI so etwas ernst nimmt!«

Lucas saß neben ihr, nahm ihre Hand und rieb sie. »Sie nehmen es ernst. Wäre es so erschienen, als sei es von einem Zehnjährigen geschrieben worden, hätten sie es nur anders gehandhabt, das ist alles, was er meinte.« Er nickte Wells zu und ermutigte ihn, fortzufahren. Ava beäugte Robin und fragte sich, ob sie darauf reagieren würde, dass ihr Mann die Hand seiner Ex-Frau hielt. Robin hatte es beobachtet und es dann ignoriert. Entweder war sie in ihrer Ehe extrem sicher oder einfach geschickt darin, ihre Gefühle zu verbergen.

»Er wurde auf einem der Spielgeräte gefunden, zusammengefaltet in einer Plastiktüte, sodass Henleys Name durch die Tüte zu sehen war.« Wells drehte den Zettel um und zeigte *Henley Fairbanks* in zweieinhalb Zentimeter großen Buchstaben. »Eine Mutter hat ihn gefunden. Sie brachte heute Morgen ihre beiden Kinder zur Schule, um sie auf den Geräten spielen zu lassen, und entdeckte die Plastiktüte. Henleys Name fiel ihr sofort auf, und sie öffnete sie, da sie dachte, Henley hätte sie dort vergessen. Nachdem sie den Zettel gelesen hatte, rief sie den Notruf an.«

»Warum zum Teufel hat sie ihn geöffnet?«, fragte Lucas. »Warum hat sie nicht zuerst die Polizei gerufen?«

Wells zuckte mit den Schultern. »Sie dachte, es sei nichts. Sie war ziemlich aufgebracht, als ihr klar wurde, dass sie möglicherweise Beweismittel kontaminiert hatte. Sie sagte, sie hätte die Polizei nicht anrufen wollen, nur weil sie Henleys Namen mit Wachsmalstift auf etwas geschrieben fand.«

Ava nickte. So sehr es sie auch ärgerte, dass die Frau den Zettel geöffnet hatte, verstand sie ihre Gründe. »Er wurde dort gelassen, um gefunden zu werden«, sagte sie. »Ich bezweifle, dass sie irgendwelche Beweise vernichtet hat. Wer auch immer ihn dort abgelegt hat, wusste, dass er vom FBI analysiert werden würde, also hat er sicher Maßnahmen ergriffen, um alles zu beseitigen, was ihn verraten könnte.«

»Keine Kameras in diesem Bereich?«, fragte Callahan.

»Keine«, antwortete Wells.

»Was passiert also jetzt? Werden Sie tun, was auf dem

Zettel verlangt wird?« Lucas' Stimme zitterte. »Ich habe nicht so viel Geld. Nur weil ich ein Geschäft besitze, heißt das nicht, dass ich einen Haufen Geld herumliegen habe. Ich weiß nicht, was wir tun sollen.«

Wenn ihr Henley zurückhaben wollt, hinterlasst zwei Millionen Dollar in einem schwarzen Rucksack an der westlichen Flusspromenade in der Innenstadt von Portland, um 19:00 Uhr am Samstagabend. Platziert den Rucksack vom südlichen Ende her hinter der zweiten Bank vor dem Fischrestaurant. Das Kind wird Sonntagmorgen vor 8:00 Uhr irgendwo sicher zurückgelassen werden.

»Machen Sie sich keine Sorgen um das Geld«, erklärte Wells. »Niemand erwartet von Ihnen, dass Sie zwei Millionen Dollar aufbringen. Darauf konzentrieren wir uns nicht. Wir versuchen herauszufinden, ob dies eine legitime Lösegeldforderung ist oder ob jemand die Situation ausnutzt.«

»Es ist nicht logisch, an einem Wochenende eine solche Summe zu verlangen«, sagte Ava. »Oder zu erwarten, dass wir bis zum nächsten Tag auf die Rückgabe des Kindes warten. Und warum hat derjenige so lange damit gewartet, eine Nachricht zu hinterlassen? Das ist für mich nicht glaubwürdig.«

»Aber wir können das doch nicht einfach ignorieren!«, rief Robin. »Was ist, wenn sie ihr etwas antun, weil wir nicht gehandelt haben?«

»Wir haben Unterhändler hier«, beruhigte Wells sie. »Und in dem CARD-Team, das wir eingeflogen haben, ist ein Verhandlungsspezialist.«

»Aber es gibt niemanden, mit dem man verhandeln kann. Es ist eine Nachricht! Es gibt keine Telefonnummer, keine Person, mit der man reden kann. Es heißt einfach nur ›Macht das!‹«, wandte Robin ein.

Ava hatte Mitgefühl. Der Verfasser der Nachricht hatte keine Mäglichkeit zur Kommunikation eröffnet, sodass die Eltern das Gefühl hatten, die Anweisungen auf dem Zettel befolgen zu müssen. Würde sich das zu einer Geiselverhandlung entwickeln? Sie hatte die spezielle Ausbildung des FBI für Geiselverhandlungen absolviert und war während ihrer Zeit in L.A. an drei Vorfällen beteiligt gewesen. Es gab keinen größeren Stress als die Erkenntnis, dass die eigene Stimme am Telefon und die Worte, die man wählte, das Einzige waren, was eine Geisel am Leben hielt.

Sie kannte den Unterhändler des CARD-Teams; er war ihr Ausbilder gewesen. Es gab niemanden, der besser darin war, eine wütende Person zu beruhigen, die kurz davor war, um sich zu schlagen.

»Wir sind schon dran«, sagte Wells. »Wir haben Agents auf dem Weg in das Gebiet, und die eigentliche Nachricht wird gerade auf Spuren untersucht, die der Verfasser hinterlassen haben könnte. Sie wären überrascht, was wir auf einem Stück Papier alles finden können. Oder auf einer Plastiktüte.«

»Das ist nicht echt, oder?«, flüsterte Lilian. »Das ist nur jemand, der versucht, uns um Geld zu erleichtern. Es gibt keinen Beweis dafür, dass diese Person Henley hat. Hätte ein echter Entführer nicht gewusst, dass das das Erste ist, was wir infrage stellen würden? Er hätte ein paar von ihren Haaren beigelegt oder ein Foto gemacht, um zu zeigen, dass er sie wirklich hat.« Tränen strömten ihr über das Gesicht.

Ava beugte sich näher zu ihr und legte ihr eine Hand auf die Schulter. »Es wird immer Arschlöcher da draußen geben, die versuchen, einen Vorteil aus so etwas zu schlagen. Denen ist es egal, wen sie dabei verletzen. Möchten Sie lieber, dass wir Ihnen so etwas nicht vorlegen, bis wir sicher wissen, ob es echt ist?« Sie bezog Lucas und Robin in ihre Frage mit ein.

»Doch, wir wollen so etwas sehen«, erklärte Lucas, nachdem er Blicke mit Robin und Lilian ausgetauscht hatte. »Wir müssen nicht jede Belanglosigkeit wissen, aber so etwas ist eine große Sache. Wir müssen sehen, dass etwas unternommen wird.« Er schaute wieder auf die Nachricht. »Sie erklären sehr genau, wie das Geld hinterlegt werden soll. Schwarzer Rucksack. Bei welcher Bank er abgestellt werden soll. Jemand scheint die Gegend sehr gut zu kennen.«

Wells nickte. »Es ist typisch, dass sie einen Ort wählen, mit dem sie vertraut sind. Das gibt ihnen ein Gefühl der Kontrolle über das Geschehen.«

»Glauben Sie, dass sie in der Nähe der Gegend arbeiten oder wohnen?«, fragte Robin.

»Das ist sehr gut möglich. Und wir werden dem nachgehen.«

»Was haben Sie über den gestohlenen Minivan herausgefunden?«, fragte Callahan.

»Er wurde von einem Parkplatz in Salem gestohlen«, erwiderte Wells. »Er gehört einer Familie mit drei kleinen Kindern. Die Mutter war mit den Kindern im Park und schwört, dass sie den Van abgeschlossen hat, aber sie konnte ihre Schlüssel nicht finden, als es Zeit war zu gehen. Sie weiß nicht, ob sie die Schlüssel im Van gelassen hat oder ob sie ihr aus der Handtasche gestohlen wurden, während die Kinder spielten.«

»Sie waren ziemlich erschüttert zu hören, dass er möglicherweise in Henleys Entführung verwickelt war. Die Mutter war völlig fertig bei dem Gedanken, dass ihre Kinder in der Nähe eines Entführers gewesen sein könnten«, beendete Wells seinen Bericht.

»Nichts zur AMBER-Warnung?«, fragte Ava.

»Alles Mögliche.« Wells hob beide Augenbrauen. »Wir bekommen Anrufe zu jedem Minivan in der Gegend. Unsere Leute an den Telefonen versuchen, die Meldungen durchzuforsten. Sie wären überrascht, was die Leute alles melden. Wir haben das Kennzeichen und die Farbe veröffentlicht, aber die Leute rufen mit andersfarbigen Vans und völlig unpassenden Kennzeichen an.«

»Jeder will helfen«, sagte Ava mit einem traurigen Lächeln zu den Eltern. »Henley wird langsam zum Kind der ganzen Stadt.« Sie wandte sich an Wells. »Wird das Lösegeld bei der Pressekonferenz zur Sprache kommen?«

Wells senkte den Blick und schob seine Papiere hin und her. »Wir werden die Pressekonferenz absagen. Als das hier reinkam, hatte es Priorität und erforderte alle verfügbaren Kräfte, um es so schnell wie möglich zu bearbeiten. Ich finde nicht, dass wir diese Arbeitskraft für eine Pressekonferenz einsetzen sollten.«

Ava sah, wie sich Callahans Schultern entspannten. Der Mann hatte sich vor der Konferenz gefürchtet. Nicht jeder sprach gerne in der Öffentlichkeit, aber Ava machte es nichts aus. Sie hätte die Gelegenheit begrüßt, dort oben zu stehen und die Öffentlichkeit über die Suche nach Henley zu informieren. Sollte sie wirklich abgesagt werden? Sie biss sich auf die Lippe, da sie Wells nicht vor der Familie infrage stellen wollte. Seinem Verhalten nach zu urteilen, hatte Wells ihnen die Nachricht nur ungern überbracht... Gab es andere Gründe, die Pressekonferenz abzusagen, Gründe, die er zurückhielt? Callahan, der Wells mit seinem messerscharfen Blick fixierte, schien dieselben Gedanken zu haben.

Was wurde hier verschwiegen?

Wells schob seinen Stuhl zurück. »Das wär's dann wohl

für den Moment. Ich werde herausfinden, wie weit sie mit der Nachricht sind.«

»Schicken sie sie zur Analyse in ihr Labor im Osten?«, fragte Callahan.

»Das werden sie. Sie nutzen zuerst das Labor der Staatspolizei, um einige Tests durchzuführen.«

»Das Labor ist bekanntermaßen überlastet«, wandte Callahan ein.

»Die OSP behandelt dies vorrangig. Wir haben eine Frist bis heute Abend um sieben.«

Mason verdrückte den letzten Rest seines Big Mac und spülte ihn mit einer Cola Light hinunter. Er knüllte seine Serviette zusammen, stopfte sie in die weiße Tüte und zerdrückte die Tüte dann zu einem Ball. Er warf den Müll in den Abfalleimer vor der Tür des Gebäudes der Oregon State Police.

Es fühlte sich nicht richtig an, den Kühlschrank von Robin und Lucas zu plündern, auch wenn sie erwarteten, dass er dort aß. Es gab reichlich zu essen, weil die Nachbarn am laufenden Band Aufläufe vorbeigebracht hatten. Wenn die Leute nicht wussten, was sie sagen sollten, kochten sie Essen und brachten es vorbei. In einem der Behälter hätte er wahrscheinlich etwas Gesünderes finden können. Eines Tages würde ihm seine Fast-Food-Diät das Genick brechen. Konservierungsstoffe. Sollten die ihn nicht länger leben lassen?

Der Hamburger drehte sich ihm im Magen um, als er sich auf den Weg zum Fingerabdrucklabor des Gebäudes machte und sich wie ein gewöhnlicher Gauner vorkam. Ein Spießrutenlauf. Warum zum Teufel fühlte er sich schuldig, obwohl er keinen Scheiß gebaut hatte?

Etwas an dieser Ermittlung war faul.

Seine Fingerabdrücke waren nicht in Josies Wohnung.

Zumindest nicht dort, wo die Ermittler sie angeblich gefunden hatten. Heute neue Abdrücke zu nehmen, sollte die Verwirrung aufklären. Er zog seine ID-Karte durch das Sicherheitsterminal vor dem Fingerabdrucklabor und zog am Türgriff. Ein rotes Licht blinkte auf dem Tastenfeld. Er zog seine Karte erneut durch. Immer noch rot.

Die Säure in seinem Magen konzentrierte sich noch mehr.

Er spähte durch das schmale Fenster in der Tür und klopfte. Erleichtert, dass er den Techniker vom Dienst erkannte, entspannte Mason sich, als Tom Hannah herbeischritt, um ihn hereinzulassen. Hannah war ein großer, schlaksiger Kerl, der immer ein breites Lächeln im Gesicht hatte. Zwar mit ziemlich gelben Zähnen, aber das verzieh man ihm, weil sein Lächeln so ansteckend war.

»Hey, Callahan. Schefte hat gesagt, dass du vorbeikommst. Brauchst du neue Abdrücke?«

»Anscheinend. Sieht so aus, als würde ich an Orten auftauchen, an denen ich gar nicht gewesen bin.« Mason hängte seinen Hut an Toms Garderobenständer neben der Tür.

»Sowas geht natürlich nicht. Scannen wir dich einfach nochmal.«

»Sag mal, Tom. Meine Karte hat am Tastenfeld nicht funktioniert.«

Tom Hannah runzelte die Stirn. »Komisch. Ist die irgendwie entmagnetisiert worden?«

»Keine Ahnung.«

»Vielleicht pfuschen die gerade am System herum.«

»Ja, vielleicht.« *Vielleicht pfuschen sie am System herum, um mich auszusperren?*

Tom führte ihn zu etwas, das wie ein Fotokopierer mit

einem Computermonitor obendrauf aussah. Er tippte eine Minute lang. »Geburtsdatum?«, fragte er.

Mason nannte es ihm.

»Sehen diese Daten korrekt aus?«

Mason überflog den Bildschirm. Name, Adresse, Geburtsdatum, Geburtsort und Bundesstaat. »Ja.«

Tom klapperte noch ein bisschen auf der Tastatur. »Okay, nehmen wir zuerst die Plattenabdrücke.« Er nahm Masons Hand und legte alle vier Finger auf das beleuchtete Pad, während er zusah, wie die Finger auf dem Bildschirm erschienen.

Wie oft hatte Mason schon zugesehen, wie das gemacht wurde? Normalerweise traten er und Ray einen Schritt zurück und grinsten stillschweigend. Das Abnehmen von Fingerabdrücken hatte immer etwas Verletzliches, egal aus welchem Grund. Es war psychologisch. Und er hatte versucht, den Leuten während des Scannens ein möglichst schlechtes Gewissen zu machen. Jetzt war er an der Reihe.

Als Nächstes nahm Tom eine von Masons Händen und rollte jeden Finger sorgfältig über das Pad, wobei er darauf achtete, dass der Computer ihm grünes Licht für die Qualität jedes Scans gab. Er nahm Masons andere Hand und begann zu rollen. Der erste Finger rutschte ab. Tom positionierte den Finger neu, und er rutschte wieder ab. »Deine Hand ist zu verschwitzt. Wisch sie mal an deiner Hose ab.«

Meine Güte.

Mason rieb seine Hand an seiner Jeans ab. Verschwitzt stimmte. Herrgott. Man könnte meinen, er wäre ein zu Tode verängstigter Täter.

»Das passiert jedem«, murmelte Tom. Er rollte rasch die restlichen Finger von Mason ab und nickte zufrieden auf den Bildschirm. »Sieht gut aus.«

»Wirst du sie jetzt mit den Abdrücken vergleichen, die am Tatort von Josie Mueller gefunden wurden?«

»Äh … im Moment nicht.« Tom sprühte das beleuchtete Pad ein und wischte es mit einem weichen Tuch ab. »Ich warte, bis die Anforderung auf dem Dienstweg eintrifft.« Er wich Masons Blick aus.

Mason beobachtete ihn einen Sekundenbruchteil länger. Offensichtlich wollte Tom den Vergleich nicht durchführen, während Mason neben ihm stand. Kein Problem. Seine Abdrücke würden sowieso nicht übereinstimmen. Er musste nicht hier sein, um das zu sehen. Er würde nach oben gehen, Schefte sagen, dass er mit den Fingerabdrücken fertig war, und darum bitten, in den Kalender auf seinem Computer zu schauen, um selbst zu sehen, wann er Josie Mueller zuletzt besucht hatte.

»Danke, Tom. Wir sehen uns.« Mason schnappte sich seinen Hut und schritt aus dem Labor. Er ließ den Aufzug aus und nahm die Treppe. Das tat er immer, wenn er allein sein musste, um nachzudenken. Er joggte die metallisch klingenden Stufen hinauf.

Seine Karte hatte am Sicherheitsscanner nicht funktioniert.

Tom wollte den Abgleich der Fingerabdrücke nicht vor seinen Augen durchführen.

Schefte hatte seinen Computer eingezogen.

Er hatte ein paar Fragen an Schefte. Er erreichte seine Etage, stieß die Tür zum Treppenhaus auf und eilte den Flur entlang zu dem großen Raum, in dem er und Ray in einer Ecke ihre Schreibtische hatten. Mehrere Ermittlerpaare der Abteilung Schwerverbrechen teilten sich den Raum. Für einen kurzen Moment spürte er Sodbrennen in der Magengrube, als er daran dachte, seinen Kollegen gegenüberzutreten. *Ich habe nichts zu verbergen.*

Vielleicht spielten sie ihm einen üblen Streich.

Mason hielt inne, und pure Erleichterung durchströmte ihn wie eine kühle Brise. Warum war er nicht schon früher darauf gekommen? Ein Lächeln kämpfte sich auf sein Gesicht. Es ergab vollkommen Sinn. Was gäbe es für einen besseren Weg, ihn auf die Palme zu bringen, als ihn glauben zu lassen –

Nein. Das würden sie ihm nicht antun, während in seiner Familie ein Kind vermisst wurde.

Nach und nach strich er mögliche Antworten auf die Fragen rund um den Mord an Josie von seiner mentalen Checkliste. Seine Kumpels spielten ihm keinen Streich. Blieb noch menschliches Versagen bei der Spurensicherung und …

Mason konnte die letzte Möglichkeit auf seiner Liste nicht fassen. Das hier war kein Film; ihm wurde kein Mord angehängt. So etwas passierte nicht im wahren Leben.

Unmöglich. Oder doch?

Plötzlich mit schweren Füßen stieß er die Tür zu dem auf, was er immer als den Pferch bezeichnet hatte. Sechs Ermittlerteams der Abteilung Schwerverbrechen arbeiteten in angrenzenden Kabinen an den Rändern des großen Raumes. In der Mitte des Raumes befand sich ein Haufen Schränke mit einer Kaffeekanne, einer miesen Spüle und einem Kühlschrank.

Niemand saß an seinem Schreibtisch im Pferch. Das war nicht ungewöhnlich, besonders an einem Samstagnachmittag. Er blickte hinüber in die Ecke von Morales und Hunsinger. Ihre Schreibtische waren relativ ordentlich. Wie weit waren sie im Mordfall Josie? Verfolgten sie gerade Spuren oder sahen sie ihren Kindern beim Fußballspielen zu?

Mason ging zu seinem Schreibtisch. Sein Monitor war da, aber der Tower unter seinem Schreibtisch war weg. Er schloss für eine Sekunde die Augen. So viel zur Hoffnung, es sei nicht wahr. Jemand hatte es auf ihn abgesehen. Aber wer? Und warum?

Er ging um den Tisch herum und blieb vor Rays Monitor stehen. Ray hatte noch einen Tower. Sein Herz pochte ihm in den Ohren, als er Rays Maus berührte und dessen Bildschirm zum Leben erwachte. Mason starrte auf die Anmeldeseite, um in das System der Oregon State Police zu gelangen.

Wird mein Login funktionieren? Oder wurde der auch deaktiviert?

Mason ließ sich schwer in Rays Stuhl fallen und tippte auf der Tastatur. Schweiß rann ihm den Rücken hinunter, als er Rays Benutzernamen und Passwort eingab. Er schielte auf Rays E-Mail-Programm. Was könnte er dort finden? Hatte Ray alles weitergegeben, was ihm bezüglich der Verdachtsmomente im Fall Josie gesagt worden war? Oder hatten alle Ray gegenüber den Mund gehalten, weil sie wussten, wie tief seine Freundschaft zu Mason war?

Missbrauchte er diese Freundschaft?

Allein das Eingeben von Rays Daten erzeugte einen Eintrag, den er nicht mehr löschen konnte.

Verdammt.

Mason loggte sich aus und fühlte sich sofort besser.

Was ist mit Hunsingers E-Mails? Dort könnte er herausfinden, was im Fall Josie vor sich ging. Er hatte Hunsingers Login während eines Falles im letzten Jahr erfahren. Vielleicht hatte er ihn noch irgendwo.

Mason hörte, wie sich die Tür hinter ihm öffnete, und fuhr aus Rays Stuhl hoch. Er ging zum anderen Ende der Aktenschränke, um zu sehen, wer hereingekommen war.

»Hey, Callahan. Tom hat mir gesagt, dass du hier drin warst.«

Sein direkter Vorgesetzter, Denny Schefte, war ein silberhaariger Langstreckenläufer mit einem schwarzen Schnurrbart, der in einen Porno gepasst hätte. Mason mochte den Mann. Er hatte ihn immer als einen geradlinigen und brutal ehrlichen und fairen Kerl empfunden. Alles dicke Pluspunkte in Masons Augen.

»Die Abdrücke sind fertig. Das sollte alles bezüglich des Mords an Josie aufklären«, erklärte Mason. Er musterte Dennys Blick und suchte nach einem Zeichen, dass sich dieses Missverständnis gleich in Luft auflösen würde. »Ich würde gerne in meinen Kalender schauen. Kann ich irgendwo an meinen Computer?«

Schefte verlagerte sein Gewicht. »Nein, der wird immer noch untersucht.«

»Hast du nachgesehen, wann ich das letzte Mal bei Josie war? Ich trage jedes Treffen mit meinen Informanten in meinen Kalender ein.«

»Habe ich. Du hast einen Besuch am fünfzehnten September eingetragen.«

Er hatte recht gehabt. September. »An dem Tag war es bullenheiß. Sie hatte keine Klimaanlage. Ich wusste, dass ich da das letzte Mal dort war.«

»Warum bist du überhaupt zu ihr nach Hause gegangen? Das ist nicht das übliche Vorgehen.«

Schweiß brach unter Masons Achseln aus. »Normalerweise nicht. Wir trafen uns für gewöhnlich die Straße runter bei einem Starbucks. Damals hatte sie etwas vergessen, also bin ich mit ihr zurück zu ihrer Wohnung gegangen.«

Schefte sah ihm direkt in die Augen. »Hast du sie gefickt?«

»Jesus Christus, Denny! Gott, nein. So einen Scheiß mache ich nicht. Und würde es nicht mal im Traum in Betracht ziehen! Besonders nicht mit einer …« Er beendete den Satz nicht. Er hatte Nutte sagen wollen. Aber Josie hatte etwas Besseres verdient. Sie war ein guter Mensch gewesen. Sie hatte nur eine schwere Zeit durchgemacht und schlechte Entscheidungen getroffen.

»Ich habe nicht mit ihr geschlafen. Ist mir nicht mal in den Sinn gekommen.« Er hielt Scheftes Blick stand.

Er stand auf dem Prüfstand.

»Es ist okay, wenn du es getan hast, Callahan. Es wäre nicht das erste Mal, dass jemand was mit einer Informantin anfängt. Sex zu haben ist nicht gegen das Gesetz.«

Abscheu stieg in seiner Brust auf. Schefte spielte nicht nur Psychospielchen mit ihm, er versuchte auch, Masons Charakter herabzuwürdigen. »Fick dich, Denny. Ich habe nicht mit Josie geschlafen. Ich habe noch nie mit einer Informantin oder einer Zeugin geschlafen oder es auch nur verdammt noch mal in Erwägung gezogen. Du kennst mich doch besser. Spiel keine Spielchen mit mir.« Sein Blickfeld verengte sich, bis Scheftes Gesicht das Einzige war, was er im Raum noch sehen konnte. »Wenn du mir was zu sagen hast, dann spuck es aus. Versuch nicht, mich zu manipulieren, damit ich etwas gestehe, das ich nie getan habe.«

Schefte schwieg.

Masons Zorn verrauchte, und eiskalte Angst trat an seine Stelle. »Was ist los?«, flüsterte er seinem Boss zu. Die Stille im Raum war in ihrer Wucht beinahe schmerzhaft. Etwas war passiert. »Was haben sie jetzt gefunden?«

Schefte holte tief Luft. »Du bist ein guter Cop. Das warst du immer, und ich betrachte dich als Freund. Ich kenne dich schon lange, und ich bilde mir ein, deinen Charakter zu kennen. Du bist ein bisschen altmodisch, Mason. Aber das bist du eben. Die Ungerechtigkeit auf dieser Welt macht dich stinksauer, und du arbeitest hart daran, die Dinge zu richten. Für dich ist das meiste schwarz oder weiß.«

»Verdammt richtig.« Der Raum schien sich zu drehen. Mason blinzelte und konzentrierte sich auf Schefte.

Sein Vorgesetzter blickte weg, Trauer huschte über sein Gesicht. Als er wieder zu Mason sah, hatte Entschlossenheit seinen Blick verhärtet. »Nach deinen neuen Scans heute passen deine Abdrücke immer noch. Und sie sind auch auf dem Schläger, mit dem Josie ermordet wurde. Ich muss dich um deine Waffe und deine Dienstmarke bitten. Du bist vom Dienst suspendiert.«

Mason bekam keine Luft mehr.

Es war keine fehlerhafte Spurensicherung gewesen.

Jemand wollte ihm das gezielt anhängen.

Wer?

12

SEIT 34 STUNDEN VERMISST

Mason saß auf den Stufen zu seiner Veranda. Sein Arsch war auf dem kalten Beton kurz vor dem Erfrieren, aber die Kälte tat gut. Er musste irgendetwas fühlen. Seit er Schefte seine Waffe und seine Dienstmarke übergeben und das Polizeigebäude verlassen hatte, war er wie betäubt. Die eisige Luft war willkommen. Am liebsten wäre er jetzt nach drinnen gegangen und hätte zehn Tage durchgeschlafen. Solange er in der klirrend kalten Luft saß, würde er zumindest nicht dem Teil seines Gehirns nachgeben, der danach schrie, irgendetwas zu zerschlagen.

Seine Fingerabdrücke waren auf dem Schläger, mit dem Josie getötet worden war.

Unmöglich.

Sein Gehirn kam über diese beiden Gedanken nicht hinaus. Sie kämpften in seinem Kopf gegeneinander. Obwohl er regungslos dagesessen hatte, fühlte er sich durch die Erschöpfung, die seinen Körper überkam, als wäre er einen Marathon gelaufen. Oder zwei.

Er hatte das dringende Bedürfnis, sich zu betrinken. Oder zu laufen. Oder stundenlang Auto zu fahren. In neunzig Minuten könnte er an der Küste sein und am Strand laufen. Der Ozean beruhigte ihn immer. Jetzt, da er beurlaubt war, kümmerte es niemanden, was er tat oder wohin er ging.

Niemanden.

Eine nasse Nase berührte seine Hand.

»Na, mein Guter.« Mason rieb dem Hund den Kopf, und vor Freude hing diesem die Zunge seitlich aus dem Maul. Er hatte bei seiner Ankunft bemerkt, dass der Futternapf leer war. Er hatte ihn umgehend gefüllt und in die stabile Transportbox geschaut, die er sich von einem Nachbarn geliehen hatte. Auf dem alten Gartenmöbelkissen, das er hineingelegt hatte, war eine dünne Schicht schwarzer Haare zu sehen. Der Hund musste den Schlafplatz also angenommen haben. Mason zog das Kissen heraus, klopfte es am Verandageländer aus, um die Haare zu lösen, und legte es dann ordentlich zurück in die Box.

Der Hund schien trotz des kalten Wetters, in dem er draußen geschlafen hatte, gut gelaunt zu sein, dachte Mason. Er konnte die Stimme seines Vaters hören, als er sich als kleiner Junge Sorgen um die Kühe und Schafe gemacht hatte, die draußen schliefen: »Dafür hat Gott ihnen ja Pelzmäntel gegeben.«

Er fuhr mit den Fingern durch das Fell des Hundes. Es war unglaublich dicht. Und diese Box war wahrscheinlich der wärmste Ort, an dem der Hund seit Wochen geschlafen hatte. Er hätte dem Hund schon früher ein Bett herrichten sollen.

Aber er hatte gewollt, dass der Hund nach Hause

zurückkehrte. Die Argumente dafür, dass er ein Streuner war, wurden immer stärker. Vielleicht sollte er ihn zu einem Tierarzt bringen und auf einen Chip untersuchen lassen.

Vielleicht vermisste ein kleiner Junge seinen Hund.

Jake hatte jahrelang um einen Hund gebettelt, aber weder Mason noch Robin hatten sich als Hundemenschen gesehen.

Mason runzelte die Stirn, eine Erinnerung an Jake schwebte gerade am Rande seines Bewusstseins. Hatte Jake versucht, einen Hund mit nach Hause zu bringen? Nein. Es war eine Erinnerung daran, wie Jake Baseball spielte und ein Hund über das Innenfeld rannte. Einer der Väter hatte den Hund eingefangen, und er hatte kein Halsband gehabt. Jake hatte Mason angefleht, den Hund mit nach Hause zu nehmen. Er musste ungefähr zehn gewesen sein. Der Baseballhelm war groß und saß locker auf seinem Kopf, und der Schläger sah neben seinen knochigen Armen wie die Keule eines Höhlenmenschen aus.

Mason hatte sich geweigert, und Jake hatte den Rest des Tages nicht mehr mit ihm gesprochen.

Mason kraulte den Hund hinter den Ohren, und der Hund legte sein Kinn auf sein Knie und starrte ihn voller Bewunderung an. Er spürte, wie seine ablehnende Haltung gegenüber Hunden langsam in sich zusammenfiel. Bisher hatte dieser Köter keine zusätzliche Arbeit gemacht. Er schien selbstständig zu sein. Brauchte nur etwas Futter und einen Unterschlupf. Und definitiv eine Untersuchung.

Vielleicht würde er den Tierarzt entscheiden lassen. Wenn er keinen Chip implantiert hatte, würde Mason ihn behalten.

Sein Handy vibrierte. Ray.

Mason starrte auf das Display. *Du musst mit ihm reden.*

Das Letzte, was er tun wollte, war, mit einem Menschen zu reden. Im Moment war der Hund die ideale Gesellschaft.

»Hey.« Masons gute Erziehung ließ es nicht zu, den Anruf zu ignorieren.

»Mason. Wo bist du?«

Der Hund schnaufte beim Klang von Rays Stimme.

»War das ein Hund? Bist du zu Hause?«, fragte Ray.

»Ja, ich bin draußen.«

»Warum? Es ist eiskalt.«

»Ich sehe nur nach dem Hund. Dann fahre ich zurück zu Jake.« Das wirkliche Leben holte ihn mit voller Wucht ein. So sehr er auch an die Küste fliehen wollte, er hatte eine Verantwortung gegenüber seinem Sohn und seiner Familie, sie durch ihre Tragödie zu begleiten. Henleys Verschwinden ließ seine persönlichen Probleme so unbedeutend erscheinen wie ein Kaugummi unter seiner Stiefelsohle.

»Schefte sagte, er habe mit dir gesprochen«, fing Ray an.

»Sag, was du meinst. Er hat nicht mit mir gesprochen. Er hat mir meine verdammte Waffe und meine Dienstmarke abgenommen.«

»Dazu wollte ich gerade kommen.«

Mason biss sich auf die Zunge. Ray hatte seine Wut nicht verdient. »Verdammt, tut mir leid.«

»Ja, ich weiß.« Ray war einen Moment lang still. »Jill will wissen, ob du zum Abendessen vorbeikommst.«

»Auf keinen Fall. Glaubst du, ich will den ganzen Abend von Jills traurigen Augen angestarrt werden? Außerdem muss ich bei Jake sein. Das ist es, was ich tun sollte.«

»Die werden das schon aufklären, Mason.«

»Ich weiß, dass ich Josie nicht mit einem Schläger den Schädel eingeschlagen habe. Aber aus irgendeinem Grund fühle ich mich so schuldig, als hätte ich es getan. Schefte redet mit mir, als hätte ich jeden in Uniform verraten, dabei habe ich es verdammt noch mal nicht getan!«

»Ich weiß, dass du es nicht getan hast«, erklärte Ray.

»Scheiße. Wenn ich das von dir höre, fühle ich mich auch schuldig. Was zum Teufel ist los mit mir?« Mason kraulte dem Hund die Brust und wollte das Tier am liebsten in den Kofferraum seines Wagens werfen und mit ihm zum Strand fahren. Was für ein Weichei war er denn, dass er mit einem Hund abhauen wollte?

»Jemand pfuscht da rum. Schefte hat mir erzählt, dass sie neue Abdrücke von dir genommen haben und sie immer noch übereinstimmen. Das bedeutet, dass jemand deine Fingerabdrücke in Josies Wohnung platziert hat. Und ich vermute, das wird die Person sein, die Josie getötet hat. Wer hätte deine Fingerabdrücke?«

»Jeder OSP-Mitarbeiter«, erklärte Mason. »Jeder Kellner in jedem Restaurant, in dem ich je gegessen habe. Such es dir aus. Mit ein paar einfachen Mitteln ist es ziemlich leicht, Fingerabdrücke aufzunehmen und zu übertragen.«

»Okay. Betrachten wir das mal aus einem anderen Blickwinkel. Wem bist du dermaßen auf die Füße getreten, dass er sich rächen will?«

»Den Tätern aus über zwanzig Jahren. Robins Scheidungsanwalt. Dem Idioten, der mich heute auf der Autobahn geschnitten hat und den ich angehupt habe.«

»Scheiße. Also dem halben Staat. Was hast du Robins Anwalt angetan?«

Mason schnaubte. »Ich weiß nicht mehr. Vielleicht habe ich ihn ein geldgieriges Arschloch genannt, weil er den Prozess so in die Länge gezogen hat. Dafür, dass es eine einvernehmliche Scheidung sein sollte, hat sie verdammt viel gekostet und ewig gedauert.«

»Man hat es auf dich abgesehen.«

Mason dachte einen langen Moment darüber nach. »Aber warum? Was springt dabei raus? Ich werde nicht für etwas in den Knast gehen, das ich nicht getan habe.«

»Nein, aber du wirst verdammt schlecht dastehen, bis die Sache geklärt ist. Warte nur, bis die Presse davon Wind bekommt.«

Mason stöhnte. »Das kann ich jetzt überhaupt nicht gebrauchen.«

»Ich werde anfangen, Morales bei Josies Fall über die Schulter zu schauen und ein paar Fragen zu stellen. Irgendetwas stimmt da ganz und gar nicht.«

»Was haben Morales und Hunsinger im Büro so gesagt?«

»Kein Wort. Aber ich hab total viel um die Ohren, deshalb habe ich sie kaum länger als dreißig Sekunden gesehen. Ich genieße es irgendwie, mit Makitalo an seinen Fällen zu arbeiten. Er ist ruhig und entspannt.«

»Fick dich.«

»Und Makitalo flucht nicht. Geh zu deinem Sohn. Sag ihm, er soll für seine Schwester stark sein. Wie kommen die anderen damit klar?«

»Beschissen.«

»Wie zu erwarten war. Irgendwelche Entwicklungen?«

Mason berichtete ihm kurz vom Minivan und der Lösegeldforderung.

»Eine Forderung? Heißt das, heute Abend ist was in der Innenstadt los?«

»Wir werden sehen. Ich glaube nicht, dass etwas dabei herauskommt. Ich bin fest davon überzeugt, dass es irgendein kranker Typ ist, der versucht, schnelles Geld zu machen.«

»Was meint das FBI?«, fragte Ray.

»Sie ziehen alles in Betracht. Das sind die beiden ergiebigsten Spuren, die wir bisher hatten, und sie setzen alles daran. Wenn sie denken, die Lösegeldforderung sei ein Scherz, dann lassen sie es mich nicht merken. Sie wissen es besser, als sie einfach abzutun. Du kannst Gift darauf nehmen, dass heute Abend schwer bewaffnete Agents diese Bank umstellen werden. Der Typ, der versucht, es mit dem FBI aufzunehmen, wenn sie einen Kindesentführer jagen, tut mir leid.«

»Ich habe mich nach Special Agent McLane erkundigt. Sie hat einen guten Ruf. Ich habe einen Kerl gefunden, der bei einem früheren Fall mit ihr zu tun hatte. Er hat sie in den höchsten Tönen gelobt. Sagte, sie hätte ihm alles besorgt, was er brauchte, bevor er überhaupt wusste, dass er es brauchte. Sie ist blitzgescheit und bodenständig.«

»Ja, sie scheint in Ordnung zu sein«, gab Mason zu.

»Nur in Ordnung?«

»Sie wirkt sehr scharfsinnig. Sie kann gut mit den Frauen und Jake kommunizieren. Sie sind alle erleichtert, sie im Haus zu haben, und sie scheint sich aufrichtig um alle Beteiligten zu kümmern.« Mason erinnerte sich an den Ausdruck auf Avas Gesicht, als sie mit der Nachricht von der Lösegeldforderung hereingestürmt war. Ihre Wangen waren von der Kälte gerötet, ihre Augen hatten vor Aufregung über die neue Spur gefunkelt. Für den Bruchteil einer Sekunde war er gleichzeitig entsetzt gewesen, dass sie schreckliche Neuigkeiten hatte, und elektrisiert von ihrer weiblichen Ausstrahlung. Das Adrenalin hatte sie auf eine Weise zum Leuchten gebracht, die ihn tief in der Brust getroffen hatte.

Mason fühlte sich wegen dieser Anziehung zu einem so unpassenden Zeitpunkt eigenartig. Arbeit und Beziehungen hielt Mason in seinem Leben strikt getrennt. Er hatte zu viele Polizistenpaare gesehen, bei denen es erst heiß herging und die dann im Nachhinein explodierten. Das Privatleben und der Job waren zwei Welten, die man am besten voneinander trennte.

Er hatte eine Frage von Ray überhört, gefangen in seiner Ablenkung durch Ava. »Was?«

»Ich habe gefragt, was sie über Lilians Ex mit der Vorgeschichte als Sexualstraftäter herausgefunden haben?«

»Ich werde heute die Ergebnisse ihrer Befragung erfahren. Ich sage dir dann Bescheid.«

Mason beendete das Gespräch. Es hatte gutgetan, Rays Vertrauensbeweis zu hören. Er war noch nie in einer Lage gewesen, in der ein Haufen roter Pfeile direkt auf ihn zeigte. Er wusste, dass er unschuldig war, also warum ging in seinem Leben alles den Bach runter?

Wer hatte es auf ihn abgesehen?

Er hatte beobachtet, wie Mason das Polizeigebäude verließ, und durch sein Fernglas von seinem versteckten Beobachtungsposten hundert Meter entfernt hatte er gesehen, wie niedergeschlagen der Mann war.

Schadenfreude durchströmte ihn. *Leide. Du verdienst jeden Augenblick.*

Mason Callahan würde seinen Job und jeden Funken Glaubwürdigkeit verlieren. Warte nur, bis die Zeitungen die Geschichte des schmutzigen Cops aufgreifen. Ein Mann, der seine Informantin brutal misshandelt und dann ermordet hat.

Es war unglaublich einfach gewesen, die Hure auf Meth anzufixen. Er hatte es ihr mehrere Wochen lang kostenlos gegeben, bis sie anfing, ihn aufzusuchen, um mehr zu bekommen. Es war faszinierend gewesen, ihren Abstieg in die Sucht zu beobachten.

Er hatte so hart daran gearbeitet, die Dominosteine aufzustellen, und jetzt fielen sie in perfekter Übereinstimmung um. Am Ende stand Callahans geistige Gesundheit.

Das geschah ihm recht.

NOCH DREI STUNDEN.

Ava war mit Robin zum Supermarkt gefahren. Die Frau hatte aus dem Haus gewollt, wusste aber nicht, was sie tun sollte. Das Letzte, was sie brauchten, waren Lebensmittel. Das Haus war mit Essen von Nachbarn und Freunden überschwemmt worden. Aber Robin musste backen. Es gab ihr etwas zu tun und bewahrte sie davor, verrückt zu werden, also unterstützte Ava sie.

Sie hatten Avas Fahrzeug genommen, Robin ins Auto geschmuggelt und auf dem Rücksitz versteckt. Die Medien und Kameras hatten sie passieren sehen und ignoriert, als sie davonfuhr. Sie hatte tief durchgeatmet.

Im Laden lud Robin Mehl, Zucker, Butter und Schokolade ein. Ava griff nach Joghurt und Wasserflaschen. Robin war im Laden abgelenkt und konnte sich nicht auf ihre kurze Liste konzentrieren.

»Schauen Sie die Leute nicht an. Holen Sie einfach, was Sie brauchen, und dann hauen wir hier ab«, wies Ava sie an.

»Es fühlt sich nicht normal an«, sagte Robin und steuerte den Einkaufswagen den breiten Gang hinunter. »Alles fühlt sich aus dem Gleichgewicht an und zu hell. Warum erschöpft mich dieser kleine Ausflug so?«

Ava wusste, dass sie nicht die Helligkeit der Leuchtstoffröhren im Laden meinte. »Es ist das Warten. Das Warten macht Ihnen zu schaffen. Jeder Nerv in Ihrem Körper ist in höchster Alarmbereitschaft und auf einen Anruf oder eine Nachricht von der Polizei gefasst. Das raubt Ihnen Ihre Energie. Und Ihre Ruhe.«

Robin nickte. »Genau. Ich will einfach nur, dass es

vorbei ist. Ich vermisse meine kleinen Mädchen. Ich will, dass Kindy und Kylie nach Hause kommen«, sagte sie leise. »Es ist so schwer, dass ich sie nicht umarmen kann, wenn ich es brauche.«

»Sie haben mit ihnen gesprochen, oder?«

»Ja, sie haben eine wundervolle Zeit bei meinen Eltern. Für sie ist es wie Urlaub.«

»Und sie haben keine Fragen zu den Agents gestellt, die das Haus im Auge behalten?«, fragte Ava.

»Nein. Sie haben mir gegenüber nichts erwähnt. Ich bezweifle, dass sie es bemerken würden. Sie sind einfach zu jung. Meine Eltern sind dankbar, dass die Agents da sind. Ich vermisse meine Mutter auch.«

»Sie müssen nicht wegbleiben. Es ist gut, jetzt Familie um sich zu haben.«

»Ich weiß, aber ich will nicht, dass die Mädchen in Mitleidenschaft gezogen werden. Man hält sie von den Nachrichten fern. Sie würden den Stress in unserem Haus sofort mitbekommen.« Sie machte eine Pause. »Wir werden es ihnen sagen, wenn es so weit ist.« Ihr Gesichtsausdruck verschloss sich, als sie erwähnte, dass sie ihren Töchtern schlechte Nachrichten überbringen musste.

Hoffentlich bald, dachte Ava. *Und es werden gute Nachrichten sein.*

Ava maß dem Erpresserbrief nicht viel Bedeutung bei. Er klang nicht echt. Sollte er sie nur ablenken? Oder hoffte jemand, die Fähigkeiten des FBI herauszufordern und zu gewinnen?

Na, viel Glück dabei.

Zurück im Haus überließ sie es Robin, ihren Frust in der Küche abzuarbeiten. Lucas und Jake sahen sich im geräumigen Wohnzimmer einen Indiana-Jones-Film an.

»Wo ist Lilian?«, fragte sie.

»Sie liest in ihrem Zimmer«, antwortete Jake, ohne den Blick vom Bildschirm zu nehmen. »Wir machen einen Marathon. Sie meinte, sie würde lieber lesen.«

Avas Meinung nach war ein Harrison-Ford-Marathon eine gute Medizin. Sie ging nach oben und klopfte an Lilians geschlossene Gästezimmertür. Die Frau öffnete, mit Taschentüchern in der Hand und blutunterlaufenen Augen.

»Hallo«, sagte Ava. »Hätten Sie Lust auf etwas Gesellschaft?« Sie hatte eigentlich nur fragen wollen, ob Lilian etwas brauchte, aber die geschwollenen Augen taten ihr im Herzen weh und veranlassten sie, ihr eine Schulter zum Anlehnen anzubieten.

»Nein, mir geht es eigentlich gut«, sagte Lilian und tupfte sich die Nase. »Ich war eine Weile schlecht drauf, aber ich glaube, ich habe mich jetzt ausgeweint.«

»Manchmal ist Weinen genau das, was man braucht.« Der Kommentar war armselig, aber Ava hatte keine Ahnung, was sie zu der Frau sagen sollte. Sie handelte nach ihrem Bauchgefühl. Duncan hatte gesagt, sie sei die richtige Person für diesen Job, also musste er etwas in ihr gesehen haben, von dem er glaubte, dass es bei der Familie gut ankommen würde. *Sei einfach da, um zuzuhören.*

»Jake und Lucas sehen sich Filme an. Wollen Sie nicht runterkommen? Vielleicht würde es schon helfen, einfach aus diesem Zimmer rauszukommen. Ein Tapetenwechsel.« Lilian hatte viel Zeit im Gästezimmer verbracht. Zu viel Zeit allein.

»Nein, ich glaube, ich werde ein Nickerchen machen. Das Weinen hat mich fertiggemacht«, sagte sie mit einem gezwungenen Lächeln. Ava musterte die Frau und fragte sich, ob sie mehr für sie tun sollte. Ließ sie Lilian im Stich?

»Okay. Kommen Sie runter, wenn Sie nicht schlafen können.«

»Ich vermute, ich werde in sechzig Sekunden eingeschlafen sein.« Lilian schloss die Tür.

Hatte sie Schlafmittel? Ava stand im Flur. Sollte sie fragen, ob Lilian Medikamente nahm? Ging sie das überhaupt etwas an?

Sie hatte ihren Teil getan. Sie hatte ihre Hilfe angeboten und eine Abfuhr erhalten. Sie war keine Psychologin.

Sie war eine Ermittlerin, und jede Zelle ihres Körpers brannte darauf, zur Kommandozentrale zu gelangen und zu sehen, was dort vor sich ging. Sie hatte nach ihren Schützlingen gesehen. Alle waren stabil. Sie durfte doch sicher gehen, oder?

Sie schritt durch die Küche. In Robins Küchenmaschine wurden Butter und Zucker schaumig geschlagen. Noch mehr Süßspeisen. Robin wirkte in ihrer Küche zufrieden und ruhig. Hier gab es für Ava nichts zu verbessern. »Haben Sie von Mason gehört?«, fragte Robin.

»Nein. Er hat mir gesagt, dass er beruflich ein paar Dinge klären muss und nicht weiß, wie lange er brauchen wird.«

»Ich bin hier.« Mason betrat die Küche vom Wirtschaftsraum neben dem Garageneingang.

Ava wollte ihn anlächeln und erstarrte.

Was war passiert?

Er wirkte ... unecht. Als ob er versuchte, hinter einer ruhigen Fassade eine Panik zu verbergen. Sie blickte zu Robin, die nicht den Anschein machte, etwas Ungewöhnliches bemerkt zu haben. Sie hatte Mason begrüßt und sich wieder ihrer Küchenmaschine zugewandt. Ava sah ihn wieder an. Seine Augen waren ausdruckslos und sein Lächeln war gezwungen. Er hatte seinen Cowboyhut abgenommen, und seine Fingerknöchel, die die Krempe umklammerten, waren weiß.

Sie zog eine Augenbraue hoch. Er stand nicht auf ihrer Liste der Familienmitglieder, die sie babysitten sollte, aber irgendetwas war eindeutig los. Warum bemerkte seine Ex-Frau nichts davon?

Weil sie genug anderes im Kopf hatte.

Sie machte eine Kopfbewegung in Richtung Wohnzimmer, und er nickte. Sie führte ihn hinter das Sofa, auf dem Lucas und Jake saßen, und nach draußen auf die überdachte Terrasse. Er schloss die Tür hinter ihnen.

»Was ist passiert?« Sie verschränkte die Arme vor der Brust. Ihr dicker Pullover würde sie in der kühlen Luft eine Weile warmhalten, aber nicht für eine längere Diskussion.

Mason bearbeitete die Krempe seines Hutes, sein Blick ging an ihr vorbei auf den sorgfältig gestalteten Garten. Seine Lippen waren zu einem blassen Strich zusammengepresst. Sie fragte sich, was er dachte, wenn er das luxuriöse Haus und das Grundstück betrachtete. Mason war Kriminalbeamter. Von seinem Gehalt konnte er sich kein Haus wie dieses leisten. Ava kannte nur wenige Leute, deren Gehalt das zuließ. Hatte er das Gefühl, bei Robin und Jake versagt zu haben? Oder freute er sich für sie?

Sie vermutete, es war beides. Nach dem, was sie gesehen hatte, wünschte er sich, dass seine Ex und Jake glücklich waren. Er behandelte Lucas mit einem Respekt, der bei geschiedenen Paaren selten schien. Mason arbeitete hart, damit die Menschen um ihn herum ein besseres Leben führen konnten. Möglicherweise bis zu einem Punkt, an dem er sein eigenes Wohlbefinden vernachlässigte. Manche Leute hatten das einfach in ihrer DNA.

»Es gibt einige Probleme bei der Arbeit.«

»Und?« So leicht würde sie ihn nicht davonkommen lassen.

»Ein paar Sachen, um die ich mich kümmern muss.

Aber das wird keine Auswirkungen auf das haben, was hier vor sich geht.«

Erwartete er, dass sie es dabei bewenden ließ? Seine Schultern waren steif, und er wich immer noch ihrem Blick aus. Er sah aus, als wäre er lieber an jedem anderen Ort, als mit ihr zu reden. Ihr Blick verengte sich.

»Halten Sie still.« Sie trat näher und streckte langsam eine Hand aus. Sein Blick schoss zu ihrem, seine Augen waren vor Schreck geweitet. »Ich fasse nur Ihren Mantel an«, erklärte sie. Sie bewegte sich in Zeitlupe, um ihn nicht zu erschrecken, und tastete seine Jacke unter dem Arm ab. Ein leeres Schulterholster.

»Man hat Ihnen Ihre Waffe abgenommen. Jetzt sagen Sie mir, was zum Teufel wirklich passiert ist.«

Seine Geschichte war verrückt.

»Wie gut kannten Sie das Opfer?«, fragte Ava. Ihre Gedanken rasten durch seine Erzählung, und sie stimmte ihm zu. Jemand hatte es auf ihn abgesehen.

»Sie war seit zwei Jahren eine Informantin. Ich habe mich wahrscheinlich ein Dutzend Mal mit ihr getroffen. Ich will glauben, dass sie mir vertraut hat.«

»Prostituierte vertrauen niemandem. Eine Drogensüchtige vertraut wahrscheinlich jedem. Glauben Sie, dass sie bei Ihrem letzten Treffen auf Drogen war?«

»Etwas hatte sich verändert. Sie mag am Anfang eine Gelegenheitskonsumentin gewesen sein, aber die tote Frau, die ich sah, hatte das äußere Erscheinungsbild einer eingefleischten Süchtigen – der Gewichtsverlust, die Wunden im Gesicht, die Zähne. Ich wusste nicht, dass sich die Dinge so schnell ändern können.«

Sein Mitleid mit der toten Frau stand ihm ins Gesicht

geschrieben. Ava konnte auch erkennen, dass er sich selbst Vorwürfe machte, weil er Josies Problem nicht erkannt hatte. »Da konnten Sie nichts machen.«

Sein Blick traf ihren; er glaubte ihr nicht.

»Sagen Sie mir nicht, Sie glauben, Sie könnten die Welt retten. Sind Sie nicht schon ein bisschen zu lange im Dienst, um das zu glauben? Ich dachte, diese Einstellung verschwindet innerhalb der ersten sechs Monate nach der Einstellung«, scherzte sie.

Er lächelte leicht. »Man muss sich einen Rest Glauben bewahren. Sonst macht es einen fertig.«

Ein Optimist. Er tat wie ein Pessimist, aber im Grunde seines Herzens wollte er in allem das Gute sehen. Etwas, wonach sie sich auch sehnte.

Ava nickte. *Verdammt. Warum musste er ausgerechnet ein Cop sein?*

Sie ließ sich nicht auf Cops ein. Das Spiel hatte sie schon einmal gespielt. Es brauchte vielleicht jemanden vom Fach, um wirklich zu verstehen, was sie jeden Tag durchmachte, aber mit Cops auszugehen war ein Tabu. Die dachten mit dem Schwanz. Frauen liebten die Uniform und warfen sich ihnen an den Hals. Was für ein Ego-Push. Sie war achtzehn Monate lang mit einem in L.A. zusammen gewesen. Sie hatte die Warnung, sich nicht auf einen Mann in Uniform einzulassen, beherzigt, aber sie dachte, sie hätte die Ausnahme gefunden. Hatte sie nicht. Er hatte sie betrogen, zweimal.

Beim ersten Mal war es seine Schande, beim zweiten Mal ihre.

Sie hatte eine Versetzung beantragt.

Dieser Kerl ist anders. Sie unterdrückte den Drang zu lachen.

»Was? Finden Sie meine Einstellung amüsant?«, fragte

Mason.

Sie schnaubte. »Nein. Ich habe an etwas anderes gedacht. Es ist gut zu wissen, dass Sie immer noch optimistisch sind, obwohl Ihre Abteilung denkt, Sie würden Prostituierte umbringen.«

»Aua.« Er trommelte sich mit der Hand auf die Brust, aber seine Augen verzogen sich zu einem leichten Lächeln.

»Ich glaube nicht, dass Sie ein Mörder sind.«

»Gut zu wissen. Und ich erwidere das Kompliment.«

13

Ava betrachtete ihre Verabredung in dem romantischen Restaurant. Die Beleuchtung war gedämpft, die Stimmung unter den Gästen festlich, und von ihrem Tisch am Fenster aus hatten sie einen weiten nächtlichen Blick auf den glitzernden Willamette River. Draußen auf der Flusspromenade lag die zweite Bank in ihrem Blickfeld, auf der ein Agent mit einem schwarzen Rucksack saß und wartete.

Ava warf einen Blick auf ihre Uhr. Fast sieben. Um Punkt sieben würde der Agent weggehen und den Rucksack unter der Bank bei den Stützen zurücklassen. ASAC Ben Duncan saß ihr gegenüber, sein Blick auf den Agent geheftet, das Telefon am Ohr. Sie versuchte, ruhig auszusehen, war aber extrem wachsam, als müsste sie sich die Bewegungen jedes einzelnen Gastes im Restaurant und jedes Passanten draußen einprägen. Zwei weitere Agents saßen im Restaurant und belegten einen weiteren erstklassigen Tisch. Das Restaurant musste es gehasst haben, diesen am letzten Wochenende vor Weihnachten herzugeben.

Heute Abend waren die Weihnachtsschiffe unterwegs.

Private Yachten und Segelboote zogen in einer Parade den Fluss auf und ab, geschmückt mit Weihnachtsbeleuchtung. Fans reservierten Monate im Voraus in den Restaurants mit Flussblick, denn dieser wunderschöne Anblick war eine Tradition in Portland. Die Schiffe fuhren im Dezember und nahmen verschiedene Routen, aber heute Abend war ein erstklassiger Zuschauerabend für dieses Fischrestaurant.

Spaziergänger und Einkäufer schlenderten über den gut sechs Meter breiten Gehweg vor dem Restaurant. Der Betonweg führte weiter nach Norden entlang des Flusses und tiefer in die Stadt hinein. Auf der Westseite des Weges befanden sich die Geschäfte und Restaurants; auf der Ostseite fiel das begrünte Ufer sanft zum Fluss und zum Yachthafen ab. Winzige weiße Lichter schmückten die Bäume, die den Weg säumten. Hartgesottene Gäste saßen an den Tischen im Freien auf der Ostseite des Weges, während die Kellner zwischen den Außentischen und dem Restaurant hin und her eilten. Riesige Propangas-Heizstrahler hielten die Gäste warm. Angeblich. Ava sah eine Menge Schals, dicke Mäntel und dampfende Getränke. Sie war dankbar, dass sie drinnen eingeteilt war.

Sie wusste, dass an beiden Enden des Gehwegs Teams postiert waren und ein weiteres Team unten am Flussufer für den Fall, dass ihr Verdächtiger eine Flucht über das Wasser geplant hatte. Würde der Verfasser der Nachricht kommen? Oder saßen sie hier und warteten auf nichts und wieder nichts? Sie kämpfte gegen den Drang an, aufzuspringen und persönlich den Status jedes Agent-Teams zu überprüfen. Sie konnte leises Geplapper über ihren Ohrstöpsel hören, aber sie fühlte sich blind. Das war der schwierige Teil: zu warten und darauf zu vertrauen, dass jeder seine Arbeit machte.

Sie war überrascht, dass in der Lösegeldforderung eine

so öffentliche Übergabe gefordert war. Zugegeben, der Verfasser glaubte vielleicht, dass die Menschenmassen eine gute Deckung boten. Sie nahm einen Schluck Wasser und versuchte, ihren Herzschlag zu verlangsamen, während sie spürte, wie die Minuten dahinschlichen. Die Agents hatten die Gegend observiert, seit sie die Nachricht erhalten hatten. Der Rest der Teams war vor einer Stunde eingetroffen. Ben hatte nicht vorgehabt, sie einzubeziehen, aber sie hatte sich durchgesetzt. Sie war das Auge für die Familie, und das FBI brauchte jede verfügbare Hand. Oder jedes Paar Füße. Je nachdem, was der Verdächtige versuchen würde.

Der Verdächtige konnte sich das Geld schnappen und nach Norden oder Süden fliehen, vorausgesetzt, er steuerte nicht direkt auf das Wasser zu. Im Norden gab es eine durchgehende Wand aus Geschäften und Restaurants auf einer Seite des Gehwegs. Er müsste mindestens hundert Meter laufen, bevor er den Gehweg verlassen konnte. Richtung Süden boten sich ihm bessere Möglichkeiten. Offene Straßen, Parkplätze und andere freistehende Gebäude. Jede Menge Ecken und Winkel, um jemanden aus den Augen zu verlieren. Irgendwo in diesem Bereich standen zwei Autos mit Agents, die eine gute Sicht auf die Bank hatten.

Die Tasche enthielt eine geringe Menge Geld. Wer einen schnellen Blick darauf warf, würde Hunderterstapel sehen. Wer sich die Zeit nahm, das Geld zu durchwühlen, würde Ein-Dollar-Scheine finden.

Ben griff über den Tisch und nahm ihre Hand, sein Blick sagte ihr, sie solle sich entspannen. Sie blinzelte und entspannte sich dann. Sie sollten wie ein ganz normales Ehepaar aussehen, das sich vor Weihnachten ein besonderes Abendessen gönnte, aber sie strahlte wahrscheinlich die Energie von jemandem aus, der bereit war, einen Marathon zu laufen. Sie trug ein figurbetontes Oberteil mit einer goldenen Jacke und sogar auffällige Ohrringe und Armbänder. Der festliche Look war ein Geschenk von Robin, die sichtlich Spaß daran gehabt zu haben schien, sie einzukleiden. Die untere Hälfte ihres Outfits war ihre eigene. Eine vernünftige schwarze Hose und schwarze flache Schuhe, die sich zum Sprinten eigneten. Das wusste sie, weil sie sie auf die Probe gestellt hatte. Ben sah in Jackett und Hemd wie immer businessmäßig aus.

Er musste sein Telefon weglegen. Jeder, der sie beobachtete, musste Mitleid mit ihr haben, weil ihr Mann während des gesamten Abendessens am Telefon gehangen hatte. Sie trugen beide Ohrstöpsel, aber Ben hatte zusätzlich ein halbes Dutzend Anrufe getätigt.

Der Agent an der Bank stieß den Rucksack mit dem Fuß an und schob ihn weiter unter die Bank. Er stand auf, sah sich um, richtete sein Jackett und ging nach Süden. Ein junges Paar hatte gut zehn Minuten mit ihm auf der Bank gesessen, gekuschelt und auf das Wasser gezeigt. Ava hatte erleichtert aufgeatmet, als sie vor wenigen Augenblicken gegangen waren. Für Ava schien der Rucksack extrem offensichtlich, obwohl er in Wirklichkeit von den meisten wahrscheinlich nicht bemerkt wurde. Die Beleuchtung in der Gegend war nicht die beste; ein zufälliger Passant sollte die Tasche nicht entdecken. Sie drückte Bens Hand, und er nickte langsam und beendete sein Gespräch.

Jetzt ging es los.

Minuten verstrichen. Die Einkäufer schlenderten weiter, die Leute an den Tischen im Freien aßen und tranken weiter, und Ava saß immer aufrechter auf ihrem Stuhl.

»Entspann dich«, murmelte Ben. »Du siehst aus, als wolltest du gleich aus dem Stuhl springen.«

Sie zwang ihre Schultern, ein wenig in sich zusammenzusinken.

Ein Aushilfskellner, der an einem Tisch im Freien Gläser mit einem Wasserkrug füllte, stutzte bei dem Anblick des Rucksacks.

Nein. Lass ihn in Ruhe.

Er blickte sich in der Gegend um und dann wieder zum Rucksack. Er füllte die Gläser am nächsten Tisch und ging dann auf die Bank zu.

Verdammt. Ein Weltverbesserer.

Er beugte sich hinunter, zog den Rucksack hervor, hielt inne und suchte erneut nach dem Besitzer. Er ging auf die Eingangstür des Restaurants zu.

»Mist«, sagte Ben.

»Ein Angestellter hat den Rucksack aufgehoben und ist auf dem Weg ins Restaurant«, kam es durch ihren Ohrhörer.

Ava verlor den Angestellten aus den Augen.

»Warten Sie! Er rennt los!«

Ava und Ben sprangen gleichzeitig mit den beiden anderen Agents im Restaurant von ihren Stühlen auf und stürmten zu den Eingangstüren. Andere Gäste blickten überrascht auf und zuckten auf ihren Stühlen zusammen, als die Agents an ihnen vorbeidonnerten.

Die müssen denken, wir prellen die Zeche.

Sie folgte Ben und sah aus dem Augenwinkel eine Rangelei vor dem Restaurant. Sie stießen die schweren Eingangstüren auf, gerade rechtzeitig, um eine schwarze Gestalt zum Fluss hinunterlaufen zu sehen.

Ja!

Er würde ihren Agents am Wasser geradewegs in die Arme laufen. Schreie erfüllten die Luft und Ava spürte, wie das Adrenalin durch ihre Adern pumpte. Sie folgte Ben an der Bank vorbei und den unebenen Hang hinunter. Vor sich konnte sie sehen, dass zwei Agents ihren Mann bereits zu Boden gebracht hatten; ein Knie eines Agents drückte ihm mitten in den Rücken.

Sie kam ins Rutschen und blieb stehen, um einen Blick auf das Gesicht ihres Entführers zu erhaschen. Er wehrte sich auf dem Bauch liegend gegen die beiden Männer, die ihn festhielten. Beide Agents brüllten ihn an, er solle stillhalten, und sie hörte, wie einer fragte, wo Henley sei.

Der Mann hielt inne, sein Kopf sackte zu Boden.

Ben stieß ihn mit der Fußspitze an. »Wo ist Henley Fairbanks? Wenn Sie dem kleinen Mädchen etwas angetan haben, sind Sie ein toter Mann.«

Der Mann reckte den Hals, um zu Ben aufzusehen. Sein jugendliches Aussehen verblüffte Ava.

»Ich habe sie nicht«, sagte der Teenager.

Mason konnte es nicht fassen, als er durch die Scheibe starrte. Ein Teenager saß zusammengesunken am Vernehmungstisch.

Er ist ungefähr im selben Alter wie Jake.

Das FBI hatte den Jungen in die nächstgelegene Hafteinrichtung gebracht, das Gebäude des Portland Police Department in der Innenstadt. Der Teenager war erkennungsdienstlich behandelt und dann mit Handschellen in einen Vernehmungsraum gebracht worden, wo er ein nettes Gespräch mit Special Agent Wells geführt hatte.

Ava hatte Mason sofort angerufen. »Ein Neunzehnjähriger hat den Rucksack geschnappt und ist gerannt. Er sagt, er sei kein Entführer und wollte nur schnelles Geld machen.«

»Hat er den Zettel hinterlassen?«, hatte Mason gefragt.

»Ja. Er behauptet, er dachte nicht, dass etwas dabei herauskommen würde, aber er beschloss, es zu versuchen.«

Mason hatte diese Information an die Familie weitergegeben. Die anderen drei Erwachsenen hatten ihn nur angestarrt.

»Er ist nicht der Entführer? Er weiß nichts über Henley?«, hatte Lilian geflüstert. Lucas ließ sie sich hinsetzen. Sie wirkte benommen und stand unsicher auf den Beinen, und als sie die Nachricht hörte, schien sie in sich zusammenzufallen.

»Wir stehen wieder ganz am Anfang«, sagte Lucas langsam. »Die ganze Zeit haben wir uns auf die Lösegeldforderung konzentriert, und sie war nicht einmal echt.« Der Mann wirkte wie betäubt.

»Das FBI hat auch andere Spuren verfolgt«, antwortete Mason. »Sie haben von Anfang an gesagt, dass an der Sache etwas faul ist. Sogar Ava hat infrage gestellt, warum der Zettel an einem so öffentlichen Ort hinterlassen wurde, wo er zwangsläufig in die wissenschaftlichen Hände des FBI fallen musste.«

»Ein dummer Junge«, murmelte Robin. »Der uns an der Nase herumführt. Als ob wir nicht schon genug durchgemacht hätten.«

Mason hatte sie allein gelassen, damit sie ihre frischen Wunden lecken konnten, und war in die Innenstadt gefahren, dankbar, dass der Junge nicht zur OSP gebracht worden war, wo Mason einigen seiner Kollegen hätte über den Weg laufen können.

Er war noch nicht bereit, irgendjemandem gegenüberzutreten.

Ava gesellte sich am Fenster zu ihm. »Er ist nur ein Kind, aber ich würde ihm trotzdem am liebsten eine reinhauen.«

»Ihm eine reinhauen wäre noch zu nett.«

»Er hat keine Ahnung, welchem Stress er uns und die Familie ausgesetzt hat«, erwiderte Ava. Ihre Hände hatte sie in die Hosentaschen geschoben, als ob sie sich selbst nicht traute, in die Nähe des Teenagers zu kommen, ohne ihm eine zu verpassen. Mason musterte sie aus den Augenwinkeln. Die Agentin hatte sich mit aller Macht auf die Seite der Familie gestellt. Das musste zwangsläufig passieren, wenn man bedachte, wie eng sie zusammenlebten und welches Leid sie miterlebte. Niemand konnte sich in der Nähe von Henleys Eltern aufhalten, ohne dass einem beim Anblick ihres Schmerzes das Herz brach.

»Sie haben sie adoptiert«, bemerkte Mason.

Sie drehte sich zu ihm um, die Augenbrauen hochgezogen. »Sind Sie überrascht? Was haben Sie von mir erwartet? Ich bin ein Mensch.«

»Ich weiß nicht. Etwas mehr Distanz, schätze ich«, antwortete er lahm. Ihre blauen Augen schienen ihn zu durchbohren, und er bemerkte, dass sie starkes Augen-Make-up trug anstelle ihres üblichen leichten Looks. Und ihr Haar war offen und fiel in sanften Locken um ihr Gesicht.

»Sie sehen gut aus«, sagte er.

Sie senkte den Blick und zupfte an ihrer goldenen Jacke herum, wobei sie auf den Stoff starrte, als würde sie ihn nicht erkennen. »Robin hat mich aufgebrezelt, damit ich aussehe, als wäre ich zu einem Feiertagsdate unterwegs.« Er fühlte sich sofort unbehaglich, weil er ihr Aussehen kommentiert hatte.

»Ich wollte nicht sagen, dass Sie sonst nicht gut aussehen.« Mason suchte nach Worten. »Ihr Haar sieht anders aus ... auf eine gute Art ... Nicht, dass es sonst nicht gut aussieht ... Ich schätze, Sie sehen einfach nur anders aus. Aber ein gutes Anders.«

Ihre Augen bekamen Lachfältchen. »Wow, Detective. Sie

haben ja ein paar tolle Sprüche drauf. Ich wette, Jake könnte Ihnen da ein paar Tipps geben.«

Er wünschte sich, der Boden würde ihn verschlucken. »Ich meinte es nicht ... ich meine, ich hätte nicht sagen sollen, dass Sie gut aussehen. Ach, scheiß drauf.«

Sie lachte.

Er beobachtete sie, plötzlich wie vom Blitz getroffen von der Schönheit ihres Gesichts, als sie ihren Stress für ein paar Sekunden losließ. »Sie sollten öfter lachen.«

»Das Gleiche könnte ich von Ihnen behaupten.«

»Mir war in den letzten Tagen nicht zum Lachen zumute.«

»Amen«, sagte sie. Ihre Augen waren wieder ernst, aber eine entspannte Atmosphäre lag über ihnen, die vorher nicht da gewesen war. Er spürte, wie sie auf ihn überging und ihn beruhigte. »Das waren schreckliche Tage, aber das bedeutet nicht, dass wir nicht trotzdem die kleinen Momente des Lebens genießen können, wenn die komischen Augenblicke zuschlagen. Wir müssen nicht in völliger Verzweiflung herumlaufen. Das würde einen nach einer Weile umbringen.«

»Sie sind so etwas wie die Polizistenflüsterin«, sagte er. »Sie sehen das Gute in den beschissensten Situationen. Man sollte Sie zu *Oprah* schicken. Oder zu *Dr. Phil*.«

Sie lächelte ihn an und hielt seinen Blick fest. »Das war jetzt ein echtes Kompliment. Danke, Detective.«

»Ich verstehe, warum Duncan Sie ausgewählt hat, um bei der Familie zu bleiben.«

»Nun, das ist gut, denn die meiste Zeit habe ich nicht die leiseste Ahnung, was ich tue. Ich habe nicht den psychologischen Hintergrund, den unsere Opferspezialistin hat, aber ich schätze, die Leute, mit denen ich arbeite, sehen etwas in mir, das ich selbst nicht sehe.«

»Sie scheinen zu wissen, was Sie sagen müssen.«

»Das kommt von den Jahren, in denen ich versucht habe, meine Schwester zu beruhigen. Ich habe Ihnen ja erzählt, dass sie ein wenig sonderbar ist. Nichts liebte sie mehr, als Drama zu machen. Ich habe viel Zeit damit verbracht, das auszugleichen. Ich habe mich bemüht, rational zu sein, während sie durchdrehte. Ich schätze, ich habe ein Händchen dafür, die Leute um mich herum zu beruhigen und in allem die gute Seite zu sehen.«

Etwas blitzte in ihren Augen auf.

»Gleichen Sie sie immer noch aus?«, fragte Mason.

»Jetzt versuche ich einfach, sie zu meiden. Das macht mein Leben einfacher. Wissen Sie, wie es einen manchmal erschöpft, mit bestimmten Leuten im selben Raum zu sein? Sie ist mein Kryptonit. Sie raubt mir meine Kraft. Um zu überleben, halte ich mich fern.«

»Wo wohnt sie?«

»Sie wohnt in Portland.«

»Das klingt nicht so, als würden Sie sich von ihr fernhalten.«

»Nach fünf Jahren in L.A. dachte ich, ich wäre stark genug, um mit ihr fertigzuwerden. Ein Teil von mir vermisst sie so sehr, wie ich meinen rechten Arm vermissen würde. Sie ist mein Zwilling. Wenn ich nicht in ihrer Nähe bin, fühlt sich in meiner Seele etwas nicht richtig an. Aber wenn ich in ihrer Nähe bin, zerstört sie mich. Ich musste mich entscheiden, womit ich leben konnte. Ich dachte wirklich, sie hätte sich genug geändert, damit wir in derselben Stadt leben könnten. Stattdessen musste ich feststellen, dass sich nichts geändert hatte; wenn überhaupt, ist sie noch schlimmer geworden. Also kommunizieren wir jetzt per SMS oder E-Mail. Die Stadt ist groß genug, dass sich unsere Wege nicht kreuzen.«

Das Leuchten von vorhin war aus ihren Augen verschwunden. Ihr monotoner Tonfall verriet ihm Bände über die Beziehung zu ihrer Schwester. Mason fühlte sich ein wenig schuldig, weil er etwas so zutiefst Persönliches angesprochen hatte, aber es berührte ihn, dass sie sich ihm anvertraut hatte. Ava McLane hatte viele Facetten. Scharfsinnige Ermittlerin, einfühlsame Agentin und verletzte Schwester.

Er wollte mehr wissen.

Er blickte zurück zu dem Teenager, der gerade von zwei Agents befragt wurde. »Also, wo stehen wir jetzt? Wie sicher sind sie sich, dass er nichts mit Henleys Verschwinden zu tun hat?«

Ava schluckte schwer und er beobachtete, wie sie ihre Konzentration wieder auf die Arbeit lenkte.

»Sie sind sich zu 99 Prozent sicher. Er hat auf dem Weg hierher seine Geschichte ausgepackt. Er hatte in den Nachrichten von der Entführung gehört und seine Familie hat finanziell ganz schön was einstecken müssen. Klingt, als sei er ein Tagträumer. Er verbringt zu viel Zeit mit sich allein und erträumt sich Möglichkeiten, an Geld zu kommen. Er sagte, er habe sich oft gefragt, wie es wäre, über einen Haufen Geld zu stolpern, und die Entführung habe in ihm die Fantasie ausgelöst, das schnelle Geld zu machen. Und er hat es in die Tat umgesetzt.«

»Dachte er nicht, das FBI würde ihn schnappen?« Hatte der Junge kein Fernsehen? Oder vielleicht war genau das das Problem. Er hatte zu viele Filme gesehen, in denen die Typen mit dem Geld davonkommen. So was wie *Ocean's Eleven*, wo die Diebe glamourös waren.

»Ich glaube, sein ursprünglicher Plan war, so zu tun, als würde er das Geld im Restaurant abgeben, um es dann später für sich zu beanspruchen. Als er den Ansturm der Agents sah, geriet er in Panik und rannte weg.«

»Dumm. Wo sind heutzutage die cleveren Gauner?«, murmelte Mason.

»Ich weiß, wo gestern Morgen einer war«, sagte Ava leise.

»Nicht clever. Glückspilz«, erklärte Mason. »Und sein Glück wird bald aufgebraucht sein.«

»Was für ein Idiot«, sagte der Mann zu seinem Fernseher. Hatte das Kind wirklich geglaubt, es könnte dem FBI zwei Millionen Dollar direkt vor der Nase wegschnappen? Er behielt den Respekt vor den Fähigkeiten der Polizei stets im Hinterkopf. Er mochte die Polizei hassen, aber er wusste, dass sie etwas draufhatten. Vielleicht nicht jedes einzelne Mitglied der Polizei, aber die meisten von ihnen. Die Polizei hatte einen festen Zweck in der Welt. Sie schnappte die Bösen und lieferte sie der Justiz aus. Ohne eine Polizei würde das Land aus dem Gleichgewicht geraten.

Gleichgewicht war entscheidend.

Wenn nur jeder sehen könnte, was er gesehen hatte; dann würden sie verstehen, dass sie daran arbeiten mussten, das Gleichgewicht in ihrem Privatleben wiederherzustellen. Er hatte Jahre gebraucht, um die Wahrheit zu erkennen. Er war oft falsch abgebogen und hatte schreckliche Entscheidungen in seinem Leben getroffen, die die Menschen um ihn herum verletzt hatten. Aber schließlich hatte er verstanden, wie das Leben funktionierte. Geben und Nehmen. Ruhe und Arbeit. Schwarz und Weiß.

Indem er nachdachte, bevor er handelte, war er in der Lage, die richtigen Entscheidungen zu treffen. Hinter jeder Handlung, die ein Mensch vollzog, steckte eine Entscheidung. Er entschied, was er zum Frühstück aß. Er entschied, was er im Fernsehen schaute. Diese Entscheidungen mochten wie Nichtigkeiten erscheinen, aber sie bedeuteten alles.

Er entschied sich, keinen Donut zum Frühstück zu essen. Durch diese einfache Entscheidung vermied er die Chemikalien und gesättigten Fette. Die Fähigkeit zu wählen gab ihm Macht. Macht über seine Gesundheit und sein Gewicht. Über jeden Bissen nachzudenken, den er in seinen Mund nahm, machte ihn stark. Und hielt seine Gesundheit und sein Gewicht im Gleichgewicht.

Er schaltete seinen Fernseher selten ein, außer um die Nachrichten zu sehen. Sex, Werbung, Völlerei, Lärm. Durch das Drücken eines einzigen Knopfes entfernte er diese Aspekte aus seinem Alltag und entrümpelte sein Gehirn. Er brauchte den überflüssigen Mist nicht, der ihm im Fernsehen angedreht wurde; er hatte Wichtigeres zu bedenken. Es hielt seinen Geist ruhig und im Gleichgewicht. Warum waren so viele Menschen nicht in der Lage, diesen Knopf zu drücken? Ihre Leben würden dadurch besser.

Eine Weihnachtswerbung tanzte über den Fernsehbildschirm, und er schaltete um. Es war unmöglich, jeder billigen Feierlichkeit dieser Jahreszeit auszuweichen, aber er versuchte es. Weihnachten bedeutete nicht mehr das, was es einmal bedeutet hatte.

Die meisten Menschen sahen weg, wenn eine Mutter mit einem schreienden Kind zu kämpfen hatte. Er sah sie immer direkt an und lächelte. Er erinnerte sich an diese Tage. Es war ein Initiationsritus für einen Elternteil, mit einer öffentlichen Situation fertigzuwerden. Es war seine Art, ihren Schmerz anzuerkennen und dankbar zu sein, dass er die Kindheit seines Sohnes überlebt hatte. Wenn man sich für die Elternschaft entschied, sollte man die schmerzhaften Momente und die glücklichen erleben. Man suchte sich nicht die Momente aus, die man wollte; man nahm alles an.

Und man hatte das Recht, ein Elternteil zu sein. Wenn jemand einem dieses Recht nahm, sollte er sein Recht auch verlieren.

Gleichgewicht.

Es war so einfach, so klar. Warum konnten nicht mehr Menschen die Wahrheit sehen?

Jener Junge, der versucht hatte, zwei Millionen Dollar zu stehlen, hatte sie nicht verdient. Es war nicht sein Geld. Die Polizei hatte recht daran getan, es zu verhindern, und nun würde der Junge dafür bestraft werden, dass er sich dem natürlichen Gleichgewicht widersetzt hatte.

Seine persönlichen Gaben waren die Fähigkeit, das natürliche Gleichgewicht zu sehen, und der Verstand, die nötigen Schritte zu dessen Wiederherstellung auszuarbeiten. Er schloss die Augen und studierte die Farben auf der Rückseite seiner Augenlider. Er nahm eine grüne Aura wahr, wenn die Dinge in seinem Leben gut liefen. Er sah die Farben nicht wirklich; es war mehr, als würde er sie fühlen, sie atmen. Im Moment war nicht alles ganz in Ordnung; seine Aura schien eher von einem trüben Gelb zu sein. Er wusste, welchen großen Schritt er unternehmen musste, um die Harmonie seines Lebens wiederherzustellen, aber er hatte noch nicht die richtige Gelegenheit gefunden. Aber heute Nacht gab es einen kleinen Schritt, den er machen konnte. Er würde ihm helfen, durchzuhalten, bis er den letzten Sprung wagen konnte.

Auge um Auge.

Er war kein religiöser Mensch, aber in diesen Worten lagen Wahrheit und Kraft. Die Phrase vibrierte vor Macht und Präzision.

Es waren Worte, nach denen man leben konnte.

14

SEIT 48 STUNDEN VERMISST

Ava kniff ein Auge zu und konzentrierte sich auf die Gestalt vor ihr. Sie atmete langsam aus, hielt dann den Atem an, während sie wieder und wieder sanft den Abzug betätigte. Sie leerte ihr Magazin und lächelte die Pappfigur an, deren Brust voller Löcher war.

Nichts war entspannender als der Anblick dieser Löcher. Mit einer schnellen Bewegung tauschte sie ihr Magazin gegen ein zweites auf dem Tisch vor ihr aus und durchlöcherte den Papiermann erneut, wobei sie die heiße Hülse ignorierte, die von ihrem Hals abprallte und für einen kurzen Moment brannte. Sie begrüßte den Stich des körperlichen Schmerzes. Sie legte ihre Waffe ab und lauschte dem Feuer der anderen Waffen in der Anlage des Sheriffs. Ihre Ohrstöpsel und der Gehörschutz dämpften die Schüsse zu leisen Schlägen.

Sie hatte genug gehabt.

Sie hatte heute Morgen das Bedürfnis verspürt, auf etwas einzuschlagen oder zu schießen. Sie zog ihre Schutzbrille ab, packte ihre Ausrüstung zusammen und ging durch die doppelten Türen des Schießstandes in die Lobby. Ihr Kopf war klar und ihre Energie erneuert, als sie nach draußen trat und ihr Dienstfahrzeug aufschloss. Sie liebte es zu schießen. Sie hatte ihre Waffe im Dienst noch nie ziehen müssen, aber sie genoss ihre Ausflüge zum Schießstand. Einige der Agents, mit denen sie zusammenarbeitete, hassten die obligatorischen Qualifikationsschießen mit ihren Dienstwaffen. Sie hatte sowohl Männer als auch Frauen schwitzen sehen, wenn der Tag ihrer Prüfung näher rückte. Nicht so bei ihr. Sie liebte es. Und sie war verdammt treffsicher.

Bevor sie nach Quantico gekommen war, hatte sie noch nie eine Waffe in der Hand gehabt. Die Akademie hatte ihr das Schießen beigebracht. Einige Agents fühlten sich mit ihrer Waffe nie wohl, aber vom ersten Tag an, als sie ihre berührt hatte, wusste sie, dass dies eine Fähigkeit war, die sie beherrschen wollte. Also hatte sie sich den Arsch aufgerissen, bis ihre Ausbilder beeindruckt waren.

Jetzt nutzte sie es zum Stressabbau. Nach der Anspannung, den ganzen Tag auf die Lösegeldübergabe von letzter Nacht gewartet zu haben, hatte sie etwas Dampf ablassen müssen. Sie war überrascht gewesen, dass sie überhaupt hatte schlafen können. Sie war aufgedreht genug gewesen, um um zwei Uhr morgens einen Lauf in Erwägung zu ziehen. Die tiefe Enttäuschung über die Lösegeldübergabe hatte das ganze Team erschüttert. Das späte Briefing gestern Abend war von Verärgerung überschattet gewesen. Die Agents waren wütend auf den jungen Mann und die Zeit und Mühe, die sie in die Situation investiert hatten, ohne dass etwas Substanzielles dabei herausgekommen war.

Sie fühlten sich, als wären sie wieder an den Anfang zurückgeworfen worden.

Sie fuhr zur Kirche, parkte und ging zur Morgenbesprechung hinein. Die vergrößerte Lösegeldforderung hing immer noch am Whiteboard. Niemand hatte sie abgenommen. Ava warf der Notiz einen finsteren Blick zu, einem Symbol für jemanden, der das FBI an der Nase herumgeführt und wichtige Ressourcen von der eigentlichen Untersuchung abgezogen hatte. Vielleicht sollte die Notiz hängen bleiben; sie würde jeden daran erinnern, jede Spur ernst zu nehmen und sich nicht ablenken zu lassen. Niemand wusste, welcher winzige Hinweis zu Henley führen würde.

Aber heute war ein neuer Tag. Henley wurde seit zwei vollen Tagen vermisst, und es war Zeit, sie zu finden und nach Hause zu bringen. Ein Gefühl der Erneuerung und frischen Entschlossenheit durchströmte Ava.

Sie stand hinten im kleinen Konferenzraum und hörte zu, wie ASAC Ben Duncan und Special Agent Sanford über die digitale Aufzeichnung des Gepäckausgabebereichs des Flughafens von Portland sprachen. Sanford tippte auf seinen Laptop, und ein verpixeltes Video erschien auf der großen Leinwand an der Vorderseite des Raumes. »Das hier haben wir von den Überwachungskameras des Flughafens bekommen. Wenn Sie diesen Mann beobachten, werden Sie sehen, wie er sich einen schwarzen Rollkoffer schnappt.« Ein gelber Kreis erschien im Video und markierte einen Mann mit einer Baseballkappe. Er stand nahe am Gepäckband und beobachtete sorgfältig jede Tasche, wobei er gelegentlich den Anhänger an einer schwarzen Tasche überprüfte. Alle paar Sekunden musterte er die wachsende Menschenmenge. Schließlich schnappte er sich einen Koffer, nachdem er einen genauen Blick auf den Anhänger geworfen hatte. Sofort zog er den Griff aus und bewegte sich aus dem Bild, den Koffer hinter sich her rollend. Ein zweiter Videoclip erschien, der zeigte, wie der Mann über die Fahrbahnen außerhalb der Gepäckausgabe zum direkt gegenüberliegenden Parkhaus ging. Ava kniff die Augen zusammen, um die Gestalt besser zu erkennen. Helle Baseballkappe, einfache schwarze Jacke, Jeans, dunkle Schuhe. War sein Haar grau oder blond?

Das Video verschwand. Sie wartete auf den nächsten Clip.

»Das ist alles, was wir bisher haben«, erklärte Sanford.

»Was?«, Ava war schockiert. »Was ist mit dem Inneren des Parkhauses? Jeder Zentimeter dieses Flughafens muss kameraüberwacht sein.«

»Wir haben jeden Winkel zweimal durchgesehen. Wir können ihn nach der Aufnahme, die ihn auf dem Weg zum Parkhaus zeigt, nicht mehr ausfindig machen.«

»Was ist mit dem Kassenautomaten?«, fragte ein anderer Agent aus der Gruppe. Er kam Ava bekannt vor, aber sie kannte seinen Namen nicht. Es drängten sich wahrscheinlich vierzig Agents und örtliche Polizisten in dem kleinen Konferenzraum.

»Wir haben alle Bilder vom Kassenautomaten bis zu einer Stunde nach dem Vorfall überprüft. Wir haben ihn nicht entdeckt. Es sind immer noch Agents dran, das Videomaterial vom Parkhaus und dem Kassenautomaten zu durchkämmen. Wir gehen alles ein drittes Mal durch und erweitern den Zeitrahmen.«

»Woher wissen Sie, dass das Jake Callahans Tasche war?«, fragte ein örtlicher Polizist. »Dieser Typ hat sich drei andere Taschen angesehen, bevor er eine genommen hat.«

»Das wissen wir nicht mit Sicherheit«, begann Duncan. Ein Stöhnen ging durch den Raum. »Einen Moment mal«,

Duncan machte eine beruhigende Geste. »Ich bin noch nicht fertig. Was wir haben, ist Jakes Bestätigung, dass dies wie seine Tasche aussieht, und ein weiteres Video von diesem Typen, wie er von draußen durch die Türen kommt, um sich eine Tasche zu schnappen. Er kam nicht von oben, wo die Passagiere aussteigen, und niemand sonst auf diesem Flug hat seine Tasche als vermisst gemeldet.«

»Können wir diesen Clip sehen?«, fragte der örtliche Polizist.

Sanford hantierte an seinem Laptop auf dem Tisch an der Vorderseite des Raumes, und Ava beobachtete, wie ihr Mann mit der Kappe durch die automatische Drehtür von draußen hereinkam und am Gepäckband Position bezog.

»Er wusste genau, zu welchem Gepäckband er gehen und zu welcher Zeit er hereinspazieren musste«, sagte Sanford. »Wir schätzen ihn auf etwa einen Meter fünfundachtzig und neunzig Kilo. Wir haben versucht, eine bessere Aufnahme seines Gesichts zu bekommen, aber die Kappe sitzt zu tief und die Kameras sind zu hoch positioniert.«

Praktisch.

»Sein Haar ist grau, seine Schuhe sind schwarze Nikes und er trägt Jeans.«

»Keine Marke bei den Jeans?«, murmelte jemand, und Gelächter machte sich in der Gruppe breit.

»Alter?«, fragte Ava.

Duncan sah sie an und schüttelte den Kopf. »Das Haar deutet auf vierzig und älter hin, aber das ist nicht sehr präzise.«

»Er bewegt sich, als wäre er älter«, sagte sie. Sie runzelte die Stirn, unsicher, warum sie das dachte. Es gab nichts, woran sie es hätte festmachen können, um es zu erklären.

Duncan nickte. »Dem stimme ich zu. Sein Gang hat eine

gewisse Steifheit, die auf einen älteren Menschen hindeutet. Aber es könnte auch leicht eine alte Verletzung sein, die seinen Gang verlangsamt.«

»Und die Art, wie er den Koffer vom Band gezogen hat, lässt ihn älter aussehen«, warf ein Deputy aus Clackamas County ein. »Er hat mit dem ganzen Körper gezogen, nicht nur mit der Kraft seiner Arme wie ein jüngerer Kerl, wissen Sie?« Mehrere der anderen Agents nickten zustimmend. Sanford ließ den Clip noch einmal laufen, und Ava sah, was der Polizist meinte. Der Mann hob die Tasche nicht einfach vom Gepäckband, er riss sie förmlich mit sich, wobei er seinen ganzen Körper einsetzte, um ihr Gewicht zu heben und zu ziehen.

»Außerdem gibt es kein Video von ihm, bevor er die Gepäckausgabe betreten hat, und nichts auf den Bändern des Parkhauses«, erklärte Sanford.

»Also hat er wahrscheinlich nicht im Parkhaus geparkt. Was ist mit einem der Shuttles? Hat er auf dem günstigeren Parkplatz geparkt und ein Shuttle genommen? Sie fahren in der Richtung ab, in die er geht«, sagte Ava.

Duncan schüttelte den Kopf. »Wir haben auch dort die Videoaufzeichnungen überprüft. Unsere Theorie ist, dass ihn jemand gefahren und wieder abgeholt haben muss. Wir haben gesucht, aber keine Aufzeichnung davon finden konnten.«

Enttäuschtes Murmeln ging durch den Raum.

Ihr Verdächtiger hatte sich in Luft aufgelöst?

»Wir suchen weiter. Wir werden herausfinden, wohin er gegangen ist«, versprach Duncan. »Es könnte ein flinker Dieb sein, der rein gar nichts mit diesem Fall zu tun hat. Genau wie die Lösegeldforderung. Oder es könnte mehr dahinterstecken.«

»Aber warum hat er die Tasche mitgenommen?«, fragte

Ava. »Was war in der Tasche, das er wollte? Er hat ein junges Mädchen entführt. Wie hängt das mit der Tasche ihres Stiefbruders zusammen?«

»Gute Fragen«, antwortete Duncan. Er ließ seinen Blick über die Gruppe schweifen. »Irgendwelche Theorien?«

Die Ermittler sahen sich an.

»Vielleicht konzentriert sich das Ganze mehr auf die Familie, nicht nur auf Henley. Vielleicht ist Henley nur ein Teil dessen, was er vorhat. Vermissen andere Familienmitglieder irgendwelche Dinge?«, warf ein Agent in die Runde.

Ava bemerkte, wie mehrere Agents nickend der Theorie zustimmten. Waren die anderen Familienmitglieder in Gefahr? Sie schluckte und unterdrückte den Drang, zum Haus zurückzueilen. Deputies aus Clackamas County standen vor dem Haus der Fairbanks und dem Haus von Robins Eltern Wache, wo ihre beiden jüngeren Töchter untergebracht waren.

Eine Reihe von Agents rutschte unbehaglich auf ihren Stühlen herum und spürte offenbar dieselbe Unruhe in Anbetracht einer möglichen Gefahr für die Kinder.

»Bei den Befragungen ist nichts dergleichen aufgetaucht. Keine Auffälligkeiten gemeldet«, antwortete Wells aus der ersten Reihe. Ava beugte sich nach links, um Wells zu sehen. Sie hatte den Agent im Raum nicht bemerkt.

»Fragen wir sie ausdrücklich, ob ihnen aufgefallen ist, dass etwas fehlt«, schlug Duncan vor. »Irgendetwas.«

Ava hob die Hand. »Was ist mit Detective Callahan? Bei ihm auf der Arbeit sind ein paar seltsame Dinge passiert.«

Duncan nickte ihr zu. »Ich habe das verfolgt.« Sein Blick wanderte durch den Raum. »Eine von Detective Callahans vertraulichen Informantinnen wurde in der Nacht vor Henleys Verschwinden ermordet. Ich bleibe mit seinem Vorgesetzten in Kontakt.«

Avas privates Handy begann zu vibrieren, und ein paar Polizisten blickten in ihre Richtung. Sie zog es aus der Tasche und schaltete es aus, nachdem sie Jaynes Namen auf dem Display gesehen hatte.

»Ein weiterer Fokus liegt auf Lilian Fairbanks' Ex-Freund«, erklärte Sanford. »Er hat kein Alibi für Freitagmorgen. Im Grunde war er allein in seiner Wohnung und hat geschlafen, nachdem er die halbe Nacht lang in einer Sportsbar in Tigard College-Football geschaut hatte.«

Wells übernahm den Faden. »Er hat sich bei der Befragung gut gemacht. Er war schockiert über das Verschwinden des Kindes und schien aufrichtig besorgt um ihr und Lilians Wohlergehen. Er wollte Lilian kontaktieren und sich einer der Freiwilligengruppen anschließen, die die Parks durchsuchen, aber wir haben ihm vorerst davon abgeraten. Er verstand, warum wir mit ihm sprachen, und er war überhaupt nicht abwehrend.«

Duncan nickte zustimmend. »Er steht auf unserer Liste nicht sehr weit oben. Er hat uns erlaubt, sein Haus zu durchsuchen und mit seinen Freunden und seiner Familie zu sprechen. Er wird sich heute noch mit einem der BAU-Agents unterhalten, der ein Experte für Kindesmissbrauch ist. Wir werden sehen, was für einen Eindruck der von ihm bekommt.«

»Hatte die Mutter noch andere frühere Freunde?«, fragte ein Deputy.

»Sie hat uns zwei weitere Namen genannt, aber die Beziehungen lagen schon eine ganze Weile zurück«, erklärte Duncan. »Einer ist seit zwei Jahren verheiratet und der andere lebt in Florida. Wir haben mit beiden gesprochen und stufen sie auf unserer Liste als wenig verdächtig ein.«

»Wir haben das Nationale Zentrum für vermisste und missbrauchte Kinder eingeschaltet. Die werden eine große

Medienkampagne starten, um Henleys Gesicht bekannt zu machen, und die Berichterstattung auf die Nachbarstaaten ausweiten. Die lokalen Medien waren hilfreich, aber sie verlangen eine ausführliche Pressekonferenz. Wir haben ihnen gestern Abend eine Erklärung zu den Vorkommnissen am Hafen gegeben und ihnen gesagt, dass wir die Mahnwache im Park heute Abend unterstützen. Meiner Meinung nach, je mehr Leute Bescheid wissen, desto besser.«

»Wer ist für die Sicherheitsvorkehrungen bei der Mahnwache verantwortlich?«, fragte ein Beamter aus Lake Oswego.

»Wir koordinieren das mit dem Portland Police Department, da es auf deren Gebiet liegt.« Duncan verzog das Gesicht. »Es ist nur wenige hundert Meter von dem Ort entfernt, an dem gestern Abend die Lösegeldübergabe stattgefunden hat.«

Avas Gehirn verarbeitete diese beiden Fakten blitzschnell. Gab es eine Verbindung zwischen den beiden Orten? »Wer hat die Mahnwache organisiert?«, fragte sie.

»Die Eltern-Schüler-Organisation von Henleys Grundschule«, antwortete Sanford.

Ava war etwas enttäuscht. Es war unwahrscheinlich, dass es eine Verbindung zwischen den Eltern der ESO und einem Hilfskellner gab, dem es nicht gelungen war, das FBI auszutricksen. Sanford nickte ihr zu. »Ja, wir fanden den Ort auch seltsam. Aber ich denke, es ist ein Zufall. Der Hilfskellner kommt aus Troutdale, meilenweit von Lake Oswego entfernt. Er kennt niemanden in Henleys Nachbarschaft oder Schule. Er ist nicht gerade die hellste Kerze auf der Torte. Ich bin überrascht, dass er es überhaupt geschafft hat, die Schule zu finden, um die Lösegeldforderung abzulegen.«

Duncan beendete die Besprechung, und Ava wartete, bis sie bei ihrem Auto war, bevor sie auf ihr Handy schaute. Sie hörte sich Jaynes lange Mailboxnachricht an und versuchte, nicht mit den Augen zu rollen. Jaynes Auto sprang nicht an, und sie brauchte heute Morgen eine Mitfahrgelegenheit. Zu einem Vorstellungsgespräch? Wer hatte an einem Sonntag ein Vorstellungsgespräch?

Ihr Handy vibrierte in ihrer Hand, und sie versuchte, den Anruf abzulehnen, drückte aber auf »Annehmen«.

Scheiße.

»Ava?«, fragte Jayne.

Ava schloss die Augen. »Ja, ich habe gerade deine Mailboxnachricht abgehört. Ich war in einem Meeting, als du vorhin angerufen hast.«

»Ein Meeting? An einem Sonntag? Gehst du jetzt in die Kirche?« Ihre Schwester lachte.

»Nein. Es war Arbeit.«

»Kannst du mich abholen kommen? Ich muss vor elf dort sein. Du musst mich nicht nach Hause fahren.«

»Wer hat sonntags Vorstellungsgespräche?«, fragte Ava. Sie hatte auf die harte Tour gelernt, ihrer Schwester kein Wort zu glauben. Wo musste sie an einem Sonntag so dringend hin?

»Es ist ein Restaurant. Sie wollen, dass ich vor dem Mittagsansturm komme. Sie brauchen eine Barkeeperin.«

»Ist es klug für dich, einen solchen Job in Betracht zu ziehen?« Jaynes Vergangenheit war von Drogen- und Alkoholsucht geprägt. Jedes Mal, wenn sie Ava erzählte, sie sei clean und würde nie wieder high werden, verlor sie einen Job, weil sie zu zugedröhnt oder verkatert war, um zur Schicht zu erscheinen.

»Herrgott noch mal. Spiel dich nicht so auf. Ich brauche einen Job, und die stellen ein. Du weißt nicht, wie es ist, kein

Einkommen zu haben. Du hast es geschafft, einen tollen Job zu finden.«

Jayne hatte besondere Fähigkeiten; nichts war jemals ihre Schuld, und sie konnte Ava mit einem einzigen Satz Schuldgefühle für ihren eigenen Erfolg einreden – und andeuten, dass Ava ihren guten Job nur ihrem Glück zu verdanken hatte. Nicht der Tatsache, dass sie sich den Hintern aufgerissen und persönliche Opfer gebracht hatte.

Während Ava Hindernisparcours gelaufen war und sich in der FBI-Akademie das Hirn zermartert hatte, war Jayne von einem Freund zum nächsten geflattert und hatte jede Droge probiert, die ihr jemand vor die Nase hielt.

»Wo ist dein Vorstellungsgespräch?« Ava blickte auf die Uhr in ihrem Fahrzeug. Sie hatte den Fairbanks gesagt, dass sie bis Mittag zurück sein würde. Sie hatte noch ein paar Stunden Zeit.

Jayne stieß einen Freudenschrei aus und überschüttete Ava mit Liebesbekundungen.

Ava knirschte mit den Zähnen.

Fünfzehn Minuten später hielt sie vor Jaynes Wohnhaus und schickte eine SMS, dass sie da war.

Sie wartete und trommelte auf ihr Lenkrad, während sie darüber nachdachte, wie klug es war, ihrer Schwester einen Gefallen zu tun. Jede Begegnung mit ihr schien in ihrem eigenen Leben irgendein Chaos anzurichten. Ava würde sie am Restaurant absetzen und fahren. Ende der Geschichte. Das konnte doch keine Konsequenzen nach sich ziehen, oder?

Jayne schoss aus dem Gebäude, und Ava stockte der Atem. Sie hatte Jayne seit mehreren Monaten nicht gesehen. Sie war wieder blond. Und extrem dünn.

Ava wollte nach ihrer Handtasche auf dem Beifahrersitz greifen, um sie wegzuräumen, aber Jayne schnappte sie sich.

»Ich halte sie. Sie ist mir nicht im Weg. Schön, dich zu sehen, Schwesterherz!« Sie beugte sich über die Mittelkonsole zwischen den Sitzen, umarmte Ava und gab ihr einen Kuss auf die Wange. Sie plapperte über den Job, während Ava das Aussehen ihrer Schwester in Augenschein nahm. Jaynes Haar war lang und gelockt, auf der Seite gescheitelt und in einem grellen Blond gefärbt, das in Avas Augen schmerzte. Ihre Augenbrauen waren zu kräftigen, dunklen Flügeln geformt, und ihr Oberteil war viel zu tief ausgeschnitten. Besonders für ein Vorstellungsgespräch. Sie musste den besten Push-up-BH der Vereinigten Staaten tragen. Ihre Schwester befand sich tief in einer Jayne-Mansfield-Phase.

Ava war den Tränen nahe.

Wenn Jayne sich das Image der Schauspielerin zu eigen machte, bedeutete das, dass sie den Bezug zu sich selbst verloren hatte. Sie wurde zu jemand anderem, einer Schauspielerin, die auf dem Höhepunkt ihres Lebens gewaltsam gestorben war.

Die Phasen versetzten Ava auf einer tiefen, instinktiven Ebene in Angst und Schrecken. Jayne demonstrierte, wozu Ava fähig sein könnte. Sie hasste ihre Schwester dafür, dass sie zur Schau stellte, wie tief Avas Gene sie potenziell würden ziehen können. Nur bloße Willenskraft und Entschlossenheit hielten Ava auf einem anderen Weg als Jayne.

Sie konzentrierte sich auf die Straße und umklammerte das Lenkrad krampfhaft, während Jayne weiterredete. Sie konnte ihre Schwester nicht mehr ansehen; sie sah sich selbst mit platinblondem Haar und Brüsten, die nach Aufmerksamkeit schrien.

So könnte ich niemals sein. So werde ich niemals sein.

Oder doch? Was, wenn ihr Leben plötzlich den Bach

runterginge? Was, wenn die nächste Flasche Wein alles wäre, woran sie noch denken könnte? Was würde sie tun, um einen Job zu finden?

»Hey, hast du ein neues Auto? Was ist mit dem Honda passiert?«, drang Jaynes Frage durch ihren Nebel.

»Den Honda habe ich noch. Das ist ein Dienstwagen.« Sie versuchte, mit Jayne nicht über ihren Job zu reden. Das würde zu weiteren Fragen führen und Jaynes Angewohnheit auslösen, zweideutige Komplimente zu machen.

»Stimmt ja, du hast gesagt, du hattest heute ein Arbeitstreffen. Das ist verrückt, dass die dich am Wochenende arbeiten lassen. Man sollte meinen, dass ein so prestigeträchtiger Job von neun bis fünf geht.

Siehst du?

»Verbrechen machen am Wochenende keine Pause.«

»Woran arbeitest du heute? Du siehst nicht so aus, als wärst du fürs Büro gekleidet. Du siehst aus, als würdest du auf den Jahrmarkt gehen.«

Ava biss sich auf die Innenseite ihrer Wange. Sie trug Jeans und Stiefel. Ihre übliche Wochenendkleidung. Sie schluckte eine Bemerkung über Jaynes hautenge Jeggings hinunter. Teenager kamen damit durch, aber nicht Frauen in ihrem Alter.

»Ich bin heute nicht im Büro. Wir arbeiten vor Ort.«

»Ohh. Wurde jemand umgebracht? Wo arbeitest du?«

Ava würgte ihr Lenkrad. »Niemand wurde umgebracht. Ein Kind wird vermisst.«

»Das kleine blonde Mädchen aus den Nachrichten? Das habe ich gesehen. Das ist so traurig. Ihr sucht heute irgendwo nach ihr?«

»Nein, ich bin im Haus der Familie und halte sie über die Ermittlungen auf dem Laufenden.«

»Also schläfst du in deren Haus? Wohnst da? Das muss

seltsam sein. Ich weiß nicht, ob ich so etwas könnte. Gut, dass du den Job bekommen hast und nicht ich.« Jayne begann eine ausführliche Beschreibung einer Kunstausstellung, die sie kürzlich besucht hatte.

Ava seufzte. Immer wenn Jayne von Avas Job hörte, wechselte sie das Thema zur Kunst, um zu zeigen, dass ihr Leben genauso wichtig war wie das ihrer Schwester. Jayne sprach immer über Avas Position, als wäre sie selbst nur einen Katzensprung davon entfernt gewesen, für das Bureau zu arbeiten, hätte sich aber einfach dagegen entschieden. Altbekanntes Terrain. Und Ava ließ Jayne in diesem Glauben; es schien ihr ein besseres Gefühl zu geben.

Außerdem war es die Mühe nicht wert, einen Streit anzufangen. Jayne würde niemals zugeben, dass Ava ihre Karriere hatte, weil sie verdammt hart dafür gearbeitet hatte.

Sie hielt vor dem Restaurant. Es war eine Spelunke. Ava wollte am liebsten wegfahren und ihre Schwester mitnehmen. Dieser Ort sah genau nach der Art von Lokal aus, in dem Jayne nicht arbeiten sollte. Er roch förmlich nach leicht zugänglichen Drogen und Versagern.

Die Art von Ort, die Jayne schon immer angezogen hatte.

Ava wusste plötzlich, dass es kein Vorstellungsgespräch gab. Ihre Schwester hatte einfach nur eine Mitfahrgelegenheit zu einer Bar gebraucht. Was für eine Person traf sie dort? Die Aufregung und das Leuchten in Jaynes Augen verrieten Ava, dass es ein Mann war. Zweifellos einer, mit dem sie unbedingt schlafen wollte. Ava wollte ihren eigenen Kopf auf das Lenkrad schlagen.

»Was zum Teufel machst du hier, Jayne?«, sagte sie mit leiser Stimme in den Monolog ihrer Schwester hinein.

Ihre Schwester hielt mitten im Satz inne und starrte Ava mit großen Augen an. »Was? Warum sagst du das?«

»Du hast hier kein Vorstellungsgespräch. Du brauchtest nur eine Mitfahrgelegenheit.«

Jaynes Augen verengten sich, und dünne Linien umrahmten ihren Mund.

Ava schauderte. Sie hatte die Zicke in ihr geweckt. Wann würde sie es je lernen?

»Du hast keine Ahnung, was in meinem Leben los ist. Wie kannst du es wagen, solche Unterstellungen zu machen«, spuckte ihre Schwester.

»Hast du ein Vorstellungsgespräch?«, sprach Ava die Worte langsam und laut aus und hielt den Blick ihrer Schwester fest.

Bitte lüg mich nicht schon wieder an.

Jayne starrte zurück; ihr Mund öffnete und schloss sich ein paar Mal. »Nein«, sagte sie schließlich.

Ava schloss die Augen. *Danke.*

»Warum hast du nicht einfach gesagt, dass du eine Mitfahrgelegenheit brauchst?«

»Weil du mich dann nicht abgeholt hättest!«

Jayne hatte recht. Hätte sie Ava gesagt, dass sie eine Freundin treffen müsse, hätte Ava ihr geraten, sich jemand anderen zu suchen.

»Da hast du recht. Aber es kotzt mich an, wenn du mich anlügst, um zu bekommen, was du willst. Ich bin nicht dein Fahrdienst. Was ist mit deinem Auto?«

»Ich weiß nicht. Es macht nur Klickgeräusche, wenn ich versuche, es zu starten. David sagt, er schaut es sich an.«

Ava fragte nicht, wer David war. Es war ihr egal und sie wollte definitiv keine Diskussion über seine Rolle im Leben ihrer Schwester beginnen.

»Könnte ich dein Auto leihen, bis meins repariert ist? Du kannst ja nicht zwei auf einmal fahren.«

»Nein.«

Jayne schmollte. »Du bist so egoistisch.«

Ava hätte sich die Haare raufen können. Natürlich konnte sie nicht zwei Autos gleichzeitig fahren. Der Punkt war, dass Jayne vor nichts Respekt hatte. Sie hatte Jayne schon einmal ein Fahrzeug geliehen. Es war mit verschüttetem Kaffee auf dem Armaturenbrett und leerem Tank zurückgekommen. Ava hatte sich noch glücklich schätzen können. Ihre Schwester schrieb keinem Gegenstand einen Wert zu, weil sie noch nie für etwas gearbeitet hatte.

Sie sah Avas Haus und Auto und ging davon aus, dass Ava teilen sollte.

»Du hast nie auf meine Frage geantwortet, ob ich für ein paar Tage bei dir bleiben kann.«

»Du weißt, dass das nicht geht.«

Jayne drehte sich in ihrem Sitz um, reckte Ava die Brust entgegen und sah ihre Schwester mit gespielter Fassungslosigkeit an. »Es ist fast Weihnachten! Du willst mir nicht einmal an Weihnachten dein Haus öffnen? Mom wäre entsetzt, wie du mich behandelst.«

Ihre Mutter war fünf Jahre zuvor an Eierstockkrebs gestorben. Ihr Vater hatte sie verlassen, bevor sie geboren wurden.

»Lass Mom da bloß raus, Jayne.«

»Du bist ein totales Miststück geworden.«

»Steig aus.« Ava blickte stur geradeaus. »Ruf mich nicht mehr an. Du rufst nur an, wenn du etwas willst.«

»Na ja«, stotterte Jayne. »Du rufst ja nie an. Wenigstens rufe ich dich an, wenn es ein Notfall ist.«

Ava sah ihrer Schwester direkt in die Augen. »Das ist deine Definition von einem Notfall? Eine Elfjährige wurde von der Straße entführt. Ihre Eltern sind krank vor Sorge, dass ihr Mädchen nie wieder nach Hause kommt. *Das ist ein Notfall!*«

Jayne riss ihre Tür auf und sprang hinaus, wobei sie Avas Handtasche auf der Straße ausleerte. Sie funkelte Ava an, als ob das Malheur ihre Schuld wäre, aber sie bückte sich, um die Gegenstände wieder in die Tasche zu stopfen. Ava fiel die Kinnlade herunter, als der tiefe Ausschnitt ihrer Schwester ihr einen Blick in deren Oberteil gewährte.

»Hast du dir die Brüste machen lassen?«, quietschte Ava.

Jayne blickte auf, während sie Avas Geldbeutel zurück in die Handtasche schob. »Das geht dich nichts an.«

»Also hast du! Du kannst es dir nicht leisten, dein Auto reparieren zu lassen oder eine neue Wohnung zu finden, aber du kannst Geld in deine Titten stecken?« Avas Gedanken überschlugen sich. Unglaube und Entsetzen überkamen sie gleichzeitig. Jayne hatte sich schon immer über ihren Mangel an Vorzügen beklagt, aber Ava hatte akzeptiert, dass sie beide immer eher wenig Oberweite haben würden, und hatte sich damit abgefunden.

Jetzt waren sie körperlich verschieden.

Haare konnte man färben. Gewicht konnte man zunehmen und verlieren. Aber Jayne hatte sich unters Messer gelegt, um sich dauerhaft zu verändern.

»Du bist nur neidisch.«

Ava hätte Jayne am liebsten das Grinsen aus dem Gesicht geschlagen. »Gib mir meine Handtasche und geh dich betrinken.«

Jayne warf die Handtasche auf den Beifahrersitz und schlug die Autotür zu. Sie drehte sich auf dem Absatz um und marschierte in die Bar. Ava sah ihr nach und kämpfte darum, ihr Zittern in den Griff zu bekommen.

Es war so eine Zwillingssache. Früher hatten sie sich wie

die Kesselflicker gestritten und sich am nächsten Tag wieder geliebt. Es war nicht ungewöhnlich, dass sie grausam zueinander waren, weil sie davon ausgingen, dass ihre Verbindung unzerbrechlich war.

Ich könnte niemals so sein wie sie.

Ava hatte das ungute Gefühl, dass ihr Band nicht mehr zu kitten war.

15

50 STUNDEN VERMISST

Laut Masons Nachbarin hatte sie den Hund gegen acht Uhr gesehen, als sie ihm etwas Futter in den Napf getan hatte. Mason starrte auf den Futternapf. Er war am Abend zuvor gefüllt worden und war immer noch voll? Er ging in die Hocke und spähte in die Hundehütte. Auf dem Kissen waren keine Haare. Gestern hatte er nach nur einer Nacht eine ganze Menge Hundehaare davon abgebürstet. Der Hund hatte letzte Nacht nicht auf seiner Veranda geschlafen.

War er endlich nach Hause gegangen?

Der Hund musste mehrere Schlafplätze haben. Vielleicht hatte er letzte Nacht einen davon gewählt. Möglicherweise war es dort wärmer als an dem Platz, den Mason für ihn eingerichtet hatte. Aber seine Veranda musste doch ein guter Schlafplatz für den Hund sein. Sie war teilweise umschlossen und immer mindestens zehn Grad wärmer als die kühle Umgebungsluft.

Mason richtete sich auf und musterte die Nachbarschaft.

Der Morgen war ruhig und still. Kein Hund. Aber was war mit dem Futter? Warum war so viel übrig? Der Hund stürzte sich immer auf das Futter, wenn Mason den Napf füllte. Was, wenn er krank war?

Er hätte sich in den Arsch beißen können, dass er den Hund nicht direkt zum Tierarzt gebracht hatte. Dann wüsste er, ob der Hund einen Chip unter dem Fell hatte und ob er gesund war oder nicht. Er hatte die Aufgabe vor sich hergeschoben.

Du wolltest nicht wissen, ob er jemand anderem gehört.

Scheiß drauf. Er war kein Hundemensch. Er hatte keine Zeit, sich um einen zu kümmern. Die mussten Gassi gehen und so einen Scheiß. Er war mit der Arbeit viel zu beschäftigt.

Mason schob mit einem Finger seinen Hut zurück. Er und der Hund hatten eine fragile Routine aus Futter und Gesellschaft etabliert. Jetzt hatte das Tier die Routine durchbrochen, und Mason benahm sich wie ein Weichei. Hunde waren zäh. Er würde zurückkommen, wenn ihm danach war.

Er seufzte und steckte den Schlüssel in die Haustür. Er hatte sein Haus bei seiner Ankunft noch nicht einmal betreten. Als er den vollen Futternapf entdeckt hatte, war er direkt zur Nachbarin gegangen. Er schloss die Tür und sah nicht auf die Decke auf dem Boden. Er ging zum Fenster neben der Tür, um noch einmal nachzusehen, ob vielleicht jemand aufgetaucht war, um sein Hunde-Frühstück zu fressen.

Nichts.

Ein weißer Fleck unter dem Futternapf fiel ihm ins Auge. Von seiner Position auf der Veranda hatte Mason ihn eben nicht gesehen. Er trat wieder nach draußen, hob den Futternapf an und las das Stück Papier darunter.

Ich hinterlasse keine Lösegeldforderungen.

Sein Herz versuchte, ihm aus der Brust zu hämmern.

Er war bei mir zu Hause. Henleys Entführer. Er weiß, wo ich wohne.

Ein säuerlicher Geschmack breitete sich in seinem Rachen aus, und eine Flut von Gedanken schoss ihm durch den Kopf.

Er nimmt Kontakt auf. Er will gehört werden, und er hat gerade einen Fehler gemacht.

Fehler Nummer eins.

Wir kriegen dich, du Bastard.

Wut verengte seinen Blick. Er las die Notiz noch einmal, machte ein Foto mit seinem Handy und hob sie vorsichtig an einer Ecke an, um die Rückseite zu prüfen. Leer. Er legte sie exakt an die Stelle zurück, an der er sie gefunden hatte, und rief Ava an.

»Ich glaube, er hat den Hund mitgenommen«, erklärte Mason der kleinen Gruppe von Agents. Er schob die Hände in die Hosentaschen und verlagerte das Gewicht auf die Fersen.

Ava war innerhalb von fünfzehn Minuten nach seinem Anruf aufgetaucht. Sie hatte seine Adresse entgegengenommen und Wells angerufen, der sagte, er würde mit einem Team der Spurensicherung vorbeikommen. Mason hatte nicht erwartet, dass Ava auftauchen würde; er hatte sie angerufen, weil es der schnellste Weg war, seine Nachricht die Befehlskette hinaufzureichen. Als ihr Wagen vor seinem Haus hielt, beruhigte sich etwas in ihm. Es war nicht so, dass sie die Ankunft des FBI signalisierte, es war einfach ihre Anwesenheit. Sie hatte eine rationale Art, mit Menschen und Problemen umzugehen, die ihnen ein besseres Gefühl gab. Die Anspannung hatte unter Masons Haut gekribbelt, während er auf das Team von Agents wartete, aber sie verschwand, als sie aus ihrem Fahrzeug stieg und mit gerunzelter Stirn zwei Falten zwischen ihren Augenbrauen bildete. »Fehlt sonst noch etwas?«, hatte sie gefragt.

»Ich habe nicht nachgesehen«, antwortete Mason. »Ich wollte auf Sie warten, bevor ich drinnen herumschnüffle.«

Sie stieg die Stufen zur Veranda hinauf und betrachtete den Futternapf und die Hundehütte. »Was für einen Hund haben Sie denn?«

»Einen schwarzen. Er muss ein halbes Dutzend Rassen in seinen Genen haben. Er ist nicht wirklich mein Hund. Er hat vor ein paar Wochen irgendwie angefangen, hier herumzustreunern, und ich habe angefangen, ihn zu füttern.«

Ava sah ihn an und lächelte. »Kein Halsband?«

Er schüttelte den Kopf. »Und nein, ich habe ihn nicht zum Tierarzt gebracht, um ihn auf einen Chip untersuchen zu lassen.«

Sie lächelte ihn weiterhin an, ihre blauen Augen funkelten.

»Was?«, fragte er.

»Nichts. Sie wirken wie der Typ für einen Hund. Ich bin überrascht, dass Sie nicht schon einen hatten.«

Der Typ für einen Hund? Ist das gut?

»Ich hatte keinen Hund mehr, seit ich ein Kind war. Ist die Besprechung in der Einsatzzentrale heute Morgen gut gelaufen?«, wechselte Mason das Thema.

»Ja, Sie haben die Aufnahmen vom Flughafen schon gesehen, richtig?«

»Ja, ich habe sie gesehen, als sie Jake gezeigt wurden, um zu fragen, ob er glaubt, dass es seine Tasche ist.«

»Sie konnten den Mann außerhalb der Gepäckausgabe nicht ausfindig machen. Und sie haben Lilians Ex-Freund mit dem Sexualstrafregister überprüft. Er hat kein Alibi, aber er hat die Agents sein Haus durchsuchen lassen, und seine Vernehmungen sind gut verlaufen. Sie haben ihn auf niedrigere Priorität gesetzt. Die große Frage ist, warum jemand, der Henley entführt, auch Jakes Tasche mitnehmen würde.«

»Das beschäftigt mich auch«, gab Mason zu. »Es lässt mich glauben wollen, dass Jakes Tasche einfach nur von irgendeinem Abschaum geklaut wurde.«

»Aber jetzt wurde Ihnen etwas weggenommen«, gab Ava zu bedenken. »Und bei der Besprechung habe ich erwähnt, dass in der Nacht vor Henleys Verschwinden eine Ihrer Informantinnen ermordet wurde.«

Mason starrte sie an, während sich Puzzleteile in seinem Kopf zusammenfügten, und es gefiel ihm nicht. *Er stand in keiner Verbindung zu Henleys Entführer.* »Das ist nur seine Art, uns wissen zu lassen, dass er keine Lösegeldforderung stellen wird. Es war eine günstige Gelegenheit.«

»Sie sehen das große Ganze nicht. Eine der Fragen, über die wir gesprochen haben, war, ob anderen Familienmitgliedern etwas Ungewöhnliches passiert ist. Das hier und den Mord an Ihrer Informantin würde ich ungewöhnlich nennen«, sagte Ava. »Er hat möglicherweise Jakes Tasche und jetzt Ihren Hund mitgenommen. Irgendwie hängen Sie da mit drin.«

»Der Hund ist wahrscheinlich weggelaufen. Er bleibt nicht die ganze Zeit hier.«

»Warum haben Sie dann gesagt, Sie dachten, er hätte den Hund mitgenommen? Das war das Erste, was Sie gesagt haben.« Avas Blick war offen und direkt. »Sie verleugnen das total. Warum wollen Sie es nicht als mögliche Verbindungen zu Henley in Betracht ziehen?«

Mason starrte zurück. *Wich er etwas aus?* »Ich weiß es

nicht. Ich hoffe, dass der Hund einfach nur weitergezogen ist.« Er hielt inne. »Und meiner Ansicht nach bin ich nicht wirklich Familie. Ich bin nur Jakes Dad.«

Stille füllte die Veranda.

Ava schüttelte ihm gegenüber den Kopf. »Sie sind Familie«, sagte sie bestimmt. »Sie waren mit Robin verheiratet und Sie sind Jakes Dad. Sie sind genauso mit ihnen verbunden wie Henley. Sehen Sie es ein.« Sie drehte sich um, um den Hundenapf anzusehen. »Die Nachricht lag unter seinem Napf«, sagte Ava. »Ich glaube, da ist jemand clever. Er benutzt die Nachricht, um zu erklären, dass er letzte Nacht nichts mit dem Lösegeld zu tun hatte, aber er prahlt auch damit, dass er einfach so zu Ihrem Haus kommen und etwas mitnehmen kann.«

»Großkotzig.«

»Ja, und das ist es meistens, was ihnen zum Verhängnis wird.«

»Aber warum ich?«

»Warum Henley?«, entgegnete Ava. »Wenn wir das herausfinden, wird sich alles zusammenfügen und wir werden sie finden.«

Zwei Fahrzeuge gesellten sich zu Avas Wagen auf der Straße, und die schlanke Gestalt von Special Agent Wells stieg hinter dem Steuer aus. Zwei Spurensicherer kletterten aus dem SUV hinter ihm.

Die Unterbrechung brachte Mason aus dem Gleichgewicht. Sein Gespräch mit Ava hatte ihn bereits aus der Bahn geworfen. Er hatte sich im Haus der Fairbanks immer wie ein Außenseiter gefühlt. Er hielt sich von allen Familienaktivitäten fern. Er hatte selten die Zeit dafür und hatte sich darauf verlassen, dass Robin und Lucas Jake ein Familienleben bieten würden. Hielt diese Denkweise ihn davon ab, die seltsamen Vorkommnisse im Fall von Josie und jetzt mit

AVA KONNTE SEHEN, dass Mason aus der Bahn geworfen worden war. Er hatte mehrere Minuten lang auf den Hundenapf gestarrt und den Kopf geschüttelt, während sie die Theorie aufstellten, dass Henleys Entführung mit seinem Hund zusammenhing. Seine Gefühle standen seiner Objektivität im Weg. Er wollte nicht mit Henleys Verschwinden in Verbindung gebracht werden. Wells schien zu glauben, dass es eine starke Verbindung gab, und sie ebenfalls.

Mason schien die Sache ernsthaft zu verleugnen. Vielleicht war er zu nah dran an der Situation, um sie objektiv zu betrachten. Wäre er ein Außenstehender in dem Fall gewesen, hätte er es sofort als einen Ansatzpunkt hervorgehoben.

Masons Anruf wegen der Nachricht hätte zu keinem besseren Zeitpunkt kommen können. Sie hatte sich schwergetan, nach der Abfahrt von Jayne geradeaus zu fahren. Ihre Zwillingsschwester hatte es geschafft, Avas Gedanken ins Trudeln zu bringen. Masons Problem hatte sie da rausgerissen und ihr etwas gegeben, worauf sie sich konzentrieren konnte. An der Aussage, dass man die verletze, die man am meisten liebte, war etwas Wahres dran. Eine einfache Autofahrt hatte dazu geführt, dass Jayne Avas Seele zerfetzt hatte, und sie hatte zurückgeschlagen. Würde sie es denn nie lernen?

Sie verbannte Jayne entschlossen aus ihren Gedanken.

Ava holte tief Luft und überblickte das Innere von Masons Haus. Es war eine Junggesellenbude, aber eine saubere und ordentliche. Das Haus war ein kleiner Bungalow mit einer teilweise umschlossenen Veranda. Der Rasen im Vorgarten war sauber getrimmt, und die Landschaftsgestaltung zeugte von jemandem, der auf Pflegeleichtigkeit statt auf Prunk setzte. Drinnen gab es in seinem Wohnzimmer eine Couch, einen Sessel und einen riesigen Flachbildfernseher. In seiner Küche stand kein einziger Schnickschnack auf der Arbeitsplatte. Nur ein Messerblock und ein Toaster.

Sie und Wells traten einen Schritt zurück, während Mason die Zeitung auf den Küchentisch warf, ein paar Schubladen öffnete und den Kopf schüttelte. »Ich glaube nicht, dass jemand hier drin war.« Er schritt den Flur zum hinteren Teil des Hauses entlang und spähte in die Zimmer. Er verschwand in einem Schlafzimmer am Ende des Flurs, und sie hörte, wie er einen Schrank öffnete. Wells ging durch die Küche und überprüfte die Hintertür, die auf eine Terrasse führte. Sie rührte sich nicht vom Fleck. Mason tauchte wieder auf. »Ich sehe nichts, was fehlt oder durchwühlt wurde. Alle Fenster sind noch verschlossen. Wenn er hier war, sehe ich keine Spuren davon.« Seine braunen Augen wirkten gestresst, als er die Lippen zu einer festen Linie zusammenpresste.

Niemand mochte den Gedanken, dass jemand in seinem Zuhause gewesen war.

Masons Blick fiel auf die Zeitung, und er schüttelte sie aus der dünnen Plastiktüte. Er überflog die Titelseite und blätterte zum Lokalteil, dessen Top-Story der Erpressungsversuch war. Ava trat näher und las mit ihm über ihren Möchtegern-Erpresser. Das Polizeifoto des Teenagers war neben dem Artikel abgedruckt. Sie überflog den Artikel und stellte fest, dass er im Großen und Ganzen zutraf.

»Hört sich an, als hätte ich gestern Abend eine ziemliche Party verpasst«, stellte Mason fest.

»Sie haben nichts verpasst«, erwiderte Ava.

Mason sog scharf die Luft ein, und Ava entdeckte die kleinere Schlagzeile einen Sekundenbruchteil nach ihm.

OSP-Detective im Mordfall an Prostituierter beurlaubt

»Verdammt«, flüsterte Mason. Die Zeitung zitterte in seinen Händen.

»Oh nein«, sagte Ava. Sie legte ihm mitfühlend eine Hand auf den Oberarm.

»Was ist hier los?«, fragte Wells.

Sie und Mason antworteten nicht. Beide überflogen den Artikel. Er blätterte um, um das Ende des Artikels zu sehen, und Ava atmete innerlich aus. Der Reporter hatte Masons Namen in der Zeitung nicht genannt.

»Wir glauben, dass es unangemessenes Verhalten gab«, las Mason trocken vor. »Nichts ist besser als zu lesen, wie der eigene Chef in der Presse über einen lästert.«

Ava zuckte zusammen. Das musste wehtun. »Sie nennen Ihren Namen nicht. Und der Reporter schreibt ja, dass das Zitat unter der Bedingung der Anonymität genehmigt wurde. Das hätte jeder sagen können. Oder der Reporter hat es sich ausgedacht.«

»Wollen wir wetten, dass mein Name morgen in der Zeitung steht? Das wird die Reporter nur dazu bringen, noch ein bisschen tiefer zu graben. Nichts weckt das öffentliche Interesse mehr als die Meldung, dass ein Polizist eine Grenze überschritten hat. Und das war eine verdammt dicke Grenze.«

»Aber Sie haben nichts getan. Egal, was sie jetzt sagen, irgendwann müssen sie die Wahrheit drucken«, wandte Ava ein.

»Ja, die werden sie dann irgendwo auf Seite zwölf begraben. Ein unschuldiger Polizist verkauft keine Zeitungen. Die Spekulation, dass ein Polizist eine Prostituierte ermordet hat, lässt bei denen die Dollarzeichen in den Augen aufleuchten. Ich bin überrascht, dass sie es nicht auf die Titelseite gepackt haben.« Er klappte die Zeitung zu und warf sie zurück auf den Tisch. Wells nahm sie auf und überflog den Artikel. Er sah Mason scharf an.

»Was ist hier los?« Sein Blick erfasste Ava. »Sie haben heute Morgen nicht erwähnt, dass er beurlaubt ist. Sie haben nur gesagt, dass seine Informantin ermordet wurde. Weiß Duncan Bescheid?«

»Ja«, sagte Ava. Sie deutete auf Mason. »Er ist offensichtlich kein Mörder. Jemand hat versucht, es so aussehen zu lassen, als hätte er diese arme Frau getötet. Sie war seine Informantin.«

Wells schaute wieder auf die Zeitung. »Das ist am Donnerstagabend passiert?«

Ava konnte förmlich sehen, wie die Räder in Wells' Gehirn ratterten, als er dieselben Schlüsse zog, auf die sie Mason nur wenige Minuten zuvor hingewiesen hatte.

»Nein«, erklärte Mason und schüttelte den Kopf. »Das hängt nicht alles zusammen. Das kleine Mädchen hat nichts mit einer ermordeten Prostituierten zu tun. Lassen Sie sich davon nicht ablenken.«

»Mason, Sie ziehen doch nicht etwa nicht in Betracht-«, begann Ava.

»Hören Sie zu. Mein Hund, der nicht mein Hund ist, ist weggelaufen. Das sollte nicht die Aufmerksamkeit des FBI erfordern.«

Versuchte er, sie oder sich selbst zu überzeugen?

»Herrgott. Was rede ich da?«, murmelte Mason. Er trat von Ava weg und beugte sich über die Küchenspüle, starrte in den Abfluss. Sämtliche Farbe war aus seinem Gesicht gewichen.

Langsam aber sicher sickerte es bei ihm durch.

Der Mann tat Ava leid. Nicht nur seine Kollegen spekulierten darüber, was mit der Prostituierten passiert war, jetzt tat es auch die Öffentlichkeit. Sie hatte einen Freund in L.A., der ins Visier der Öffentlichkeit geraten war, als seine Ehefrau mit der Geschichte zu einem Reporter gegangen war, dass ihr Mann, ein FBI-Agent, sie schlagen würde. Die Wahrheit war schließlich ans Licht gekommen, aber erst, nachdem er in den Zeitungen zerfetzt worden war. Er hatte sich von seiner verlogenen Frau scheiden lassen und eine sofortige Versetzung nach Texas bewilligt bekommen.

Er war nie wieder derselbe gewesen. Der ungeheure Stress durch die öffentliche Bloßstellung war mit nichts zu vergleichen, was er je erlebt hatte. Er hatte Ava erzählt, er würde lieber noch einmal monatelanges Akademie-Training durchmachen, als eine einzige Stunde am Pranger der Öffentlichkeit zu stehen.

»Wir werden keine voreiligen Schlüsse ziehen. Aber selbst Sie sehen jetzt, dass wir in Betracht ziehen müssen, dass dies mit Henley und Ihrer Informantin zusammenhängt«, sagte Wells. »Wären Sie bereit, bei einer Pressekonferenz ein paar Worte zu sagen? Wir werden heute Abend eine abhalten, in der Nähe der Mahnwache mit den Kerzen. Die meisten Nachrichtensender werden ohnehin schon dort sein.«

Ein Blick verriet Ava, dass Wells Mühe hatte, sein Mitgefühl für Mason zu verbergen. Es war leicht, sich in Masons Lage zu versetzen. Menschen in ihren Berufen wurden an einem höheren Standard gemessen, und sobald die Zeitungen auch nur den Hauch eines Skandals witterten, wurde jede Wahrheit oft unter Spekulationen begraben. Es hätte leicht jeden der Ermittler treffen können.

Mason stieß den Atem aus. »Heute Abend? Sie haben das auf heute Abend vorverlegt?« Er schüttelte den Kopf. »Ich weiß nicht. Was, wenn sie bis dahin meinen Namen herausgefunden haben? Ist das derjenige, den Sie heute Abend für die Familie sprechen lassen wollen?«

»Das liegt bei Ihnen und der Familie Fairbanks«, erklärte Wells.

Mason dachte einige Sekunden lang angestrengt nach und nickte dann. »Ich habe ihnen gesagt, dass ich es mache. Die Frauen sind überzeugt, dass sie es nicht schaffen, ohne in Tränen auszubrechen. Dies ist nicht der Zeitpunkt, um mir Sorgen um meine eigenen Probleme zu machen.«

»Wissen sie, was bei Ihnen los ist?«, fragte Wells.

»Nein. Sie haben genug, worüber sie sich Gedanken machen müssen.«

Ava hatte das Gefühl, als hätte sich ein unsichtbarer Schild um den Mann gelegt. Die Person, die sie über das Küchenwaschbecken gebeugt gesehen hatten, bis zum Äußersten gestresst, war verschwunden und durch einen Polizisten ersetzt worden, der sich auf seinen Fall konzentrierte. Sie applaudierte innerlich seiner Wandlung, sorgte sich aber um seine psychische Gesundheit. Ihr alter Kollege war unter dem Stress fast zerbrochen. Mason schien in der Lage zu sein, seine persönlichen Probleme abzukapseln. Er war der Typ Mann, der seine Familie über seinen Job stellte.

War er das wirklich? Irgendetwas hatte seine Ehe beendet. Robin hatte angedeutet, dass er ein Workaholic war.

Er stellte seine Familie nicht über seinen Job, wurde Ava klar. Er stellte sie über sein eigenes seelisches Wohlbefinden. Sein Job war ihm entrissen worden.

»Was ist mit Ihrer Garage? Haben Sie da reingeschaut, seit Sie wieder zu Hause sind?«, fragte Ava. Sie hatte die freistehende Garage hinter dem Haus bemerkt. Mason schüttelte den Kopf und führte sie durch die Tür auf die Terrasse. Er sagte kein Wort, und sie spürte, dass er die Geschichte und ihr Potenzial, sich zu einer Titelstory auszuwachsen, noch verarbeitete.

Mit wem konnte er reden? Er musste sich von seinen Kollegen isoliert fühlen.

Er schloss die Seitentür der Einzelgarage auf. Sein Fahrzeug parkte in der Auffahrt vor dem Gebäude. Sie betraten den dunklen Raum, und er zog an der Schnur einer Lampe über einer Werkbank. In der Garage war kein Platz für sein Fahrzeug. Er hatte drei verschiedene Werkbänke voller Holzsägen und Werkzeuge und eine Reihe von Schränken, die vor lauter Sportausrüstung überquollen. Bei genauerem Hinsehen bemerkte Ava, dass die Sportausrüstung eher die eines Kindes oder eines Teenagers war.

Jakes Sachen. Er hat alles behalten.

Sie fragte sich, wie lange es her war, dass Jake irgendetwas davon benutzt hatte. Etwas, das aussah wie ein vierrädriges Quad, war mit einer Plane abgedeckt und nahm einen großen Teil des Raumes ein. Der Bereich roch nach frisch geschnittenem Holz und altem Motoröl. Genau so, wie eine Garage riechen sollte.

Wells zeigte auf einen großen Metallschrank. Ein Waffenschrank, erkannte Ava. Ein riesiger. Sie konnte sich nicht vorstellen, was er wiegen musste. »Sie müssen einen Gabelstapler benutzt haben, um den hier reinzubekommen«, kommentierte Wells.

Mason nickte. »So ungefähr.« Er drehte an der Zahlenkombination an der Vorderseite und öffnete die Tür zu einer Fülle von Waffen.

»Ich weiß, wo ich während der Zombie-Apokalypse hingehe«, murmelte Ava.

Mason lächelte sie über die Schulter an und richtete seine Aufmerksamkeit dann wieder auf die Waffen. »Hier fehlt nichts.« Er schlug die Tür zu und drehte am Schloss.

Ava dachte an ihre winzige Waffenkassette neben ihrem Bett. Sie besaß eine einzige Waffe. Das war genug für sie.

Er öffnete ein paar Schränke, musterte jeden einzelnen und ging dann zum nächsten. Ava erhaschte einen Blick auf Farbdosen und Gartengeräte, die sich unter Jakes Sportausrüstung gemischt hatten.

»Sieht so aus, als hätte Jake jede Sportart betrieben, die es gibt«, kommentierte Wells. Er beobachtete Mason mit scharfen Augen. Er hatte nicht darum gebeten, sich Masons Waffenarsenal genauer anzusehen. Die meisten Männer hätten darum gebeten, ein paar Minuten damit zu verbringen, die Waffen zu betrachten. Wells war ein zurückhaltender Mensch, und er respektierte die Privatsphäre anderer Leute. Das war einer der Gründe, warum Ava ihn mochte. Er war nicht aufdringlich oder neugierig.

Außer, wenn es für seinen Job nötig war.

»Jake hat jede Sportart mindestens einmal ausprobiert«, sagte Mason. »Manche sind geblieben, manche nicht.« Er öffnete den letzten Schrank, überflog ihn und wollte die Tür wieder schließen. Er hielt inne und öffnete die Tür weiter. Und erstarrte. Ava und Wells traten nach einem ausgetauschten Blick beide einen Schritt nach vorn.

Ava sah Baseballhandschuhe, Schlaghelme, die Maske eines Catchers, ein Dutzend Bälle und drei Holzschläger.

Es sah harmlos aus.

»Was ist los?«, fragte Wells.

Mason war einen langen Moment lang still. »Es fehlt ein Schläger.«

16

50 STUNDEN VERMISST

Wann würde das FBI endlich aufhören, Fragen zu stellen?

Jake warf seiner Mom einen Blick zu. Sie saß steif auf ihrem Stuhl im Esszimmer neben Lucas, der ihre Hand umklammert hielt. Lilian saß neben Jake und seinen Eltern gegenüber, während sie Special Agent Sanford zuhörten, der seine millionste Frage stellte. Jake bemerkte, dass Lilian nicht stillsitzen konnte. Ihre Hände wanderten von der Tischplatte in ihren Schoß, zu ihrer Kaffeetasse und wieder zurück. Immer und immer wieder. Sie rutschte auf ihrem Stuhl herum, als wollte sie weglaufen.

Er konnte es verstehen.

Er hatte es satt, im Haus gefangen zu sein. Ausflüge zur Einsatzzentrale zählten nicht. Er wollte sich mit seinen Freunden treffen oder ins Kino gehen. Aber das fühlte sich nicht richtig an. Er sollte keinen Spaß haben, während Henley noch immer verschwunden war.

Er wischte sich mit dem Handrücken über die Augen und versuchte, die Bilder zu verdrängen, die ihm in den Sinn kamen, wenn er an seine kleine Schwester dachte. Henley, gefesselt in einem Keller. Henley, draußen in der Kälte. Henley, die nicht mehr atmete, mit für immer geschlossenen Augen. Wenn er schon so zu kämpfen hatte, mussten ihre Mom und Lucas hundertmal schlimmer leiden. Er schauderte und konzentrierte sich auf Sanfords Fragen.

»Haben Sie Ihre persönlichen Sachen genau durchgesehen? Manchmal bemerkt man erst, dass etwas fehlt, wenn man es benutzen will.« Sanford sah die Frauen an. »Wie sieht es mit Schmuck aus? Ich möchte Sie bitten, eine Bestandsaufnahme zu machen und genau darauf zu achten.«

»Was?«, fragte Jakes Mom. »Wenn etwas fehlen sollte, dann deuten Sie damit an, dass er in unseren Häusern war!«

Lilian erstarrte, ihre Hände mitten in der Bewegung auf ihrer Kaffeetasse. »In meinem Haus?«, flüsterte sie.

Sanford hob beschwichtigend die Hände. »Es gibt keine Beweise dafür, dass er in irgendeinem Haus war. Jemand war auf der Veranda von Detective Callahans Haus, aber dort hatten wir keine Polizei, die das Haus bewacht hat. Sie stehen seit Henleys Vermisstenmeldung rund um die Uhr unter Schutz, und wir planen auch nicht, das in nächster Zeit zu ändern.«

Lilian schob ihren Stuhl zurück. »Ich muss nach meiner Wohnung sehen. Als ich am Freitag dort war, habe ich nicht auf so etwas geachtet.« Ihre Stimme zitterte, und Jake bemerkte, dass sie sich an diesem Morgen nicht geschminkt hatte. Lilian trug immer Make-up. Ohne sah sie verquollen und düster aus.

Oder das kam einfach davon, dass sie sich wegen Henley

die Augen aus dem Kopf geheult hatte. Jake wusste, dass er selbst furchtbar aussah. Das taten sie alle. Er hatte gehört, dass Stress sich körperlich auswirkte; heute sah er den Beweis dafür. Sogar Lucas sah älter aus als sonst.

Sein sonst so lockerer Stiefvater war zu einem Einsiedler geworden. Lucas schaute mit Jake einen Film, wenn er ihn darum bat, aber er redete und scherzte nicht mehr mit ihm wie vor Henleys Verschwinden. Er telefonierte mit Leuten von der Arbeit, saß allein in seinem Heimbüro oder schweigend bei Robin. Die beiden saßen in den Sesseln, die auf das große Fenster mit Blick auf den Garten hinausgingen. Oder sie saßen draußen in der Kälte. Ihre Unterhaltungen waren leise und privat.

Seine Mom hatte genug gebacken, um eine große Bäckerei zu eröffnen. Jake bemerkte, dass Robin ihre Desserts nicht aß, aber sie bot sie jeder Person an, die zur Tür hereinkam. Jedes Mal, wenn ein Agent oder Polizist das Haus verließ, nahm er eine große Tüte mit Kuchen oder Gebäck mit. Im Moment hatte Special Agent Sanford ein dickes Stück Zitronenrührkuchen auf einem Teller vor sich. Robin hatte ihn nicht gefragt, ob er es wollte; sie hatte es ihm einfach mit seinem Kaffee serviert. Das war typisch für seine Mom. Sie kümmerte sich gern um Menschen und gab ihnen zu essen. Ihr Stress wegen Henley ließ ihr Bedürfnis, sich zu kümmern, exponentiell wachsen.

»Was ist mit Ihnen, Jake?«

Jake blinzelte Sanford an. Er hatte eindeutig etwas Wichtiges verpasst.

»Tut mir leid. Können Sie das wiederholen?«, Jake zuckte innerlich zusammen. Man hatte ihn beim Tagträumen erwischt, als er hätte zuhören sollen.

Sanford lächelte gequält. »Haben Sie bemerkt, dass etwas fehlt, seit Sie zu Hause sind? Es ist sicher etwas

schwierig, das zu erkennen, da Sie ein paar Monate weg waren; Dinge sind zwangsläufig nicht an ihrem Platz. Aber haben Sie sich die Sachen, die Ihnen wichtig sind, genau angesehen? Ich habe bemerkt, dass Sie eine Menge Sporttrophäen in Ihrem Zimmer haben. Sind sie alle da?«

»Äh, ich glaube schon. Ich werde nachsehen, aber ich denke, es würde auffallen, wenn eine fehlen würde. Da wäre eine Lücke.« Jake dachte angestrengt nach. Hatte er seine Regale überhaupt angesehen, seit er zu Hause war?

»Was ist mit draußen in der Garage? Haben Sie Sportausrüstung? Ich nehme an, Sie haben seit dem Sommer nichts davon benutzt. Würde es Ihnen auffallen, wenn die Sachen durcheinander wären?«, fragte Sanford. Seine Augen leuchteten auf, und er beobachtete Jake genau.

War das eine Fangfrage? Der Agent schien sehr an seiner Antwort interessiert zu sein.

»Sie haben recht. Ich habe mir das Zeug seit dem Sommer nicht mehr angesehen«, antwortete Jake und beobachtete die Reaktion des Agents.

»Ist ja nicht gerade Baseball-Saison, richtig?«, Sanford lächelte.

Kein Scheiß. »Es war zu kalt«, sagte Jake. »Und ich habe nicht daran gedacht, seit ich zu Hause bin. Ich habe so ziemlich nur geschlafen, bis Henley verschwunden ist.«

Sanford lächelte und nickte, als hätte Jake bestätigt, was er dachte.

Was ging hier vor? »Soll ich nachsehen gehen?«, fragte Jake.

»Sobald wir fertig sind.« Sanford lächelte wieder.

Jake mochte sein Lächeln nicht. Es war falsch. Den finsteren Mienen seiner Eltern nach zu urteilen, gefiel ihnen das Lächeln des Agents auch nicht.

»Die Frau, deren Minivan gestohlen wurde, erinnert

sich, einen Moment mit einem älteren Mann geplaudert zu haben, der auf ihrer Bank im Park saß«, erklärte Sanford und wechselte abrupt das Thema.

Die Erwachsenen am Tisch richteten sich in ihren Stühlen auf, ihre Konzentration stieg um zehn Stufen. Jake spürte die Spannung, die den Raum erfüllte.

»Konnte sie ihn gut beschreiben?«, fragte Lucas. »Was hat er zu ihr gesagt?«

Sanford raschelte mit seinen Papieren, was Jake nervte. Der Mann hatte eine Bombe im Raum platzen lassen und machte dann eine Pause, um alle auf die Folter zu spannen. Eine miese Tour, fand Jake. Sanford studierte ein Blatt aus seinem Stapel.

»Sie sagt, ein Mann saß für ein paar Minuten neben ihr und las einen Roman. Er machte ein paar höfliche Bemerkungen über die Kinder, fragte, ob sie sich auf Weihnachten freuten, solche Sachen. Es war ein windiger, kalter Tag, also war er warm eingepackt. Sie sagte, er trug Jeans und einen schweren, schwarzen Wollmantel, der sie an den Mantel eines Seemanns erinnerte.«

»Eine Cabanjacke«, schlug Lilian vor. »Mit einem breiten Kragen und Revers und Knöpfen vorne?«

Sanford nickte. »Genau. Er trug auch eine schwarze Strickmütze und eine Brille. Unsere Zeugin sagt, sie habe ihm nicht direkt in die Augen gesehen, weil er neben ihr saß und sie sich auf die Kinder konzentriert habe. Aber ihr ist aufgefallen, was er anhatte. Er hatte graue Haare und hätte sich rasieren müssen. Sie meinte, er habe mit der Mütze, dem Mantel und dem Dreitagebart wie ‚ein alter Seebär' gewirkt. Er ist vor ihr gegangen. Sie hatte ein schlechtes Gewissen, weil der Lärm der Kinder es ihm vielleicht schwer gemacht hatte, zu lesen.«

Etwas fügte sich in Jakes Kopf zusammen.

»Hatte er die Gelegenheit, an ihre Handtasche und an ihre Schlüssel zu kommen?«, fragte Robin.

Sanford nickte. »Sie glaubt schon. Sie sagte, sie musste den Kindern ein paar Mal bei der Rutsche auf dem Spielplatz helfen.«

Jake rang mit einer vagen Erinnerung. »Ein Seemann?«, fragte er.

Sanford nickte. »Sie hat nicht gesagt, dass er ein Seemann war. Sie sagte, sein Mantel und seine Mütze hätten sie an einen denken lassen.«

Jakes Gedanken rasten zurück. Er kratzte sich am Oberkopf.

»Was ist es, Jake?« Sanfords scharfer Blick war auf ihn gerichtet.

Jake kratzte sich erneut. »Ich weiß nicht. Das kommt mir bekannt vor …« *Wo hatte er jemanden wie ihn gesehen?*

»Haben Sie einen Mann gesehen, der so einen Mantel oder eine Mütze getragen hat? War es neulich im Supermarkt?«

Er schüttelte den Kopf. Das war es nicht. »Ich kann mich nicht erinnern. Vielleicht denke ich an etwas, das ich im Fernsehen gesehen habe.« Die vier Erwachsenen sahen ihn an und sein Kopf war wie leer gefegt. »Ich weiß nicht. Ich könnte mich irren.«

»Sie sind erst seit ein paar Tagen zu Hause«, sagte Sanford mit ruhiger Stimme. »Sie sagten, Sie waren nur im Laden und bei Ihrer Freundin McKenzie, richtig? Haben Sie so jemanden am Flughafen gesehen?«

Jake blickte zur Decke und dann zum Kronleuchter. Dann zu seiner Mom. Er konnte die Erinnerung nicht einordnen. »Nicht am Flughafen«, murmelte er. »Und der Mann, den Sie auf dem Video haben, war nicht so angezogen.«

»Genau. Er hatte einen schwarzen Mantel und eine schwarze Mütze, aber nicht so, wie die Frau im Park es beschrieben hat.«

Plötzlich machte es bei ihm Klick, das Bild war auf einmal klar in seinem Kopf.

Eine Welle der Aufregung durchströmte ihn und er beugte sich zu Sanford vor. »Ich hab's. Es war ein paar Wochen, bevor ich nach Hause kam. Ich ging gerade zum Wohnheim, als ein Auto neben mir hielt und ein Mann mir anbot, mich mitzunehmen.«

Sanfords Stift kritzelte über sein Papier. »Wie sah er aus?«

»Genau, wie Sie sagten. Die Strickmütze und ... eine Cabanjacke?« Jake sah Lilian an, die nickte.

»Erinnern Sie sich an den Fahrzeugtyp?«, fragte Sanford.

Jake durchforstete seine Erinnerung. Es war dunkel gewesen, spät am Abend. »Limousine. Viertürer. Nichts Besonderes. Ich erinnere mich nicht an die Marke, aber es war keine protzige Karre. Schöne Autos fallen mir auf, und ich hätte mich erinnert, wenn es ein Beamer oder so was gewesen wäre.«

»Verbeult? Neu?«

»Weder noch?« Jake rieb sich am Kinn. Das Auto war nur eine verschwommene Erinnerung. Er hatte ihm wirklich keine Beachtung geschenkt.

»Welcher Tag war das?«

Jake atmete tief durch. »Ich glaube ... ich kam gerade von ...« Sein Gehirn arbeitete auf Hochtouren. *Was hatte er gemacht? Josh war zuerst bei ihm gewesen ...*

»Pizza. Wir waren an einem Montagabend Pizza essen. Josh und ich. Er ist länger geblieben, weil eine andere Gruppe von Jungs reinkam, aber ich hatte am nächsten Morgen eine frühe Vorlesung, also bin ich gegangen.«

»Du bist allein nach Hause gelaufen? Im Dunkeln?«, fragte seine Mom.

Jake zuckte die Achseln. »Es ist sicher. Das macht dort jeder. Es ist nicht so weit.« Er wich dem furchterfüllten Blick seiner Mom aus. Hätte sie die Frage auch gestellt, wenn Henley nicht entführt worden wäre?

Jetzt war alles anders.

»Was hat er gesagt?« Sanford zog seine Aufmerksamkeit auf sich.

Jake dachte nach. »Er fuhr an den Bordstein heran, der Motor lief noch, ließ das elektrische Fenster runter und fragte, ob ich eine Mitfahrgelegenheit bräuchte.«

»Kam Ihnen das seltsam vor, da Sie nicht weit von Ihrem Wohnheim entfernt waren?«, fragte Sanford.

Jake nickte. »Ein bisschen. Die meisten Leute, die auf diesem Abschnitt zu Fuß unterwegs sind, wollen zu den Wohnheimen. Die brauchen für die kurze Strecke keine Mitfahrgelegenheit. Ich weiß nicht, warum er dachte, ich könnte weiter wegwollen. Ich habe ihm gesagt, nein danke und dass ich fast zu Hause sei.«

»Und dann?«

»Er sagte so was wie: ‚Oh, wohnen Sie im Wohnheim?' Und ich sagte ihm, ja.«

Lucas schüttelte den Kopf, während Robin nach Luft schnappte.

»Ich schätze, ich sollte so etwas nicht zu Leuten sagen, die ich nicht kenne. Das sehe ich jetzt ein«, sagte Jake. *Scheiße. Wie dumm war er eigentlich?*

»Jetzt sieht die Sache anders aus«, erklärte Sanford, und Lilian nickte. »Hat er noch mehr gesagt?«

»So was wie: ‚Schönen Abend noch' und ist davongefahren«, sagte Jake.

»Erinnern Sie sich, ob Sie auf das Nummernschild

geschaut haben? War es aus North Carolina oder vielleicht aus einem anderen Bundesstaat?«

»Ich erinnere mich nicht, hingeschaut zu haben«, sagte Jake. Er hatte ein geistiges Bild von Rücklichtern vor Augen, aber er sah das Kennzeichen dazwischen nicht. »Es hat mir ein bisschen Gänsehaut bereitet. Ich wollte nur noch zurück in mein Wohnheimzimmer. Ich bin losgejoggt, nachdem er weg war. Kam mir wie ein Idiot vor, weil ich gerannt bin.«

Sanford nickte und machte sich weitere Notizen. »Sie sagten, ein Montag. Wie lange her? Nicht letzten Montag, oder?«

»Nein, das ist schon ein paar Wochen her.«

»Mehr als einen Monat?«, fragte Sanford.

»Neeeein ... Ich glaube nicht, dass es so lange her ist. Vielleicht drei Wochen? Zwei Wochen kommt mir zu kurz vor.«

»Haben Sie in der Pizzeria ferngesehen oder Sport geschaut? Erinnern Sie sich, ob ein Spiel lief?«

»Da drin gibt es keinen Fernseher. Das wäre aber eine gute Möglichkeit gewesen, es herauszufinden.«

»Wie sieht es mit Klausuren oder Schulprojekten aus? Waren Sie essen, weil Sie fertig waren mit-«

»Das ist es!«, Jake beugte sich vor. »Wir hatten beide an dem Tag eine Geschichtshausarbeit abgegeben. Die war total beschissen. Abgabetermin war der Fünfte.« Er lächelte, als er sich in seinem Stuhl zurücklehnte, die Erinnerungen an den Pizzaabend waren glasklar.

»Gute Arbeit«, sagte Sanford. »Besteht die Möglichkeit, dass der Mann in der Pizzeria war, bevor Sie gegangen sind?«

Jake schüttelte langsam den Kopf. »Ich weiß nicht. Es war brechend voll, und ich habe nicht auf die Leute geachtet. Man sollte aber meinen, dass ein älterer Kerl auffallen würde. Die meisten Leute dort sind Studenten.« Jake erstarrte. »Krass. Glauben Sie, der Kerl hat versucht, mich ins Auto zu locken, um mich zu entführen? Am anderen Ende der Vereinigten Staaten? Das kann nicht sein!« Ein Schock durchfuhr ihn. *War er das Ziel des Entführers gewesen?*

»Wie viele Polizisten sind bei Robins Eltern bei den kleinen Mädchen?«, fragte Lucas. Robin wurde blass.

»Wir haben zwei Deputies aus Clackamas County bei ihnen zu Hause. Einer draußen und einer drinnen, zu jeder Zeit.«

»Sind sie in Sicherheit?«, fragte Robin. Sie rieb sich frustriert die Augen. »Ich will sie nach Hause holen, aber ich glaube nicht, dass sie diesem ganzen Stress ausgesetzt sein sollten, mit Agents und Polizisten die ständig im Haus ein- und ausgehen.«

»Denen geht's gut«, beruhigte Lucas sie. »Als ich gestern Abend mit ihnen telefoniert habe, haben sie sich kaum Zeit genommen, um Hallo zu sagen. Sie wollten schnell wieder mit deiner Mutter Plätzchen backen. Für den Moment sind sie dort genau richtig.«

»Ich weiß.« Robin wischte sich eine Träne weg. »Sie haben nicht einmal mit der Wimper gezuckt, als ich heute Morgen nach meinem Besuch wieder gegangen bin, aber sie fehlen mir.«

»Ich denke, Sie haben die richtige Entscheidung getroffen«, fügte Sanford hinzu. »Kinder haben feine Antennen. Sie würden merken, dass etwas nicht stimmt. Was halten Sie davon, heute Abend zur Mahnwache zu gehen?«

»Ich möchte hingehen«, sagte Robin und sah zu Lucas und Lilian, die beide zustimmend nickten. »Aber vielleicht sollte Jake zu Hause bleiben.«

»Och, Mama!« Jake wollte für Henley da sein. Er sah Sanford an. »Überall wird Polizei sein, oder? Es wird bestimmt sicher sein. Wer würde schon etwas direkt vor den Augen der Polizei versuchen? Und wir wissen doch gar nicht, ob jemand versucht hat, mich zu kriegen, richtig? Es könnte auch ein Zufall sein.«

Die Erwachsenen sahen Sanford an, der mit den Schultern zuckte. »Er hat recht. Er wird beschützt, egal ob er hingeht oder hierbleibt. Ich bin sicher, Special Agent McLane würde die ganze Zeit an seiner Seite bleiben. Ich werde mit ihr darüber reden.«

Jake nickte und lehnte sich in seinem Stuhl zurück. Er wusste, dass McLane seine Entscheidung unterstützen würde. Er würde sich nicht in seinem Zimmer verstecken, während die Gemeinde für seine Schwester betete.

~

MASON STAND MITTEN in seiner Garage und wartete darauf, dass Detective Duff Morales sein Telefon abnahm.

Denk nicht darüber nach. Sag es einfach.

Ava war in einer tiefen Diskussion mit Wells. Sie hatten sofort Sanford kontaktiert, um ihn über den fehlenden Schläger zu informieren, und die Spurensicherung zurückgerufen, um die Garage zu untersuchen. Mason beobachtete, wie sie seine Schränke sorgfältig untersuchten.

Scheiße. Die Garage würde eine Ewigkeit dauern. Und er musste nachsehen, ob noch etwas anderes fehlte. Im Grunde seines Herzens wusste er, dass der einzige fehlende Gegenstand der Metallschläger sein würde.

»Morales«, meldete er sich am Telefon.

»Hier ist Callahan. Haben Sie eine Minute?«

»Jep. Was gibt's?«

Mason hörte, wie sich Morales' Tonfall sofort abkühlte, und schloss die Augen. *Ich bin nicht der Feind.*

»Ich weiß, warum meine Abdrücke auf dem Schläger sind, der beim Mord an Josie benutzt wurde.«

»Und warum?«, fragte Morales und seine Stimme wurde lebhafter.

»Weil es meiner ist. Das FBI und ich haben vor zwanzig Minuten herausgefunden, dass er aus meiner Garage verschwunden ist. Wahrscheinlich sind auch die Abdrücke meines Sohnes drauf. Er hatte ihn öfter in der Hand als ich.«

»Ich habe den Bericht über den Schläger genau hier vor mir«, antwortete Morales. »Es gibt keine anderen Abdrücke außer Ihren.«

»Das ist unmöglich.« Mason war fassungslos. Er erinnerte sich, wie er den Schläger letztes Frühjahr aufgehoben und in die Garage gelegt hatte. Jake hatte alle Schläger, mehrere Handschuhe und eine Reihe von Bällen im Garten liegen gelassen, nachdem er ein paar Freunde zu Besuch gehabt hatte. »Da müssen mehr drauf sein. Möglicherweise sogar Abdrücke von ein paar seiner Freunde.«

»Nur Ihre.«

Jemand hat ihn abgewischt und meine Abdrücke platziert. Warum?

Mason schloss die Augen und drückte innerlich die Daumen, dass Ray sein Handy abnehmen würde. Die beiden FBI-Agents waren mit der Spurensicherung in seinem Haus. Er war in den Vorgarten geflüchtet, weil er nach der Meldung über den fehlenden Schläger etwas Luft brauchte.

Wer? Wer würde so etwas tun?

»Mase? Was gibt's?«, antwortete Ray endlich, gerade als Mason aufgeben wollte.

Mason konnte nicht sprechen. Sein Kopf war leer.

»Mason?« Lauter Jubel war durch die Leitung zu hören.

»Ray«, zwang Mason aus sich heraus. »Ich wollte gerade auflegen.«

»Sorry. Wir sind beim Fußballspiel von meinem Sohn. Ich habe mein Handy nicht gehört.«

»Scheiße, tut mir leid. Ich will dich nicht stören.«

»Nein. Passt schon. Was ist los?« Rays Stimme wurde intensiver und die Hintergrundgeräusche schwächten etwas ab.

Mason hielt inne. *Was wollte er sagen? Hilf mir, Ray. Mein Leben geht den Bach runter?*

»Bist du bei den Fairbanks?«, fragte Ray. Seine Stimme wurde schärfer und drängte auf eine Antwort.

Deshalb hatte er Ray angerufen. Er brauchte jemanden, der ihn kannte. Jemanden, der wusste, welche Fragen er stellen musste, denn er war eine Niete, wenn es darum ging, seine Gefühle auszudrücken. Ray kannte ihn besser als jede Ehefrau es je könnte.

»Nein. Ich bin zu Hause. Jemand war hier. Sieht so aus, als hätte Henleys Entführer eine Nachricht unter dem Napf meines Hundes hinterlassen.«

»Was?«

»Und jemand war in meiner Garage. Einer von Jakes Schlägern fehlt. Und es ist der Schläger, der bei Josie benutzt wurde. Der mit meinen Fingerabdrücken.« Es sprudelte alles aus ihm heraus. Er atmete tief durch, seine emotionale Last wurde plötzlich leichter.

»Heilige Scheiße.« Ray machte eine Pause. »Das war dein silberner Schläger? Bist du sicher?«

Mason wusste, dass Ray sich an den Anblick von Josies geschundener Leiche erinnerte. Genau wie er es schon unzählige Male getan hatte.

»Meiner ist weg und meine Abdrücke sind auf dem am Tatort. Aber Jakes Abdrücke sind nicht drauf. Das ist das

Seltsame. Er müsste zumindest ein paar Teilabdrücke darauf hinterlassen haben. Ich habe gerade mit Morales gesprochen. Ihm erzählt, was ich entdeckt habe.«

»Scheiße. Was stand in der Nachricht? Du hast gesagt, sie war unter dem Hundenapf? Das ist echt krank.«

»Ja, da stand, er hinterlässt keine Lösegeldforderungen.«

Ray schnaubte.

»Und ich kann den Hund nicht finden. Er hat sein Futter gestern Abend nicht gefressen.«

»Du glaubst, er hat den Hund mitgenommen?«, fragte Ray ungläubig. »Es ist ein Streuner, oder? Vielleicht ist er nach Hause gelaufen.«

»Ich hab da ein ganz mieses Gefühl.« Mason hatte einen stechenden Schmerz bei dem Gedanken, dass das unschuldige Tier misshandelt wurde, nur weil es sich in der Nähe seines Hauses aufgehalten hatte.

»Ich bezweifle, dass er deinen Hund mitgenommen hat. Aber der Schläger ... das ist der Wahnsinn. Heißt das ...« Ray brach ab, und Mason konnte die Zahnräder in seinem Kopf förmlich rattern hören. »Er deutet mit der Nachricht beim Hund an, dass er Henley entführt hat? Und davor hat er deinen Schläger genommen und Josie ermordet? Das können doch nicht zwei verschiedene Leute sein, die beschlossen haben, deinem Haus einen Besuch abzustatten.«

»Ich weiß«, sagte Mason. »Es verbindet den Mord an Josie und mich mit Henleys Fall.«

»Das ergibt keinen Sinn. Es gibt keine Gemeinsamkeit zwischen Josie und Henley.«

»Noch nicht.«

»Was meint das FBI dazu?«, fragte Ray.

»Sie fragen sich, was die Verbindung ist. Genau wie wir.« Mason schluckte schwer. »Was erzählt man sich auf dem

Revier über mich, Ray?« Es sollte ihm egal sein. Es sollte keine Rolle spielen, was ein Haufen Cops hinter seinem Rücken tuschelte.

Aber das tat es.

Er war fast fünfundzwanzig Jahre lang Bulle gewesen. Er war mit Leib und Seele Bulle. Er hatte seine Frau und den Großteil der Beziehung zu seinem Sohn aufgegeben, weil er den Job immer an die erste Stelle gesetzt hatte. Seine Integrität als Mensch und als Detective war alles, was ihm geblieben war. Wenn ihm das auch noch genommen würde …

»Verdammt, ich weiß es nicht.«

»Doch, tust du. Was wird so erzählt?«

Ray schwieg fünf Sekunden lang. »Alle sind fassungslos, aber keiner glaubt es. Sicher, es gibt Beweise, dass du dort warst, aber das beweist nicht, dass du Josie etwas angetan hast. Die Jungs stehen hinter dir, Mason.«

Mason atmete aus und fühlte sich leicht schwindelig, weil er die Luft angehalten hatte.

»Ich tue, was ich kann, Mason. Ich dränge darauf, dass jedes noch so kleine Beweisstück erneut untersucht wird. Ich habe mit den Technikern gesprochen, um sicherzustellen, dass alles korrekt gehandhabt wurde. Bisher scheint alles mit rechten Dingen zuzugehen, aber ich kämpfe für dich.«

»Danke. Das bedeutet mir wirklich was.« Und das stimmte.

»Hast du mit der Gewerkschaft gesprochen?«, fragte Ray.

»Jemand hat zweimal angerufen und mir auf die Mailbox gesprochen, dass ich zurückrufen soll.«

»Ruf sie zurück!«

»Ich habe keine Zeit. Ich will mich jetzt nicht damit

befassen. Ich versuche, mich auf Henley zu konzentrieren«, widersprach Mason. Er wollte nicht mit dem Gewerkschaftsvertreter reden. Er hatte keine Geduld für Bürokratie.

»Die werden ein Auge auf die Ermittlungen haben. Du musst sie wissen lassen, dass du beurlaubt wurdest.«

»Ich glaube, das wissen sie«, sagte Mason trocken. Die erste Nachricht von einem Gewerkschaftsvertreter war eine Stunde, nachdem Schefte ihm seine Waffe abgenommen hatte, gekommen. Er nahm an, Schefte hatte sie informiert.

»Das ist dein Job, Mason.«

Es ist mein Leben. Ohne meinen Job habe ich nichts. »Ja, erzähl mir was Neues.«

»Die werden bei dir auf der Matte stehen, wenn du sie nicht zurückrufst.«

»Dann rede ich eben dann mit ihnen. Hast du heute Morgen die Zeitung gesehen?«

»Ja, Jill hat sie mir gezeigt. Wenigstens steht dein Name nicht drin.«

»Aber wie lange noch? Dieser Artikel schreit doch förmlich nach bohrenden Fragen«, sagte Mason.

»Keiner auf dem Revier wird einem Reporter deinen Namen geben.«

Mason schnaubte. »Und ob. Mir fallen auf Anhieb drei Typen ein, die mich liebend gerne untergehen sehen würden.«

»Du musst lernen, netter zu den Leuten zu sein. Hör auf, Brücken hinter dir abzubrechen, wenn dich jemand anpisst.«

»Ich bin nicht besonders gut darin, die andere Wange hinzuhalten«, gab Mason zu.

»Kein Scheiß. Mach dir keine Sorgen. Wenn es passiert, dann passiert es. Du wirst irgendwann entlastet.«

»Nachdem sie meinen Kopf auf einem Spieß gefordert

haben.« Mason rieb sich die Stirn. Vielleicht war es an der Zeit, in den Ruhestand zu gehen. Eine kleine, ruhige Hütte an der Küste oder oben auf Mt. Hood. Irgendwo, wo es keine Menschen gab.

Er würde sich innerhalb eines Monats zu Tode langweilen.

»Was ist Scheftes Haltung?«, fragte Mason, nicht sicher, ob er die Antwort hören wollte.

»Er hält sich strikt an die Vorschriften. Macht alles nach Protokoll.«

»Das weiß ich. Aber was sagt er?«

»Nichts.«

»Scheiße.«

»Ich weiß. Ich hätte erwartet, dass er den Leuten zumindest sagt, sie sollen keine voreiligen Schlüsse ziehen. Er war die ganze Zeit merkwürdig still. Ich habe versucht, ihn darauf anzusprechen, und er hat mir gesagt, das ginge mich nichts an und ich solle mich wieder an die Arbeit machen.« Ray war wütend. »Wenn mein Partner mich nichts angeht, was dann?«

»Danke, Mann.« Mason wusste nicht, was er von Scheftes Reaktion halten sollte. Gab es jemanden von weiter oben, der ihn unter Druck setzte? Ihm sagte, er solle den Mund halten? »Was ist mit der Internen?« Die Interne Ermittlung hatte sich noch nicht bei ihm gemeldet, aber es war unvermeidlich.

»Wenn sie herumschnüffeln, habe ich noch nichts gehört oder gesehen.«

»Das werden sie.«

»Alles, was sie finden werden, ist, dass du niemanden getötet hast. Wir alle wissen das, Mason.«

»Ja, aber warum muss ich beweisen, dass ich es nicht getan habe? So sollte es eigentlich nicht laufen.« Er atmete aus. »Das saugt mir das Leben aus dem Leib. Ich weiß nicht, was ich tue, wenn …«

»Ich weiß.«

Ray wusste es. Ray verstand, dass Masons Leben einfach war. Arbeit und … nicht viel mehr. Und er wusste, dass Masons Integrität ihm alles bedeutete. Wenn sie ihm durch den Verlust seines Jobs genommen würde, wäre er am Boden zerstört.

»Du musst für die Fairbanks stark bleiben«, sagte Ray. »Ich kann mir die Hölle, durch die sie gerade gehen, gar nicht vorstellen.«

»Es ist schrecklich. Sie laufen herum wie Zombies. Das Warten ist das Schlimmste. Nicht zu wissen, was mit ihr passiert ist.« Ray hatte recht. Seine Probleme waren nichts im Vergleich zum Verlust eines Kindes. Was würde er tun, wenn es Jake gewesen wäre? Und nach dem Anruf von Sanford vor ein paar Minuten zu urteilen, war Jake möglicherweise selbst nur knapp einer Entführung entgangen. Er erzählte Ray Jakes Geschichte von seiner Begegnung am College.

»Sie glauben, es war derselbe Typ?«, fragte Ray. »Am anderen Ende des Landes?«

»Sie müssen es in Betracht ziehen. Die Beschreibungen sind sich wirklich ähnlich.«

»Aber warum Jake? Henleys Alter deutet darauf hin, dass sie von einem Pädophilen mit einer Vorliebe für junge Mädchen entführt worden sein könnte. Normalerweise passen ausgewachsene Männer nicht in deren Beuteschema.«

»Verdammt, Ray.« Mason würgte ein wenig. Er hatte versucht, den Gedanken an einen Pädophilen im Fall Henley zu vermeiden. Ja, es bestand eine gute Chance, dass sie von so jemandem geschnappt worden war, und das FBI suchte immer noch intensiv nach bekannten Pädophilen in der Gegend.

»Tut mir leid. Aber es ist wahr. Ich sehe nicht, wie jemand, der Jake eine Frage stellt, mit der Entführung eines elfjährigen Mädchens an der entgegengesetzten Küste zusammenhängt.«

»Ich weiß, wie unwahrscheinlich das klingt. Aber du musst berücksichtigen, dass auch jemand seinen Koffer gestohlen hat. Irgendetwas scheint um ihn herum vorzugehen. Das FBI wird das nicht ignorieren«, sagte Mason. »Jemand weiß, wo Jake studiert und wann er nach Hause geflogen ist. Und dieselbe Person könnte einen Minivan gestohlen und dann Henley entführt haben? Jemand weiß eine Menge über meine Familie.«

»Die Profiler des FBI werden durchdrehen, wenn sie diese Informationen kriegen«, fügte Ray hinzu.

Special Agent Euzent musste das Profil ihres Entführers aktualisieren. Was sagte es über ihren Entführer aus, wenn er einen Jungen im College-Alter *und* ein junges Mädchen wollte? Was für ein Mensch verbrachte seine Zeit damit, die kleinsten Details der täglichen Bewegungen von jemandem zu recherchieren?

»Das wird dazu führen, dass die Meinungen über Henleys Entführer aus allen möglichen Richtungen kommen werden«, sagte Ray. »Aber was wirst du tun? Wirst du um deinen Job kämpfen oder dich zurücklehnen und die Ermittlungen im Fall Josie einfach ihren Lauf nehmen lassen?«

»Ich kann verdammt noch mal nicht viel tun. Ich behaupte, unschuldig zu sein. Ich gebe ihnen alle Beweise, die sie wollen. Und ich versuche, mir nicht die Pulsadern aufzuschneiden. Ich weiß nicht, was du mit ›kämpfen‹ meinst. Nein, ich werde mich nicht einfach kampflos geschlagen geben und mich von denen ficken lassen wie eine besoffene Hure, aber welche Schritte kann ich denn unternehmen?«

»Nimm dir einen Anwalt«, sagte Ray bestimmt.

»Ich mag keine Anwälte.«

»Ich auch nicht. Aber du brauchst einen. Wenn dein Name in der Zeitung auftaucht, brauchst du jemanden, der deine Interessen schützt.«

»Was zum Teufel soll das heißen?« In Mason begann es zu brodeln. »Das sagen die Leute ständig. Ich habe keine Interessen. Ich habe ein Leben. Und das kann man mir nicht wegnehmen. Wenn sie mich eines Verbrechens anklagen, werde ich mir einen Anwalt nehmen. Aber du und ich wissen, dass es nicht so weit kommen wird. Das kann es nicht, weil ich das Verbrechen nie begangen habe.«

»Haben wir noch nie unschuldige Leute verhaftet?«, fragte Ray.

»Ich nicht. Jedenfalls nicht mit Absicht.«

Ray seufzte. »Ich glaube, du schätzt die Lage völlig naiv ein. Ich bitte dich nur, auf dich selbst aufzupassen, okay?«

»Das tue ich immer. Aber ehrlich gesagt, im Moment interessiert es mich mehr, Henley Fairbanks zu finden.«

»Jeder will Henley finden. Allein während des Spiels, das ich gerade schaue, haben mich drei Leute auf den Fall angesprochen. Sie ist zu jedermanns Kind geworden. Das ist allen verdammt wichtig. Es mag traurig sein, aber es scheint eine größere Rolle zu spielen, weil diese Woche Weihnachten ist.«

Mason hatte vergessen, dass in ein paar Tagen Weihnachten war. Wie konnte das passieren, wo er doch jeden Morgen an Robins Baum vorbeigegangen war? Hatte sein Verstand das einfach ausgeblendet? Er blickte zum Haus seines Nachbarn auf der anderen Straßenseite. Lichter,

Rentiere und ein Schlitten. Sie hatten sich mit der Dekoration für die Feiertage immer mächtig ins Zeug gelegt. Er hatte keine Lichterketten mehr aufgehängt, seit Jake ganz klein gewesen war.

»Ich muss mich für die Mahnwache heute Abend fertig machen«, sagte Mason. »Ich werde ein paar Worte für die Familie sagen. Du weißt schon, so nach dem Motto ‚Bleibt stark und bringt sie bitte zurück'.«

»Alles, was ich mir zu Weihnachten wünsche«, sagte Ray leise.

»Jep. Das ist alles, was sich dieses Jahr jeder wünscht.«

17

SEIT 60 STUNDEN VERMISST

Ava zog ihren Mantelkragen zum Schutz vor der Kälte hoch über Nase und Mund. Neben ihr tat Jake es ihr gleich und schien in seinem dicken Mantel zu versinken. Seit einer halben Stunde beobachteten sie, wie die Menschenmenge auf der Grünfläche am Flussufer wuchs, während die Organisatoren Kerzen mit kleinen Plastikschalen verteilten, um die Wachstropfen aufzufangen. Sie und Jake hatten beide eine Kerze genommen, doch Mason hatte den Kopf geschüttelt. Er wirkte angespannt.

Kein Wunder. Er stand kurz davor, zur Presse zu sprechen, und hatte gerade erst erfahren, dass eine Mordwaffe aus seiner Garage stammte. Er hatte die Fassung bewahrt, als er ihr und Wells die Bedeutung des fehlenden Schlägers erklärt hatte. Er hatte den Schläger am Tatort gesehen, sich aber nicht viel dabei gedacht. Tausende von Leuten besaßen die gleiche Art von Schläger.

»Distanziert« war eine gute Beschreibung für ihn. Bei sich zu Hause hatte er sein Handy gezückt und sofort den zuständigen Detective informiert. Während sie zuhörte, war Ava klargeworden, dass er genauso gut über irgendeinen anderen Fall hätte sprechen können, so monoton wirkte er. Aber das hier war sein Leben, und er wurde immer tiefer in den Fall der ermordeten Prostituierten hineingezogen.

Ava wusste, wie einfach es war, Fingerabdrücke zu platzieren. Mit der richtigen klebrigen Substanz und einem sauberen Abdruck zum Abnehmen waren sie leicht übertragbar. Und es schien, als hätte jemand genau das mit Masons Fingerabdrücken getan. Sie hoffte, die Detectives würden etwas finden, das Mason aus dem Fokus der Ermittlungen rückte. Er hatte es nicht verdient, fälschlicherweise für den Tod der Frau beschuldigt zu werden. Obwohl ihn noch niemand formell beschuldigt hatte. Sie hatten ihn bis auf Weiteres vom Dienst suspendiert. Das bedeutete nicht, dass sie ihn für den Täter hielten; sie befolgten lediglich die Vorschriften.

Mason wusste das und erwartete nichts anderes von seinem Arbeitgeber. Das hieß aber nicht, dass ihm das Ganze gefallen musste.

ASAC Ben Duncan gab Mason ein Zeichen, sich zu ihm und drei anderen Agents näher an die Bühne zu gesellen, auf der für die Pressekonferenz ein einzelnes Mikrofon auf einem Ständer stand. Jake klopfte seinem Vater auf den Rücken, und Ava wurde bewusst, dass sie noch nie ein körperliches Zeichen der Zuneigung zwischen den beiden gesehen hatte. Mason blickte zu seinem Sohn zurück und nickte. Ava schloss daraus, dass der Klaps und das Nicken eine tiefe Bedeutung zwischen den beiden hatten. Sie schenkte Jake ein Lächeln und schaute an ihm vorbei zu

Robin, Lucas und Lilian. Lilian hatte zur Unterstützung eine enge Freundin mitgebracht, und die beiden Frauen standen Arm in Arm da und sprachen mit gedämpften Stimmen.

Die Organisatoren der Mahnwache hatten einen kleinen Tisch mit Kaffee aufgestellt, und über einem zweiten Tisch hing ein riesiges Spruchband. KOMM HEIM, HENLEY, stand darauf in großen Buchstaben. Die Anwesenden schrieben abwechselnd kurze Botschaften der Hoffnung auf das Banner. Mütter aus Henleys Schule umarmten Eltern und andere Kinder. Auf den meisten Gesichtern glänzten Tränen. Eine kleine Gruppe von Leuten blieb stehen, um mit den drei Eltern zu sprechen, und Ava und zwei weitere Agents beobachteten die Fremden sorgfältig. Sie hatten mit den drei Eltern ein Handzeichen ausgemacht, das sie geben sollten, wenn sie von jemandem angesprochen wurden, den sie nicht kannten. Bisher hatten sie jeden Erwachsenen gekannt, der angehalten und Henleys sichere Rückkehr gewünscht hatte.

Es war eine eng verbundene Gemeinschaft.

Der Kontakt mit der Öffentlichkeit tat Robin gut. Sie hielt das Kinn erhoben und sprach mit jedem Erwachsenen, der anhielt, um mit ihr zu reden oder sie zu umarmen. Es schien, als würde sie Kraft aus der Anteilnahme der Menschen schöpfen. Bei Lilian war es das Gegenteil. Sie zog sich zurück und verließ sich darauf, dass ihre Freundin die Anwesenden begrüßte. Sie sah aus, als wollte sie am liebsten verschwinden. Ava bemerkte, dass Lilian ihre Position veränderte, um Lucas im Blick zu behalten, und sie blickte häufig zu ihm hinüber. Avas Verdacht bezüglich der Gefühle der Frau für ihren Ex-Mann erhärtete sich.

Spar dir die Mühe, Lilian. Jeder kann sehen, wie sehr er sich Robin verpflichtet fühlt.

Vielleicht vermisste Lilian einfach nur, was sie einmal gehabt hatten. Robin und Lucas waren bezaubernd zusammen. Sie berührten sich häufig und wechselten Blicke. Ava hätte für eine solche Beziehung getötet.

ASAC Ben Duncan trat ans Mikrofon. Die Bühne stand auf der dem Banner und dem Kaffee gegenüberliegenden Seite der grasbewachsenen Lichtung. Die lokale Presse hatte ihre Kameras aufgebaut, um einen guten Blick auf die Bühne und die Menge zu haben. CNN und Fox News hatten sich zu den lokalen Sendern gesellt. Ava seufzte angesichts all der Kameras, aber jede Öffentlichkeit für Henley konnte hilfreich sein. Es waren die überregionalen Medien gewesen, die die Nachricht schnell verbreitet hatten, als ein sechzehnjähriges Mädchen in Kalifornien entführt worden war, was dazu geführt hatte, dass sie in Idaho von Fremden erkannt wurde. Das Geiselrettungsteam des FBI hatte den Entführer aufgespürt und das Mädchen gerettet.

Ava betete für dasselbe erfolgreiche Ende für Henley.

»Entschuldigen Sie, Leute«, ertönte Duncans Stimme aus dem Mikrofon. Die Menge wurde sofort still und wandte sich ihm zu, ihre Kerzen flackerten im Dämmerlicht. »Wir werden uns ein paar Minuten Zeit nehmen, um Sie über den Fall Henley auf den neuesten Stand zu bringen. Dann werden wir ein paar Fragen beantworten.« Er betonte das Wort »paar« und musterte die Reporter. Duncan war ein Naturtalent vor der Presse. Er gebot ihren Respekt, und sie zollten ihn ihm.

»Letzte Nacht haben wir jemanden verhaftet, der nichts mit Henleys Verschwinden zu tun hat. Diese Person hat zu ihrem eigenen Vorteil eine gefälschte Lösegeldforderung inszeniert und damit wichtige Ressourcen von der Suche nach Henley abgelenkt.« Duncan blickte die Menge streng an. »Henley hat keine Zeit dafür, dass wir uns von Idioten ablenken lassen. Wir wollen handfeste Hinweise, nicht die erfundene Geschichte von irgendjemandem. Wir haben uns neu formiert und machen weiter, indem wir jedem Hinweis nachgehen, der in unserer Kommandozentrale eingeht. Ich bitte Sie, wachsam zu sein und die Augen nach diesem kleinen Mädchen offenzuhalten. Wir brauchen nur den richtigen Tipp von einem aufmerksamen Mitglied der Gemeinschaft, um sie zu finden.«

»Das ist Mason Callahan, der Sprecher der Familie Fairbanks.« Duncan trat zurück und winkte Mason nach vorne. Mason nahm seine Mütze ab und nahm Blickkontakt mit mehreren Leuten im Publikum auf. Ava spannte sich an, sie wünschte sich so sehr, dass er es für die Familie gut machen würde.

»Ich bin hier, weil gute Menschen von einer Tragödie heimgesucht wurden«, begann Mason. Seine Stimme war klar und tief, seine bodenständige Art zu sprechen fesselte das Publikum auf der Stelle. »Etwas Böses hat unsere Gemeinschaft heimgesucht und Wunden in die Herzen aller hier gerissen. Henley Fairbanks ist jedermanns Kind. Ihre Söhne und Töchter mögen sicher an Ihrer Seite sein, aber bis wir Henley nach Hause bringen, wird niemand Frieden finden. Ihr besonderes Licht fehlt.«

Er hielt inne und sah auf seine Stiefel hinab. Ava hörte Schniefen um sich herum und bemerkte, dass auch ihr die Tränen kamen. Mason blickte auf und sein Blick traf ihren. Sein Gesicht verschwamm hinter ihren Tränen.

»Lilian, Lucas und Robin wissen Ihre Anwesenheit und Ihre Gebete für die sichere Rückkehr ihrer Tochter zu schätzen. Kein Vater und keine Mutter verdient es, das durchmachen zu müssen, was sie in den letzten Tagen erlebt haben. Und kein Kind sollte jemals aus der Geborgenheit der Arme seiner Eltern gerissen werden.« Wut schwang in seiner Stimme mit, und die Menge hing an jedem seiner Worte.

Er ist ein Naturtalent.

»Ich wiederhole, was Ben Duncan gesagt hat. Seien Sie wachsam. Prägen Sie sich die Gesichter der Kinder ein, denen Sie begegnen. Henleys Gesicht sollte sich in Ihr Gedächtnis einbrennen. Einer von Ihnen wird etwas sehen, das die Behörden zu ihr führen wird. Und wir könnten uns keine bessere Truppe für die Suche nach Henley wünschen. Die schnelle Reaktion des Sheriff's Office von Clackamas County, der Polizeibehörde der Stadt Lake Oswego und des FBI ist beispiellos. Diese Helden waren sofort vor Ort und haben Tag und Nacht gearbeitet, um Henley zu finden. Wenn ein Polizist hört, dass ein Kind vermisst wird, ist es egal, für wen er arbeitet, er gibt 110 Prozent. Und genau das hat die Familie Fairbanks erfahren. Wir werden auf ewig dankbar sein.«

Mason warf einen letzten, schweifenden Blick in die Menge, trat zurück und setzte seinen Hut wieder auf. Duncan gab Sanford ein Zeichen, der an das Mikrofon trat. Mason stieg von der Bühne und bahnte sich seinen Weg durch die Menge auf Ava und die Familie zu.

»Ich bin Special Agent Sanford vom FBI und werde ein paar Fragen beantworten«, erklärte Sanford mit klarer Stimme. Die emotionalen Worte waren verklungen, und Sanford lenkte die Stimmung in der Menge wieder auf die eigentliche Angelegenheit. Ava klinkte sich aus, als Mason sich näherte.

Er warf ihr einen fragenden Blick zu, und sie nickte ihm zu, kaum fähig, Worte zu bilden. »Sie haben das gut gemacht«, flüsterte sie.

»Gute Arbeit, Dad«, sagte Jake. Er umarmte seinen Vater lange und bei dem liebevollen Ausdruck auf Masons

Gesicht kamen Ava die Tränen. Er hielt sich an seinem Sohn fest. »Du hast die ganze Menge zum Weinen gebracht.«

»Danke, Mason«, sagte Robin. Sie trat vor und gab ihm einen schnellen Kuss auf die Wange. Mason sah ihr nach, wie sie zu ihrem Mann zurückging, der einen Arm um sie und Jake legte und sie in einer Familienumarmung an sich zog. Ava spürte einen Stich im Magen bei dem sehnsüchtigen Blick in Masons Augen, als er die drei betrachtete.

Er vermisst es, eine Familie zu haben.

Zuerst hatte sie gedacht, er würde seine Ex-Frau ansehen, aber sein Blick war auf Jake und Lucas und ihre Vertrautheit gerichtet. Er schaute weg zu den wenigen Booten, die den Willamette River hinter ihnen säumten. Ohne nachzudenken, berührte Ava seinen Arm. Er sah sie an, mit Augen, die einem geschundenen Tier gehörten. Innerlich war er zerrissen. Sein Job, sein Kind, Henley. Was würde das Leben ihm noch zumuten?

Ava versuchte zu lächeln, aber es gelang ihr nicht. Für einen kurzen Moment hatte er alles offengelegt und eine zutiefst leidende Seite von sich gezeigt, die sonst niemand zu sehen bekam. Er tätschelte ihre Hand auf seinem Arm, und seine Gefühle waren verschwunden. Er war wieder im Cop-Modus. Im Beschützermodus.

Für einen Moment hatte sie sein wahres Ich gesehen.

Sein Schmerz ließ ihr das Herz brechen.

Unter diesem vorschriftsmäßigen, harten Cowboy verbarg sich ein Gentleman mit einem großen Herzen.

Sanfords Stimme drang in ihre Gedanken, und Ava blickte wieder zu ihm. Der Agent redete monoton weiter und beantwortete die Fragen der Presse mit Antworten, die viel sagten, aber nichts Neues. Sie hatten sich darauf geeinigt, Jakes Begegnung mit dem Mann auf dem College-

Campus nicht zu erwähnen. Sanford hielt ein großes Foto des Minivan-Typs hoch, nach dem sie immer noch suchten, zusammen mit dem Kennzeichen.

Es war immer noch ihre beste Spur.

Avas privates Handy summte. Legacy Emanuel Hospital leuchtete auf ihrem Display auf. Neugierig trat sie von der Familie weg und nahm ab.

»Spreche ich mit Ava McLane?«, ertönte die Stimme einer unbekannten Frau.

»Ja, das bin ich.«

»Ich rufe von der Notaufnahme des Emanuel Hospitals an. Ihre Schwester, Jayne McLane, ist hier. Sie hatte einen Autounfall. Sie hat darum gebeten, dass Sie kontaktiert und über ihren Zustand informiert werden.«

»Was? Ist sie in Ordnung? Was ist passiert?« Avas Herz setzte aus.

»Sie hatte einen Autounfall, Ma'am«, wiederholte die Frau. »Sie ist bei Bewusstsein und auf dem Weg in die Radiologie. Sie ist übel zugerichtet. Möglicherweise einige Knochenbrüche und eine Gehirnerschütterung. Wir werden bald mehr wissen.«

»Wie ist es passiert? Wer ist gefahren?« Wenn Jayne bei irgendeinem betrunkenen Freund mitgefahren war, würde Ava ihr den Hals umdrehen.

»Das weiß ich nicht, Ma'am. Lassen Sie mich nachsehen, ob der Officer, der mit ihr hereingekommen ist, noch da ist.«

Die Polizei hat sie begleitet?

Ava wartete und lief in einem kleinen Kreis auf und ab. Mason sah sie fragend an, aber Ava zwang sich zu einem Lächeln und schüttelte den Kopf. Eine Männerstimme meldete sich. »Hier ist Officer Suarez. Spreche ich mit Jayne McLanes Schwester, Ava McLane?«

»Ja. Was ist passiert?«

»Ihre Schwester ist in der Innenstadt bei Rot über eine Ampel an der Tenth Avenue gebrettert und hat ein anderes Auto gerammt. Sie kann von Glück reden, dass die anderen Leute nicht verletzt wurden.«

»Sie ist gefahren?«, quiekte Ava.

»Ja, Ma'am.«

»War noch jemand in ihrem Wagen?«

»Es gab einen männlichen Beifahrer. Ihm scheint es gut zu gehen. Er wird aber auch durchgecheckt.«

Ava seufzte. Das war der Grund, warum sie Jayne ihr Auto nicht lieh. Hoffentlich hatte der Mann eine gute Versicherung.

»Es tut mir leid, aber Ihre Schwester wird verhaftet, sobald das Krankenhaus sie entlässt, weil sie trotz entzogenem Führerschein gefahren ist.«

»Soll das ein Witz sein? Ihr Führerschein wurde entzogen? Davon wusste ich nichts.« Konnte Jayne die Dinge noch schlimmer machen?

»Ja, wegen einer früheren Trunkenheitsfahrt.«

Ava schloss die Augen. Alkohol. Natürlich. »War sie dieses Mal auch betrunken?«

»Wir haben einen Blutalkoholtest angeordnet. Sie war am Unfallort nicht in der Verfassung für einen Atemalkoholtest.«

»Glauben Sie, sie war betrunken?«, bohrte Ava nach.

Suarez zögerte. »Ich konnte Alkohol in ihrem Atem riechen, deshalb habe ich den Test angeordnet. Wir werden es erst wissen, wenn wir die Laborergebnisse zurückbekommen.«

Definitiv betrunken. Jayne, wo bist du da nur hineingeraten? Ava wollte ihre Schwester anschreien. Und sie schütteln. Ihr etwas Verstand einprügeln.

»Das Fahrzeug wird auf dem Polizeiparkplatz sein. Sie

können anrufen, um herauszufinden, wann es freigegeben wird«, erklärte Suarez.

Ava blinzelte. Ein Gefühl des Unheils kroch ihr den Rücken hinauf. »Ich will mich nicht um das Auto kümmern. Gehört das Auto nicht dem Beifahrer?«

»Äh ... nein. Der Wagen ist auf Ava McLane zugelassen. Das sind Sie, oder? Besitzen Sie einen schwarzen Honda Accord?«

Ja, den besaß sie.

BEI DER MAHNWACHE hatte Mason beobachtet, wie Ava einen Anruf erhielt und dem Anrufer gegenüber beinahe an die Decke gegangen wäre. Sie war höflich geblieben, aber Mason war froh, dass die Person am anderen Ende ihre Körpersprache und ihren Gesichtsausdruck nicht sehen konnte. Es war genug gewesen, um ihn dazu zu bringen, zu blinzeln und genau hinzuhören. Eine Minute später hatte sie ihn gebeten, sie ins Krankenhaus zu fahren, weil sie befürchtete, einen Unfall zu verursachen.

Mason folgte ihr, als sie anhielt, um sich bei ASAC Ben Duncan zu melden. »Meine Schwester hatte einen Autounfall und liegt im Krankenhaus. Ich muss dorthin«, sagte sie ihm ohne Umschweife.

Duncan nickte. »Ich werde die ganze Nacht über zusätzliche Männer bei den Fairbanks' postieren, falls die Pressekonferenz etwas aufgewirbelt hat. Nimm dir so viel Zeit, wie du brauchst, und melde dich später bei mir.«

Als sie in Masons Auto saßen, erklärte Ava, dass ihre Zwillingsschwester ihr Auto gestohlen und zu Schrott gefahren hatte.

»Wie ist sie an den Wagen gekommen?«, fragte Mason,

während er sein Fahrzeug durch die ruhigen Straßen der Innenstadt von Portland lenkte.

»Ich habe da so eine Ahnung.« Ava wühlte in ihrer Handtasche. »Meine Honda-Schlüssel sind weg. Verdammt sei sie! Sie hat meine Handtasche ausgeschüttet, als ich sie vorhin abgesetzt habe, und da muss sie sie sich geschnappt haben.«

Mason war fassungslos. »Sie hat Ihre Schlüssel gestohlen?« *Ihre Zwillingsschwester bestahl sie? Was für eine Beziehung hatten die beiden?*

Ava lehnte den Kopf gegen die Fensterscheibe und bedeckte ihr Gesicht mit einer Hand. »Ich bringe sie um. Es ist mir egal, wie schwer sie verletzt ist. Das ist das letzte Mal, dass ich sie mir das antun lasse.«

»Das letzte Mal? Hat sie das schon einmal getan?«

»Nicht direkt.« Ava seufzte. »Letztes Mal hat sie meinen Fernseher und die Mikrowelle kaputt gemacht, als ich sie bei mir wohnen ließ. Ich musste mir die persönliche Regel auferlegen, sie nie wieder unter meinem Dach schlafen zu lassen. Oder auch nur zu Besuch kommen zu lassen. Ich gebe mir alle Mühe, sie woanders zu treffen, wenn sie mich sehen will.«

»Das verstehe ich nicht«, sagte Mason langsam. »Was stimmt nicht mit ihr?«

Ava war still. »Es ist kompliziert«, sagte sie schließlich.

»Das sehe ich.« *Sollte er nachhaken?* Er war nicht der Typ, der neugierig war, aber schon zweimal hatte er erlebt, wie Ava durch das Verhalten ihrer Schwester aus der Fassung gebracht wurde. Er biss sich auf die Lippe, überwältigt von dem Wunsch zu erfahren, was im Leben der FBI-Agentin vor sich ging. Sie war all dem Mist ausgesetzt gewesen, der ihn in den letzten Tagen umgeben hatte. Jetzt war er an der Reihe, einen Blick auf das zu erhaschen, was die sonst so ruhige und coole Agentin aus der Fassung brachte.

Ava wandte sich ihm zu. »Haben Sie jemals jemanden geliebt, und die Existenz dieses Gefühls lag völlig außerhalb Ihrer Kontrolle? Jemand, der Sie in- und auswendig kennt? Jemand, der Ihnen näher ist als jeder andere auf der Welt? Diese tiefe Seelenverbindung, bei der man körperlich spürt, wie derjenige sich in der Welt bewegt?«

Sie hielt inne und er spürte, wie sie sein Profil anstarrte. Er hatte Angst, sie direkt anzusehen. Es könnte sie dazu bringen, mit dem Reden aufzuhören.

Hatte er das? »Nein. Nicht einmal in meiner Ehe«, antwortete er ehrlich. »Die Person, die mich am besten kennt, ist mein Partner, Ray. Aber selbst er weiß nicht alles.«

Sie nickte und sank auf ihrem Sitz zurück. »Man kann es nicht verstehen, wenn man keinen Zwilling hat. Es gibt keine andere Verbindung wie diese. Wir haben alles geteilt. Als wir Kinder waren, nahm sie sich, was mir gehörte, genauso wie ich mich an dem bediente, was ihr gehörte. Es gab keine Trennung zwischen uns. Aber als Erwachsene muss es Grenzen geben. Ich habe diese Grenzen gelernt, als ich aufs College ging. Jayne nie. Sie verhält sich so, als wären wir immer noch zwölf.«

»Also ist Ihr Auto ihr Auto, und sie glaubt, dass daran nichts falsch ist«, vermutete Mason.

»Genau. In ihren Augen bin ich egoistisch, weil ich ihr mein Auto vorenthalte, während sie glaubt, dass die Hälfte davon ihr gehört.«

»Obwohl Sie dafür bezahlt haben. Versteht sie das nicht?«

»Nein«, sagte Ava. »Sie kann etwas, für das sie nie bezahlt hat, keinen Wert beimessen. Sie ist furchtbar im Umgang mit Geld. Sie hat in ihrem Leben noch nie einen

Cent gespart und flattert von Job zu Job und von Mann zu Mann. Sie benimmt sich so, als ob die Welt ihr alles schuldig wäre.«

»Und Sie schulden ihr alles, wofür Sie sich den Arsch aufgerissen haben«, sagte Mason. Ein Bild ihrer Zwillingsschwester begann sich in seinem Kopf zu formen. Eine Narzisstin. Eine Frau, die glaubte, die Welt sollte sich um sie drehen. Er hatte solche Frauen getroffen, vielleicht sogar ein paar gedatet. Wie musste es sein, mit einer dieser Frauen als Schwester aufzuwachsen? Als Zwillingsschwester?

»Dann sind da noch die Süchte. Sie wurde wegen Meth-Konsums und des Verkaufs von Oxy verhaftet. Ich kann nicht mehr zählen, wie oft sie wegen Trunkenheit und Ruhestörung aufgegriffen wurde. Sie ist nicht nur oft betrunken, sie ist auch eine üble Trinkerin. Sie war schon in jedem Reha-Programm, das es gibt. Zwei davon habe ich bezahlt und dann ‚nie wieder' gesagt. Aber alle sechs Monate kommt sie mit einem neuen an. ‚Ich weiß, dass es diesmal klappen wird', behauptet sie. Aber wie sollen sie funktionieren, wenn sie sich keine Mühe gibt? Sobald sie zur Tür hinaus ist, macht sie weiter wie bisher.«

»Das muss hart für Sie sein«, antwortete Mason.

»Es zerreißt mich«, sagte sie mit leiser Stimme. »Sie ist ein Teil von mir. Sie ist ich. Wenn ich sie so sehe, zeigt mir das, wer ich wäre, wenn ich andere Entscheidungen in meinem Leben getroffen hätte. Es ist nur die Gnade Gottes, dass nicht ich in diesem Moment im Krankenhaus liege.«

»Das stimmt nicht«, behauptete Mason. »Sie haben keinen einzigen narzisstischen Knochen im Leib. Sie beide mögen die gleiche DNA haben, aber irgendwie wirkt sie bei Ihnen anders. Sie sind bei Weitem nicht die Person, nach der Ihre Schwester klingt.«

»Aber das bin ich!«, rief Ava. »Ich will alles! Ich will, dass mein Leben ein verdammter Zuckerschlecken ist. Ich wünschte, ich könnte mich den ganzen Tag zugedröhnt wie sonst was im Bett zusammenrollen und die Welt sich um mich drehen lassen. Wissen Sie, wie großartig das klingt? Ich wünschte, ich hätte einen Mercedes wie mein Nachbar. Jedes Mal, wenn er vorbeifährt, verspüre ich einen Stich des Neides. Ich verstehe, wie sie sich fühlt!«

»Und gehen Sie zu ihm ins Haus und klauen seine Schlüssel?«, schnauzte Mason. »Zur Hölle, nein! Das ist der Unterschied zwischen Ihnen. Das ist es, was Sie von Ihrem Zwilling unterscheidet. Sie haben Moral und Prinzipien. Jeder wünscht sich manchmal, seinem beschissenen Leben entfliehen zu können, aber man tut es nicht. Man steht auf, geht zur Arbeit und benimmt sich wie ein anständiger Mensch.«

»Aber an manchen Tagen fühle ich mich dieser Grenze so nahe«, sagte Ava. »Was passiert an dem Tag, an dem ich endlich stolpere und den Sprung wage?«

»Sie sind zu hart zu sich selbst. Denken Sie an ein kleines Kind. Welches Kind will nicht den Schokoriegel aus dem Supermarktregal stibitzen, wenn die Mutter gerade nicht hinsieht? Manche tun es sogar. Aber wissen Sie was? Sie lernen, dass es falsch ist. Sie lernen, ihre Impulse zu kontrollieren. Ein paar Leute lernen es jedoch nie. Wegen Leuten wie denen haben wir einen Job. Es klingt, als wäre Ihr Zwilling immer noch ein kleines Kind, das seine Impulse nicht kontrollieren kann.«

Ava war einen Moment lang still. »Jayne hat früher in Läden gestohlen. Sie hat mir ein schlechtes Gewissen gemacht, weil ich nicht mitgemacht habe. Ich habe sogar gelogen, um sie zu decken.«

»Verdammt, als Kind habe ich auch mal Mist geklaut. Mein Vater hat mir den Hintern versohlt, und ich habe es nie wieder getan. Viele Kinder sind versucht. Das ist eine normale Lektion, die man im Leben lernt. Das Problem entsteht, wenn jemand nicht lernt. Irgendetwas in ihrem Gehirn hindert sie daran, Recht von Unrecht zu unterscheiden.«

»Ich habe ihr alles durchgehen lassen«, sagte Ava. »Ich hätte sie bestrafen lassen sollen. Ich habe sie ständig gedeckt. Wenn sie ihre Hausaufgaben nicht gemacht hat oder wenn sie sich mit Jungs davongeschlichen hat. Ich hätte das alles nicht tun sollen. Vielleicht wäre sie dann ein anderer Mensch.«

»Sie können mir nicht erzählen, dass Ihre Schwester im Krankenhaus liegt, weil Sie ihr Verhalten in der Highschool gedeckt haben.« Mason hielt an einer Ampel an und sah Ava an. »Sie hat Ihr Auto gestohlen und einen Unfall gebaut. Dafür gibt es keine Entschuldigung, und ich werde nicht zulassen, dass Sie eine für sie finden. Nichts von dem, was heute oder irgendwann in ihrem Leben passiert ist, ist Ihre Schuld. Das hat sie sich alles selbst zuzuschreiben.« Er trat aufs Gaspedal und beobachtete Ava aus dem Augenwinkel. »Sie haben jedes Recht, stinksauer zu sein.«

»Oh, das bin ich. Deshalb fahren ja auch Sie. Ich wollte niemanden verletzen. Ich sehe kaum noch klar.«

»Gut. Halten Sie an diesem Gefühl fest, wenn Sie sie konfrontieren.«

»Ich weiß nicht, was ich ihr sagen soll. Ich weiß nicht, wie schwer sie verletzt ist.«

»Es spielt keine Rolle, wie schwer sie verletzt ist. Seien Sie wütend auf sie, weil sie sich selbst verletzt hat! Sie hätte jemanden umbringen können. Ihre Verletzungen sollten keinen Einfluss darauf haben, was Sie ihr zu sagen haben.«

»Argh!« Ava schlug mit der Faust gegen die Autotür. »Sie

ist so zum Verrücktwerden. Es war schon immer so, und deshalb halte ich mich von ihr fern.«

»Warum sind Sie dann nach Portland gezogen? Sie sagten, sie war zuerst hier.«

»Ich dachte, es wäre anders. Ich dachte, sie wäre endlich erwachsen geworden. Wir waren mehrere Jahre in verschiedenen Bundesstaaten und unsere Mutter war gestorben, also dachte ich, es wäre an der Zeit, wieder Schwestern zu sein. Ich war keine Woche hier, als mir klar wurde, dass ich mich geirrt hatte. Ich habe versucht, mit ihr über ihr Verhalten zu sprechen. Sie sagt, ich rede nur Blödsinn.«

»Für einen Sünder klingt die Wahrheit stets wie eine Lüge.«

»Genau so reagiert sie. Als ob ich sie anlügen und Dinge erfinden würde. Ich kann nicht glauben, dass ich zugelassen habe, dass sie mir das wieder antut.«

Mason schnaubte. »Agent McLane, Sie können von Glück reden, wenn das das Schlimmste ist, was Ihnen je passiert.« Er fuhr auf einen Parkplatz am Emanuel Hospital. Ava sprang aus dem Fahrzeug und schritt auf den Eingang der Notaufnahme zu. Mason joggte, um sie einzuholen, und hielt sich dann zurück, als sie sich am Empfang anmeldete.

Sein Telefon klingelte. Jake.

»Hey, mein Sohn. Was gibt's?«

»Ist es in Ordnung, wenn ich kurz zu McKenzie rübergehe? Sie konnte nicht zur Mahnwache kommen und will hören, wie es war.«

Mason runzelte die Stirn. »Hast du deine Mutter gefragt?«

»Ja.«

Er wartete. »Und?«

»Sie hat Nein gesagt.«

»Warum fragst du dann mich?« Mason schüttelte den

Kopf. Hatte Jake schon vergessen, dass er Henleys Entführer direkt gegenübergestanden haben könnte?

»Ich habe sie fast gar nicht zu sehen bekommen. Und es ist bald Weihnachten.«

»Jake. Erinnerst du dich an dein Gespräch mit dem FBI heute? Niemand geht irgendwohin ohne einen Agent oder einen Polizisten. Agent McLane ist heute Abend beschäftigt, und ich glaube nicht, dass es eine gute Idee ist, einen der Deputies von Clackamas County zu bitten, mit dir zu gehen, damit du ein Mädchen besuchen kannst. Kapiert?«

»Sie ist nicht nur irgendein Mädchen. Ich mag sie – sehr –, und das ist total unfair.«

Mason war sprachlos. Aber nur für zwei Sekunden. »Was zum Teufel ist unfair? Dass du nicht auf der Straße herumlaufen darfst, während ein Entführer möglicherweise deine Familie ins Visier nimmt? Dieser Teil ist unfair?« Wut schwang in seiner Stimme mit. *Was dachte der Junge sich nur?*

Jake dachte nicht. Seine Hormone taten es.

»Ist doch egal.«

»Hör zu. Ich verstehe, dass du dieses Mädchen magst. Aber das muss erst mal warten. Spiel auf deiner Xbox oder sieh dir einen Film an. Du wirst dieses Haus heute Abend nicht verlassen. Deine Mutter hat es dir verboten, und ich stehe hinter ihr. Finde dich damit ab.«

Jake murmelte etwas, das wie eine Verabschiedung klang, und legte auf.

Mason stieß den Atem aus und schob sein Handy zurück in die Tasche. Jungs. Jake dachte mit einem anderen Teil seiner Anatomie, und die Weigerungen seiner Eltern machten ihn mürrisch. Und dumm.

Mason blickte sich im Wartezimmer um und war überrascht von der Menschenmenge für acht Uhr abends. Es war brechend voll. Ein Fernseher dudelte vor sich hin, auf dem CNN lief. Ein zweiter Fernseher zeigte Kinder-Cartoons, aber der Ton war aus. Die vier Kinder, die zusahen, schien es nicht zu stören, dass sie die Sendung nicht hören konnten.

Ava gab ihm ein Zeichen, ihr und einer Frau in OP-Kleidung zu folgen. Sie gingen einen Flur entlang, der sich zu einem größeren Raum mit einem Dutzend durch Vorhänge abgetrennter Betten erweiterte. Unter den Vorhängen um die Betten waren Füße zu sehen. Einige in OP-Kleidung und Krankenhaus-Clogs oder weißen Turnschuhen. Besucher waren in ihren Jeans und Straßenschuhen unverkennbar.

»Sie warten auf ein Bett im Krankenhaus«, sagte Ava leise zu ihm. »Die Polizisten sind gegangen, weil sie sie über Nacht zur Beobachtung wegen einer schweren Gehirnerschütterung hierbehalten. Morgen muss sie sich in der Stadt melden, um wegen ihrer Verhaftung erkennungsdienstlich behandelt zu werden.« Ihre Stimme zitterte, als sie den Satz beendete.

Die Krankenschwester hielt an einem Bett mit Vorhang an. »Jayne? Sie haben Besuch.« Sie lächelte Ava und Mason strahlend an, als sie den Vorhang zurückzog.

Das ist also Jayne McLane. Die Frau mit geschlossenen Augen, die im Bett lag, ähnelte Ava überhaupt nicht. Ihr Haar war leuchtend blond, und sie schien blasser und knochiger. Sie hatte ein Dutzend Schnittwunden auf der linken Gesichtshälfte und einen großen Verband auf der Stirn. Ihr linkes Handgelenk und ihre linke Hand waren bandagiert. Ihre Augen öffneten sich, und die Ähnlichkeit versetzte Mason einen Schlag in die Magengrube. Avas Augen blickten aus dem Gesicht der anderen Frau.

»Ava!« Jayne schniefte und rieb sich mit dem Unterarm die Nase, wobei sie ihre Verbände vermied. »Ich hatte solche Angst. Ich kann nicht glauben, dass das passiert ist!«

Ava stand mit undurchschaubarem Gesichtsausdruck am Fußende des Bettes und starrte ihre Schwester an.

Jayne streckte ihrer Schwester die heile Hand entgegen. Ava rührte sich nicht. Jayne blickte verwirrt zu Mason und dann zurück zu ihrer angespannten Schwester. Sie ließ den Arm sinken.

»Wie schlimm bist du verletzt?«, fragte Ava.

»Nun ja«, Jayne deutete auf ihren Kopf. »Ich glaube, das meiste siehst du ja. Ich habe mir die Hand am Lenkrad verstaucht und sie sagen, ich habe eine schwere Gehirnerschütterung. Im Moment habe ich keine allzu starken Schmerzen.«

Ihre glasigen Augen verrieten Mason, dass sie unter dem Einfluss starker Schmerzmittel stand.

»Warst du betrunken?«, fragte Ava.

Jayne wandte den Blick ab. »Nicht wirklich. Ich bin sicher, mein Testergebnis wird ...«

»Wie viel hast du getrunken?« Avas Worte schnitten durch die Luft.

»Ich weiß es nicht!«, schrie Jayne zurück. »Ich kann mich nicht erinnern.« Sie knirschte mit den Zähnen, während sie ihren Zwilling anstarrte.

Mason wich einen halben Schritt zurück. Die Spannung um das Bett herum war erdrückend. Wenn Jayne von ihrem Zwilling etwas Mitgefühl erwartet hatte, war sie an der falschen Adresse.

»Du hast heute Morgen meine Schlüssel aus meiner Handtasche gestohlen.«

Jayne fuhr mit dem Kopf herum, als hätte sie eine Ohrfeige bekommen. »Nein, hab ich nicht.«

»Wie konntest du dann mein Auto zu Schrott fahren?«

Jayne brach in Tränen aus. »Jesus Christus, Ava! Du musst mich nicht so anschreien. Ich bin verletzt! Ich habe eine Gehirnerschütterung und muss im Krankenhaus bleiben.«

»Du. Hast. Mein. Auto. Gestohlen.«

Jayne schniefte. »Du hast überhaupt kein Mitgefühl mit mir. Wie kannst du in einer solchen Situation nur so eine Bitch sein? Ich meine, das Auto ist doch versichert, oder?«

Mason blinzelte. *Ava hatte nicht übertrieben.*

»Du hast mein Auto gestohlen. Du bist betrunken gefahren. Du hast es zu Schrott gefahren und du hast ein anderes Auto gerammt. Du kannst von Glück reden, dass du niemanden getötet hast! Du kommst wahrscheinlich wegen Trunkenheit am Steuer ins Gefängnis. Und wenn mir danach ist, wirst du auch noch wegen Diebstahls meines Hondas angeklagt!« Ava ballte die Hände zu Fäusten und Mason verlagerte sein Gewicht auf die Zehenspitzen, für den Fall, dass er sie davon abhalten musste, auf ihre Schwester loszugehen.

»Du bist so gemein zu mir! Du hast mich schon immer gehasst!«

Jayne ist irre. Wie hält Ava das nur aus?

Ava schloss die Augen und Mason bildete sich ein, hören zu können, wie sie bis zehn zählte.

»Du wirst es überleben«, sagte Ava ruhig. »Aber du hast dich in diesem Jahrzehnt genug in mein Leben eingemischt. Ruf mich nicht an.« Sie drehte sich um und ging.

Jayne richtete sich im Bett auf. »Ava! Warte! Ich brauche morgen jemanden, der mich nach Hause fährt.«

»Frag deinen Freund«, rief Ava ihr über die Schulter zu, während sie ging.

Jayne schnappte nach Luft und drehte sich zu Mason um. »Wer sind Sie?«

»Ein Freund Ihres Zwillings.«

»Sind Sie mit ihr zusammen? Sie tut am Anfang nur so,

als wäre sie nett. Tief im Inneren hat sie eine Menge Probleme, besonders was Männer angeht. Sie sollten in ihrer Nähe vorsichtig sein«, sagte Jayne mit ernstem Gesicht, die blauen Augen voller Unschuld.

»Danke für den Ratschlag«, sagte Mason und berührte die Krempe seines Hutes. »Viel Glück, Ma'am. Ich hoffe, Ihre Zellengenossin hat kein Reizdarmsyndrom.«

Er folgte Avas Schritten.

18

62 STUNDEN VERMISST

Ava stürmte blind aus dem Krankenhaus und wischte sich die Tränen aus dem Gesicht. Ihre Zwillingsschwester hatte ausgesehen wie eine geschundene Puppe, und Ava war grausam zu ihr gewesen. Jayne wurde über Nacht im Krankenhaus behalten, und alles, worum sich Ava sorgte, war, dass sie ihr Auto zu Schrott gefahren und ihr dann gesagt hatte, sie solle nie wieder anrufen.

Welcher Zwilling war der egoistische?

Sie riss am Türgriff von Masons Wagen. Verschlossen. Wie sie es geahnt hatte. Er war der berechenbare Typ, der seine Türen immer abschloss. Sie lehnte ihre Stirn gegen das kühle Metall des Wagens und blinzelte die Tränen weg. Berechenbarkeit war etwas, wovon sie gerade eine große Dosis gebrauchen konnte. Sie war es leid, dass man ihr ständig den Boden unter den Füßen wegzog.

Es ließ sie innerlich still verbluten, wo es niemand sehen konnte.

Die Autotüren klickten, als Mason auf seine Fernbedienung drückte. Ava rührte sich nicht.

»Hey.« Er räusperte sich. »Ihre Zwillingsschwester ist wirklich ein Kaliber.«

Ava hob den Kopf, wischte sich die Nase und nickte. »Sie haben heute Abend ein gutes Beispiel gesehen. Ist Ihnen aufgefallen, dass sie nicht zugegeben hat, mein Auto gestohlen zu haben? Und sich nie dafür entschuldigt hat, es demoliert zu haben? In ihren Augen war das ihr gutes Recht. Sie glaubt, sie müsse sich bei mir für nichts entschuldigen.« Sie lehnte sich gegen den Wagen und schüttelte den Kopf.

»Hätte eine Entschuldigung geholfen?« Seine Stimme war leise und sanft, als er einen Arm auf das Autodach neben ihrer Schulter legte.

Ava dachte darüber nach. »Ich weiß nicht. Ich schätze, ich würde ihr nicht glauben, dass sie es ernst meint, also hätte es überhaupt nicht geholfen. Ich will sie die Worte einfach nur sagen hören, weil ich nicht glaube, dass sie dazu fähig ist.« Sie sah ihn an; seine braunen Augen waren unter der Krempe seines Hutes auf dem schummrigen Krankenhausparkplatz nicht zu erkennen. »Hat sie etwas zu Ihnen gesagt, nachdem ich gegangen bin?«

Sein Mund verzog sich zu einem halben Lächeln. »Ja, sie war um mein Wohlergehen besorgt, wenn ich weiterhin mit Ihnen rumhänge.«

Ava wünschte, sie wäre überrascht. »Sie versucht, jede Freundschaft, die ich habe, zu zerstören.«

Mason nickte. »Sie hat mir gesagt, dass Sie Probleme haben. Besonders mit Männern.«

»Oh, Herrgott.« Sie zuckte zusammen.

»Sie hat gefragt, ob wir zusammen sind.«

Ava spürte, wie ihre Wangen rot wurden, und war

dankbar für das spärliche Licht. »Früher hat sie meine Freunde beiseite genommen und ihnen schreckliche Lügen über mich erzählt. Dann hat sie sich an sie rangemacht. Es ist ziemlich überraschend, wie viele darauf reingefallen sind. Ich weiß von dreien, die mich mit ihr betrogen haben.«

»Das ist krank.«

»Wären Sie länger geblieben, hätte sie sicher mit Ihnen geflirtet. Selbst wenn sie betrunken und auf Schmerzmitteln ist, kann sie ziemlich aufdringlich werden.«

Mason beugte sich näher, und seine Augen wurden sichtbar. Avas Puls hämmerte ihr in den Ohren, als sie seinem Blick begegnete. *Er denkt nicht an meine Zwillingsschwester.* Seine Konzentration galt ihr. Jedes bisschen Fokus und Entschlossenheit, das sie in den letzten drei Tagen bei diesem Mann gesehen hatte, war wie ein Laserstrahl direkt auf sie gerichtet. Sie hielt den Atem an.

»Was würden Sie tun, wenn ich Sie jetzt küssen würde, Special Agent McLane?«, säuselte er.

Dass er seine Cowboy-Seite betonte, schlug Ava seltsam auf den Magen.

»Warum sollten Sie ...«

Sein Mund schnitt ihr das Wort ab.

Aller Schmerz und alle Gefühle wegen Jayne verpufften. Der einzige Gedanke in ihrem Kopf war, dass Mason Callahan verdammt gut wusste, wie man eine Frau küsste. Warme Lippen pressten sich auf ihre, drängten ihren Mund auf, und sie gab nach. Er drängte sie gegen den Wagen. Eine Hand glitt ihren Hals hinauf in ihr Haar und umfasste fest ihren Hinterkopf, um sie dort zu halten, wo er sie haben wollte. Er hielt nichts zurück und drückte seinen Brustkorb gegen ihren.

Sein Kuss war fordernd; er bat nicht um Erlaubnis für sein Eindringen. Ava begrüßte die Ablenkung und versank gedanklich in dem Vergnügen, das er ihr bot. Empfindungen von Seide und himmlischer Reibung tanzten durch ihren Mund. Eine Benommenheit umfing sie, die von der Berührung seiner Lippen ausging und durch jede Nervenfaser schoss, bis ihr schwindelig wurde.

Er war durch und durch ein Cowboy, von seinem Hut über seine Stiefel bis hin zu seinen Manieren und seiner Moral.

Sie hatte noch nie einen Cowboy geküsst.

Und das würde nicht das letzte Mal sein.

Mason zog sich ein Stück zurück. »Deine Zwillingsschwester interessiert mich nicht, Special Agent McLane. Ich interessiere mich für dich, seit dem ersten Moment, als ich dich gesehen habe.«

Ava konnte nicht denken.

Nur wenige Zentimeter entfernt hielt er ihren Blick fest, und seine Augen bekamen Fältchen. »Ich nehme an, du hast nichts dagegen.«

»Wir arbeiten zusammen, Detective«, stieß sie hervor. Sie wusste nicht, woher der Gedanke kam, aber wenn er einen Einwand wollte, würde sie ihm einen liefern.

»Ist das das Beste, was dir einfällt?«

Sie stotterte.

»Dachte ich mir.« Er küsste sie erneut und fuhr langsam mit einem Finger über ihre Wange, was sie wie ein Feuer entzündete. Seine Berührung schoss Bahnen durch ihre Glieder, und sie fühlte sich, als hätte sie eine Megadosis Speed genommen.

Wie hat er das gemacht?

Sie wollte sich in ihm verlieren, vergessen, dass ihre Schwester ihr Leben auf den Kopf gestellt hatte und dass eine Familie, die ihr am Herzen lag, ihr kleines Mädchen vermisste. Sie war seit drei Tagen ununterbrochen auf den

Beinen und sorgte sich um Henley und ihre Familie. Ava musste durchatmen und neue Energie tanken. Mason Callahan war dafür genau der Richtige.

»Darf ich dich nach Hause bringen, Ava?«

»Ja«, hauchte sie.

Sie fragte nicht, wessen Zuhause. Sie waren auf einer Wellenlänge.

Die Menge hatte sich fast aufgelöst. Er trat aus seinem Versteck auf der anderen Straßenseite hervor. Er hatte sich während der Mahnwache zurückgehalten, aus Angst vor Kameras und Polizei-Aufnahmen. All die Polizeiautos und Nachrichtenkameras waren verschwunden. Ein paar Leute huschten umher und sammelten den Müll auf, der zurückgelassen worden war. Es musste jetzt ziemlich sicher sein. Er musterte jede Person in Sichtweite genau.

Die FBI-Agents waren so leicht zu erkennen. Sie schauten ständig in alle Richtungen und musterten jede Person um sich herum. Sie hörten den Leuten auf der kleinen Bühne nicht zu; sie waren zu sehr damit beschäftigt, nach einem Verbrecher zu suchen.

Sie hätten geradeaus schauen sollen.

Er schlenderte über die Straße auf die Wiese, getrieben von dem Bedürfnis, mit den Leuten in Kontakt zu treten, die gekommen waren, um Henley zu unterstützen. »Brauchen Sie Hilfe?«, fragte er die drei Frauen, die das Banner zusammenfalteten.

Sie lächelten ihn an, lehnten aber ab. »Das ist das Letzte, und wir schaffen das schon. Danke, dass Sie heute Abend Ihre Unterstützung für die Familie gezeigt haben«, sagte eine der Frauen. Ihre beiden Helferinnen nickten zustimmend.

Falsche Worte.

Die Frauen handelten aus Angst. Sie hatten die Mahnwache in der verzweifelten Hoffnung zusammengeschustert, dass ihre eigenen Kinder nicht angetastet würden. Karma besagte, dass, wenn man anderen in ihren dunkelsten Stunden half, das Böse nicht an die eigene Tür klopfen würde.

Er glaubte fest an Karma. Aber er hatte zwei Jahrzehnte darauf gewartet, dass es seinen Lauf nehmen würde. Jetzt hatte er lange genug gewartet und es war an der Zeit, ihm auf die Sprünge zu helfen. Kleine Schritte. Vorsichtige Schritte. Sein Plan fügte sich zusammen. Er hatte heute Abend den Schmerz in den Gesichtern der Familie gesehen, und es hatte sich wie kühles Eis auf einer Brandwunde angefühlt. Es hatte das Loch in seinem Herzen gelindert. Das Loch konnte niemals heilen; diese Tatsache hatte er nach Jahren des Alkohols und dem Verlust seiner Familie, seines Jobs und seines Selbstwertgefühls akzeptiert.

Er hatte ganz unten ankommen müssen, bevor er sich wieder aufrappeln konnte. In seinem Elend hatte er die unschuldigen Menschen um sich herum mit in den Abgrund gerissen. Zweimal. Glücklicherweise hatten sie sich wieder erholt. Die Menschen in seinem Leben waren ihm wichtig gewesen und er hatte nicht die Absicht gehabt, sie zu verletzen. Seine erste Frau hatte ihn verlassen, nachdem sie drei Jahre lang versucht hatte, ihn aus seiner tiefen Depression herauszuholen. Seine zweite Frau hatte die volle Wucht seiner Wut über die Verluste in seinem Leben abbekommen. Sie hatte es zwei Jahre lang ausgehalten, in dem Glauben, sie könne ihn heilen. Aber schließlich war auch sie gegangen.

Erst als seine Frau und ihr Sohn ihn verlassen hatten, waren ihm die Augen aufgegangen. Der Junge war nicht seiner. Als er seine zweite Frau kennengelernt hatte, hatte ein Teil ihres Reizes in ihrem Sohn bestanden. Er hatte geglaubt, dass es ihm guttun würde, ein Kind zu erziehen, aber das Gegenteil war der Fall gewesen. Er hatte dem Jungen und der Mutter ihre enge Beziehung geneidet. Er hatte nie eine Bindung zu dem Kind aufgebaut.

Nachdem sie gegangen waren, hatte seine Suche nach Heilung begonnen. Er hatte sein Leben und seine Vergangenheit analysiert und klar erkannt, wo er aus dem Gleichgewicht geraten war. Er hatte die nötigen Korrekturen vorgenommen.

Jetzt ging er am Willamette River entlang und ließ die Geräusche der Aufräumarbeiten nach der Mahnwache hinter sich. Der modrige, feuchte Geruch des Flusses stieg ihm in die Nase. An der Westseite des Flusses befand sich ein wunderschöner Park, der von den hohen Gebäuden der Stadt beleuchtet wurde, und trotz der kalten Nachtluft flanierten die Menschen auf dem langen Spazierweg.

Weihnachten stand vor der Tür. Die Leute strömten in die Stadt, um in Weihnachtsstimmung zu kommen. Die Geschäfte dekorierten die Schaufenster und brachten Lichter an. Sogar die Morrison Bridge leuchtete in Grün und Rot. Hätte er nicht die Mahnwache für das vermisste Mädchen ausspioniert, hätte er geschworen, dass in der Welt alles im Lot sei.

Aber das war es nicht. Er hatte lange gewartet, um die Dinge wieder ins Reine zu bringen. Für seinen Schmerz und seinen Verlust musste gesühnt werden; die Person, die seinen Schmerz verursacht hatte, musste das Gleiche erleiden. Dann könnte er zur Ruhe kommen. Er würde wieder atmen können. Sein Leben würde nicht mehr von diesem grauen Schatten überschattet sein, der ständig über ihm gehangen und ihn daran erinnert hatte, dass der Schuldige nicht bezahlt hatte. Seine Albträume würden nachlassen.

Er war derjenige gewesen, der für alles bezahlt hatte. Ihm war das Leben entrissen worden.

Bald.

Sein Atem ging schneller. Er war diesem gesegneten Frieden, nach dem er sich so viele Jahre gesehnt hatte, so nah.

Er war den Minivan nicht gefahren. Er hatte ihn nur dieses eine Mal benutzt, und seit Freitagmorgen war er versteckt. Er war überrascht gewesen, die AMBER-Warnung in den Nachrichten zu sehen. Das war etwas schneller gegangen, als er erwartet hatte.

Woher hatten sie das Kennzeichen? Wie hatten sie den gestohlenen Van mit Henley Fairbanks in Verbindung gebracht? Er lächelte bei dem Gedanken an all die Minivans, die in der Hoffnung angehalten worden waren, ein kleines blondes Kind auf dem Rücksitz zu finden. Sollte die Polizei nur ihre Ressourcen verschwenden. Der Van hatte seinen Zweck erfüllt. Wenn sie ihn fänden, würden sie erkennen, dass ihr Fokus vom ersten Tag an in die falsche Richtung gelenkt worden war.

Sein Plan war nicht ganz wie erwartet verlaufen, aber er war gut mit den unvorhergesehenen Schwierigkeiten zurechtgekommen. Es war wichtig, sich alle Optionen offenzuhalten. Sein Hauptziel hatte er nicht aufgegeben; es war immer noch möglich.

Er hatte die Familie des Mädchens heute Abend sorgfältig im Auge behalten. Sie waren in einer kleinen Gruppe zusammengeblieben und hatten einander nie aus den Augen gelassen. Es war herzerwärmend, ihren Schmerz zu sehen. Bisher war es jeden einzelnen Schritt wert gewesen. Sie waren eine seltsame Mischung von Familie. Zwei Väter, zwei Mütter. Das andere Kind. Alle schienen miteinander auszukommen; sie hatten sich nicht gegeneinander gewandt, wie er gehofft hatte.

Sie mussten einen Verdacht hegen. Wann würden sie anfangen, sich gegenseitig zu bekämpfen? Wann würde die innere Zersetzung beginnen?

Er dachte an die Papiertüte, die im Kofferraum seines Wagens lag.

Es war Zeit für die nächste Phase.

19

Mason fuhr auf direktem Weg zu sich nach Hause. Ava saß schweigend im Auto. Sie machte keine Bemerkung, als er die Autobahnausfahrt zu seinem Haus nahm anstatt der zu den Fairbanks. Wann hatte er das letzte Mal eine Frau mit zu sich genommen?

Es spielte keine Rolle. Was zählte, war, wie er mit dieser Frau umging. Als er neben seinem Auto stand, hatte ihn das Bedürfnis überwältigt, sie zu berühren. Nicht, um sie zu trösten, sondern um eine körperliche und emotionale Verbindung herzustellen. Es hatte unter seiner Oberfläche gebrodelt, seit er sie das erste Mal gesehen hatte. Vielleicht hatte die Offenheit der Gefühle bei der Mahnwache es zum Ausbruch gebracht. Er hatte gewusst, dass er heute Nacht nicht schlafen würde, wenn er nicht auf das kleine, aber intensive Feuer reagierte, das sich langsam in seiner Brust aufgebaut hatte.

Er hatte das Richtige getan.

Ava war bei seiner Berührung dahingeschmolzen und hatte dieses Feuer angefacht.

Ava McLane war anders.

Sie besaß den Verstand und die Hingabe, die nötig waren, um in ihrem Job erfolgreich zu sein. Und sie hatte das Herz und das Mitgefühl, um ihn gut zu machen. Eine Ermittlerin, der die Menschen nicht egal waren.

Er verstand sie. Und er wollte alles über sie wissen.

Hier ging es nicht um ein körperliches Verlangen, das einfach gestillt werden musste. Das hier war mehr.

Welche Art von Last war ihr Zwilling? Er hatte Leute gekannt, die ein solches Familienmitglied erwürgt hätten, ob Zwilling oder nicht. Ava hatte ziemlich nahe daran gewirkt, ihm die Erlaubnis zu geben, ihre Schwester zu erschießen.

Jayne war psychisch krank. Die Sucht hatte ihre Probleme noch verstärkt. Er hatte Dutzende von Leuten wie sie verhaftet, und es weckte in ihm den Wunsch, Ava vor dem Schmerz zu beschützen, den ihre Schwester verursachte. Ein Teil von ihm würde immer ein Beschützer sein; das war es, was ihn dazu getrieben hatte, Polizist zu werden. Ava war nicht der Typ, der Schutz brauchte, aber verdammt noch mal, sie brachte diesen Instinkt in ihm zum Vorschein.

Er hielt vor seinem Haus, sie stiegen aus dem Auto, und er folgte ihr auf die Veranda. Als er die Haustür aufschloss, fiel sein Blick auf den immer noch vollen Hundenapf. Der Anblick schmerzte.

Ava schob den Napf mit dem Fuß zur Seite und prüfte, ob etwas anderes daruntergelegt worden war. Nichts. Sie schenkte ihm ein trauriges Lächeln. »Tut mir leid«, flüsterte sie mit dieser tiefen, absolut sexy Stimme und sah ihm in die Augen.

Ihre Stimme hatte ihn von Anfang an gefesselt. Sie war wie ein warmes Bad. Er hatte einen Fuß hineingetaucht und die ideale Temperatur entdeckt. Jetzt wollte er seinen ganzen Körper darin versenken. Er stieß die Tür auf und trat einen Schritt zurück. Sie ging an ihm vorbei, ihre Schulter streifte seine Brust. Sie roch nach Kerzenrauch und nach draußen von ihrer Zeit bei der Mahnwache. Kalte Brisen und frischer Fluss.

Seine Art von Düften. Natürlich, nicht in Flaschen abgefüllt und im Laden verkauft.

Special Agent McLane erfüllte viele seiner Kriterien. Kriterien, von denen er nie gewusst hatte, dass sie existierten. Und genau jetzt wollte er sehen, was für Flammen sie gemeinsam erzeugen konnten.

Er schloss die Tür hinter ihnen, ergriff ihre Hand und führte sie in sein Schlafzimmer. Sie folgte ihm.

Ihr Gehirn war auf Stand-by.

Das gefiel ihr so. Es hielt sie davon ab, über Jayne und Henley nachzudenken, und ließ sie sich auf den Mann vor ihr konzentrieren. Detective Callahan faszinierte sie. Er hatte ihren Respekt gewonnen und sich langsam unter ihre Haut gearbeitet, bis sie sich gefragt hatte, was passieren würde, wenn sie sich berührten. Es war der richtige Schachzug von ihm gewesen. Seine Hand auf ihrem Gesicht und sein Mund auf ihrem hatten ihr Gehirn in Flammen gesetzt.

Sie wollte mehr. Sie wollte sich in der Berührung dieses Mannes verlieren und jede Verantwortung vergessen.

Der morgige Tag würde viel zu schnell kommen, und sie würde zu ihrer Marke und dazu zurückkehren, für alle um sie herum stark zu sein. Heute Nacht wollte sie nicht stark sein.

Ohne Zögern warf Mason seinen Hut auf einen Tisch im Flur. Sein fester Griff um ihre Hand sprach Bände über das, was kommen würde. Er hatte das Sagen. Sein Haus, seine Regeln.

Damit konnte sie gut leben.

Sie betraten sein Schlafzimmer, und er zog sie an sich, bevor sie ihre Umgebung mustern konnte. Seine Hände umschlossen ihr Gesicht, während sein Mund die Kontrolle über ihren übernahm. Ava schob ihre Hände unter seinen Mantel und spürte die Wärme seiner Brust durch sein Hemd. Er war massiv. Er hatte den Körper eines Mannes, der sich bewegte, nicht eines, der hinter einem Schreibtisch saß. Sein Mund verriet ihr, dass er ein hohes Maß an körperlicher Berührung brauchte. Ihr zweiter Kuss war so tief und fordernd wie der erste vor dem Krankenhaus gewesen war.

Sie lehnte sich in seine Handflächen und brauchte den Druck, um den Schmerz zu lindern, der sich langsam aufgebaut hatte, seit seine Lippen ihre zum ersten Mal berührt hatten. Angenehme Lichter tanzten auf der Rückseite ihrer Augenlider, und sie schmolz bei dem Gefühl der Hitze, die sich in ihrem Bauch kräuselte. Mit seinem Mund immer noch auf ihrem, schob Mason ihren Mantel von ihren Schultern und ließ ihn auf den Boden fallen, während sie die Bewegung mit seiner Jacke nachahmte. Er stieß sie mit dem Fuß zur Seite und begann, ihre Bluse aufzuknöpfen.

Ava schnappte nach Luft und übernahm die Aufgabe selbst, als seine Finger an den winzigen Knöpfen herumfummelten. Er trat einen Schritt zurück und setzte sich aufs Bett, sein Blick hielt ihren gefangen. Er stieß seine Stiefel ab und saß wie erstarrt da, die Bewegung ihrer Finger beobachtend. Sie hielt bei einem unteren Knopf inne, und sein Blick schnellte zurück zu ihren Augen. Vorfreude ließ seine Pupillen größer werden. Das Licht im Zimmer war gedämpft, aber sie konnte sein Gesicht sehen.

Hungrig. Begierig. Bereit.

»Beeil dich«, flüsterte er.

»Hast du's eilig?«, fragte sie und nahm sich beim letzten Knopf Zeit.

»Nur bei der ersten Runde. Danach lasse ich mir Zeit.«

Ein Feuer schoss ihr die Wirbelsäule hinauf. Seine Stimme war rau und voller Verlangen. Sie warf ihre Bluse und ihren BH auf ihren Mantel auf dem Boden und fügte zwei Sekunden später ihre Hose dem Haufen hinzu. Er griff nach ihr und zog sie auf seinen Schoß, ihm zugewandt, sodass ihre Beine seine Oberschenkel umfassten. Ihre innere Hitze drückte gegen die Beule in seiner Jeans. Sie schlang die Arme um seinen Hals und starrte in seine dunklen Augen. Er roch gut. Die Andeutungen von frischer Luft, Kaffee und Männerhaut drangen in ihr Gehirn und zündeten ihre Glücksneuronen. Er lächelte, und sie spürte, wie die Gedanken der letzten vierundzwanzig Stunden dahinschmolzen.

Sie und der Detective hatten gemeinsam etwas Energie zu verbrennen.

Mason konnte nicht aufhören, die Haut ihres Rückens zu berühren, während sie auf seinem Schoß saß, ihr Gesicht nur Zentimeter von seinem entfernt. Ava war glatt und seidig, ihr Atem warm auf seinen Wangen und Lippen. Sie sah bereit aus, ihm auf halbem Weg entgegenzukommen. Das war keine einseitige Begegnung. Das war ‚volle Kraft voraus, mal sehen, wie sehr wir das Bett zum Beben bringen können', was hier bevorstand.

Er küsste sie erneut und fragte sich, wie er sich die letzten zwanzig Sekunden hatte zurückhalten können, und er hörte sie leise hinten in ihrer Kehle stöhnen. Das Geräusch schickte eine Druckwelle in seine Leistengegend. *Wie würde sie sich wohl später anhören?* Sie rutschte näher und rieb sich an ihm, ihr Spitzenhöschen an seinem Jeansstoff.

Da war zu viel Stoff zwischen ihnen.

Sie machte sich an seinem Hemd zu schaffen, anscheinend mit demselben Gedanken. Sie legte seine Brust frei, schob das Hemd über seine Schultern und fuhr mit dem Rücken ihrer Nägel über seine Haut, kratzte sanft, bis er dachte, er würde an diesem Gefühl sterben.

Seine Leiste schmerzte und sehnte sich nach Erlösung. Geschickte Finger öffneten seinen Gürtel, den Druckknopf und den Reißverschluss. Ihre sanften Finger fanden ihn, und ihre Berührung brachte ihn dazu, sofort explodieren zu wollen. Er fuhr ihre Haut hinab, bis er ihren Spitzenslip fand. Er konnte ihn nicht ausziehen, während sie ihn rittlings umschlang, aber er wollte die Berührung ihrer Hitze so nah an seinem Verlangen nicht verlieren.

Er fuhr mit zwei Fingern über ihren von Spitze bedeckten Schritt, und sie seufzte in seinen Mund.

Er schob die Spitze beiseite und erkundete.

Feucht.

Seidig.

Verlangend.

Er war noch immer in ihrer Hand. Sie ließ ihre Finger seinen Schaft hinauf- und hinabgleiten und um den Rand seiner Eichel kreisen. Tropfen ihrer Feuchtigkeit ließen ihre Finger gleiten und vervierfachten die Empfindung. Er trug immer noch seine Jeans und sein Hemd, während ihr Körper fast nackt war, nur von dünnen Spitzenfetzen bedeckt. Ihre Schenkel spannten sich an und sie hob sich an, um näher an seine Leiste zu kommen. Plötzlich hielt sie inne und wich von seinem Mund zurück.

»Hast du ein Kondom?«, flüsterte sie mit Nervosität in der Stimme.

Mason spannte sich an. *Wie hatte er nicht an Verhütung denken können?*

»Ja, beweg dich nicht.« Er fiel nach hinten und streckte sich, um die Schublade seines Nachttischs zu erreichen, wobei er sie beide weiter auf das Bett zog. Blind wühlte er in der Schublade herum, bis er eine Packung ertastete. Er riss sie auf und hatte sich innerhalb von Sekunden übergezogen.

Ava presste ihren Mund auf seinen. »Danke«, flüsterte sie gegen seine Lippen und ließ ihre Hände über sein hartes Glied gleiten.

Mason erwiderte ihren Kuss, erkundete ihren Mund, schmeckte sie und hielt sein Verlangen für den Moment im Zaum. Er wollte ihre Hände für immer auf sich spüren. Sie hob sich mit den Beinen an und führte ihn zu ihrem Eingang, den er kurz zuvor freigelegt hatte.

Ihre Hitze umschloss seine Spitze, und Lichter flimmerten vor seinem inneren Auge. Sie senkte sich ein winziges Stück auf ihn herab. Wollte sie ihn reizen? Sich Zeit lassen? Es war ihm egal. Sie zögerte seine Erlösung hinaus, und der Schmerz, den es verursachte, war der beste Schmerz auf der Welt. Sie hob sich leicht an und senkte sich etwas weiter, ließ ihn sanft in sich gleiten. Mason vergrub seine Hände in ihrem Haar und küsste ihre Lippen, ihre Wangen, ihre Ohren und ihren Hals. Er wollte sie ganz verschlingen. Jetzt.

Ihre Schenkel spannten sich an, sie hob sich und sank erneut.

Er war tief in ihr vergraben. Sie erzitterte, und er spürte, wie sie innerlich sanft bebte.

Mason hob seinen Kopf von ihrem Hals und blickte in das Gesicht vor ihm. Avas Lippen waren geöffnet, ihr Atem ging flach und ihre Augen waren geschlossen.

Sie war wunderschön.

Er packte ihre Schenkel und drückte sie nach unten,

während er sich nach oben und in sie hineinstieß. Ihre Augen flogen auf, und sie keuchte. Er tat es wieder und liebte die heiseren Laute, die sie von sich gab.

Er brauchte es tiefer.

Er zog sie an sich und wirbelte sie auf den Rücken.

Ihre Geräusche ließen Explosionen seine Wirbelsäule emporklettern. Ihr Blick traf seinen, und sie schlang ihre Arme um seinen Hals und zog sein Gesicht nahe an ihres.

Sie flüsterte ihm ins Ohr. »Halt dich nicht zurück.«

Mason tat es nicht.

Ava entspannte sich und genoss die Wärme eines festen Mannes in ihrem Rücken. Sie fühlte sich wund, benutzt und benommen. Die üblichen Auswirkungen von Sex. Mason hatte sie nicht überrascht. Sie hatte geahnt, dass sich unter dieser ruhigen Fassade eine Menge verborgener Leidenschaft und Emotionen befanden. Und sie hatte recht gehabt. Er sparte es für besondere Anlässe auf, und dies war einer dieser Anlässe gewesen.

Was für eine Nacht. Die Mahnwache. Jaynes Unfall. Und jetzt das. Wenigstens hatte ihre Nacht ein gutes Ende genommen. Nach ihrem Streit mit Jayne hätte sie leicht nach Hause gehen und sich in den Schlaf weinen können.

Masons Hand glitt ihren Arm hinauf. »Du denkst sehr laut.«

Ava lachte. »Das tat ich. Entschuldige bitte.«

»Jayne?«

Sie seufzte. »Ja. Ich glaube, heute Nacht war ein neuer Tiefpunkt für uns beide.«

»Ich glaube nicht, dass ich jemals jemanden wie sie getroffen habe. Und ich habe schon viel gesehen.«

»Ich weiß nicht mehr, wie ich ihr helfen soll.«

»Du hast mehr getan, als jede Schwester tun sollte.

Solange sie nicht einsieht, dass sie sich ändern muss, ist all deine Hilfe vergebens.«

Ava rollte sich auf den Rücken und starrte direkt nach oben. Das Licht eines Nachbarn auf der Rückseite des Hauses warf Schatten an die Decke. »Ich habe immer das Gefühl, bei ihr und bei mir selbst versagt zu haben. Manchmal …« Sie konnte ihren Gedanken nicht beenden.

»Manchmal was?«, fragte Mason, seine Stimme so sanft, als wüsste er, was sie sagen wollte.

»Manchmal habe ich mir gewünscht, sie wäre tot.«

Mason lag schweigend neben ihr. Seine Hand fand ihre, und sie wollte weinen.

»Jeder wünscht das irgendwann in seinem Leben. Besonders, wenn die andere Person nichts als Kummer verursacht hat. Und ich glaube nicht, dass du dir wünschst, sie wäre tot. Du wünschst dir, sie würde einfach verschwinden. Kein Schmerz. Kein Verlust. Einfach weg.«

»Ja.« Das war genau ihr Gefühl.

»Du willst, dass der Kummer, den sie verursacht, verschwindet. Nicht unbedingt die Person.«

»Ja«, wiederholte Ava. Sie liebte ihre Schwester, aber sie hasste, was ihre Schwester tat.

»Ich habe schon mal Tod verursacht. Das ist nichts, was ich irgendjemandem wünschen würde«, sagte Mason leise. »Hast du jemals auf jemanden geschossen?«

Ava stützte sich auf einen Ellbogen und versuchte, seinen Blick im Dunkeln zu treffen, aber sein Gesicht lag im Schatten. »Nein. Ich habe meine Waffe noch nie auf eine Person gerichtet.«

»Du hast Glück.«

»Ich weiß. Ich bete die ganze Zeit, dass ich es nie tun muss.« Sie wünschte, sie könnte seine Augen sehen. »Was ist passiert?«

Eine lange Stille verging, und sie fragte sich, ob er sich ihr öffnen würde.

»Drei Menschen. Ich habe drei Leben genommen. Zwei davon bei demselben Vorfall.«

Ihr Herz zerbrach bei seinem leisen Ton. »Vor langer Zeit?«

»Jahrzehnte. Aber beide Male sind so frisch wie gestern. Es geht nie weg.«

»Nein, ich glaube nicht, dass es das jemals tun wird. Es ist Teil des Fluchs unseres Berufes. Wir tun es, um Verbrechen aufzuklären, um den Menschen zu helfen, die sich nicht selbst helfen können, aber manchmal werden wir in schreckliche Situationen gezwungen.«

Mason atmete laut aus. »Amen. Ich weiß bei beiden Malen, dass ich keine Wahl hatte. Aber mein Verstand prüft immer noch wieder und wieder, ob ich nicht ganz einfach etwas hätte anders machen können. Ich ziehe mich selbst in ein tiefes Loch der Depression und klettere dann langsam wieder heraus, nur um jedes Mal zur selben Schlussfolgerung zu gelangen.«

»Beim ersten Mal sprang ein Kerl bei einer Verkehrskontrolle aus seinem Auto. Er machte einen Schritt und feuerte auf meinen Partner, der sich seinem Fahrzeug näherte. Ich war gerade aus unserem Wagen ausgestiegen. Ich schoss. Er war sofort tot.«

»Und dein Partner?«, hauchte Ava.

»Gerettet durch seine Weste. Die Kugel traf ihn direkt auf dem Brustbein. Sie hätte ihn getötet.«

»Du wärst der Nächste gewesen.«

»Ja. Er zielte bereits auf mich, als ich feuerte.«

Mason schauderte, und Ava fuhr mit einer beruhigenden Hand über seine Wange bis zu seiner Schulter. »Was ist noch passiert?« Sie konnte sein Bedürfnis spüren, es ihr zu erzählen. Er hätte es nicht zur Sprache gebracht, wenn er es sich nicht von der Seele hätte reden wollen. Sie fragte sich, wie lange es her war, dass er mit jemandem darüber gesprochen hatte.

»Beim zweiten Mal war einer von ihnen ein Kind.«

»Oh nein!« Ava erstarrte.

»Ein Obdachloser hielt das Kind als Geisel vor sich und schnitt ihm die Kehle auf.«

»Was?«

Mason nickte im Dunkeln. »Es war schrecklich. Ich schoss auf den Mann, im selben Moment, in dem das Kind zur Seite sprang. Die Kugel traf beide. Wenn der Junge sich nicht bewegt hätte …«

»Oh, Mason. Wie schrecklich.« Tränen liefen über ihr Gesicht.

»Der Junge wäre gestorben, wenn ich nicht geschossen hätte. Es war eine ausweglose Situation«, sagte er tonlos.

Ava rückte näher, suchte seine Wärme und bot ihm ihre als Trost an. Sie küsste seine Stirn und ließ ihre Lippen an der Seite seines Gesichts entlang zu seinem Mund wandern. »Du hast das Richtige getan.«

»Ich weiß«, flüsterte er. »Aber das macht es nicht einfacher.«

In dem Wunsch, seine seelischen Wunden zu heilen, schenkte sie ihm den Trost ihres Körpers.

Aus dem Tiefschlaf gerissen, griff Ava nach ihrem summenden Handy und nahm den Anruf entgegen, ohne die Augen zu öffnen. »McLane«, sagte sie, ohne eine Spur von Müdigkeit in der Stimme.

»Ava, kannst du deine Schwester allein lassen? Wir könnten dich gebrauchen«, ertönte die Stimme von ASAC Ben Duncan.

Ava öffnete die Augen und blickte auf Masons Digitaluhr auf dem Nachttisch – 3 Uhr nachts. Mason setzte sich auf und schwang die Beine aus dem Bett. Sofort vermisste sie seine Wärme. Er saß schweigend da, den Rücken ihr zugewandt, und lauschte.

»Ja, kein Problem. Was ist passiert?«

»Wir haben blutige Kinderkleidung am Rastplatz Woodburn an der I-5 gefunden.«

Ava kannte diesen Rastplatz. Teilweise bewaldet, teilweise grasbewachsen. Mindestens ein paar Hektar groß. An einem überwiegend einsamen Abschnitt des Freeways. »Durchsucht ihr das Gebiet?«

»Ja, wir haben ein großes Team, das jeden Zentimeter durchkämmt.«

»Was für Kleidung habt ihr gefunden?«

»Eine pinke Justice-Sweatjacke mit Reißverschluss. Strassherzen. Größe zehn. In der Kapuze ist Blut. Nicht viel.«

Avas Herz sank. Henleys Sweatshirt.

Mason folgte Ava über den überfüllten Parkplatz. Der Rastplatz war für die Öffentlichkeit gesperrt worden und quoll nun über von Polizeiwagen und FBI-Limousinen.

Der Hund einer Frau hatte Henleys Jacke auf dem Rastplatz entdeckt. Die Reisende aus dem Süden Oregons war mit ihrem Hund zum äußersten Rand der Grasfläche gegangen, um sich die Beine zu vertreten und ihren Hund frei laufen zu lassen. Der Hund war mit der pinken Jacke zurückgekommen.

Die Frau berichtete, sie habe sie ihrem Hund aus dem Maul gezogen und sich schlecht gefühlt, weil ein Kind seine Jacke verloren hatte, aber sie hatte sich nicht viel dabei gedacht, bis sie das getrocknete Blut bemerkt hatte. Der ganze Bundesstaat wusste, dass Henley verschwunden war. Sie hatte schnell einige Nachrichtenartikel gegoogelt, bis sie einen fand, der Henleys Kleidung beschrieb, und dann sofort den Notruf gewählt.

Mason wurde speiübel. Der Rastplatz konnte ein Hinweis darauf sein, dass der Entführer sofort auf die Autobahn aufgefahren und mit Henley aus der Stadt geflohen war. All die Arbeitsstunden, die damit verbracht worden waren, die Wohngegenden und die Gebiete in der Nähe ihres Verschwindens zu durchkämmen, waren womöglich umsonst gewesen.

Nach dem Anruf war Ava aus dem Bett gesprungen, hatte ihn geküsst und war für fünf Minuten in seiner Dusche verschwunden. Mason hatte seine Gästedusche benutzt und war bereits angezogen, als sie herauskam.

»Ich fahre, da dein Auto noch in der Innenstadt steht«, hatte er gesagt.

Auf der Fahrt hatte sie ihm erzählt, dass noch niemand die Familie informiert hatte. Er hatte dafür plädiert, zumindest Lucas anzurufen, aber Ava hatte ihn überstimmt. Das FBI wollte bis zum Morgen warten, bevor sie die Familie anriefen. Mason verstand ihren Standpunkt, aber das hieß nicht, dass er damit einverstanden war. Wenn Jake vermisst worden wäre, hätte er sofort von allen wichtigen neuen Spuren erfahren wollen.

Die Familie schlief. Hoffentlich. Und Ava hatte recht mit dem Einwand, abzuwarten, ob an diesem Ort noch etwas auftauchte, bevor man sie benachrichtigte.

Sie trugen sich in die Tatortliste ein und gingen auf eine kleine Gruppe von Agents zu. Mason konnte Ben Duncan und Sanford in der Gruppe sehen. Auf dem Rastplatz wimmelte es nur so von Polizei und FBI. Die Mülleimer waren bereits geleert und an einen Ort gebracht worden, wo die glücklichen Spurensicherer jeden einzelnen Müllfetzen untersuchen würden, den Reisende zurückgelassen hatten.

Windeln, Chipstüten, Pinkelflaschen. Tolles Zeug. Riesige, tragbare Scheinwerfer beleuchteten die Wald- und Grasflächen.

Die Gruppe von fünf Agents machte Platz, als Mason und Ava sich näherten, und nahm sie in ihre Mitte auf.

»Gibt es was Neues?«, fragte Ava sofort.

Sanford schüttelte den Kopf. »Wir suchen noch. Das Blut ist menschlich. Das haben wir bisher herausgefunden. Der nächste Test ist der Abgleich mit den Daten, die wir von Henley Fairbanks haben.«

»Wie lange ist es her, dass sie gefunden wurde?«, fragte Mason.

»Gegen 22 Uhr.« Sanford drehte sich um und zeigte auf die Reihe von Tannen am äußersten Rand des Rastplatzes. »Ein Hund hat sie genau dort drüben gefunden. Die Besitzerin des Hundes hat sich innerhalb von dreißig Minuten bei einem von uns gemeldet. Einer der ersten Agents vor Ort hat das Sweatshirt direkt ins Labor gebracht.«

»Fast um Mitternacht an einem Sonntag?«, fragte Mason.

»Wir tun, was getan werden muss«, antwortete Sanford schlicht.

Um vier Uhr morgens an einem Autobahnrastplatz zu stehen, gehörte zu dem, was getan werden musste, wenn ein Kind vermisst wurde. Niemand sah müde aus. Alle waren hellwach und in höchster Alarmbereitschaft. Es beruhigte Mason, diese Reaktion zu sehen. In gewisser Weise hatte er Glück. Henleys Eltern mussten darauf warten, dass er oder ein Agent sie über die Ermittlungen auf dem Laufenden hielt. Mason hingegen konnte es hautnah miterleben. Er würde verrückt werden, wenn er zu Hause säße und sich fragte, ob irgendjemand nach seinem Kind suchte.

»Wenn das ein Fake ist, rollen Köpfe«, erklärte Ava.

»Robin erwähnte, dass diese pinken Jacken, wie Henley sie trug, immer noch in den Geschäften erhältlich sind. Wenn jemand eine mit Blut beschmiert und als Streich hier abgelegt hat, werde ich diesmal nicht verzeihen.«

Ein zustimmendes Murmeln ging durch die Gruppe. Der Schock über die gefälschte Lösegeldforderung saß ihnen noch in den Knochen.

»Gibt es hier Kameras?«, fragte Mason.

»Nein«, sagte Sanford.

Schade.

Sanford musterte ihn aufmerksam. Mason zog eine Augenbraue hoch.

»Kommen Sie ohne die Arbeit zurecht?«, fragte Sanford.

Mason erstarrte. *War das eine Beleidigung oder eine ernst gemeinte Frage?* »Kein Problem.«

»Es gibt da draußen eine Menge Gerüchte«, bohrte Sanford ein wenig nach. Die anderen Agents sahen Mason mit Interesse an. Neben ihm versteifte sich Ava, und Mason spürte, wie sich ihr Ärger auf Sanford konzentrierte.

ASAC Duncan hatte sich von der Gruppe entfernt, um mit der örtlichen Polizei zu sprechen. Duncan wusste genau, wie Masons berufliche Situation aussah. Anscheinend hatte Sanford etwas im Flurfunk aufgeschnappt, oder Duncan hatte ihn auf den neuesten Stand gebracht. So oder so, er war mit voller Absicht ein Arschloch.

»Gerüchte gibt es immer«, sagte Mason. *Lass ihn bloß nicht merken, dass er dir auf die Nerven geht.*

»Jeder Idiot kann sehen, dass die Fingerabdrücke ziemlich erdrückend sind«, bohrte Sanford nach.

»Ein Idiot hat es getan«, antwortete Mason und tippte sich an die Hutkrempe. Ava bebte, als sie ein Lachen unterdrückte.

Sanford hatte den Anstand zu lächeln.

Laute Rufe vom Rand des Feldes zogen die Aufmerksamkeit der Gruppe auf sich. Wie ein Mann bewegten sich die Agents und Mason in die Richtung des Lärms. Als sie sich näherten, sah Mason eine Ermittlerin mit zwei kleinen weißen Gegenständen in den Händen.

Mason kniff die Augen zusammen. Socken. Jemand hatte ein Paar kleine weiße Socken gefunden. Genau das, was Robin auf Henleys Kleidungsliste von dem Tag, an dem sie verschwand, geschrieben hatte. Als er näherkam, konnte er die braunen Flecken auf dem Weiß erkennen. Dreck oder Blut?

»Oh nein«, hauchte Ava.

20

SEIT 72 STUNDEN VERSCHWUNDEN

»Was ist passiert? Wie lange waren wir weg?«, fragte Ava, als sie langsam die Straße vor dem Haus der Fairbanks entlangfuhr. Die Medienpräsenz hatte sich verdreifacht. Übertragungswagen, Menschen, Kameras. Es war fast acht Uhr morgens und Ava spürte den Schlafmangel und die zermürbenden Auswirkungen davon, vier Stunden an einem Tatort gestanden und dann in die Stadt gefahren zu sein, um ihr Auto zu holen.

Neben ihr starrte Mason aus der Windschutzscheibe. »Donnerwetter. Haben die von dem Rastplatz erfahren?« Wie durch ein Wunder war an dem Rastplatz kein einziger Journalist aufgetaucht. Ausnahmsweise hatten alle, die den Mund halten sollten, es auch getan.

Ava hupte die Kameraleute an, die die Einfahrt blockierten. Sie machten Platz, richteten aber ihre Objektive auf sie. Einige der Reporter begannen zu rufen und schoben ihre Mikrofone näher an ihren Wagen. Aber sie sahen nicht sie an. Sie sahen Mason an.

»Detective Callahan!«, hörte Ava die Rufe durch das Fenster.

Oh nein. Sie haben herausgefunden, dass er beurlaubt wurde.

Sie warf Mason einen verstohlenen Blick zu. Seine Lippen waren fest zusammengepresst, und er zog seinen Hut einen Hauch tiefer über die Augen. Er sagte nichts. Sie sah, wie sich sein Adamsapfel bewegte, als er schwer schluckte, und ihr drehte sich der Magen um. Nichts war schlimmer als hungrige Reporter, die ein Stück von einem wollten.

Sie trat aufs Gas, und der Wagen schoss nach vorn, was die Reporter auseinandertrieb. Sie fuhr zur hinteren Seite des Hauses und parkte außer Sichtweite der Geier. Sie stellte den Motor ab und saß schweigend da.

»Sieht so aus, als wäre die Katze aus dem Sack«, stellte Mason fest.

»Das ändert nichts«, sagte Ava.

»Doch, das tut es. Es setzt meine Abteilung unter Druck, etwas zu unternehmen. Sie mögen mich beurlaubt haben, aber die Öffentlichkeit wird etwas Größeres wollen. Wie meine Enthauptung.«

»Du wurdest nicht wegen irgendwas angeklagt. Und das wirst du auch nicht.«

Mason nickte. »Ich weiß. Diesmal habe ich niemanden umgebracht.«

Seine Worte stachen, und sie wollte seinen Schmerz lindern. Er hatte ihr letzte Nacht einen intimen Einblick in seine Seele gewährt, auf eine Art, von der sie vermutete, dass es seit ein oder zwei Jahrzehnten nicht mehr geschehen war. Er war menschlich. Er hatte seine Fehler begraben und hatte weitergemacht, aber die aktuellen Ereignisse hatten sie aus der Erde gerissen und an die Oberfläche gezerrt, der Schmerz so frisch wie an dem Tag, an dem sie geschehen waren.

Seine Ex-Frau, sein Sohn, seine Karriere.

»Wir müssen reingehen«, sagte sie. Henley war seit etwas mehr als zweiundsiebzig Stunden verschwunden. Ihr Überlebenszeitfenster schrumpfte exponentiell. »Bist du bereit, mit ihnen zu reden?«

Mason hatte die Familie vor einer halben Stunde angerufen und gewarnt, dass am Rastplatz neue Beweise gefunden worden seien, aber dass noch nichts zu Henley geführt hatte. Noch nicht.

»Ja, das ist das, was wichtig ist.«

Sie nahm seine Hand. »Du bist wichtig. Du bist ein guter Mann und ein guter Cop. Dir ist es nicht egal, was mit den Leuten passiert. Es ist eine Tragödie, dass dir die Hände gebunden sind, wo du doch mehr Menschen helfen könntest. Ich bin froh, dass du hier bist, um mir zu helfen.«

Braune Augen musterten sie. »Wir sind ein ziemlich gutes Team. Schade, dass du vom Bund bist.«

Sie lächelte. »Spielt das eine Rolle?«, fragte sie leichthin und hielt bei seiner Antwort den Atem an. Manchmal kamen Männer mit ihrem Titel und ihrer Position nicht klar. Besonders Cops. Sie hatten das Gefühl, beweisen zu müssen, dass ihre Jobs genauso wichtig waren wie ihrer.

»Überhaupt nicht.«

Sie glaubte ihm. »Gut.«

Er stieg aus dem Auto, und sie folgte ihm ins Haus. Lilian, Robin, Lucas und Jake saßen in der Essecke der Küche. Das Haus war warm und roch nach Gewürzen. Robin holte ein Blech mit Zimtschnecken aus dem Ofen, als Ava und Mason zu ihnen stießen. Die Einzigen, die an dem Essen interessiert aussahen, waren die beiden Polizisten, die im Hintergrund herumstanden. Die Familie hatte genug von Süßigkeiten.

Ava holte die 20 mal 25 Zentimeter großen Fotos aus einer Mappe und legte sie auf den Tisch. Lucas breitete sie aus. Bilder von der Vorder- und Rückseite des pinken Sweatshirts und der Socken. Für Ava leuchteten die Blutflecken. Lilian schnappte nach Luft. »Ja, das ist das gleiche Sweatshirt wie Henleys.«

»Aber können Sie mit Sicherheit sagen, dass es ihres ist?«, hakte Ava nach.

Lilian zog die Fotos näher heran und musterte jedes einzelne. »Ich weiß es nicht. Es war neu. Es hatte keine Risse oder Flecken, und ich habe ihren Namen nicht hineingeschrieben. Also kann ich es wohl nicht mit Sicherheit sagen. Aber es ist das richtige Modell mit dem Strass-Peacezeichen.«

»Und die Socken?«, fragte Ava.

»Einfache weiße Socken. Sie sehen aus wie die, die sie hat.«

»Ist das auch Blut auf den Socken?«, fragte Jake.

Der Junge konnte also doch sprechen heute Morgen. »Ja«, sagte Ava.

»Haben sie noch etwas gefunden?«, fragte Robin. Sie war vom Tisch zurückgeblieben, hinter der Insel in der Mitte der Küche, als wollte sie den Fotos nicht zu nahe kommen. Sie schnitt zwei Zimtschnecken aus der Form, legte sie auf Teller und gab das Frühstück den Polizisten, die es dankbar annahmen. Niemand sonst bat um eine Schnecke, und Robin schien auch keine weiteren Abnehmer zu erwarten. Ava hatte seit vor der Mahnwache letzte Nacht nichts mehr gegessen, aber sie war nicht hungrig. Der Gedanke, in eine klebrige Zimtschnecke zu beißen, reizte sie im Moment nicht.

»An diesem Ort ist sonst nichts aufgetaucht«, antwortete Mason. »Sie haben den ganzen Platz durchsucht, bevor wir gefahren sind, obwohl sie den Müll noch fertig sortieren mussten. Aber die ersten Laborergebnisse besagen, dass das Blut dieselbe Blutgruppe wie das von Henley hat.«

Lucas sah aus, als müsste er sich übergeben. Stille Tränen liefen über Lilians Wangen.

»Aber das ist kaum Blut«, sagte Lilian. »Das ist nicht genug, um zu zeigen, dass jemand ... verletzt wurde.« Sie flüsterte das Wort »verletzt«, und Ava ersetzte es gedanklich durch »getötet«.

»Da sind wir Ihrer Meinung«, sagte sie zu Lilian.

»Ich ertrage den Gedanken nicht, dass sie da draußen in der Kälte ist«, schluchzte Lilian. »Haben sie wirklich überall gesucht? Ihr wird ohne ihr Sweatshirt und ihre Socken so kalt sein.« Sie brach auf ihrem Stuhl zusammen, begann hemmungslos zu schluchzen und legte Arme und Kopf auf den Tisch. Lucas legte einen Arm um ihre Schultern, sein Gesicht blieb bewusst ausdruckslos. Robin trat vor, nahm den Stuhl neben Lilian, schlang ihre Arme um sie und legte ihren Kopf auf ihre Schulter.

Jake schob seinen Stuhl zurück und ging, mit hängenden Schultern und verborgenem Gesicht. Mason folgte ihm aus dem Zimmer.

Die Polizisten hörten auf zu essen.

Ava wollte am liebsten weglaufen. Stattdessen trat sie näher an den Tisch. »Wir haben die Gegend säuberlich durchkämmt. Im Moment durchsuchen immer noch Leute die Felder um den Rastplatz herum. Wenn sie dort ist, werden wir sie finden. Aber ehrlich gesagt glaube ich, dass die Sachen absichtlich für uns hingelegt wurden. Wie eine Ablenkung oder etwas, um uns von der richtigen Fährte abzubringen. Wer verliert schon beide Socken an derselben Stelle?«, fragte sie.

»Das ergibt keinen Sinn«, pflichtete Lucas ihr bei, sein Gesicht hoffnungsvoll. »Sie wurden wahrscheinlich dort platziert. Glauben Sie, es ist eine Fälschung, so wie die Lösegeldforderung?«

Ava schüttelte den Kopf. »Wir wissen es nicht. Es gab am ersten Tag eine allgemeine Beschreibung von Henleys Kleidung in der Zeitung und in den Nachrichten, aber soweit ich weiß, hat dieses Bekleidungsgeschäft Dutzende von rosa Sweatshirts mit unterschiedlichen Strassmustern verkauft, richtig?«

Robin nickte und hielt Lilian weiter im Arm.

»Also hat jemand Glück gehabt und genau das richtige erwischt? Das glaube ich nicht. Ich glaube, es ist Henleys Kleidung, aber ich glaube, sie wurde absichtlich für uns hingelegt. Die großen Fragen sind, warum und was bedeutet das? An diesem Punkt sind wir jetzt«, sagte Ava sanft.

Lucas griff nach dem Stuhl neben sich und hob eine Zeitung auf. »Schon bevor wir von Henleys Kleidung hörten, waren wir besorgt darüber, was mit Mason los ist.« Er warf die Zeitung auf den Tisch. »Wir wollten Mason auf diesen Artikel ansprechen. Jake hat ihn auch gesehen. Wir haben ihn alle gelesen.«

Ava nahm die Zeitung. Masons Name stand dort schwarz auf weiß. Sie überflog den Artikel. Es war ein Aufguss des gestrigen Artikels, aber diesmal mit seinem Namen.

Wer hat das durchsickern lassen?

»Was müssen Sie wissen? Offensichtlich hat er das nicht getan.«

»Ist er wirklich beurlaubt worden? Warum hat er nichts gesagt?«, fragte Lucas.

Ava funkelte ihn an. »Weil er sich wahnsinnige Sorgen um Ihre Tochter macht. Er investiert jede Faser seiner Kraft, um Henley zu finden und seine persönlichen Probleme unter Verschluss zu halten. Er wollte nicht, dass Sie sich noch mehr Sorgen machen.«

»Er hätte etwas sagen können.« Lucas spielte mit der Zeitung, die Ava zurück auf den Tisch geworfen hatte, und wandte den Blick ab.

»So ist Mason eben«, sagte Robin langsam. »Er sieht es als sein Problem und niemandes sonst. Solche Sachen trägt er allein mit sich herum. Das überrascht mich kein bisschen.«

»Aber er ist Familie«, warf Lucas ein.

Robin schüttelte den Kopf. »Du verstehst das nicht. So denkt er nicht. In seinem Kopf geht uns das nichts an.« Sie sah Ava mit wissenden Augen an. »Er wird es in sich hineinfressen, bis es ihn bei lebendigem Leibe auffrisst. Ich habe das schon einmal miterlebt. Er braucht jemanden, mit dem er darüber reden kann, der es aus ihm herauslockt.«

Ava blinzelte. *Ahnte Robin etwas zwischen ihr und Mason?*

~

JAKES TÜR KNALLTE ZWEI SEKUNDEN, bevor Mason sie erreichte, ins Schloss. Er hämmerte gegen die Tür. Jake wusste, dass er direkt hinter ihm war. Seine Stiefel waren nicht gerade leise. Mason zählte leise bis drei.

Jake öffnete die Tür. Die Augen des Jungen waren rot und geschwollen. Er drehte sich weg, ging zum Fenster und starrte nach draußen. »Sie ist tot, oder?«

Mason atmete tief durch. »Das wissen wir nicht.«

»Aber die Polizei glaubt es, stimmt's?«

»Das sagt niemand. Überhaupt nicht. Sie geben immer noch alles, um sie zu finden.«

»Es ist schon zu lange her, Dad. Wenn sie irgendwo draußen zurückgelassen wurde, würde sie bei dieser Kälte nicht überleben.«

Mason trat neben seinen Sohn und kämpfte gegen den Drang, ihn in die Arme zu nehmen, als wäre er ein Kind, und ihn zu umarmen, bis der Schmerz weg war. Jake rieb sich wütend die Augen.

»Keine voreiligen Schlüsse, Jake.«

»Was hat es mit diesem Artikel in der Zeitung heute Morgen auf sich? Sie sagen, du wurdest beurlaubt? Stimmt das?«

Masons Herz sank ihm in die Hose. »Ja, das ist passiert.«

»Wie können die das tun? Glauben die wirklich, du hast diese Frau umgebracht?« Sein Sohn war fassungslos.

»Nein, sie glauben nicht, dass ich sie getötet habe«, begann Mason. »Es gibt am Tatort einige Beweise, die mich wirklich schlecht dastehen lassen. Darauf müssen sie reagieren. Sie können es nicht einfach ignorieren.«

»Warum? Wie schlimm ist es?« Jake sah aus, als wäre sein Lieblingssuperheld erschossen worden.

»Auf den ersten Blick ist es schlimm.« *Wie viel sollte er dem Jungen erzählen?*

»Du verschweigst mir etwas. Was meinst du mit ‚auf den ersten Blick'?«

Mason sah den Jungen eindringlich an. »Meine Fingerabdrücke sind auf der Tatwaffe.«

»Was? Das muss ein Fehler sein. Das kann nicht stimmen.«

»Da stimme ich dir zu. Besonders, da ich weiß, dass ich es nicht war«, sagte Mason ironisch. »Wir beide wissen, dass Fingerabdrücke platziert werden können. Ich warte nur darauf, dass sie herausfinden, was wirklich passiert ist. Jemand hat das eingefädelt, um mich schlecht dastehen zu lassen.«

»Das hat derjenige gut hingekriegt«, sagte Jake. »Ich dachte, mir wird schlecht, als ich das gelesen habe. Mom hat versucht, es vor mir zu verstecken, aber ich habe es gefunden.«

»Die Wahrheit wird ans Licht kommen«, sagte Mason. Er würde Jake nicht erzählen, dass die Waffe einer seiner Übungsschläger gewesen war.

»Ich hasse diesen verfickten Scheiß.«

»Fluch nicht. Jeder…«

»Hör auf, mir zu sagen, ich soll nicht fluchen! Du fluchst die ganze Zeit!« Jake sah ihm direkt in die Augen, Wut brannte auf seinem Gesicht.

Er reagiert wegen Henley, nicht wegen dir.

»Fluchen klingt nicht komisch, wenn es aus meinem alten Redneck-Mund kommt. Du bist ein Milchgesicht. Es klingt, als ob du versuchst, älter zu sein, als du bist.« Sobald die Worte aus seinem Mund kamen, wusste er, dass er einen Fehler gemacht hatte.

Jake lief noch röter an.

Verdammt.

»Ich bin kein Kind mehr. Ich studiere! Ich darf Auto fahren, ich darf wählen und ich kann in den Krieg ziehen. Behandle mich nicht wie ein Kind!«

Schon wieder McKenzie.

»Hör zu, Jake, es geht hier nicht um gestern Abend. Ich bin sicher, McKenzie ist ein nettes Mädchen, und ich verstehe, dass es ätzend ist, dass du nicht zu ihr rüber kannst. Aber das hier sind besondere Umstände, verstehst du? Es gibt einen Grund, warum das FBI dich im Auge behalten will.«

Jake ließ die Schultern hängen. »Bei ihr fühle ich mich besser. Die letzten Tage hier waren miserabel.«

Ein Gedanke durchfuhr Mason eiskalt. »Äh ... benutzt ihr ein Kondom?«

Das Entsetzen stand seinem Sohn ins Gesicht geschrieben. »Mann, Dad! Nein! Ich meine, wir haben nicht ... Herrgott!« Jake wirbelte herum und lief in einem kleinen Kreis, schüttelte die Hände, als wären sie nass, und stieß ein Ugh aus.

Mason blinzelte. *Ugh? Gilt das mir oder dem Mädchen?* »Äh ... also, falls ihr es tut, benutzt ein Kondom«, bekräftigte er. So, das war sein väterlicher Ratschlag für dieses Jahrzehnt.

»Darüber will ich nicht reden«, sagte Jake, hielt sich die Ohren zu und lief weiter im Kreis.

Mason streckte die Hand aus und packte einen Arm, um Jakes Marsch zu stoppen. »Sieh mich an. Ich weiß, dass du wegen Henley fertig bist. Das sind wir alle. Ich verstehe, dass du dich besser fühlst, wenn du McKenzie sehen kannst. Es ist toll, wenn man diesen besonderen Menschen hat, dem man sein Herz ausschütten kann und der einen nicht verurteilt. Vielleicht ist McKenzie diese Person für dich im Moment, aber du kannst mit ihr telefonieren oder ihr texten oder einen Videochat machen. Ich bin froh, dass du jemanden zum Reden hast, denn alles in dich hineinzufressen, würde dich explodieren lassen.«

Wie erstarrt starrte Jake ihn mit großen Augen an.

Hört er überhaupt zu?

»Du verlässt das Haus nicht ohne einen Agent oder Polizisten. Verstanden? Wenn Ava nicht da ist, wird jemand anderes da sein«, sagte Mason.

»Ich kann doch keinen Polizisten mit zu McKenzie nehmen«, sagte sein Sohn. »Das ist peinlich.«

»Dann macht einen Videochat.«

»Das nennt man FaceTime, Dad.«

»Wie auch immer«, sagte Mason und benutzte einen von Jakes Lieblingsausdrücken. »Ich lasse nicht zu, dass du in dieselbe Lage gerätst wie Henley.«

»Aber Dad, ich kann doch nicht mein ganzes Leben lang mit einem Aufpasser herumlaufen!«

»Es ist nicht für dein ganzes Leben. Es ist nur für eine Weile.«

»Bis wann?«, flehte der Junge.

Mason verstand. Jake hatte das Gefühl, wie ein Gefangener und ein Kind behandelt zu werden.

Ja, es war Mist.

»Hoffentlich nicht mehr lange. Wenn dieser Entführer übermütig genug ist, uns absichtlich einige von Henleys Kleidungsstücken auf dem Präsentierteller dazulassen, dann wird er sich bald selbst ein Bein stellen. Das FBI besteht aus vielen wirklich klugen Leuten. Sie werden ihn finden.«

Jake hielt seinen Blick fest und suchte in Masons Augen nach der Wahrheit hinter seinen Worten. Mason strahlte so viel Zuversicht wie möglich auf seinen Sohn aus.

»Bist du sicher, Dad?«, fragte Jake leise, sein Blick flehte immer noch um Bestätigung.

»Ganz sicher.«

Masons Handy summte in seiner Tasche, und Jake schaute weg, die Vertrautheit ihres Moments war zerstört. Mason blickte auf sein Handy und erkannte die Nummer nicht, bemerkte aber, dass sie denen in seinem Büro ähnelte.

»Callahan.«

»Detective Callahan? Hier ist Derek Alward von der Internen Ermittlung.«

Mason biss sich auf die Zunge, um nicht laut zu fluchen. »Ich dachte mir schon, dass ich von Ihnen hören würde.« Jake ging hinüber und setzte sich auf sein Bett. Er beobachtete Mason am Telefon und versuchte nicht zu verbergen, dass er zuhörte. Die Augen seines Sohnes sahen aus, als gehörten sie jemandem, der viel älter war.

Behandle ich ihn wie ein Kind?

»Ich würde gerne einen Termin vereinbaren, damit wir uns unterhalten können, Detective Callahan.«

Unterhalten? Wie bei Oprah?

»Morgen ist Weihnachten. Das ist der eine Tag, an dem ich wirklich ungern ins Revier komme.«

Alward lachte, als hätte er noch nie etwas so Amüsantes gehört. »Ich auch nicht. Wie wäre es mit übermorgen?«

»Na, das ist aber nicht viel Feiertag für mich«, sagte Mason gedehnt, und Jake kniff die Augen zusammen. »Wie wäre es nächsten Montag?«

Alward hustete. »Wir würden uns wirklich gerne früher mit Ihnen unterhalten, Detective Callahan.«

Mason entwickelte plötzlich eine starke Abneigung gegen das Wort »unterhalten«. »Wissen Sie was. Ich habe meiner Familie geholfen, weil bei uns ein kleines Mädchen verschwunden ist. Ich bin sicher, Sie haben davon gehört. Wenn wir das Arschloch finden, das sie entführt hat, dann stehe ich für ein Gespräch zur Verfügung. Aber im Moment bin ich etwas beschäftigt. Fröhliche Weihnachten.« Er beendete den Anruf und schaltete sein Handy aus.

»Wer war das? Ein Reporter?«, fragte Jake. »Du redest nur so, wenn du richtig sauer bist oder denkst, dass jemand ein Idiot ist.«

»Wie rede ich denn?«

»Ganz langsam, als wärst du ein Hinterwäldler.«

Mason dachte darüber nach. »Ich schätze, du hast recht.

Er war ein Idiot, und ich habe langsamer geredet, damit er mich versteht.« Er wandte seine Aufmerksamkeit wieder seinem Sohn zu und schob die Interne Ermittlung aus seinen Gedanken. »Warum kommst du nicht wieder mit runter und isst eine von den Zimtschnecken deiner Mutter? Dann fühlt sie sich besser.«

Jake verzog das Gesicht. »Sie hat die Küche in eine Bäckerei verwandelt. Ich bin total überzuckert.«

»Ja, das hat sie.«

»Dad, morgen ist Weihnachten.«

»Ich weiß, mein Sohn.«

»Henleys Geschenk war in meinem Koffer. Dieses Kissen-Plüschtier-Ding.« Jake war den Tränen nahe. »Ich konnte noch nicht einkaufen gehen und es ersetzen. Ich will nicht, dass sie denkt, ich hätte kein Geschenk für sie.«

Mason zog seinen Sohn vom Bett hoch und schloss ihn in eine feste Umarmung.

Er wusste nicht, was er sagen sollte.

Er hatte wieder den falschen Traum. Wyatt hatte ihn seit ein paar Nächten nicht mehr in seinen Träumen besucht, und normalerweise waren seine Besuche friedlich und glückselig. Er träumte von seinem Sohn auf dem Spielplatz in der Nähe ihres ersten Hauses oder davon, wie er bei einem Ausflug ans Meer in die Wellen sprang. Er genoss die nächtlichen Besuche seines Jungen. Außer wenn sie zu dem Supermarkt zurückkehrten, wo sein Sohn brutal aus seinem Leben gerissen worden war.

Er fuhr schweißgebadet im Bett hoch, sein Herz drohte ihm aus der Brust zu springen. Er stand auf, ging im Zimmer auf und ab und versuchte, seine Atmung zu verlangsamen. Er wusste, dass es eine Panikattacke war. Über die Jahre hatte er gelernt, mit ihnen umzugehen, aber in manchen Nächten wäre er am liebsten aus dem Fenster geklettert, um genug Luft zum Atmen zu finden. Die Wände des Schlafzimmers schienen ihm zu nahe zu kommen, und er eilte ins Badezimmer, um ein Glas Wasser zu trinken. Unter dem grellen Licht des Badezimmers stützte er sich mit den Händen auf dem Waschtisch ab und starrte in seine blutunterlaufenen Augen, während er leise von fünfzig rückwärts zählte.

Als er die Oberhand gewonnen hatte, stellte er sich dem Traum und ließ ihn durch sich hindurchfließen. Dieses Mal hatte er die Erinnerungen unter Kontrolle und konnte das vertraute Terrain gefahrlos erkunden.

Die Lichter des Supermarktes waren grell gewesen. Er und Wyatt waren am späten Nachmittag losgefahren, um letzte Besorgungen für Heiligabend zu machen. Seine Frau hatte mehr Schlagsahne und einen bestimmten Dessertwein gewollt.

Er griff nach der Schlagsahne und hielt am Weinregal an.

»Dad, darf ich mir die Zeitschriften ansehen?«, fragte Wyatt und hüpfte von einem Fuß auf den anderen. Kent nickte und ließ ihn gehen, ohne den Blick von den Etiketten der Weinflaschen zu nehmen.

»Ich hole dich, wenn ich so weit bin«, rief er seinem Zwölfjährigen hinterher, ohne hinzusehen, ob der Junge ihn gehört hatte. Er überflog die Etiketten auf der Suche nach der Marke, die seine Frau wollte. Als er sie entdeckte, griff er sich zwei Flaschen und wünschte, sie wären kalt. Vielleicht würde er ja eine gekühlte im Kühlregal finden. Er klemmte sich die Flaschen unter den Arm und stöberte weiter, lächelte hier und da über Weine mit humorvollen Etiketten.

Weihnachtsmusik dudelte aus den Lautsprechern, und entlang des Weinregals hingen weinflaschenförmige Strümpfe, die die Käufer dazu verleiten sollten, ihre

Flaschen vor dem Verschenken zu verzieren. Er berührte einen und überlegte, ob er ihn mitnehmen sollte, um seinem Chef eine Flasche zu schenken.

Eine Frau schrie auf, und Kent erstarrte.

Heiliger Strohsack. Sie klang, als wäre sie ermordet worden.

»Wyatt?«, sagte Kent. Ein eiskalter Schauer lief ihm über den Rücken, als er sich nach seinem Sohn umsah.

Zeitschriften.

Er wirbelte auf dem Absatz herum und verließ den Gang mit den Weinen. Männliche Rufe ließen ihn schneller werden. Eine weitere Frau schrie, und er begann zu rennen. »Wyatt?«, rief er. Er rannte am hinteren Ende der Gänge entlang und spähte in jeden einzelnen, um die Bücher und Zeitschriften zu finden. Weitere Schreie ließen seinen Puls in die Höhe schnellen. »Wyatt!«, schrie er erneut.

Am Ende eines Ganges kam er jäh zum Stehen. Zeitschriften.

Kein Wyatt.

Er schluckte schwer. Vielleicht schaute er sich die Zeitschriften bei den Kassen an.

Er rannte den Zeitschriftengang entlang zur Vorderseite des Ladens und suchte die Kassen ab. Angestellte und Kunden hatten sich vor einem der Gänge versammelt. Ein männlicher Angestellter rannte mit erschrockenem Gesicht an ihm vorbei.

»Was ist los?«, fragte Kent. Der Mann blieb weder stehen noch antwortete er. Er steckte einen Schlüssel in eine Bürotür und verschwand darin.

Die Leute hatten ihre Einkaufswagen stehen gelassen und blockierten den breiten Hauptgang zwischen den Kassen und den Ladenregalen. In der Menge schlugen Frauen die Hände vor den Mund. Ein paar Männer standen an der Spitze der Gruppe und redeten auf jemanden im Gang ein, wobei sie mit den Händen beruhigende Gesten machten. Kent drängte sich durch die Menge und blickte in den Tiefkühlgang.

Ein Mann, der nach einem Obdachlos aussah, hatte seinen Arm um Wyatts Schultern geschlungen und presste ihn an seinen Oberkörper.

Die Klinge seines Messers bohrte sich in Wyatts Hals.

Kent sah Blut.

Wyatts aufgerissene Augen trafen Kents. »Dad!«, kreischte er. Der Mann zog seinen Arm fester und drückte das Messer stärker zu. Kent sah, wie Blut unter dem Kiefer seines Sohnes hervorquoll und am Arm des Mannes hinablief. Das Haar des Mannes war lang und fettig, seine Kleidung schmutzig und seine Schuhe zerrissen und zerlumpt. Der Gestank seines Körpergeruchs und die Angst erfüllten den Gang. Die irren Augen des Mannes suchten Kents.

Kent trat aus der Gruppe hervor, und ein Mann packte ihn am Arm. »Vorsicht, sehen Sie.« Der Kunde zeigte an Wyatt vorbei auf einen anderen männlichen Kunden, der fünfzehn Fuß hinter dem Messermann an einer Tiefkühltruhe lehnte. Eine verschmierte Blutspur führte von dem Kunden zurück zu dem Messermann und Wyatt. Der Kunde hatte eine Hand auf die Schulter gepresst, und zwischen seinen Fingern sickerte dickflüssig Blut hervor.

»Er hat versucht, den Jungen wegzuziehen«, sagte der Mann mit leiser Stimme zu Kent. »Der Verrückte hat auf seine Brust gezielt und wollte ihm dann das Gesicht zerschneiden, als er sich wegduckte und hinfiel.« Der verletzte Kunde war sehr blass, und Kent schätzte ihn auf über siebzig. Wahrscheinlich jemand, der nicht so schnell Blut verlieren sollte.

Kent starrte seinen Sohn an. Wyatts Augen waren weit

aufgerissen und voller Furcht; sie flehten Kent an, ihn da wegzuholen. Sein Peiniger musterte die Menge der Schaulustigen und schrie sie an, Abstand zu halten. Kent hatte keinen Zweifel daran, dass der Mann Wyatt die Kehle durchschneiden würde, wenn er es wollte.

»Ich habe den Dämon gesehen!«, schrie der Messermann die Leute an, die ihn anstarrten. Alle paar Sekunden blickte er zurück zu dem Kunden auf dem Boden. Die Füße des Messermanns wollten nicht stillhalten, und sein Arm glitt nach oben, um Wyatt an der Kehle zu packen. »Der Dämon ist in seinen Augen! Er lebt in seiner Seele!«

Kent riss seinen Arm aus dem Griff des anderen Kunden und machte einen halben Schritt nach vorn.

»Keine Bewegung!«, kreischte ihn der Messermann an. Er zog das Messer von Wyatts Hals weg und richtete es auf Kent. »Er muss sterben!«

Kents Herz blieb beinahe stehen. »Er ist nur ein Junge. Er ist kein Dämon.«

»Er ist das Böse!«, schrie der Messermann. »Ich habe es gesehen!« Er führte das Messer zurück zu Wyatts Kieferpartie.

»Jemand ist los, um die Polizei zu rufen«, sagte der Mann neben ihm mit leiser Stimme. »Wir müssen ihn ablenken, bis sie hier sind.«

Schweiß sammelte sich unter Kents Achseln. Was konnte er tun?

Wyatts Lippen bewegten sich, aber Kent konnte die Worte nicht verstehen. Sein Junge hatte Todesangst.

»So tötet man keinen Dämon«, stellte Kent fest. »Dafür brauchen Sie einen Priester.«

»Ich bin ein Priester!«, brüllte der Messermann. »Gott hat mir befohlen, seine Dämonen zu finden und zu vernichten.« Die Augen des Obdachlosen waren von mehreren Schichten des Wahnsinns geweitet.

Mit einem Verrückten konnte man nicht vernünftig reden.

Die Klänge von »Stille Nacht« erfüllten den Supermarkt, und die völlige Unangemessenheit der ganzen Angelegenheit erfasste Kent. »Man kann einen Dämon nicht in der Nacht vor Weihnachten töten«, flehte er. »Das funktioniert nicht.«

Der Messermann blinzelte ihn an.

Er war zu ihm durchgedrungen.

»Leg das Messer weg. Der Junge ist kein Dämon. Er ist ein Kind.« Kent machte einen weiteren halben Schritt auf den Obdachlosen zu und streckte ihm die Hand entgegen. Gut sechs Meter trennten ihn von den beiden.

»Zurück«, kreischte der Mann mit dem Messer. Seine Glieder spannten sich an, während er Wyatt fester packte.

Kent hielt inne und senkte langsam den Arm.

»Werte Kunden, zu Ihrer eigenen Sicherheit verlassen Sie bitte das Geschäft«, ertönte eine Stimme aus dem Lautsprecher.

Der Mann mit dem Messer duckte sich hinter Wyatt und musterte die Decke des Supermarktes. »Geht weg! Zurück! Redet nicht mit mir!«

»Achtung, werte Kunden, bitte verlassen Sie das Gebäude.«

»Halt die Klappe!«, schrie der Mann mit dem Messer zur Decke. »Ihr könnt mich nicht sehen!«

»Oh mein Gott«, hauchte der Mann neben Kent. »Er ist auf Drogen.«

Kent war es egal, ob der Mann unter Drogen stand oder einfach nur durchgeknallt war. Er musste Wyatt da wegholen, bevor er ihn noch schwerer verletzte. Bisher schien

Wyatts Schnittwunde nicht allzu schlimm zu sein. Der Mann mit dem Messer hatte das Blut mit seinen ruckartigen Bewegungen auf Wyatts Gesicht verschmiert und seine Wange rot gefärbt.

Ein Stimmengemurmel hinter ihm ließ ihn über die Schulter blicken. Die Menschentraube war auf ihn und drei weitere Männer geschrumpft. Zwei Beamte der Oregon State Patrol waren in den Laden getreten und sprachen mit einem Angestellten. Der Angestellte zeigte auf Kent und die Gruppe und redete hektisch, während die Beamten nickten und die Lage einschätzten.

»Sagen Sie ihnen, sie sollen den Lautsprecher nicht mehr benutzen«, sagte der Mann neben ihm zu einem der anderen, der nickte und davoneilte.

Gute Idee.

»Ich möchte Sie bitten, den Laden zu verlassen«, sagte ein Polizist hinter ihnen.

Kent schüttelte den Kopf, ohne sich umzudrehen. »Das ist mein Sohn. Ich gehe nicht.«

»Bleibt weg!«, schrie der Messerstecher und richtete sein Messer auf die Neuankömmlinge. »Ich hasse Bullen!«

»Hey, Jerry«, sagte einer der Polizisten mit beruhigender Stimme. »Ich dachte, du sollst nicht mehr in diesen Laden kommen.«

Kent atmete erleichtert auf. Die Polizisten kannten den Messerstecher.

»Verpisst euch!«, brüllte Jerry die Gruppe an. Er riss an Wyatts Kopf, woraufhin der Junge aufschrie und Kent nach Luft schnappte.

»Nun, Jerry«, fuhr der Polizist mit derselben Stimme fort. »Das ist ein guter Junge, den du da hast. Du willst ihm doch nicht wehtun. Er hat morgen Weihnachtsgeschenke auszupacken.«

»Er ist ein Dämon!«, kreischte Jerry. Sein wilder Blick wanderte von dem immer noch blutenden Kunden auf dem Boden zu den Polizisten, dann zu Kent. Seine Augen schossen wie wild hin und her, ohne jeglichen Rhythmus in ihren Bewegungen.

»Heilige Scheiße«, murmelte der andere Polizist. »Ich habe ihn noch nie so schlimm erlebt.«

Kent sah die beiden Polizisten an und bemerkte, dass die anderen männlichen Kunden sich zurückgezogen hatten. »Steht er unter Drogen oder ist er nur verrückt?« Die Polizisten sahen zu jung aus.

Derjenige, der gesprochen hatte, schüttelte den Kopf. »Definitiv psychische Probleme, aber heute Nacht ist etwas anders. Wir haben ihn schon mehrmals mitgenommen, aber normalerweise ist er ziemlich harmlos.«

»Hat er jemals jemanden verletzt?«, fragte Kent leise und blickte zurück zu seinem Sohn. Außer meinem Sohn und dem alten Mann auf dem Boden?

»Ich glaube nicht«, sagte der erste Polizist. »Er ist vor etwa achtzehn Monaten hier aufgetaucht. Seitdem haben wir mit ihm zu tun.«

»So etwas hat er noch nie abgezogen«, sagte der zweite Polizist. Beide Polizisten hatten eine Hand in der Nähe ihrer Waffen, hatten sie aber nicht gezogen. »Wir bekommen Verstärkung und einen psychiatrischen Berater. Reden Sie einfach weiter auf ihn ein. Sehen Sie, ob er das Messer weglegt.«

»Hey, Jerry«, sagte der erste Polizist. »Kann ich den Kerl auf dem Boden aus dem Weg schaffen? Es stört dich doch nicht, wenn wir ihn wegbewegen, oder?«

»Fass ihn nicht an!«, kreischte Jerry. Er bewegte sich näher auf den alten Mann zu und zerrte Wyatt am Hals mit sich.

»Er blutet ziemlich stark, Jerry. Ich würde gerne seine Wunde verbinden. Er ist doch kein Dämon, oder?«

»Er hat sich eingemischt! Er wird für seine Einmischung sterben!«

Die Augen des alten Mannes weiteten sich und er rutschte ein paar Zentimeter von Jerry weg.

»Heilige Scheiße«, murmelte der zweite Polizist.

»Ich denke, der Kunde wird es noch ein Weilchen aushalten«, murmelte der erste Polizist. »Er hält den Kopf ziemlich gut oben.« Er erhob seine Stimme und sah den älteren Mann an. »Halten Sie durch?«

Der blutende Mann nickte. »Machen Sie sich keine Sorgen um mich.« Sein Blick wanderte zu Jerry und Wyatt.

»Er ist zäh«, sagte der erste Polizist. »Okay, Jerry. Wir lassen den Kerl eine Weile da liegen. Aber wie wär's, wenn du das Messer weglegst? Du bist viel größer als der kleine Junge. Brauchst du wirklich ein Messer?«

»Er muss sterben!« Speichel flog aus Jerrys Mund.

»Was sollen wir tun?«, hauchte Kent. Er konnte den Blick nicht von seinem Sohn abwenden. Wyatt war tapfer. Er hatte ein paar Tränen im Gesicht, aber er hielt sich gut, seit Kent aufgetaucht war. Wenn er den Augenkontakt mit dem Jungen nicht abbrach, würde alles gut werden.

Nicht wegschauen.

»Wir halten ihn bei Laune, bis unsere Verstärkung da ist«, sagte der erste Polizist.

»Noch drei Minuten«, sagte der zweite.

»Hey, Jerry. Was hast du dir dieses Jahr vom Weihnachtsmann gewünscht?«, fragte der erste Polizist.

Jerrys Gesichtsausdruck wurde leer und verzog sich dann sofort zu Wut. »Es gibt keinen Weihnachtsmann, du verlogener Drecksack. Santa ist Satan. Ich hab's im Fernsehen gesehen.« Er fuchtelte mit dem Messer in Richtung des Polizisten.

Schlechte Frage. Aber wenigstens war das Messer nicht mehr in Wyatts Nähe.

»Ihr seid alle nur Schachfiguren des Teufels«, kreischte Jerry die Polizisten an. »Ihr verwandelt Kinder in Dämonen und versucht, die Unschuldigen zu täuschen. Sie müssen sterben!« Er nahm seinen linken Arm von Wyatts Brust, packte ihn an den Haaren, riss seinen Kopf zurück und entblößte seinen Hals. Er führte das Messer zurück an Wyatts Kehle.

»Neeeein!«, schrie Kent, während er nach vorne sprang. Dumpf hörte er die Polizisten dem Mann zurufen, er solle das Messer weglegen.

Die Zeit verlangsamte sich.

Jerrys Blick war auf seine Klinge fixiert. Wyatt hielt Augenkontakt mit seinem Vater, seine Augen weiteten sich und zeigten beunruhigend viel Weißes. In einer einzigen fließenden Bewegung führte Jerry das Messer an Wyatts Hals entlang und grub die Klinge unter die linke Seite von Wyatts Kiefer.

Wyatt wusste es. Er drückte sich auf die Zehenspitzen und stieß seinen Kopf nach hinten gegen Jerrys Nase.

Ein lauter Knall ertönte rechts von Kent, und Wyatts Kopf zuckte.

Blut spritzte gegen die Glastüren hinter Jerrys Kopf.

Jerry brach auf dem Boden zusammen und riss Wyatt mit sich zu Boden.

Kent hastete zu seinem Sohn und fiel auf die Knie, dann zerrte er ihn von dem toten Mann weg.

Wyatts Haar war ein blutiges Durcheinander. Kent presste seine Hand auf den Kopf des Jungen, um die Blutung zu stoppen.

Es war weich.

In Kents Ohren summte es. Er konnte nichts hören, aber er wusste, dass die Polizisten ihn anschrien.

Ein Teil vom Kopf seines Sohnes fehlte.

Im hell erleuchteten Badezimmer atmete Kent schwer und starrte immer noch in seine eigenen Augen. Wyatt war ins Krankenhaus eingeliefert worden, hatte die Nacht aber nicht überlebt. Er war am ersten Weihnachtstag für tot erklärt worden. Wenn Wyatt ihn in seinen Träumen besuchte, war er unversehrt. Aber Kent konnte immer noch die weiche Masse seines Gehirns unter seinen Fingerspitzen spüren. Ein Gefühl, das kein Vater je spüren sollte.

Der Traum ging nie weiter. Er hatte keine Erinnerung daran, wie er ins Krankenhaus gekommen war oder wie er Wyatts Mutter benachrichtigt hatte.

Sein Leben war an diesem Tag stehen geblieben. Dieses Weihnachten, zwanzig Jahre später, würde anders werden.

Jetzt hatte er einen Plan, um die Welt wieder ins Gleichgewicht zu bringen.

21

SEIT 76 STUNDEN VERMISST

Jake sank tiefer ins Sofa und starrte auf den Fernsehbildschirm. Der Film drang nicht wirklich zu ihm durch. Es war *Star Trek*, aber er hatte keine Ahnung, welcher Teil, weil er sich keine fünf Sekunden darauf konzentrieren konnte, bevor seine Gedanken schon wieder in eine andere Richtung davongaloppierten. Lucas lümmelte in einem der großen Sessel. Er schnarchte.

Jake war neidisch. Er wollte so gerne mal wieder richtig schlafen. Es war schon schlimm genug, dass er tagsüber an Henley dachte, aber sie drang auch in seine Träume ein und hielt ihn nachts wach. Schreckliche Träume. Albträume.

Das Gespräch mit seinem Dad war gut gewesen. Abgesehen von der Sache mit den Kondomen. Am liebsten wäre er im Boden versunken, als sein Dad ihm gesagt hatte, er solle ein Kondom benutzen. *Kein Scheiß.* Er war stinksauer gewesen, als man ihm gestern Abend verboten hatte, zu McKenzie zu gehen. Sie schliefen nicht miteinander. Wie auch, wenn sie nie allein waren? Das Schicksal hatte ihn echt verarscht, als es sie eine Woche vor seiner Abreise zum College auf einer Party zusammengebracht hatte. Seitdem hatten sie täglich telefoniert, getextet und geskypt. Er hatte die Tage bis zu den Winterferien heruntergezählt, weil er dann endlich die Chance hätte haben sollen, sie wieder persönlich zu sehen.

Bisher hatte er sie letzten Donnerstag ganze fünfzehn Minuten lang gesehen, nachdem er für seine Mom zum Supermarkt gelaufen war. Ihre Eltern hatten sie zu irgendeiner Familienfeier mitgeschleppt. Gestern Abend hatte er einfach rausgemusst. In diesem Haus herrschte seit Tagen nur bedrückte Stimmung. Nach der Mahnwache hatte er sich nach frischer Luft und Ruhe gesehnt. Eine Gelegenheit, mit Leuten abzuhängen, die nicht rund um die Uhr heulten. Es hatte sich gut angefühlt, aus dem Haus zu kommen und zur Mahnwache zu gehen, aber danach hatte er einfach nur noch fliehen wollen. Er hätte einfach gehen können. Niemand hätte es auch nur bemerkt. Aber er hatte das Richtige getan und um Erlaubnis gefragt und war abgeblitzt.

Das hatte ihn wütend gemacht.

McKenzies Eltern waren gestern Abend auf einer Party gewesen und Jake und McKenzie wären allein gewesen. Endlich. Wenn er nicht bald etwas Zeit mit dem Mädchen allein bekam, würde sie sich nach jemand anderem zum Abhängen umsehen. Jemandem, der in der Stadt wohnte. Wie dieses Arschloch Scott Sinclair, von dem sie ständig redete. Sie hatte ihn in einem ihrer Kurse an der Portland State kennengelernt, während Jake einen Kontinent entfernt an der Duke war. Warum sollte sie sich nicht mit jemandem treffen, der näher dran war?

Er sank tiefer ins Sofa. Es gab coole Mädels an der Duke, aber er blieb McKenzie treu. Sie hatten so wenig Zeit miteinander gehabt, bevor er im August zur Uni gegangen war, aber es hatte gereicht, um ihm zu zeigen, dass dies ein Mädchen war, an dem er festhalten wollte. Leuchtend blaue Augen, glänzendes schwarzes Haar. Wunderschön. Und nett. Witzig war sie auch.

An diesem Tag hatte er bisher zwei SMS von ihr bekommen. Sie glaubte, ihre Eltern würden am Nachmittag zu einer anderen Party fahren, und fragte, ob er nicht rüberkommen könne. Er hatte geantwortet, dass er es versuchen würde. Er konnte in weniger als fünf Minuten zu ihr joggen, wenn er durch die Grünanlagen abkürzte. Aber nach dem Gespräch mit seinem Dad vor ein paar Stunden glaubte er nicht, dass er heute irgendwohin gehen würde.

Er hatte heute Morgen sogar Ava angesprochen und gefragt, ob sie dachte, es wäre in Ordnung, wenn er für ein oder zwei Stunden zu McKenzie ginge. Sie hatte angeboten, ihn zu begleiten, und sein Gesicht war rot angelaufen. Dann hatte Ava gelacht. »Das wäre nicht sehr cool, oder? Ein Begleitschutz bei einem Date. Das wäre wie bei Verabredungen in der guten alten Zeit, wo die Mädchen überall eine ältere weibliche Begleitperson mitnehmen mussten.«

Jake hatte keine Ahnung, wovon sie redete. Er war sich ziemlich sicher, dass seine Mom nie eine ältere Frau mitgenommen hatte, wenn sie in der Highschool ausgegangen war. Er hatte höflich gelacht und sich davongeschlichen. Aber anstatt mit ihm zu gehen, war Ava mit seiner Mom und Lilian zum Supermarkt gefahren. Die beiden Frauen hatten beschlossen, ein großes Festmahl für Heiligabend vorzubereiten. Er und Lucas hatten einander angesehen, als die Frauen ihre Pläne verkündeten, und gesagt, dass sie glaubten, nicht sehr hungrig zu sein.

Lilian hatte geantwortet, dass sie es den Reportern draußen geben würden und dass es darum ginge, den

Frauen etwas zu tun zu geben, damit sie keinen Lagerkoller bekamen. Er und Lucas hatten genickt, als ob sie verstanden hätten, und dann eine Reihe von Filmen für den Tag zusammengestellt. Das Thema war Star Trek. Alle Generationen. Sie würden es nicht schaffen, sie heute alle anzusehen, aber sie würden ein gutes Stück schaffen. Sie konnten ja morgen weitermachen.

Jake warf einen Blick auf den riesigen Weihnachtsbaum in der Ecke. Seine Zweige schienen ein wenig zu hängen, und er fragte sich, ob seine Mom vergessen hatte, ihn zu gießen. Er könnte es tun. Aber morgen war Weihnachten, also was hätte das für einen Sinn? Die Anzahl der Geschenke hatte sich nicht verändert, seit Henley verschwunden war. In einem normalen Jahr hätten sie sich in den letzten Tagen verdreifacht. Niemand wollte einkaufen gehen, geschweige denn Geschenke einpacken.

Jetzt waren Ava, Lilian und seine Mom in der Küche und kochten für eine ganze Armee. Lilian hatte sich beschwert, dass sie drei Läden hatten abklappern müssen, bevor sie einen Truthahn gefunden hatten, der nicht gefroren war. Er hatte gefragt, warum sie ihn nicht einfach in der Mikrowelle auftauen könnten, was bei allen drei Frauen zu schallendem Gelächter geführt hatte. Er hatte sich wieder einmal aus der Küche geschlichen. Der Truthahn war wahrscheinlich zu groß, um in die Mikrowelle zu passen. Wenigstens hatte es sich gut angefühlt, sie lachen zu hören.

Sein Handy vibrierte, und er öffnete die Nachricht. McKenzie hatte ein Foto vom Weihnachtsbaum ihrer Familie geschickt. Er lächelte und tippte eine Antwort.

SCHÖNER BAUM

Ihre Antwort erschien sofort. KANNST DU RÜBERKOMMEN? SIE FAHREN UM 2

Jake seufzte und sah sich das Weihnachtsfoto wieder an.
ICH VERSUCH'S

Sie schickte drei Herzen und einen Kussmund.

Er schluckte schwer und wollte verzweifelt aus dem Haus. Ava ging mit ihrem Handy am Ohr durch das Wohnzimmer und auf die hintere Terrasse, um ein privates Gespräch zu führen. Das wurde zur Normalität. Immer wenn Dad oder Ava einen Anruf von der Arbeit bekamen, gingen sie damit in den Garten. Sein Dad war immer noch draußen und telefonierte. Er telefonierte schon seit mehreren Stunden. Arbeitssachen, hatte er gesagt.

Zweifellos gab es allerlei Nachwirkungen von diesem Zeitungsartikel. Was sagten sie in den Nachrichten? Die Familie hatte sich auf eine totale Nachrichtensperre geeinigt. Filme waren das Einzige, was sie sich ansahen. Jake hatte nicht einmal seine üblichen Sendungen geschaut, für den Fall, dass es eine »Eilmeldung« gab. Ava hatte versprochen, sie über alles Wichtige auf dem Laufenden zu halten, und sie hatte dieses Versprechen gehalten.

Er beobachtete Ava draußen am Telefon. Sein Dad hatte sein Telefongespräch beendet und lauschte nun aufmerksam Avas Seite ihres Gesprächs. Dad stand steif da, seine Haltung war perfekt. Selbst ohne seinen Cowboyhut sah sein Dad immer so aus, als sei er bereit, jemanden zu erschießen. Er hatte diesen Ausdruck von Anspannung und Bereitschaft, der von messerscharfen Reflexen zeugte. Jake setzte sich auf dem Sofa gerader hin.

Was war passiert?

Ava beendete ihr Telefonat, und sie und Jakes Vater unterhielten sich einen Moment lang hitzig. Ava gestikulierte beim Reden wild mit den Händen, was ihn an eine klischeehafte Italienerin in einem Film erinnerte. Jake musterte ihr Gesicht. Sie sah besorgt aus. Sie blickte in seine

Richtung. Er wusste, dass sie ihn durch die leicht getönten Scheiben nicht sehen konnte. Sie sah wieder zu seinem Vater und schüttelte den Kopf. Dad trat vor und zog sie in eine feste Umarmung.

Jake klappte die Kinnlade herunter.

Ava erwiderte die Umarmung. Ihre Augen waren geschlossen. Sein Vater rieb ihr mit einer Hand über den Rücken, aber Jake konnte seinen Gesichtsausdruck nicht erkennen. *Dad und Ava?* Er sah zu Lucas hinüber, der weiterschnarchte. Niemand sonst hatte die Umarmung gesehen. Jake musterte die beiden erneut. *Dad könnte es schlechter treffen. Aber vielleicht tröstete er sie auch nur wegen irgendetwas.*

Ein großer Teil von ihm wünschte sich, McKenzie wäre hier, um ihn auf die gleiche Weise zu trösten. In ihrer Nähe zu sein, hatte etwas an sich, das ihn sich entspannen ließ. Sie roch immer so gut und interessierte sich für das, was er zu sagen hatte. Er hatte es satt, über FaceTime zu reden, wo er doch wusste, dass sie so nah war. Sie sollten Zeit miteinander verbringen. Er fühlte sich, als würde ein Teil von ihm fehlen, weil sie nicht neben ihm saß. Er musste heute noch zu ihr rüber. Nur für ein paar Minuten. Das würde dieses Loch füllen, das er in der Brust hatte.

Sein Vater und Ava lösten sich voneinander. Beide nickten, während sie redeten, und drehten sich um, um wieder ins Haus zu gehen. Jake wirbelte herum und starrte auf den Bildschirm, tat so, als hätte er die Umarmung draußen nicht gesehen. Patrick Stewart gab gerade Befehle für eine Außenmission zur Rettung eines Crewmitglieds. Irgendwo im Hinterkopf wusste Jake noch, dass die Mission ein Erfolg werden würde.

Warum konnte der Albtraum seiner Familie nicht innerhalb von neunzig Minuten gelöst werden?

»Hallo zusammen. Könnten Sie alle mal kurz hier reinkommen?«, rief Ava, als sie und sein Vater von draußen hereinkamen. Lilian und Robin kamen aus der Küche ins Wohnzimmer und wischten sich beide die Hände an Handtüchern ab. Lucas schreckte hoch und blinzelte.

»Ich habe gerade einen Anruf von der Einsatzzentrale bekommen«, sagte Ava. »Jemand hat den Notruf gewählt und behauptet, dass Henley freigelassen wurde. Er hat uns GPS-Koordinaten gegeben, um sie zu finden.«

»Was?«, Lilian krallte sich an Robins Schulter fest, um Halt zu finden. »Sie ist in Sicherheit? Es geht ihr gut?« Tränen stiegen ihr in die Augen.

Jake hielt den Atem an, während jeder Muskel in seinem Körper erstarrte. *Konnte das wahr sein?*

»Moment mal.« Ava hob die Hände. »Wir wissen es nicht. Wir schicken mehrere Teams zu der Stelle. Sie ist abgelegen und bewaldet. Und es besteht die Möglichkeit, dass dies ein weiterer falscher Alarm ist, wie die Lösegeldforderung. Bitte denken Sie daran. Der Anrufer weigerte sich auch zu antworten, als der Beamte am Telefon ihn fragte, ob das Mädchen am Leben sei.« Sie sah Lilian eindringlich an. »Mason und ich haben gerade darüber gesprochen, ob wir es Ihnen überhaupt sagen sollen, bevor wir wissen, ob es echt ist.«

Jakes Vater nickte.

»Dad wollte uns keine falschen Hoffnungen machen«, vermutete Jake, und die Aufregung ließ seine Stimme brechen. *Würde Henley heute nach Hause kommen?*

»Nein, das Gegenteil war der Fall.« Ava warf seinem Vater einen Blick zu. »Er dachte, Sie sollten es wissen. Er meinte, als Elternteil würde er es wissen wollen.«

»Danke, dass Sie es uns sagen«, sagte Robin. »Wir verstehen, dass Sie uns nur beschützen wollen.«

»Sie haben eine Menge Auf und Ab durchgemacht. Ich auch. Ich war mir nicht sicher, ob das eine Achterbahnfahrt ist, auf die Sie sich noch einmal einlassen wollen«, sagte Ava.

»Wir kommen schon klar. Wo ist der Ort?«, fragte Lucas. Er sah aus, als wäre er bereit, sich eine Jacke zu schnappen, in sein Auto zu springen und loszurasen, um Henley zu finden.

»Den Sandy River hoch. Die Stelle ist Teil des Nationalforstes, und es ist eine wirklich unwegsame Gegend. Wenn das echt ist, hat sich jemand echt Mühe gegeben, Henley an diesen Ort zu bringen«, antwortete Mason. »Das FBI schickt Teams und hat die Such- und Rettungsorganisation, die für dieses Gebiet zuständig ist, alarmiert.«

»Können wir mitfahren?«, fragte Lucas.

Ava schüttelte den Kopf. »Mason und ich fahren hin. Clackamas County hat ein paar Deputies draußen postiert, Sie können sich also an sie wenden, wenn Sie etwas brauchen. Wir lassen Sie so schnell wie möglich wissen, ob es sich um eine echte Spur handelt. Wir werden mindestens eine Stunde brauchen, um den Fluss hinauf zu dieser Stelle zu gelangen. Vielleicht auch länger.«

Lucas drehte sich zu Robin um, und Jakes Herz brach ein wenig bei dem sehnsüchtigen Blick auf dem Gesicht seines Stiefvaters. Robin trat von Lilians Seite und kam um Lucas' Stuhl herum, um sich auf seinen Schoß zu setzen. Lucas schlang seine Arme um sie und vergrub sein Gesicht in ihrem Haar. Jake blickte wieder zu Lilian. Sie stand still da, beide Arme um sich selbst geschlungen, während sie das Paar beobachtete.

Sie hat niemanden außer Henley.

Und Henley würde vielleicht nie zurückkehren. Für einen kurzen Moment dachte er darüber nach, Lilian zu umarmen, aber ihr Gesichtsausdruck signalisierte, dass sie nicht berührt werden wollte. Sie versank wieder tief in sich selbst, wo sie anscheinend einen Großteil der letzten Tage verbracht hatte. Heute Morgen in der Küche hatte Jake sie zum ersten Mal fast wieder normal erlebt.

Das muss echt sein.

Er blickte zu seinem Vater und sah, dass auch er und Ava Lilian aufmerksam beobachteten.

»Konnten sie den Anruf zurückverfolgen?«, fragte Jake.

Ava schüttelte den Kopf. »Ein Wegwerfhandy. Die Dreieckspeilung der Mobilfunkmasten deutet darauf hin, dass der Anruf aus der Innenstadt von Portland kam. Er hat sich die am dichtesten besiedelte Gegend ausgesucht, um den Anruf zu tätigen.« Sie blickte Mason an. »Ich ziehe mir schnell Jeans und Stiefel an, dann können wir los.«

»Ist das Gelände schlecht?«, fragte Robin.

Ava nickte. »Absolut. Flussbetten und Klippen. Wir werden sehen, wie es genau aussieht, wenn wir dort ankommen.« Sie schritt aus dem Zimmer.

Jake sah ihr nach. *Bitte, lieber Gott, lass das wahr sein.* Er schaute auf die Uhr über dem Kamin. *Eine Stunde, bevor wir irgendwelche Neuigkeiten hören? Ich werde verrückt beim Warten. Was soll ich nur tun?*

McKenzie.

Nein. Nicht jetzt. Nicht, wo wir so kurz davor sind, Henley zu finden.

Er musterte die Erwachsenen im Raum. Lilian wirbelte abrupt auf dem Absatz um und ging den Flur hinunter. Jake hörte, wie die Tür des Gästezimmers ins Schloss fiel, und wusste, dass sie nicht wieder herauskommen würde, bis sie Neuigkeiten bekamen. Seine Mutter stand von Lucas' Schoß auf und begann, Geschirr in die Spülmaschine zu räumen. Lucas starrte ein paar Augenblicke ins Leere, griff dann nach seinem Tablet und begann, auf dem Bildschirm herumzutippen.

Es gab nichts zu tun, außer zu warten. Und das konnte er allein tun, oder woanders, mit jemandem zum Reden.

Ich bin nur kurz weg. Ich bin zurück, bevor Dad uns wegen Henley anruft.

Niemand bemerkte, wie er das Wohnzimmer verließ.

22

77 STUNDEN VERMISST

Mason jagte mit seinem SUV die kurvenreiche Schnellstraße hinauf. Ava hatte den größten Teil der Fahrt am Handy verbracht und sowohl mit Sanford als auch mit ASAC Duncan telefoniert. Sanford war mit einem Dutzend Agents auf dem Weg zum selben Ort. Er hatte die Forstbehörde und die Bergwacht kontaktiert. Beide würden Teams vor Ort haben. Mason hatte beobachtet, wie die Temperaturanzeige auf seinem Armaturenbrett langsam sank, als sie die Stadtgrenzen hinter sich gelassen hatten. In den letzten Minuten hatte sie sich bei vier Grad Celsius eingependelt.

»Nicht mehr weit«, kommentierte Ava, während sie eine Karte auf ihrem Handy studierte. Sie hatte sich umgezogen und trug jetzt Wanderstiefel, Jeans und eine dicke Jacke. Mason hatte seine Cowboystiefel gegen die Wanderstiefel getauscht, die er immer hinten in seinem Wagen hatte. Ava hatte eine Reisetasche aus ihrem Kofferraum geholt. Er vermutete, dass sie die gleiche Grundausstattung enthielt wie die, die er in seinem Fahrzeug aufbewahrte: zusätzliche Kleidung, eine Decke, Munition, Wasser, Proteinriegel. Alles, was ein Polizist für einen plötzlichen Vierundzwanzig-Stunden-Einsatz ohne Zeit zum Packen brauchen könnte. Er hatte angeboten zu fahren, da er vermutet hatte, dass Ava telefonieren musste, und er hatte recht behalten.

Bald hatten sie die Stadt hinter sich gelassen. Die Schnellstraße folgte dem gewundenen Lauf des Sandy River hinauf zu seiner Quelle in den Cascades. Tannen ragten auf beiden Seiten der Straße empor, die manchmal Lücken ließen, sodass sich atemberaubende Ausblicke einen steilen Hang hinunter auf das Flussbett boten. Je höher sie kamen, desto weiter sank die Temperatur. Mason hatte am Straßenrand noch keinen Schnee gesehen, rechnete aber jeden Moment damit.

Bitte, lass sie in Sicherheit sein.

War das ein echter Anruf? Würde er sie zu einem kleinen Mädchen oder zu einer Leiche führen?

»Nimm die nächste rechts«, wies Ava ihn an.

Mason sah etwa hundert Meter vor sich eine kleine Lichtung auf der rechten Straßenseite. Er verlangsamte das Tempo und bog in die Einfahrt einer Forststraße ein. Das Metalltor war offen. Hatte die Forstbehörde es geöffnet oder ihr Anrufer? Er hatte eine Ahnung, dass diese Straßen um diese Jahreszeit eigentlich alle gesperrt waren. Die Forstbehörde sperrte die unbefestigten Wege im Winter normalerweise, damit keine Fahrer stecken blieben.

Er entdeckte frische Spuren im dicken Schlamm am Tor. Aus Avas letztem Telefonat wusste er, dass Sanford gerade mit seinen Leuten angekommen war und sie sich bereit machten, in den Wald aufzubrechen.

»Dein Wagen hätte das nicht geschafft«, stellte Mason fest, während er den Allradantrieb einschaltete, um durch den Schlamm zu kommen. Einige der Spurrillen sahen einen Fuß tief aus.

»Definitiv nicht«, sagte Ava. »Danke fürs Fahren.« Die Anspannung zeichnete sich in ihrem angespannten Kiefer ab.

Er verstand ihre Anspannung. Was würden sie am Ende dieser Straße finden?

Sie holperten durch die Spurrillen, und Ava hielt sich an der Tür fest, um auf ihrem Sitz zu bleiben. Nach einer halben Meile entdeckten sie eine Gruppe anderer Wagen. Das seltsame, vertraute Grün der Fahrzeuge der Forstbehörde hob sich von den tristen Farben der SUVs des FBI ab. Leute standen in kleinen Gruppen zusammen, und Mason atmete aus. Es schien, als sei noch niemand losgegangen. Er parkte hinter dem nächsten Fahrzeug und nahm seine persönliche Waffe aus der Konsole. Ava sah ihm zu, wie er die Waffe überprüfte, sagte aber nichts. Er hatte eine Lizenz zum verdeckten Tragen seiner eigenen Waffe. Die konnte sein Boss ihm nicht wegnehmen. Er ließ die Neunmillimeter in sein Schulterholster unter seinem Mantel gleiten.

Sie schritten zu der Gruppe, und Mason nickte den Gesichtern zu, die er vom FBI kannte. Ein kleiner Mann schien Befehle zu erteilen. Nicht vom FBI. Sanford stellte Mason und Ava der Gruppe vor. Der kleine Mann war Jim Wolf von der Bergwacht des Madison County, und er war auch ein Deputy in deren Sheriff's Department. Er musterte Mason und Ava mit einem einzigen Blick, schien sie für akzeptabel zu befinden und fuhr mit seiner Erklärung fort, was als Nächstes passieren würde.

Ehemaliger Soldat.

Es zeigte sich in Wolfs Haltung und der Art, wie er sprach.

»Die GPS-Koordinaten weisen auf einen Ort südlich von

uns«, sagte Wolf. »Wir werden uns in drei Sechsergruppen aufteilen, und einer meiner Leute wird jede Gruppe anführen. Wir werden uns alle in die gleiche Richtung bewegen. Es geht steil bergab. Passen Sie auf, wo Sie hintreten. Benutzen Sie Ihre Seile und Ihren Verstand, bevor Sie etwas tun, das Ihnen komisch vorkommt. Hoffentlich müssen wir nicht sehr weit gehen.«

Mason hob eine Hand, und Wolf nickte ihm zu. »War das Tor der Forstbehörde abgeschlossen?«

Ein älterer Mann in der Jacke der Forstbehörde meldete sich zu Wort. »Jemand hat die Kette durchgeschnitten. Es war offen, als wir ankamen, und es gab frische Spuren im Schlamm.«

Mason konnte Avas Aufregung über diese Aussage spüren. Jemand war vor Kurzem hier durchgekommen. »Warum haben Sie genau hier angehalten?«

»Die Spuren zeigten, dass hier ein Fahrzeug gewendet hat«, antwortete Wolf. »Das passt zu den angegebenen Koordinaten. Noch Fragen?« Er sah in die Runde, und mehrere Leute schüttelten den Kopf. »Los geht's.«

Mason und Ava wurden der gleichen Gruppe wie Sanford zugeteilt. Ihre Anführerin, Brynn, war eine Frau mit blondem Haar und leuchtend braunen Augen. Sie schlug ein gleichmäßiges Tempo in die gleiche Richtung wie Wolfs Gruppe an, aber fünfzig Fuß links von ihnen. Eine dritte Gruppe bewegte sich ganz rechts von Wolf und bahnte sich einen breiten Weg durch den Wald. Rufe nach »Henley!« und schrille Pfiffe ertönten alle sechzig Sekunden.

Mason achtete darauf, wo er seine Füße hinsetzte. Der steile Hang bestand aus festgetretener Erde mit vereinzelten Farnen und Tannennadeln von den hohen Bäumen über ihnen. »Gab es irgendwelche Spuren, die in den Wald führten?«, fragte er Brynn.

Sie schüttelte den Kopf. »Danach haben wir als Erstes gesucht. Die Reifenspuren waren deutlich zu erkennen, aber wir konnten nicht sehen, ob jemand tatsächlich aus einem Fahrzeug ausgestiegen war.«

»Scheiße«, murmelte Ava.

Brynn lächelte Ava an. »Wie Sie gesehen haben, ist da viel Fels. Jemand hätte bis zum Fluss hinuntergehen können, ohne eine Spur zu hinterlassen.«

Mason hörte das leise Rauschen des Flusses. Er konnte ihn nicht sehen, aber er wusste, dass sie am Ende des Hangs auf ihn treffen würden. Er bahnte sich weiter seinen Weg den Hügel hinunter, frustriert darüber, dass er seine Umgebung nicht überblicken und absuchen konnte, wenn er nicht stehen blieb. Er riskierte einen schlimmen Sturz, wenn er von der Stelle, an die er trat, aufblickte. Er streckte eine Hand aus und stützte sich an einem Baum ab, während er vorsichtig durch das Gestrüpp an dessen Wurzeln ging.

»Henley!«

Nach jedem Ruf hielten die Suchenden kurz inne und lauschten. Je näher sie dem Fluss kamen, desto schwerer war es, etwas zu hören. Sie brauchten dreißig Minuten, um den Hang zum Ufer hinabzusteigen, wo die Temperatur, das hätte er geschworen, um weitere fünf Grad gefallen war.

Die drei Gruppen kamen zusammen und blickten zu Jim Wolf, um Anweisungen zu erhalten. Der Mann konsultierte sein GPS und musterte die Umgebung. »Okay, wir sind genau dort, wo wir sein sollte. Die eine Hälfte von uns geht flussaufwärts und die andere abwärts. Melden Sie sich in zwanzig Minuten«, wies er seine Gruppenleiter an.

Mason und Ava bewegten sich mit Brynn und mehreren Männern flussabwärts. »Was, wenn sie auf der anderen Seite des Wassers ist?«, fragte Ava.

Brynn hielt inne und blickte über den Fluss. Das Wasser

floss schnell und schlug über riesige Felsbrocken, während es sich seinen Weg aus dem Gebirge bahnte. Das ferne Ufer war zwanzig Meter entfernt, aber ohne Brücke hätte es genauso gut eine Meile sein können.

»Beten wir, dass sie es nicht ist«, sagte Brynn. »Wir müssten einen Hubschrauber anfordern, um auf die andere Seite zu gelangen.« Die Frau betrachtete das reißende Wasser mit besorgtem Blick und schauderte. Mason konnte es ihr nicht verdenken. Das Wasser würde jeden umbringen, der eine Überquerung in Erwägung zog. Einer der Mitarbeiter der Forstbehörde pfiff auf seiner Trillerpfeife, und sie alle hielten inne, um zu lauschen. Dann gingen sie weiter.

Ein paar Minuten später blieb Brynn stehen und sah sich um. »Hören Sie einen Hund?«, fragte sie.

Mason lauschte angestrengt und schüttelte den Kopf. Er blickte zum Rest ihrer Gruppe, die es ihm gleichtat. Brynn lauschte weiter. »Ich habe meinen Hund nicht mitgebracht. Normalerweise ist sie bei Suchen dabei, und ich schwöre, ich habe sie für eine Sekunde gehört.« Sie lachte kurz auf. »Ich bilde mir Dinge ein.«

Dreißig Sekunden später hörte Mason ein Bellen. Den ruckartig hochfahrenden Köpfen um ihn herum nach zu urteilen, war er nicht der Einzige. »Ich hab's gehört!«, sagte einer der Agents. Brynn nickte und suchte die Gegend ab.

»Hierher, Junge«, rief sie und stieß einen beeindruckenden Pfiff mit zwei Fingern aus.

Erneutes Bellen.

»Es kommt vom Hang«, sagte Ava. »Nicht aus der Nähe des Flusses.«

Brynn änderte die Richtung und führte sie den Hang wieder hinauf. Das Bellen wurde lauter und eindringlicher.

Brynn pfiff noch ein paar Mal, was jedes Mal eine Flut von bellenden Lauten auszulösen schien.

Vom Anstieg keuchend, betrat die Gruppe eine Lichtung, gerade rechtzeitig, um einen Hund weghuschen zu sehen. Der Hund hielt an, blickte zu ihnen zurück und rannte wieder los.

Mason blinzelte. *Das sah aus wie ... Das konnte nicht sein.*

Die Gruppe folgte dem Hund, der wieder vorauseilte, dann stehen blieb, um zurückzublicken und ihren Fortschritt zu überprüfen. Ein schwarzer Hund mit einer weißen Brust. Mason war zu weit weg, aber verdammt, wenn das nicht wie sein verschwundener Hund aussah.

Jake klopfte so aufgeregt an McKenzies Tür, dass er beinahe tanzte. Endlich. Etwas Zeit allein mit seiner Freundin. Er hatte ihr getextet, dass er auf dem Weg sei, aber nicht lange bleiben konnte. Er hatte seiner Mutter gesagt, er würde ein Nickerchen machen und sie solle ihn wecken, wenn sie etwas über Henley hörte. Sie und Lilian waren eifrig in der Küche zugange, und Lucas war in seinem Arbeitszimmer verschwunden und hatte die Tür geschlossen. Jake war einfach durch die Hintertür gegangen, ohne dass es jemand bemerkt hatte.

Er hatte sich zum Joggen angezogen, damit sich niemand über einen Teenager wundern würde, der in Jeans durch die Nachbarschaft rannte. Er hatte eine Befürchtung – dass seine Mutter an seine Tür klopfen und feststellen würde, dass er weg war. Dafür müsste er sich verantworten, falls das passierte. Zumindest hatte er eine Nachricht auf seinem Bett hinterlassen, in der stand, wohin er gegangen war, damit sie nicht in Panik geraten würde, er sei wie Henley entführt worden. Sie wäre stinksauer, aber nicht verängstigt. Und er hatte nicht vor, sehr lange zu bleiben. Er hoffte, er würde zurück sein, bevor es jemand bemerkte.

Jake klopfte erneut an die Tür und klingelte. Er wusste, dass sie zu Hause war; er hatte eine SMS erhalten, bevor er das Haus verlassen hatte, die bestätigte, dass ihre Eltern für ein paar Stunden weg waren. Er wartete einige Sekunden und versuchte es dann mit der Türklinke. Unverschlossen. Er stieß die Tür einen Spaltbreit auf. »McKenzie?«, rief er durch die Öffnung.

»Komm rein, Jake«, rief sie vom hinteren Teil des Hauses. »In der Küche.«

Erleichterung durchströmte ihn, und er stieß die Tür selbstbewusst ganz auf. Er trat in den Eingangsbereich und ging in Richtung Küche. Er betrat den einladenden Raum –

Jake erstarrte.

»Hallo Jake«, sagte ein Mann zu seiner Rechten.

Jakes Hände wurden eiskalt und sein Herz setzte mehrere Schläge aus. Der silberhaarige Mann hatte McKenzie vor sich an einen Küchenstuhl gefesselt und hielt ihr ein Messer an den Hals. McKenzie hatte einen Knebel im Mund, und ihre Augen flehten ihn an, während sich ihr Brustkorb hob und senkte. In der anderen Hand hielt der Mann McKenzies Handy.

»Ich habe dir ein Angebot zu machen, Jake«, sagte der Mann freundlich. »Du tust, was ich sage, und ich schlitze deiner Freundin nicht die Kehle auf. Wie hört sich das an?«

Jake starrte den Mann an, unfähig zu sprechen. Der Mann sah aus wie jedermanns Großvater.

»Fragst du dich, ob ich sie wirklich töten würde?« Der Mann zog eine Augenbraue hoch. »Willst du es darauf ankommen lassen? Vielleicht solltest du bedenken, was ich deiner kleinen Schwester angetan habe.«

Jake ballte seine Hände zu Fäusten.

Ava kämpfte sich durch das Gestrüpp und versuchte, mit Brynns langen Schritten mitzuhalten. Der Hund galoppierte vor ihnen her, blieb ständig stehen und lief dann wieder los, um sie zum Folgen zu bewegen. Sie hatte gehört, wie Mason nach Luft geschnappt hatte, als er den Hund genau hatte sehen können. Sie waren alle schockiert gewesen, das Haustier mitten im Wald zu sehen. Besonders einen Hund, der sich so sehr bemüht hatte, ihre Aufmerksamkeit zu erregen.

Aber wohin führte er sie?

Bitte lass Henley am Leben sein!

Sicherlich führte der Hund sie zu dem kleinen Mädchen und nicht zu irgendwelchen freundlichen Campern.

»Da drüben!«, rief Brynn und fiel in einen leichten Trab. Ava konnte das kleine Mädchen am Fuße einer Tanne sehen. Eine dunkle Mütze bedeckte ihr helles Haar. Sie stand nicht auf oder bewegte sich, als sie näherkamen.

Bitte.

Der Rest der Gruppe begann, auf das Mädchen zuzulaufen. Brynn kniete neben ihr nieder, hob ihren Kopf und fühlte nach einem Puls. »Sie lebt!« Das Kind war mit mehreren Seilen um die Brust an den Baum gefesselt. Brynn zog ein Messer aus ihrer Tasche und reichte es einem Agent. »Schneiden Sie die Seile durch«, befahl sie. Er fiel auf die Knie und begann, am Seil zu sägen. Zwei andere zückten Messer und taten es ihm gleich.

»Henley«, sagte Mason über Avas Schulter hinweg, während diese neben Brynn kniete. »Kannst du mich hören, Kleine?« Das Mädchen bewegte den Kopf und machte einen schwachen Versuch, ihre Augen zu öffnen.

»Sie ist eiskalt«, stellte Brynn fest. Sie zog ihren Rucksack ab und begann, darin zu wühlen. Sie holte mehrere kleine Handwärmer und eine hauchdünne Decke hervor.

»Wir müssen ihr warme Flüssigkeiten einflößen.« Die Seile lösten sich vom Baum, und das Mädchen fiel nach vorn in Avas Arme. Brynn griff unter die übergroße braune Jacke, die das Mädchen trug, und steckte die Handwärmer in ihre Achselhöhlen. Henleys Wimpern flatterten, als sie versuchte, die Augen zu öffnen.

»Brav, Mädchen«, sagte Brynn. »Öffne deine Augen. Wir wärmen dich jetzt auf.«

Ava strich etwas Schwarzes vom Mantel des Mädchens. Hundefell. Sie blickte zu dem Hund, der in der Nähe saß und jede ihrer Bewegungen mit wachsamen Augen beobachtete. *War der Hund in ihrer Nähe geblieben, um seine Körperwärme mit ihr zu teilen?* Hundefell bedeckte Henleys Fausthandschuhe, als hätte sie sich an den Hund geklammert.

Avas Augen wurden wässrig. »Guter Hund«, flüsterte sie.

Mason trat zu dem Hund und tätschelte ihm den Kopf. »Guter Junge.« Der Hund rieb seine Schulter an Masons Bein, und Ava richtete sich auf.

»Mason, ist das dein Hund?«, fragte Ava.

Brynn unterbrach ihre Bemühungen um Henley, um einen Blick auf den Hund und Mason zu werfen.

»Verdammt richtig, das ist mein Hund«, flüsterte er. Er klopfte dem Hund mit beiden Händen auf die Flanken, und Ava hätte schwören können, dass der Hund lächelte.

~

Auf dem Weg aus dem Wald tänzelte der Hund zwischen Mason und Henley hin und her. Die Männer trugen Henley abwechselnd und nutzten ihre Körperwärme und Brynns Thermoskanne mit heißem Wasser, um das Mädchen aufzuwärmen. Mason hatte versucht, Robin anzurufen, hatte aber in der Schlucht keinen Handyempfang.

»Deshalb benutzen wir Funkgeräte«, sagte Brynn. Sie hatte die anderen Teams benachrichtigt, dass Henley gefunden worden war. Mason bemerkte, dass sie Henley sorgfältig im Auge behielt, ihre Atmung überwachte und alles tat, um dem Mädchen warme Flüssigkeiten einzuflößen.

»Sind Sie Krankenschwester?«, fragte Mason, nachdem er beobachtet hatte, wie sie unter Henleys Augenlider blickte.

»Ja«, antwortete Brynn. »Aber ich arbeite ehrenamtlich für das SAR-Team.«

»Wird sie es schaffen?«, fragte er mit leiser Stimme, und die Frau schenkte ihm ein warmes Lächeln.

»Ich denke schon. Ihre Finger und Zehen sind gut durchblutet, und ihre Pupillen reagieren auf Licht. Sie ist nicht dehydriert, nur unterkühlt. Sie war ziemlich warm eingepackt, und das hat den entscheidenden Unterschied gemacht. Und es sieht so aus, als wäre der Hund bei ihr geblieben und hätte seine Körperwärme mit ihr geteilt.«

»Gott sei Dank«, sagte Mason.

»Wie ist Ihr Hund hierhergekommen?«, fragte Brynn. Sie tätschelte den Hund, als er vorbeihuschte, um näher an Henley heranzukommen.

»Sieht so aus, als hätte derselbe Kerl, der Henley entführt hat, auch meinen Hund mitgenommen. Das hatte ich schon vermutet.«

Brynn zog die Brauen zusammen und versuchte, aus seiner Aussage schlau zu werden. »Aber warum?«

»Gute Frage. Aber ich will wissen, warum er uns den ganzen weiten Weg hierher gescheucht hat, nur um Henley zu finden. Warum hat er sich die ganze Mühe gemacht?«, fragte Mason.

Ava meldete sich hinter ihm zu Wort. »Das gefällt mir nicht. Er hat Henley eindeutig nicht verletzt, aber sie hätte hier draußen leicht sterben können. Er hat sie warm angezogen zurückgelassen, aber was wäre gewesen, wenn wir sie nicht rechtzeitig erreicht hätten? Warum diese ganze Suche inszenieren?«

Henley regte sich in den Armen des Forstarbeiters. »Mommy?«

Mason holte die beiden ein. »Wir bringen dich zu deiner Mommy, Henley.« Blau geäderte Lider flatterten erneut, und für den Bruchteil einer Sekunde blickten ihn braune Augen an. »Hey, weißt du, wer ich bin?«, fragte Mason.

Das Kind blinzelte, sein Kopf ruhte auf der Schulter des Mannes, der es trug.

»Henley«, sagte Mason. »Ich bin Jakes Vater, Mason.«

Ihre Augen flogen auf, und sie starrte ihn an. Sie begann, sich in den Armen des Mannes zu winden. »Hey!«, sagte er und ließ seine plötzlich aktive Last beinahe fallen. Vor Erschöpfung hielt sie inne, ihre Augen fielen zu, und ihr Kopf sackte zurück auf seine Schulter.

»Was war das denn?«, fragte Ava.

Mason war fassungslos. »Ich weiß nicht. Sie sah aus, als hätte sie Angst vor mir.«

»Vielleicht, weil du ein Mann bist. Ich frage mich, ob Brynn oder ich sie tragen sollten«, sagte Ava besorgt.

»Sie scheint jetzt wieder in Ordnung zu sein«, murmelte Mason. »Das war unheimlich.«

»Kennt sie dich?«, drängte Ava.

Mason zuckte die Achseln. »Ich habe sie nur ein paar Mal getroffen. Ich erinnere mich kaum daran. Ich dachte, sie wüsste vielleicht eher, wer ich bin, wenn ich ihr sage, dass ich Jakes Vater bin.«

Sie wanderten noch einige Augenblicke schweigend weiter. Mason warf immer wieder verstohlene Blicke auf das schlafende Kind vor ihm. Ihr blondes Haar war unter der Mütze zerzaust und fettig. Er hatte schon früher bemerkt, dass sie Männersocken trug, keine Socken für kleine Mädchen. Sie hingen schlabberig über ihren Schuhen, als wären sie zehn Nummern zu groß. Kein rosa Sweatshirt, stattdessen trug sie einen alten braunen Mantel, der ebenfalls einem Mann zu gehören schien. Ihre Hände waren in den langen Ärmeln verschwunden. Der Forstarbeiter reichte sie an einen der FBI-Agents weiter, der nun an der Reihe war. Mason fand, dass Henley für eine Elfjährige klein wirkte, aber sie den unwegsamen Hang hinaufzutragen war trotzdem ein hartes Stück Arbeit.

Er trat vorsichtig um einige Felsen herum und blickte auf, um in große Augen zu sehen, die ihn über die Schulter des Agents anstarrten.

»Weißt du jetzt, wer ich bin, Henley?«, fragte Mason. Ein kleines Nicken war die Antwort. Erleichterung durchströmte ihn. Sie wand sich in den Armen des Agents und versuchte, ihre Hände in dem zu großen Mantel zu finden, den sie trug.

»Ruhig jetzt«, sagte der erschrockene Agent, blieb stehen und korrigierte seinen Griff. Henley fand eine Hand und grub am Kragen ihrer Jacke.

Mason trat näher, um sie nicht wieder zu erschrecken. »Alles in Ordnung, Kleine? Was ist los?«

Sie fummelte am Reißverschluss, aber ihre Finger gehorchten ihr nicht richtig.

»Stört dich dein Mantel?« Mason beugte sich über die

Schulter des Agents und zog ein paar Zentimeter an Henleys Reißverschluss. »Ich will nicht, dass du frierst.«

Henley tauchte mit der Hand unter ihren Mantel und tastete herum. Mason hörte das Knistern von Papier, als sie einen gefalteten Zettel aus einer Innentasche der Jacke zog. Sie streckte ihn Mason entgegen. Er nahm ihn entgegen, sein Herz raste. War sie ihrem Entführer mit etwas entkommen, das ihn identifizieren würde? Mason faltete das Papier auf.

Hallo, Mason. Jetzt bin ich an der Reihe, etwas zu zerstören, das dir lieb und teuer ist.

Masons Hände zitterten so sehr, dass das Papier bebte.

»Was bedeutet das?«, fragte Ava, die neben ihm las. Sie sah Henley an. »Hat dir jemand gesagt, du sollst das Mason geben?« Das Mädchen nickte und lehnte den Kopf wieder an die Schulter des Agents. Ihre Augen fielen ihr vor Erschöpfung zu. »Deshalb hat sie so reagiert, als du deinen Namen gesagt hast. Sie hatte den Auftrag, den Zettel zu überbringen.« Avas Stimme brach. »Die Arme. Sie hat ihre Aufgabe sehr ernst genommen. Ob er ihr wohl gedroht hat?«

»Ava. Ich muss Jake anrufen.« Panik durchströmte seine Nerven. Nichts anderes war Mason wichtig. Man konnte sein Haus niederbrennen, sein Auto zu Schrott fahren und seine Gesundheit ruinieren. Sein Sohn war sein Ein und Alles, und jemand wusste das.

Er zückte sein Handy. Kein Empfang. »Hat irgenjemand Empfang?«, brüllte er.

Alle in ihrer Gruppe überprüften ihre Handys. Vergeblich.

»Wir sind nicht weit von den Fahrzeugen entfernt«, sagte Brynn.

Mason wollte den Hügel hinaufrennen. Es war ihm egal,

ob er sein Team zurückließ. Schweiß rann ihm den Rücken hinunter und Ava legte ihm eine Hand auf den Arm. »Hey«, sagte sie. »Nur noch ein paar Minuten.«

»Irgendetwas stimmt nicht. Ich kann es fühlen.«

»Wir haben Jake sicher zu Hause gelassen.«

»Und ein Großteil des FBI ist hier oben, um Henley zu retten«, wandte Mason ein. »Als wir gefahren sind, waren nur ein paar Deputies aus Clackamas County vor dem Haus. Es könnte etwas passiert sein.«

»Niemand hat Jake«, sagte Ava, aber ihr Blick wurde unsicher.

23

Sein Team erreichte das Ende der Straße und Mason joggte voraus. Die anderen Teams waren schon vor ihnen zurück und warteten an den Fahrzeugen. Mason sah auf sein Handy. Kein Netz.

Jake.

»Hat jemand Empfang?«, rief er der anderen Gruppe zu, als er zu ihnen rannte. Die Agents sahen pflichtbewusst auf ihre Handys und schüttelten die Köpfe.

»Ich habe die Ranger-Station angefunkt und sie gebeten, die Nummer anzurufen, die Sie Brynn gegeben haben. Ich habe noch nichts gehört«, sagte Wolf zu ihm. »Ist das kleine Mädchen okay?«

»Brynn sagt, sie sieht gut aus. Nur kalt«, erwiderte Mason. »Ich muss zurück in die Stadt.«

Sanford holte ihn ein. Ava hatte ihm die Nachricht gezeigt, die Henley bei sich getragen hatte. »Wir fahren auch dorthin. Wir haben Henley zwar zurück, aber es klingt, als wäre das hier noch nicht vorbei.«

»Ich fahre«, sagte Ava und hielt Mason die offene Hand für seine Schlüssel hin. Er gab sie ihr. Während der Fahrt würde er am Handy hängen. Er wollte gerade auf den Beifahrersitz steigen, doch er drehte sich um und eilte hinüber zu dem Explorer, in dem Brynn gerade Henley auf dem Rücksitz anschnallte.

»Wohin bringen Sie Henley?«, fragte er. Das kleine Mädchen sah ihn ruhig an, während Brynn sie beflissendlich versorgte. Ihre Augen waren müde und glasig, aber sie war wach und saß von allein aufrecht. Brynn glitt auf den Sitz neben ihr.

»Ins Emanuel Hospital. Wir lassen sie durchchecken.« Sie sah Mason in die Augen, und Mason wurde klar, dass sie sich Sorgen wegen eines sexuellen Übergriffs machte. Sein Herz sank ihm in die Hose. »Ich versuche weiterhin, ihre Eltern zu erreichen«, fuhr Brynn fort. »Wenn Sie sie zuerst erreichen, sagen Sie ihnen, sie sollen uns dort treffen.«

»In Ordnung.« Mason nahm eine von Henleys Fäustling-Händen. »Bist du bereit, deine Mama zu sehen?«

Sie nickte und ihre Augen leuchteten auf.

»Gut. Sie hat dich furchtbar vermisst. Wir alle. Jake wird sich freuen zu hören, dass es dir gut geht.«

Sie beugte sich vor, um an ihm vorbeizusehen. »Hund«, flüsterte sie und streckte die Hände aus. Masons Hund sprang an ihm vorbei in den SUV, setzte sich auf den Boden zu Henleys Füßen und blickte mit heraushängender Zunge zu Mason auf. Der Hund nahm seine Wachpflicht sehr ernst. Mason kraulte ihm die Ohren. »Guter Junge.«

»Wie heißt er?«, fragte Henley mit leiser Stimme.

»Er hat keinen Namen«, antwortete Mason. »Möchtest du ihm einen geben?«

Das Mädchen nickte und verzog nachdenklich das Gesicht. »Bingo.«

»Das ist ein guter Name. Bingo.« Der Hund legte bei

dem Namen den Kopf schief und hielt Masons Blick fest. »Ich glaube, er gefällt ihm.«

Er nickte Brynn zu und schlug die Tür zu.

Er ging zurück zu seinem Truck und stieg ein. Ava warf ihm einen fragenden Blick zu.

»Sie bringen sie ins Krankenhaus, um sie durchchecken zu lassen. Lass uns fahren«, erklärte er.

Ava steuerte den Forstweg hinunter, während Mason sein Handy im Auge behielt und darauf wartete, dass die Empfangsanzeige ein paar Balken bekam.

Sie flackerte auf und er wählte Robins Handynummer.

»Mason?«, meldete sich Robin.

»Hast du es gehört?«, fragte er.

»Ja, wir haben einen Anruf von der Station der Forstverwaltung bekommen. Sie sagten, deine Gruppe hätte durchgefunkt, dass es Henley gut geht. Stimmt das? Geht es ihr wirklich gut?«

»Ja, sie sitzt aufrecht und redet. Sie scheint wohlauf zu sein.«

Robin brach in Tränen aus und Lucas übernahm den Hörer. »Sie bringen sie ins Emanuel? Stimmt das? Wurde sie verletzt?«

»Sie scheint okay zu sein, Lucas. Wirklich. Ich habe kurz mit ihr geredet. Ich glaube, das ist nur eine Vorsichtsmaßnahme. Ist Lilian in Ordnung?«

Mason hörte, wie Lucas seine Informationen weitergab und Frauenstimmen antworteten.

»Ja, Lilian weiß Bescheid und ist außer sich vor Freude. Wir fahren in einer Minute ins Krankenhaus.«

»Kann ich mit Jake sprechen?« Masons Herz begann zu rasen.

»Einen Moment.«

Mason hörte, wie Lucas Anweisungen gab, und dann

kam er wieder ans Telefon. »Robin holt ihn. Wir hätten ihn fast vergessen, seit die Forstverwaltung vor einer Minute angerufen hat.« Seine Stimme brach. »Ich kann immer noch nicht glauben, dass Henley okay ist. Mein Gott, Mason. Das hätte auf so viele verschiedene Arten enden können.«

»Ich weiß, Lucas. Ich weiß. Glaub mir, ich habe jede einzelne davon durchdacht.«

»Ich auch.« Lucas holte tief Luft. »Ich kann es nicht fassen«, wiederholte er.

Mason hörte Robins Stimme im Hintergrund.

»Was meinst du damit, er ist nicht da?«, fragte Lucas vom Hörer weg. *»Er ist wohin gegangen?«*

Mason schloss die Augen. *Jake.*

»Robin sagt, er hat eine Nachricht auf seinem Bett hinterlassen, dass er für eine Weile zu McKenzie geht. Er hat uns nicht gesagt, dass er geht. Ich bring den Jungen um!«

»Ich muss ihn anrufen.« Mason konnte kaum sprechen. Er wandte den Blick von der Straße ab; der Asphalt, über den sie rasten, machte ihn schwindelig. *Was hat Jake sich nur dabei gedacht?*

»Robin ruft ihn schon an«, sagte Lucas. »Warte mal.«

Ava warf Mason vom Fahrersitz aus einen besorgten Blick zu. »Was ist los?«

»Jake hat eine Nachricht hinterlassen, dass er zum Haus seiner Freundin gegangen ist.«

»Was?«, sagte Ava. »Ich habe ihm heute Morgen gesagt, dass er jemanden mitnehmen muss.«

»Du bist nicht die Einzige«, antwortete Mason. Die Nervosität schnürte ihm den Magen zu.

»Robin hat ihm eine Nachricht auf seinem Handy hinterlassen«, sagte Lucas. »Er ist nicht rangegangen.«

»Scheiße. Sind die beiden Deputies aus Clackamas

County noch da?«, fragte Mason. »Sag ihnen, sie sollen sofort zu McKenzies Haus rasen.«

»Was ist los?« Lucas' Stimme wurde leiser. »Henley ist in Sicherheit. Warum …«

»Er ist jetzt hinter Jake her«, stieß Mason hervor. Hysterie krallte sich in seinem Gehirn fest. »Er hat bei Henley eine Nachricht für mich hinterlassen, in der steht, dass als Nächstes dran ist, was mir lieb und teuer ist. Das wäre dann wohl Jake.«

»Heilige Scheiße«, hauchte Lucas.

Mason hörte ihn im Hintergrund jemanden anschreien, während er das Telefon auf den Sitz legte. Die Kurven der Straße und der Stress des Morgens holten ihn ein. »Fahr rechts ran«, murmelte er zu Ava. »Mir wird schlecht.«

Sie riss das Lenkrad nach rechts, und Mason hatte die Tür schon auf, bevor der SUV überhaupt zum Stehen gekommen war.

WENIGE MINUTEN später rasten Mason und Ava die kurvenreiche Schnellstraße entlang. In Masons Kopf drehte sich alles, während er versuchte, nicht daran zu denken, dass Jake derselben Person ausgeliefert war, die Henley drei Tage lang gefangen gehalten hatte.

»Er hat Henley nichts getan«, stellte Ava fest, ihr Blick auf die Straße gerichtet.

»Soweit wir bisher wissen«, murmelte Mason. »Ich glaube, es ging nicht um Henley oder darum, dass sich jemand aus Lucas' Geschäft an ihm rächen wollte. Es geht um mich.«

»Wovon redest du?«

»Diese Nachricht. Er hat es auf mich abgesehen. Für

Lilian oder Lucas wurde keine Nachricht hinterlassen. Was ich nicht verstehe, ist, warum er Henley überhaupt entführt hat, wenn sein Ziel war, an mich heranzukommen.«

»Wir wissen nicht, ob das sein Ziel war. Du bist zu voreilig.«

Ava fuhr in Richtung Lake Oswego und zu McKenzies Haus. Am Telefon hatten sie erfahren, dass die Polizei von Clackamas County sofort zum Haus des Mädchens gefahren war und die Haustür unverschlossen vorgefunden hatte. Jakes Freundin McKenzie wurde drinnen gefunden, geknebelt und an einen Stuhl gefesselt. Sie gab an, dass ein älterer Mann zuvor bei ihr eingebrochen war, ihr ins Gesicht geschlagen, sie gefesselt und mit ihrem Handy eine Nachricht an Jake geschickt hatte.

Er hatte Jake die Augen verbunden und ihn gefesselt, ihn dann mitgenommen und Jakes Handy zurückgelassen.

Das junge Mädchen half der Polizei, so gut sie konnte.

»Woher wusste er, dass sie Jakes Freundin ist?«, fragte Mason Ava, als sie von der Autobahn in Richtung McKenzies Haus abbogen. Noch zehn Minuten. Er wollte selbst mit dem Mädchen reden.

»Gute Frage. Wahrscheinlich so, wie er wusste, dass Jake in Duke studiert und dass er in der Nacht, in der er angesprochen wurde, Pizza essen war.«

»Glaubst du, das war er?«, fragte Mason.

»McKenzies Beschreibung passt ziemlich gut dazu. Ich würde sagen, jemand stalkt Jake schon eine Weile. Wie viel gibt er in den sozialen Medien über sich preis?«

»Ich weiß es nicht«, gab Mason zu. »Ich habe ihm gesagt, er soll vorsichtig sein.«

»Aber hast du nachgesehen?«, fragte Ava. »Ist seine Facebook-Seite privat? Steht in einen anderen Accounts in seiner Bio für alle Welt sichtbar, dass er in Duke studiert? Instagram, Twitter, Snapchat. Dieser ganze Mist. Kinder posten ständig Zeug, das sie nicht posten sollten, und gehen davon aus, dass es außer ihren Freunden nie jemand sehen wird.«

»Mist.« Mason rieb sich die Stirn. Er hatte Jake nie gebeten, ihm zu zeigen, was er über sein Leben postete. »Ich komme bei dem Zeug nicht hinterher.«

»Du versuchst es nicht«, korrigierte Ava ihn. »Du bist wie 99 Prozent aller Eltern – du entscheidest dich dafür, dich nicht darüber zu informieren. Das höre ich jeden Tag.«

Mason wollte es leugnen, aber sie hatte recht. Er wusste, dass es Seiten gab, auf denen Kinder kommunizierten. Er hatte Jake nie gebeten, sie ihm zu zeigen. Und er hatte nie versucht, nach den Informationen seines Sohnes zu suchen, außer einem halbherzigen Blick auf Facebook.

Sie hielt vor McKenzies Haus, nur wenige Blocks vom Haus der Fairbanks entfernt. Autos von Clackamas County und dem FBI füllten die Straße. Mason fragte sich, wie lange es dauern würde, bis die Medien eins und eins zusammenzählen und die Verbindung zwischen der Aktivität hier und Henleys Verschwinden herstellen würden. Er entdeckte ein paar Nachbarn, die aus ihren Fenstern zusahen, und schätzte, dass es nicht lange dauern würde.

Drinnen fanden sie McKenzie vor, die mit einer Polizistin und ASAC Ben Duncan dasaß. Andere Beamte und Agents wimmelten am Tatort umher. Mason hatte das Mädchen noch nie getroffen. Verdammt, er hatte bis vor ein paar Tagen nicht einmal gewusst, dass sie im Leben seines Sohnes existierte. Sie richtete ihre geschwollenen, aber wunderschönen blauen Augen auf ihn, und er verstand, warum sein Sohn sich so sehr in sie verliebt hatte. Auf ihrem Wangenknochen rötete sich eine Strieme.

»Sind Sie Jakes Dad?«, fragte McKenzie, bevor er ein Wort gesagt hatte.

Mason nickte.

»Der Hut«, sagte sie. »Er hat immer gesagt, Sie wären ein Cowboy.«

Mason drehte die Krempe seines Hutes in den Händen. »Wer war es?«, fragte er und ließ seinen Blick über Duncan und die Polizistin schweifen.

McKenzie schüttelte den Kopf. »Ich glaube nicht, dass Jake ihn kannte. Er schien völlig überrascht zu sein, ihn zu sehen, und sagte nichts, was darauf hindeutete, dass er ihn kannte.«

»Ich habe Ihnen gesagt, dass Sie warten können, bis Ihre Eltern da sind.« Die Polizistin berührte McKenzies Arm.

McKenzie schüttelte den Kopf und zog ihren Arm von der Berührung der Frau zurück. »Ich bin achtzehn. Ich kann mit der Polizei reden, wenn ich will. Und sie müssen jetzt wissen, was ich gesehen habe, um Jake zurückzubekommen. Nicht erst, wenn meine Eltern nach Hause kommen.«

»Sie machen das ganz prima, McKenzie«, sagte Ben Duncan. »Sie waren bereits eine große Hilfe. Lassen Sie uns noch einmal darüber sprechen, wie er aussah.«

»Ich habe Ihnen gesagt, wie er aussieht«, sagte McKenzie und hob die Hände. »Mehr weiß ich nicht.«

»Sagen Sie es noch einmal, damit Mason es hören kann«, schlug Duncan vor. »Vielleicht fällt ihm ja etwas dazu ein.«

McKenzie richtete sich auf und sah Mason direkt an. »Er sah aus wie ein typischer Großvater. Silbernes Haar, groß, vielleicht eins fünfundachtzig, gut gebaut. Es sah so aus, als hätte er sich seit ein paar Tagen nicht rasiert. Seine Schultern waren breit, überhaupt nicht gebeugt.«

»Alter?«, fragte Mason.

Das Mädchen zuckte mit einer Schulter. »Über sechzig?

Ich weiß nicht. Er war noch kräftig. Er hat Jake ohne Probleme hier rausgeschleppt.«

»Er hat ihn getragen?«, fragte Duncan mit gerunzelter Stirn.

»Nein, er hat an Jakes Armen gezogen. Sie waren hinter seinem Rücken gefesselt, aber er war so schnell, dass Jake fast über seine eigenen Füße gestolpert wäre.«

»Worüber habt ihr gesprochen, während ihr auf Jake gewartet habt?«, fragte Mason.

McKenzies Blick wanderte nach unten und nach rechts, während sie sich erinnerte. »Er wollte Sachen über uns wissen. Wie lange wir schon zusammen sind, wo wir uns zu Dates trafen. Ich habe ihm gesagt, dass wir meistens nur getextet und geskypt haben, da wir in verschiedenen Bundesstaaten leben. Wir hatten seit seiner Abreise zum College kein richtiges Date mehr.«

»Er wusste, dass Jake in Duke studiert?« Masons Magen zog sich wie in einem Schraubstock zusammen. Sein Sohn wurde vermisst, und doch fühlte es sich für einen Teil von ihm an, als würde er den Fall eines Fremden analysieren. Sein Herz wurde entzweigerissen, aber sein Verstand lief auf Autopilot; seine rationale Polizistenseite übernahm das Ruder, um seine Gefühle zu schützen und den schnellsten Weg zu finden, seinen Sohn zu finden.

»Ja, das schien er bereits zu wissen.«

Mason wechselte einen Blick mit Ava und Duncan, die beide nickten. Es sah mehr und mehr nach demselben Mann aus, der Jake in der Nähe des Campus angesprochen hatte. Seine Arme schmerzten vor Sehnsucht, seinen Sohn zu umarmen und nie wieder loszulassen.

»Hat er über Henley gesprochen?«, fragte Ava.

»Er hat Jake gefragt, ob er wissen wolle, was er seiner Schwester angetan habe, aber dann wollte er nicht sagen, ob sie noch lebte oder nicht. Er hat Jake immer wieder mit ihrem Schicksal verhöhnt. Er sagte zu Jake, er würde mir die Kehle durchschneiden, wenn er nicht täte, was er sagte.« Sie schauderte. »Ich dachte, das bedeutete, dass er das auch mit Henley getan hatte. Ich glaube, Jake dachte das Gleiche.«

Ein Deputy aus Clackamas County betrat den Raum. »Keiner der Nachbarn hat heute hier ein fremdes Fahrzeug bemerkt. Einem Nachbarn ist aufgefallen, als die Eltern wegfuhren, aber sonst hat niemand ein Auto oder einen LKW in der Nähe gesehen.«

»Er hat es in unserer Garage geparkt, während wir auf Jake gewartet haben«, sagte McKenzie zu Mason.

»Woher wusste er, dass deine Eltern so lange weg sein würden?«, fragte Mason.

Sie blinzelte. »Er hat mich gefragt. Ich habe ihm gesagt, dass sie für ein paar Stunden auf einer Party sind. Aber das konnte er nicht wissen, bevor er hereinkam.«

»Wie waren sie gekleidet?«, fragte Duncan McKenzie.

»Schick. Dad trug eine Krawatte und Mom ein Kleid. Es war offensichtlich, dass sie irgendwo hingingen.«

»Er war bereit, sich darauf zu verlassen, dass sie weg sein würden«, grübelte Mason und konzentrierte sich auf McKenzies Worte, anstatt blindlings aus der Tür zu stürmen, um nach Jake zu suchen. »Wirkte er gestresst, dass sie jeden Moment zur Tür hereinkommen könnten?«

McKenzie dachte einen Moment nach. »Er wirkte die ganze Zeit gestresst. Er war nur darauf konzentriert, Jake hierher zu bekommen. Immer wieder fragte er, ob ich dächte, dass er kommen würde. Ich glaube, nach meinen Eltern hat er nur ein- oder zweimal gefragt.«

»Hatte er außer einem Messer noch etwas?«, fragte Ava.

McKenzie nickte. »Er hatte eine Pistole.«

Masons Herz blieb stehen.

»Sie hat uns einen Revolver beschrieben«, fügte Duncan hinzu. »Den größten Teil der Zeit hat er ihn in einer Manteltasche aufbewahrt.«

»Er hat ihn ständig durch seine Tasche berührt«, fügte sie hinzu. »Als wolle er sichergehen, dass er noch da war. Mit dem Messer schien er sich wohler zu fühlen.« Sie deutete auf ihren Hals, und Mason bemerkte, dass sie unter ihrem Ohr einen dicken Verband hatte, der von ihrem Haar verdeckt wurde.

Der Mann, der das getan hat, hat Jake.

Mason biss die Zähne zusammen. »Es tut mir leid, dass du das durchmachen musstest.«

»Das? Das war doch nichts«, funkelten McKenzies Augen vor Wut. »Er hatte Henley tagelang in seiner Gewalt, und jetzt hat er Jake. Wer weiß, was er vorhat? Ich war ein paar Stunden gefesselt. Na und? Wir müssen herausfinden, wohin er Jake bringt.«

Mason bewunderte ihren Schneid, wusste aber, dass sie den Schock ihres Erlebnisses erst später spüren würde. Er blickte zu der Polizistin, die ihm zunickte. Sie wusste es auch. McKenzie würde für den Rest ihres Lebens unter den emotionalen Folgen leiden.

Sein Handy vibrierte in seiner Tasche. *Jake?* Ihm wurde schwer ums Herz, als er sah, dass es nicht die Nummer seines Sohnes war. Natürlich war sie das nicht. Jakes Handy lag in einem Beweismittelbeutel auf dem Couchtisch vor Ben Duncan.

Er entfernte sich ein paar Schritte von der kleinen Gruppe und drehte ihnen für etwas Privatsphäre den Rücken zu. »Callahan.«

»Hallo, Mason. Das ist wirklich sehr lange her.«

Mason erstarrte. Langsam drehte er sich wieder zur Gruppe um und traf Avas neugierigen Blick. Er starrte sie an und sah, wie in ihren blauen Augen das Verständnis aufblitzte. Sie deutete auf Duncan, der aufstand und Mason aufmerksam beobachtete.

Mason kannte die Stimme nicht. »Wer ist da?«

»Jemand, der dein Leben zur Hölle gemacht hat. Genauso wie du meins.«

Seine Gedanken rasten und ein Tosen dröhnte in seinen Ohren. »Wer sind Sie? Wo ist Jake?«

Der Mann lachte. »Du erinnerst dich noch nicht an mich? Das wirst du bald. Sehr bald.«

»Was haben Sie mit Jake gemacht?«

»Ich habe noch gar nichts gemacht. Ich warte auf dich.«

»Was? Worauf warten Sie?« Mason sah zu, wie Duncan ein hastiges Gespräch mit einem anderen Agent führte und dabei auf Masons Telefon deutete. Der andere Agent schüttelte den Kopf. Sie hatten sein Telefon nicht für eine Ortung vorbereitet. Das Beste, was sie jetzt tun konnten, war, seinen Anbieter zu kontaktieren und den Ursprungsort des Anrufs zu lokalisieren. Kein schneller Prozess.

»Ich warte schon sehr lange auf dich, Mason. Du hast mein Leben zerfetzt und auseinandergerissen.«

»Ich? Sie sollten mir besser ins Gedächtnis rufen, wie ich das getan habe.«

Ava kam näher, und Mason neigte das Telefon leicht, damit sie mithören konnte. Sein Herz hämmerte so stark, dass sein Brustkorb schmerzte.

»Du wirst dich früh genug erinnern.«

Mason hörte leise Weihnachtsmusik am anderen Ende der Leitung. *War er an einem öffentlichen Ort? Oder in einem Fahrzeug mit eingeschaltetem Radio?* »Sie haben Henley nicht verletzt«, stellte er fest. »Wir haben sie gefunden. Es geht ihr gut.«

»Oh, wie schön. Ich bringe es nicht übers Herz, kleine,

unschuldige Mädchen zu verletzen. Verdorbene große sind eine andere Geschichte. Die bekommen normalerweise, was sie verdienen.«

Mason konnte nicht atmen. »Josie?«, presste er den Namen hervor.

Der Mann schnaubte. »Die war wertlos. Aber sie hat meinem Zweck gedient.«

»Welchem Zweck denn?« *Halte ihn bei der Stange.*

»Darauf bist du noch nicht gekommen?«, klang der Mann überrascht. »Du bist wahrscheinlich zu sehr auf die kleinen Dinge konzentriert. Du hast das große Ganze nicht betrachtet.«

Wovon zum Teufel redet er? Mason konnte keinen klaren Gedanken fassen. Neben ihm runzelte Ava die Stirn, während sie dem Gespräch lauschte und sich mit der Hand auf seiner Schulter gegen seinen Arm lehnte.

Sie roch nach der eisigen Luft von ihrer früheren Suche.

»Ich verstehe nicht«, sagte er zu dem Anrufer, während er in Avas blaue Augen starrte. Sein Puls verlangsamte sich, als er ihre Ruhe einatmete. »Sie müssen Jake gehen lassen. Sie haben ihm noch nichts getan. Es ist noch nicht zu spät.« Er erwähnte Josies Tod absichtlich nicht.

»Oh, es ist viel zu spät«, flüsterte der Mann. »Es ist schon seit Jahrzehnten zu spät. Ich konnte es nur bis vor Kurzem nicht sehen.«

Die Haare auf Masons Armen stellten sich auf. *Jahrzehnte? Wer?*

»Sagen Sie mir, wo ich Jake finden kann. Sie haben Henley nicht verletzt; Sie müssen es mit Jake genauso halten.«

»Nein, nein, ich fürchte, das kann ich nicht tun.«

Der deprimierte Ton ließ bei Mason alle Alarmglocken

schrillen. Ava grub ihre Finger in seine Schulter, während sie zuhörte.

Eine Männerstimme aus einem knisternden Lautsprecher kündigte im Hintergrund des Anrufs etwas an. Mason konnte die Worte nicht verstehen. *Ein Radiosender?*

»Es ist Zeit, Mason«, sagte er langsam. »Es ist Zeit, alles wieder ins Gleichgewicht zu bringen. Ich treffe dich in der Tiefkühlabteilung.«

Das Telefongespräch wurde beendet, und Masons Blickfeld verengte sich zu einem Tunnel.

Er wusste, wo er Jake finden konnte.

»Herrgott«, sagte er.

24

»Zurück!«, schrie Kent die Frau im Tiefkühlgang an.

»Sie wollen ihn nicht verletzen«, sagte sie und trat näher. »Er ist doch nur ein Junge!«

Er schlang seinen Arm fester um Jakes Hals und hielt die Hand mit dem Messer dicht an dessen Ohr. Der Junge war groß, und es gefiel Kent, dass Jakes Körper den größten Teil seines eigenen verdeckte. Da die Hände des Jungen immer noch gefesselt waren, bestand kaum eine Chance, dass er sich wehren würde.

»Zwingen Sie mich nicht, auf Sie zu schießen!«, schrie er und hielt eine Pistole in der anderen Hand. Die Frau kam immer näher. Der Rest der Kunden war auseinandergestoben, als er den ersten Schuss in die Decke gefeuert hatte, um den Supermarkt zu räumen. Diese hier schien zu glauben, ihr Alter würde sie schützen. Sie sah aus, als wäre sie Ende sechzig. Ihre Schuhe waren zweckmäßig und ihr Haar war zu einem langen, grauen Zopf zurückgebunden. Sie war im Tiefkühlgang gewesen, als er den ersten Schuss abgefeuert hatte, und hatte nicht einmal gezuckt. Sie hatte sich langsam umgedreht und ihn angestarrt, während die anderen Kunden schrien und davonrannten und die friedliche Weihnachtsmusik übertönten, die noch wenige Augenblicke zuvor den Laden erfüllt hatte.

War sie bekifft? Wer zuckte bei einem Schuss nicht zusammen?

Sie lächelte ihn an, als könnte sie ihn mit ihrer Freundlichkeit entwaffnen. »Er ist ein guter Junge. Sie wollen doch keinen Fehler machen, der Sie für immer verfolgen wird.«

Er richtete die Waffe auf sie und fluchte innerlich, als er seine Hand zittern sah. »Verpissen Sie sich.«

Sie machte einen weiteren Schritt, die Hände ausgestreckt, als würde er ihr gleich ein Baby überreichen. »Hören Sie, wenn Sie nicht zurückgehen, erschieße ich Sie.«

Sie schüttelte den Kopf. »Sie wollen niemandem etwas tun.«

Wut explodierte in seinem Kopf.

Seine Hand wurde ruhig und er drückte ab. Ihre Schulter zuckte zurück und sie sank auf die Knie, eine Hand auf die Schulter gepresst. Schock zeichnete sich auf ihrem Gesicht ab und ihr Mund öffnete sich zu einem großen O, aber sie gab keinen Laut von sich.

Schreie kamen vom anderen Ende des Gangs. Aus den Augenwinkeln sah er Menschen am Ende des Gangs im hinteren Teil des Ladens vorbeirennen. Jakes Körper bebte und die Erschütterungen übertrugen sich durch seinen Rücken in Kents Brust.

Eine weibliche Stimme sprach über die Lautsprecheranlage. »Alle müssen den Laden verlassen. Sofort!«

»Sie haben mich angeschossen.« Die Frau blinzelte schockiert.

»Ich habe Sie gewarnt«, schrie er sie an. *Verdammt sei sie. Warum hatte sie ihn dazu gezwungen?*

Sie rutschte zurück, bis sie sich an eine Tiefkühltruhe

lehnte. Blut sickerte langsam zwischen ihren Fingern über der Schusswunde hervor. »Warum haben Sie das getan?«, fragte sie.

»Weil ich Ihnen gesagt habe, Sie sollen zurückgehen, und das haben Sie nicht getan!« Seine Hand mit der Waffe zitterte wieder. »Warum haben Sie nicht gehört?«

Er blickte zu beiden Enden des Gangs. Vorne lugte ein Gesicht um die Ecke, aber der hintere Teil des Ladens schien leer zu sein. Er hatte Stunden in diesem Supermarkt verbracht und alle Kameras ausfindig gemacht. Eine bei der Apotheke, eine in der Nähe der Spirituosen, ein paar bei den Kassen und eine an jeder Eingangstür. Der Tiefkühlgang war in keinem Kamerawinkel und nur für jemanden sichtbar, der an einem der beiden Enden des Gangs oder oben auf der Tiefkühltruhe stand. Aber er spürte, dass ihn Leute beobachteten.

Seine Haut kribbelte.

Das war es also.

Nach heute würde in der Welt alles wieder in Ordnung sein. Er würde Wyatt wiedersehen und die Welt wieder im Gleichgewicht zurücklassen.

»Sir, ich sehe, dass Sie aufgebracht sind. Was brauchen Sie?« Eine Frauenstimme ertönte erneut aus dem Lautsprecher im Laden. Kent drehte den Kopf und sah eine Angestellte, die hinter einer Kasse hervorlugte. Ihr Körper war gut versteckt, ihr Kopf kaum zu sehen, und sie hob zaghaft eine Hand, als er in ihre Richtung blickte.

Sie hatte weitaus mehr Verstand als die Frau auf dem Boden des Tiefkühlgangs.

»Sagen Sie der Polizei, ich warte auf Mason Callahan von der Oregon State Police! Ich will sein Gesicht hier drin sehen«, schrie er sie an. Jake zuckte beim Namen seines Vaters zusammen.

»Dad?«, flüsterte er.

»Mason Callahan?«, wiederholte sie über den Lautsprecher.

Kent nickte ihr zu.

»Ich werde das weitergeben. Lassen Sie uns die Frau medizinisch versorgen?«

Kent blickte zu der älteren Frau auf dem Boden. »Sie muss aus eigener Kraft hier raus.«

Die verletzte Frau sah Jake und dann wieder Kent an. »Lassen Sie den Jungen mir hinaushelfen.«

Ärger schoss durch Kent, und er richtete die Waffe auf ihren Kopf. »Halten Sie den Mund und bewegen Sie sich.«

Zorn erfüllte ihren Blick auf Kent. »Sind Sie stolz darauf, eine alte Frau angeschossen zu haben? Ein starker Mann wie Sie sucht sich einen Jungen als Opfer aus? In der Hölle ist ein besonderer Platz für Leute wie Sie reserviert.«

»Lady, ich lebe seit zwanzig Jahren in der Hölle.«

Sie sah Jake an. »Halt durch, mein Junge. Gott wird über dich wachen.«

»Raus hier!«, schrie Kent. Eine innere Hitzewelle erhitzte sein Gehirn, und er kämpfte gegen den Drang an, ihr ins Gesicht zu schießen. Sein Finger berührte den Abzug. Sie schluckte schwer, warf Jake einen entschuldigenden Blick zu und begann langsam auf ihrem Hosenboden in Richtung des vorderen Teils des Ladens zu rutschen.

Erleichterung durchströmte Kent. Er rieb sich mit dem Handrücken, der die Waffe hielt, über die Stirn. Er würde nicht noch einmal auf sie schießen müssen.

»Danke, dass Sie sie haben gehen lassen, Sir. Die Polizei ist auf dem Weg«, sagte die Angestellte über den Lautsprecher.

Gut. Ich will das hinter mich bringen.

Schwache Sirenen ertönten von außerhalb des Ladens,

kaum hörbar über David Bowie und Bing Crosbys »Little Drummer Boy«.

»Was wollen Sie von meinem Dad?«, fragte Jake.

»Halt den Mund, Kleiner.«

Zeit zu warten. Pa-ram-pam-pam-pam.

Ava saß mit Mason auf der Rückbank von ASAC Ben Duncans SUV, der zum Supermarkt raste. Sie umklammerte Masons Hand, während er aus dem Fenster starrte. Weitere Details der Geschichte, die er ihr zuvor im Bett erzählt hatte, waren aus ihm herausgesprudelt, als sie ins Fahrzeug gestiegen waren, aber jetzt war er merkwürdig still.

Mason hatte nach dem Anruf des Entführers in McKenzies Haus langsam sein Handy gesenkt und erklärt: »Ich weiß, wo er ist.«

Sie und die anderen Gesetzeshüter hatten den Atem angehalten.

»Es ist Kent Jopek. Ich habe seinen Sohn getötet.« Er hatte seine toten Augen auf Ava gerichtet. »Er ist der Vater des Jungen, von dem ich dir erzählt habe.«

»Das war nicht deine Schuld!«, hatte Ava geschrien. Sie hätte ihn am liebsten geschüttelt. Alles Leben schien aus Mason gewichen zu sein, als er fassungslos in McKenzies Haus stand.

»Das ist egal. Kent gibt mir die Schuld. Und jetzt will er, dass ich genauso leide wie er. Er wird Jake töten.« Mason hatte ein paar Mal geblinzelt und den Kopf geschüttelt. »Er ist im Safeway auf der Fifteenth in Portland«, hatte er zu Duncan gesagt. »Im Tiefkühlgang.«

Duncan hatte sofort alles in die Wege geleitet und das FBI-Büro in Portland angerufen, um das SWAT-Team der Zweigstelle anzufordern. Er fand heraus, dass die Polizei von Portland und ihr Special Emergency Response Team

(SERT) bereits einen Anruf wegen einer Geiselnahme in dem Supermarkt erhalten hatten.

Und jemand in dem Supermarkt war bereits angeschossen worden.

»Er ist verrückt«, murmelte Ava auf dem Rücksitz. »Warum? Warum glaubt er, dass das das Richtige ist?«

»Ich weiß es nicht«, antwortete Mason. »Er sagte etwas davon, das Gleichgewicht wiederherzustellen. Ich schätze, das bedeutet, dass ich meinen Sohn verlieren werde, so wie er seinen verloren hat.« Er starrte aus dem Fenster.

»Nein, wirst du nicht«, erklärte Ava. Wut kochte in ihr hoch. Jopek mochte vielleicht irgendwelche Psychospielchen mit Mason und allen anderen spielen, aber er würde verlieren. »Das FBI wird Jake da rausholen.«

»Sie haben keine Zeit«, sagte Mason. »Sie werden es nicht einmal rechtzeitig in Position schaffen. Das SERT wird zuerst da sein. Die sind gut, aber nicht so gut wie ihr.«

»Wir werden tun, was wir können, wenn wir da sind. Wir müssen mit ihm reden, sehen, was er will.« Jakes trauriges Gesicht füllte ihre Gedanken. Der arme Junge hatte in den letzten Tagen so viel durchgemacht. Seine Familie hatte sich nach Henleys Entführung in Zombies verwandelt, und er hatte allein klarkommen müssen, so gut er konnte. Sie hatte es versucht. Sie hatte die anderen Erwachsenen angesprochen und ihre Bedenken geäußert. Hatte sie nicht genug getan?

»Ich werde ihm in den Arsch treten dafür, dass er das Haus verlassen hat«, fluchte Mason. »Wir haben ihm gesagt, er soll nirgendwo hingehen.«

»Dieser Kerl hat offensichtlich alles, was mit Jake zu tun hatte, genau beobachtet. Er hätte nicht aufgehört, bis er Jake gehabt hätte. Ich wünschte, wir hätten gewusst, dass Jake sein wahres Ziel war.«

»Die Polizei sagt, die Person, die angeschossen wurde, war eine ältere Frau.« Duncan drehte sich vom Beifahrersitz um. »Sie ist auf dem Weg ins Krankenhaus. Ich weiß nicht, wie schlimm es ist. Er hat sie aus nächster Nähe angeschossen, als sie versuchte, den Jungen von ihm wegzuholen.«

»Mein Gott«, hauchte Ava.

»Er hat sich mit Jake in einem Gang verschanzt. Sieht so aus, als wären die einzigen Waffen ein Messer und eine Pistole.«

»Beim ersten Mal gab es keine Pistole«, sagte Mason. »Außer meiner und der meines Partners. Der Obdachlose hatte nur ein Messer.«

»Ich schätze, diesmal will er für Chancengleichheit sorgen«, erwiderte Duncan. Er sah Ava an. »Unser SWAT-Team wird noch nicht da sein. Das örtliche SERT-Team hat einen Verhandlungsführer vor Ort. Sie haben die meiste Erfahrung mit Verhandlungen im Büro. Bist du bereit, ihn zur unterstützen, bis das Team eintrifft?«

»Absolut.« Adrenalin schoss durch ihre Adern. Dies könnte die wichtigste Verhandlung ihres Lebens werden.

»Wir holen Ihren Jungen zurück«, sagte Duncan zu Mason. »Jopek muss eine verletzliche Seite haben, wenn er sich mitten in einem Gang verschanzt hat.«

Ava warf einen Blick auf Mason, der von Duncans Worten nicht ermutigt schien, aber er nickte dem Mann zu. »Scharfschützen?«, fragte er.

»Ja. Wir bringen unsere mit, und ich weiß, dass SERT auch welche haben wird. Irgendjemand wird freie Schussbahn haben«, sagte Duncan.

Masons Gesicht wurde blass, und Ava erinnerte sich, dass er geglaubt hatte, eine freie Schussbahn zu haben.

»Du warst kein ausgebildeter Scharfschütze«, sagte sie

und drückte seine Hand. »Und wenn du nichts getan hättest, wäre sein Sohn trotzdem tot.«

»Das wissen wir nicht mit Sicherheit«, erklärte Mason.

Ava fragte sich, wie oft er über diesen Tag nachdachte. Mason setzte sich aufrechter auf seinen Platz und schaute aus dem Fenster, die Anspannung in seinem Gesicht wuchs.

Sie fuhren auf den Parkplatz eines Supermarktes, und Galle schoss ihr in den Magen.

Jetzt geht's los.

Mason stieg aus dem FBI-Fahrzeug und setzte seinen Hut auf. Der Parkplatz war überfüllt. Die Polizei von Portland hatte den Bereich bereits abgesperrt und befragte Zeugen, die sich fröstelnd an einem Ende des Parkplatzes zusammendrängten. *Waren alle Kunden aus dem Laden raus?* Ein SERT-Fahrzeug parkte direkt vor einem der Eingänge. Männer in militärisch anmutender Ausrüstung versammelten sich auf der sicheren Seite des Fahrzeugs und erhielten ein Briefing. Zwei Polizeiwagen blockierten die anderen Türen. Fahrzeuge der Polizei von Portland und des Multnomah County strömten kontinuierlich auf den Parkplatz. ASAC Duncan blieb neben Mason stehen und überflog den Parkplatz. »Wer ist unser Mann?«, murmelte er.

Mason zeigte auf eine Gruppe von Polizisten aus Portland und entdeckte einen Captain in der Gruppe, der anscheinend Befehle erteilte. »Genau da.« Er und Ava folgten Duncan und zwei anderen Agents zu der Gruppe, die sie misstrauisch beäugte.

Duncan stellte sie vor.

»Sie sind derjenige, der die Identifizierung gemacht hat?«, fragte Captain Hale Duncan.

Duncan zeigte auf Mason. »Er hat den Anruf vom Entführer erhalten. Er ist der Vater Ihrer Geisel.«

Hales Augen verengten sich. »Sie sind Mason Callahan? Und Sie sind bei der OSP?«

»Schwerverbrechen«, antwortete Mason. »Dieser Verdächtige hat vor zwanzig Jahren seinen Sohn bei einer Schießerei in diesem Laden verloren. Ich war an diesem Tag dort.«

Der Captain nickte. »Der Filialleiter sagte, es habe vor langer Zeit eine Schießerei an genau derselben Stelle gegeben. Ich hatte keine Zeit, das zu überprüfen.«

»Tiefkühlgang?«, fragte Mason.

»Ja. Er hat einen Teenager bei sich und verlangt ständig nach Ihnen. Er macht deutlich, dass er mit niemand anderem verhandeln wird.«

»Wer spricht mit ihm?«, fragte Duncan.

»Einer unserer Geiselnahmenverhandler ist gerade drin.«

»Unser SWAT-Team ist auf dem Weg, aber ich habe eine Verhandlungsführerin bei mir.« Duncan deutete auf Ava. »Macht es Ihnen etwas aus, wenn sie Ihrem Mann unter die Arme greift?«

»Wir nehmen jede Hilfe, die wir kriegen können. Ich will nicht, dass das hier übel endet«, sagte Hale. Er musterte Ava. »Aber wenn er anfängt zu reagieren, nur weil Sie eine Frau sind, sind Sie da raus. Manche Arschlöcher nehmen es nicht gut auf, von einer Frau ‚gemanagt' zu werden.«

Avas Schultern versteiften sich. »Ich weiß. Und wenn ich ihn nervös mache, werde ich mich zurückziehen.«

»Die Filialleiterin hat anfangs ein wenig über die Gegensprechanlage mit ihm gesprochen. Sie ist eine besonnene Frau, und es schien ihm nichts auszumachen«, sagte Hale. »Sie hat alle Kunden aus dem Laden gescheucht und ihn sogar dazu gebracht, die Frau freizulassen, die er angeschossen hat. Der Kerl – Sie sagen, sein Name ist Kent?«

»Kent Jopek«, erklärte Mason. »Wie geht es der Frau, die er angeschossen hat?«

Captain Hale blickte finster. »Er hat ihr in die Schulter geschossen. Sie konnte den Gang aus eigener Kraft verlassen. Die Sanitäter schienen zu denken, dass sie durchkommen würde. Es sah nicht so aus, als hätte sie zu viel Blut verloren. Sie ist hart im Nehmen. Alle anderen Kunden sind beim Anblick seiner Waffe geflohen, aber sie kam immer näher und bat ihn, den Jungen gehen zu lassen.«

»Mutig«, sagte Mason. »Dumm, aber mutig. Haben Sie Scharfschützen in Position?«

»Noch nicht. SERT arbeitet an einer Einweisung und einem Plan.« Hale deutete auf die Gruppe beim gepanzerten SERT-Fahrzeug.

»Sind die Scharfschützen gut?«, konnte Mason sich nicht verkneifen zu fragen.

Hale runzelte die Stirn. »Natürlich. Dafür werden sie ja ausgebildet.«

»Ich weiß. Ich weiß. Ich musste einfach fragen. Ich war derjenige, der an dem Tag schießen musste. Es ist nicht gut ausgegangen.« Der Anblick der Spezialgewehre machte ihn nervös. Er musste den Männern, die diese Waffen hielten, vertrauen.

»Können Sie uns sonst noch etwas über diesen Kerl erzählen?«, fragte Hale.

»Nicht wirklich«, antwortete Mason. »Mein Schusswaffengebrauch wurde als gerechtfertigt eingestuft, aber es hängt mir seit zwei Jahrzehnten nach. Ich kann mir kaum vorstellen, was es mit ihm gemacht hat.«

»Offensichtlich schwelt das schon eine lange Zeit in ihm«, sagte Ava. »Es hat ihn dazu gebracht, Masons Sohn zu entführen und nachzustellen, wie sein eigener Sohn gestorben ist. Möglicherweise glaubt er, nichts mehr zu verlieren zu haben.«

»Aber ich habe alles zu verlieren«, stellte Mason fest. »Und er will genau das. Er hat mich Stück für Stück zermürbt und ich habe es nicht gemerkt. Er hat Josie getötet …«

»Was?«, riefen Duncan und Ava gleichzeitig.

»Er hat es mir am Telefon gesagt. Er hat mir eine Falle gestellt. Ich bin mir nicht sicher, warum er das getan hat, außer um mir das Leben zur Hölle zu machen.«

»Moment mal. Wovon reden Sie?«, fragte Captain Hale.

Mason sah dem Captain in die Augen. »Ich bin wegen des Mordes an einer meiner Informantinnen beurlaubt.«

»Ja, ich habe davon gehört. Ein Detective der OSP. Das waren Sie?« Hales Brauen zogen sich zusammen.

»Ja. Jopek hat mir eine Falle gestellt. Und jetzt das.«

Einer der Polizeibeamten aus Portland in schwerer SEK-Ausrüstung joggte zu ihrer kleinen Gruppe und sprach Hale an. »Corello sagt, der Typ da drin fragt ständig nach Mason Callahan. Corello kommt bei den Verhandlungen mit diesem Kerl nicht weiter, bis Callahan eintrifft.«

»Das wäre dann wohl ich.« Mason hob eine Hand in Richtung des behelmten Beamten. »Haben Sie zwei zusätzliche Westen?« Er sah zu Ava. »Ich schätze, da gehen wir zusammen rein.«

»Nein, das werden wir nicht«, erklärte Ava. Sie sah Duncan an. »Wenn er darauf wartet, dass Mason auftaucht, um Jake vor seinen Augen zu erschießen, dann werden wir Mason nicht als Erstes da reinmarschieren lassen. Wir brauchen von ihm die Zusicherung, dass er nicht sofort schießt, wenn er Mason sieht.«

»Warte mal …«, setzte Mason an.

»Sie hat recht«, sagte Duncan. »Eine der wichtigsten

Verhandlungsregeln. Er muss etwas für uns tun, bevor wir ihm geben, was er will. Sie sind hier. Damit können wir anfangen.« Er sah zu Hale. »Sagen Sie Ihrem Unterhändler, dass wir eine von uns zur Unterstützung schicken.«

Hale musterte Ava. »Wir schicken Ihnen eine Eskorte mit rein.«

Sie schüttelte den Kopf. »Nein. Er weiß, dass Sie hier sind. Eine sichtbare Machtdemonstration draußen ist gut, aber wir müssen ihn nicht noch weiter einschüchtern. Wenn ich allein reingehe, ist das weit weniger bedrohlich, und das verschafft Ihnen etwas Zeit, um Ihren Plan zu optimieren.« Sie nahm die Weste, die Hale ihr reichte.

Mason fühlte, wie der Boden unter seinen Füßen schwankte. »Nein. Das ist nicht richtig. Du kannst da nicht reingehen. Er ist verrückt. Er will mich sehen. Das ist, was wir tun sollten.«

Ava blickte nicht auf, während sie ihre Weste anlegte.

»Sie hält sich an die Vorschriften«, sagte Duncan. »Wir wissen, wie das geht.«

Das war Mason egal. Er hatte die Seminare des FBI zu Geiselverhandlungen besucht und wusste, dass deren Vorschriften verdammt gut waren. Aber das änderte nichts daran, dass Ava in die Höhle des Löwen ging. Allein. Jeder Urinstinkt in ihm wollte ihr befehlen, in Duncans Fahrzeug zu steigen und dort zu bleiben.

Sie blickte auf und hielt seinem Blick stand, ihr Ausdruck war rein professionell. Special Agent Ava McLane war eine hochqualifizierte Fachkraft. Und er musste sich damit abfinden und sie ihre Arbeit machen lassen.

»Verdammte Scheiße.« Mason funkelte jedes Mitglied der Gruppe wütend an.

Ava zog eine Augenbraue hoch. »Kommst du damit klar?«

»Ja.«

»Wenn ich dich reinrufe, folgst du meinen Anweisungen. Ich sage dir, was du sagen und tun sollst. Keine Cowboy-Nummern.«

»Ja, Ma'am«, säuselte er.

Ihre Augen wurden weicher. »Wir holen ihn da raus. Hab Vertrauen.«

Mason nickte. Er hatte sich in seinem ganzen Leben noch nie so hilflos gefühlt.

25

Schweiß rann Ava den Rücken hinunter. Die Glastüren glitten zischend auf, als sie herantrat. Die geliehene Schutzweste fühlte sich schwerer an als die, die sie im Kofferraum ihres Wagens aufbewahrte. Sie hatte seit Jahren keine Verhandlung mehr geführt. Der Chef-Verhandlungsführer des FBI-Büros in Portland hielt gerade einen Vortrag in Quantico, und der Verhandlungsführer des CARD-Teams war in dem Moment, als sie Henley gefunden hatten, in ein Flugzeug zu einem laufenden Einsatz in Texas gesprungen. Genau in diesem Moment war Ava die Agentin mit der meisten Erfahrung. Die Verhandlungsregeln kreisten in ihrem Kopf.

Ihn beruhigen. Seine Ziele, Motivation und emotionalen Bedürfnisse herausfinden.

Aufrichtig sein.

Sie holte tief Luft, als sie auf den Verhandlungsführer des SERT-Teams zuschritt, der an einer der mittleren Kassen stand. Sie hatte die Polizei von Portland draußen gewarnt, dass sie gegenüber Jopek die Rolle des FBI hochspielen und es so aussehen lassen würde, als wären sie angerauscht gekommen, um den Einsatz zu übernehmen, und würden nun das SERT-Team der Portland Police auf Abstand halten. Jopek sollte das Gefühl bekommen, wichtig genug zu sein, um das Eingreifen des FBI zu rechtfertigen.

»Kent, eine Agentin vom FBI kommt zu mir. Sie wird bei mir hinter der Kasse bleiben«, sprach Corello über den Lautsprecher, als sie näherkam.

Ihn nicht aufschrecken.

Sie nickte Corello zu und streckte ihm die Hand hin. »Ava McLane.«

»Bereit dafür?« Corello war ein kompakter Mann in den Fünfzigern mit gütigen Augen, aber sie konnte die absolute Konzentration hinter der Ruhe erkennen.

»So bereit, wie ich nur sein kann. Was haben Sie bis jetzt?«

»Nicht viel. Er wird nicht reden, bevor Mason Callahan hier ist. Ist er mit Ihnen angekommen?«

»Ja, aber ich lasse ihn nicht rein, bis Jopek zustimmt, dem Jungen nichts anzutun, sobald er Mason sieht.«

»Natürlich«, stimmte Corello zu.

Ava blickte schließlich den Gang hinunter und traf Jakes Blick. Seine Augen waren weit aufgerissen, und sie nickte ihm beruhigend zu. Kent Jopek starrte sie an, und sie blickte ruhig zurück. Kent sah nicht wie ein Mörder aus. Er sah aus wie der nette ältere Herr von nebenan, der einem seinen Rasentrimmer borgte. Verschmiertes Blut auf dem Boden verriet ihr, wo die Frau angeschossen worden war. Und es erinnerte sie daran, dass Kent absolut fähig war, jemanden zu erschießen. Corello reichte ihr den Hörer der telefonähnlichen Sprechanlage.

»Mr. Jopek«, sprach sie in den Hörer. »Ich bin Special Agent Ava McLane. Ich weiß, dass Sie auf Mason Callahan warten, und ich möchte, dass Sie wissen, dass er mit der

Polizei von Portland draußen ist.« Ihre Stimme hallte durch den leeren Laden und klang selbst für ihre kritischen Ohren sanft und friedlich.

»Holen Sie ihn hier rein!«, schrie Kent ihr entgegen. Er lehnte an einer der Kühltruhentüren, seine Waffe in ihre Richtung gerichtet und sein anderer Arm hielt Jake fest an seine Brust gedrückt, das Messer in der Hand.

»Mr. Jopek«, begann Ava. »Ich habe ein Anliegen, in dem ich zuerst Ihr Wort brauche. Detective Callahan ist hier, damit Sie mit ihm reden können, aber das FBI muss wissen, dass Sie Jake nicht in dem Moment verletzen werden, in dem Sie ihn sehen.«

Kent sagte nichts.

»Ich bin hier, um Ihnen zu helfen, aus dieser Situation herauszukommen, ohne jemanden weiter zu verletzen. Das ist mein Hauptziel. Wenn es Ihnen dabei hilft, mit Mason Callahan zu sprechen, werden wir ihn reinholen. Aber wenn es nur dazu führt, dass Sie ihn oder Jake erschießen, dann habe ich ein Problem.«

»Sie haben Henley freigelassen. Sie haben sie an einem sicheren Ort zurückgelassen und uns wissen lassen, wo wir sie finden können. Das sagt mir, dass Sie einem Kind nichts antun wollten. Bisher ist alles, was passiert ist, dass Sie Jake festhalten. Das ist kein schweres Vergehen. Er ist nicht viel älter als Henley, also kann ich mir nicht vorstellen, dass Sie ihm wehtun wollen. Das würde diese Situation nur noch schlimmer machen.«

Die Konsequenzen für den Täter immer minimal klingen lassen.

»Ach ja? Was ist mit der Frau, die ich gerade angeschossen habe?«

»Es wird ihr gut gehen«, erklärte Ava und hoffte, dass es wahr war. »Sie hätten sie ernsthaft verletzen können, aber

Sie haben sich dagegen entschieden. Und wie ich verstanden habe, ist sie auf Sie zugekommen, ist das richtig?«

»Ja. Sie ist nicht zurückgewichen. Ich habe sie gewarnt!«

»Das haben Sie sicher, Mr. Jopek. Und das spricht für Sie. Im Moment ist diese Situation also beherrschbar. Geben wir der Polizei draußen keinen Grund, wütend zu werden.«

»Sagen Sie mir nicht, was ich tun soll!«, schnauzte er.

»Dann sagen Sie mir bitte, was Sie wollen«, sagte Ava. »Mason ist hier. Wie gesagt, wenn Sie mit ihm sprechen wollen, brauche ich das Versprechen, dass Sie nicht anfangen zu schießen. Möchten Sie ihm etwas Bestimmtes sagen?«

Ihn nicht bestärken, indem man Zugeständnisse macht, ohne etwas dafür zu bekommen.

»Verdammt richtig, ich will mit ihm reden. Ich habe es schon zehnmal gesagt!«

»Also, wenn ich ihn hereinbringe, damit Sie mit ihm sprechen können, werden Sie nur mit ihm reden? Ich kann ihn dazu bringen, zu bleiben und sich anzuhören, was Sie zu sagen haben. Sie müssen Jake nicht festhalten, damit Mason zuhört.«

»Holen Sie ihn hier rein!«

»Das werde ich. Und ich werde das SERT-Team aus Portland auf Abstand halten, solange Sie zustimmen, nicht auf ihn oder Jake zu schießen«, erklärte Ava und drängte auf eine Zusage des Mannes.

Betonen, dass es die Situation verschlimmert, wenn jemand verletzt wird.

Kent war still, aber Ava merkte, dass er scharf nachdachte. Er wollte Mason vor sich haben, aber ihm wurde klar, dass das nicht passieren würde, wenn er keine Zugeständnisse machte.

»Mr. Jopek, können Sie aufhören, die Waffe auf uns beide zu richten? Das macht das SERT-Team nur nervös«, bat Ava.

»Gut gemacht«, murmelte Corello, als Kent die Waffe bewegte.

»Danke«, sagte sie in den Lautsprecher. »Glauben Sie mir, das hat den Stresspegel draußen bei allen gesenkt. Sorgen wir dafür, dass sie entspannt bleiben, okay?« Der größte Teil der Ladenfront bestand aus Glas. Ava wusste nicht, wie gut die Sicht des SERT-Teams war, aber sie war sich ziemlich sicher, dass mindestens ein Scharfschütze Kent Jopek im Visier hatte.

Kent blickte weg, und Ava ließ den Hörer sinken. »Lassen wir ihn eine Weile darüber schmoren«, sagte sie zu Corello. »Er muss wissen, dass seine Taten beeinflussen, wie er da draußen wahrgenommen wird. Und ich will, dass er langsam einsieht, dass es ein anderes Ergebnis geben kann als das, was er sich in seinem Kopf ausgemalt hat.« Sie glaubte fest an eine Demonstration der Stärke. Es sollte den Geiselnehmer daran erinnern, dass schlimme Konsequenzen drohten, wenn er falsch reagierte. Es gab einen Zeitpunkt für energische taktische Manöver, aber so weit waren sie noch nicht. Das SERT-Team konnte warten. Noch war es an der Zeit zu reden, ihm auf den Zahn zu fühlen.

»Sie sind gut«, stellte Corello fest. »Ihre Stimme hat einen Klang, bei dem ich mich am liebsten ins Bett verkriechen und ein Nickerchen machen würde.«

Ava schnaubte. »Danke. Ich bin froh, dass er mich akzeptiert hat.«

»So entspannt habe ich ihn noch nicht gesehen«, sagte

Corello. »Seine Nervosität hat sich gelegt. Sie haben ihn zum Nachdenken gebracht.«

»Glauben Sie, er ist suizidgefährdet?«, flüsterte sie.

»Ich weiß nicht«, sagte Corello. »Das geht mir die ganze Zeit durch den Kopf. Er verhält sich nicht so, als wäre alles hoffnungslos. Er wirkt sehr entschlossen. Die Selbstmordkandidaten, mit denen ich zu tun hatte, haben sich immer so verhalten, als ob die Welt unterginge und sie einfach nicht wüssten, wie sie weitermachen sollen. Das sehe ich hier nicht.«

In ihren Augen sah Kent Jopek immer noch wie ein Mann aus, der zum Töten bereit war. Aber würde er es tun? Sie hatte den Mord an Masons Informantin Josie nicht zur Sprache gebracht. Und sie würde es auch nicht ansprechen, es sei denn, Kent erwähnte es zuerst. Soweit Kent wusste, hatte sie keine Kenntnis davon. Sie wischte sich den Schweiß von den Schläfen. »Er muss sich noch wegen des Todes seines Sohnes Luft machen. Und er muss es Callahan sagen. Meine Sorge ist, was er geplant hat, nachdem er sich Luft gemacht hat. Ist sein Ziel, Jake zu erschießen, damit Callahan genauso leidet wie er? Und was dann? Suicide by Cop?«

»Sagen Sie dem SWAT-Team, es soll wegbleiben!«, schrie Kent.

»Die werden sich aus dem Laden fernhalten, solange Sie niemanden verletzen. Darauf haben Sie mein Wort. Das FBI ist nicht daran interessiert, eine Schießerei anzuzetteln«, sagte Ava.

»Die werden das so schnell wie möglich beenden wollen!«, schrie Kent zurück.

Setze niemals eine Frist. Zeit lässt den Zorn verfliegen.

»Nein, werden sie nicht«, sagte Ava ruhig. »Hier hat das FBI das Sagen, und ich werde Sie nicht hetzen. Die Jungs von der Portland Police werden sich zurückhalten, bis ich es sage.«

»Entschuldigung«, murmelte sie zu Corello, angesichts der übertriebenen Position der Behörde, die sie für Kent ausgespielt hatte.

»Das ist mir scheißegal«, sagte Corello. »Sagen Sie, was immer Sie sagen müssen, um das hier friedlich zu beenden.«

»Okay«, schrie Kent. »Ich werde niemanden erschießen. Schicken Sie Callahan rein.«

Ava musterte den Mann. »Danke, Kent. Ich werde Sie beim Wort nehmen und Corello sagen lassen, dass man ihn reinschicken soll.« Sie nickte Corello zu, der sein Handy ans Ohr hielt. »Da Sie niemanden erschießen werden, sind Sie bereit, die Pistole niederzulegen?«

»Nein«, schrie er sie an, und sein Arm um Jake spannte sich an.

»Das ist in Ordnung. Sie wissen, dass ich zumindest fragen muss, oder?«, fragte Ava. »Sie können die Pistole behalten. Wie wäre es mit dem Messer? Wozu brauchen Sie das Messer, wenn Sie die Schusswaffe haben?«

»Halten Sie den Mund.« Diesmal schrie Kent nicht. Nicht so wie bei der Pistole.

Sie wertete es als gutes Zeichen. Vielleicht hing er nicht so sehr an dem Messer wie an der Schusswaffe.

»Okay. Aber ich werde Mason nicht in Ihre Nähe lassen, solange Sie ein Messer haben. Er wird hier bei uns bleiben. Ich werde dafür sorgen, dass er alles hört, was Sie ihm zu sagen haben.«

»Beeilen Sie sich.«

Sie blickte zu Corello, der nickte. Mason würde nicht zögern. Er war bereit gewesen, den Laden zu stürmen, sobald sie angekommen waren. »Er kommt«, sagte sie zu

Kent. »Sie werden die Gelegenheit bekommen, mit ihm zu reden.« Sie wiederholte diese Tatsache und wollte Kent damit klarmachen, dass er nur mit Mason sprach, weil sie es erlaubt hatte.

Sie hörte das Surren der Türen und drehte sich um, um zu sehen, wie Mason hereinschritt, mit entschlossenem Ausdruck in seinem Gesicht, bereit, seinen Sohn zu retten.

Die lebhaften Klänge von Mannheim Steamrollers »Carol ft he Bells« erfüllten das Geschäft, und Mason wusste, dass er dieses Lied für den Rest seines Lebens hassen würde. Er hatte diesen Supermarkt zwei Jahrzehnte lang gemieden. Er fuhr nie an diesem speziellen Laden vorbei und nahm sogar einen Umweg in Kauf. Er ertrug es nicht, dieses verdammte Schild zu sehen. Er vermied es sogar, in anderen Safeways einzukaufen.

Ava stand mit Corello an einer der mittleren Kassen. Sie wirkte winzig in dem riesigen Laden, und er sagte sich im Stillen, dass sie absolut in der Lage war, auf sich selbst aufzupassen. Wahrscheinlich besser als er.

Er hatte über Corellos offene Telefonleitung mitgehört. Ava hielt sich ans Protokoll, und sie brachte Kent dazu, zuzuhören. Er hielt ihren Blick fest, als er auf sie zuschritt. Gott sei Dank hatte Kent nicht auf sie geschossen. Mason hatte dem Mann jedes Mal, wenn er Ava angeschrien hatte, wehtun wollen. Sie sah ruhig und beherrscht aus; sie war im Arbeitsmodus, ihre Gefühle weggesperrt. Etwas, das er sehr gut verstand. Das Pochen des Pulses an ihrem Hals verriet ihm, dass sie in höchster Alarmbereitschaft war. Genau wie er.

»Ich bin Corello.« Der andere Verhandlungsführer streckte Mason die Hand entgegen. Er sah aus, als sollte er Volkswirtschaftslehre an der Uni unterrichten, anstatt mit

Entführern zu verhandeln. Mason schüttelte seine Hand und blickte an der Kasse vorbei den Gang hinunter.

Jakes ruhiger Blick traf seinen. Seine Lippen bewegten sich: »Dad.«

Gott sei Dank geht es Jake gut. Jakes Hände waren hinter ihm gefesselt, und er stand mit gespreizten Beinen fest auf dem Boden, um das Gleichgewicht zu halten. Das einzige Anzeichen für ein Problem war der Arm eines Mörders um Jakes Hals, ein Messer in der einen, eine Pistole in der anderen Hand, die auf Masons Kopf gerichtet war.

Hass durchströmte Mason, und seine Hände wurden feucht. Seine Handflächen juckten danach, seine Waffe zu ziehen, um den Mann zu bestrafen.

Du hast seinen Sohn getötet. Zweifellos beruht das Gefühl auf Gegenseitigkeit.

Mason blickte Kent Jopek in die Augen und spürte den Hass. Er überkam ihn wie eine erstickende Masse. Der Mann hatte seinen Hass zwei Jahrzehnte lang genährt, und in diesem Augenblick war Mason der Empfänger jedes einzelnen Körnchens davon.

»Kent, würden Sie die Waffe bitte nicht in unsere Richtung richten?«, fragte Ava. »Geben wir dem SERT-Team keinen Grund, schießwütig zu werden.«

Kent Jopek ließ die Waffe langsam sinken und hielt Masons Blick fest.

Nach dem Tod seines Sohnes hatte er Kent ein paar Mal gesehen. Es hatte eine offizielle Untersuchung des Vorfalls gegeben und den Versuch einer Zivilklage, die aber im Sande verlaufen war. Auf Anraten seines Anwalts hatte Mason nie Kontakt zur Familie Jopek aufgenommen. Er wusste, dass die Familie versucht hatte, den Vorfall in den Medien aufzubauschen, aber es hatte zu viele Augenzeugen gegeben, die sich eindeutig auf Masons Seite gestellt hatten. Sowohl in der Öffentlichkeit als auch von offizieller Seite herrschte Einigkeit, dass Mason korrekt gehandelt hatte.

Das half jedoch einer Familie nicht, die um ihren Sohn trauerte.

Genauso wenig vertrieb es Masons eigene Albträume, in denen er einem unschuldigen Jungen in den Kopf schoss.

Kent Jopek hatte sich kaum verändert. Er war immer noch ein großer Mann mit festem Blick, aber jetzt war sein Haar grau. Tiefe Falten zogen sich um seinen Mund – der Ausdruck eines Mannes, der unter ständigem seelischem Schmerz litt.

Weihnachtsmusik dröhnte in Masons Ohren.

»Wie lautet Ihre Version der Geschichte?«, fragte Corello Mason.

»Vor zwanzig Jahren wurde ich genau hier zu einem Einsatz gerufen, bei dem ein Obdachloser Kents Sohn ein Messer an den Hals hielt. Er fing an, dem Jungen die Kehle aufzuschlitzen, und ich schoss und traf beide. Der Junge hat es nicht überlebt. Jopek gibt mir die Schuld. Jetzt hat er meinen Sohn.« Mason wandte den Blick nicht von Jake ab.

»Um Himmels willen«, murmelte Corello.

»Mr. Jopek«, sagte Ava über die Sprechanlage. »Mason ist hier, um sich anzuhören, was Sie zu sagen haben. Was möchten Sie ihm sagen?«

Mason wappnete sich für eine Flut von Beschimpfungen. Stattdessen starrte Kent Jopek ihn nur an.

Er wartete. Jake drehte den Kopf ein kleines bisschen, als wollte er zu seinem Entführer zurückblicken, um zu sehen, ob es einen Grund gab, warum der Mann nicht sprach. Kent ruckte mit dem Arm, und Jake erstarrte.

Mason nahm Ava den Hörer der Sprechanlage aus der Hand. Ihr Blick warnte ihn, und er schenkte ihr ein schwaches Lächeln. Er hielt den Hörer an seinen Mund und verlor völlig den Faden.

Was wollte er dem Mann sagen?

Jede Nacht erlebe ich den Tag, an dem Ihr Sohn starb, aufs Neue.

Ich kann mir Ihren Schmerz nicht vorstellen.

Ich würde es wieder ganz genauso tun.

Jeder Satz war falsch. Angesichts der Erfahrung dieses Mannes waren sie oberflächlich. Wie konnte er Kent bitten, seinen Sohn gehen zu lassen?

»Bitte lassen Sie Jake gehen.« Masons flehentliche Bitte hallte aus den Lautsprechern. Es gab nichts, was er sagen konnte, um die Vergangenheit zu ändern oder den Schmerz dieses Mannes zu lindern. Er musste sagen, was ihm auf dem Herzen lag.

Kent löste endlich den Blickkontakt und schaute auf den Boden.

»Ich habe jedes Jahr Wyatts Grab besucht«, gestand Mason.

Sein Blick schnellte zurück zu Mason, Unglaube spiegelte sich in seinen Augen. »Quatsch.«

Mason schluckte schwer. »Es ist die Wahrheit.« Er beschrieb detailliert den Grabstein des Jungen und dessen Standort. »Ich habe Jake sogar ein paar Mal mitgenommen. Er weiß, dass ich den Tod eines Jungen verursacht habe.«

Kent sagte etwas zu Jake, das Mason nicht hören konnte. Jake nickte als Antwort.

»Ich erlebe diesen Tag jede Nacht aufs Neue. Manchmal mehrmals pro Nacht«, sagte Mason.

Kent beugte sich ein wenig vor, seine Augen gierten nach Masons Worten.

»Manchmal, in meinen Träumen, verfehlt mein Schuss sein Ziel.«

Der Mann nickte leicht. Zweifellos hatte er denselben Traum gehabt.

»Aber das spielt keine Rolle. Das Ergebnis ändert sich nie«, sagte Mason und beobachtete, wie sich die Augen des Mannes verengten. Kent hatte sicher unzählige Träume, in denen Wyatt unversehrt davonkam.

»Als Wyatt in dem Moment aufsprang, als ich feuerte, wusste ich, was passieren würde. Ich habe mir eine Million Mal gewünscht, ich hätte diese Kugel zurückholen können.«

Kent stieß einen zittrigen Atemzug aus.

»Mein Leben war nie wieder dasselbe«, sagte Mason.

»Wagen Sie es ja nicht, Ihren Schmerz mit meinem zu vergleichen«, zischte Kent. »Sie haben nicht die geringste Ahnung, was ich durchgemacht habe. Ich habe zugesehen, wie mein Sohn starb, ermordet von jemandem, der ihn eigentlich beschützen sollte.«

Aus dem Augenwinkel sah Mason, wie Ava sich anspannte. Ein Fehltritt. Er hatte Jopeks Abwehrmechanismen ausgelöst.

»Ich kann mir nicht einmal annähernd ...«, setzte Mason an.

»Ich hielt ihn in meinen Armen und spürte die Zerstörung, die Ihre Kugel in seinem Kopf angerichtet hatte.« Kents Waffe wanderte wieder nach oben und zielte auf Mason. »Ich konnte die scharfen Kanten seines zerbrochenen Schädels fühlen. Innen war es weich.« Seine Stimme wurde lauter. »Ich habe versucht, ihn wieder zusammenzusetzen!«

Ava griff nach dem Hörer. »Kent, bitte richten Sie die Waffe nicht auf uns. Denken Sie daran, draußen beobachten uns Augen.«

Kent senkte die Waffe und den Blick, doch sein Körper zitterte vor Anstrengung.

»Wir verlieren ihn«, murmelte Corello. »Sorgen Sie dafür, dass er sich wieder konzentriert.«

»Das ist Ihre Chance, Mason zu sagen, was Sie ihm sagen wollten, erinnern Sie sich?«, fuhr Ava fort. »Bisher hat hauptsächlich er geredet. Was soll er von Ihnen hören?«

Mason sah zu, wie der Mann versuchte, seine Gefühle in den Griff zu bekommen. Und er fühlte mit ihm. Der Mann suchte nach Antworten und versuchte, eine Situation zu bereinigen, in der er glaubte, Unrecht erlitten zu haben.

»Ich habe zwei gescheiterte Ehen hinter mir«, erklärte Kent und starrte auf den Boden. »Ich kann nicht mit einer Frau zusammenbleiben, weil sie nicht verstehen, was das mit mir gemacht hat. Ich bin Alkoholiker. Ich habe seit drei Jahren keinen Tropfen mehr angerührt, aber es gab eine Zeit, da habe ich nur getrunken. Ich habe Jobs verloren. Ich habe mein Zuhause verloren.« Er blickte zu Mason auf. »Ich habe die Spirituosenläden abgeklappert. Ich wollte nicht, dass die Angestellten darüber urteilen, wie viel Alkohol ich kaufe, also bin ich dreißig Kilometer extra gefahren, damit ich nie mehr als einmal im Monat in denselben Laden musste.«

Mason hörte zu.

»Da wurde mir klar, dass ich die Kontrolle übernehmen musste. Ich wollte mein Leben nicht mehr von äußeren Umständen bestimmen lassen«, fuhr Kent fort. »Ich habe mit dem Trinken aufgehört. Jedes Mal, wenn ich nicht am Spirituosengeschäft anhielt, war das ein Erfolg, den es zu feiern galt. Ich habe bewiesen, dass ich die Macht hatte, mein Leben zu ändern. Ich beschloss, auch andere Dinge zu ändern. Ich musste meine Gesundheit wiedererlangen, also habe ich es in die Tat umgesetzt. Reine Willenskraft. Mentale Stärke hat mich gerettet.«

Mason verstand. So hatte er seine Scheidung überlebt.

Er hatte auf Autopilot geschaltet und das Programm auf optimalen Betrieb eingestellt. Von außen betrachtet sah er ziemlich gut aus.

Man darf nur nicht zu tief blicken.

Masons Fassade hatte Risse.

Und die von Kent Jopek auch.

»Aber ich konnte die Albträume nicht loswerden. Ich hatte jede wache Minute unter Kontrolle, aber sobald ich einschlief, sprach Wyatt mit mir und flehte mich an, ihn zu retten. Also fasste ich, wie bei allem anderen auch, einen Plan, um die Dinge zu ändern.« Kent sah Mason direkt an.

Etwas in ihm hat sich gerade verändert. Etwas stimmt mit seinen Augen nicht.

In Masons Kopf ging eine Alarmglocke los, sein Körper spannte sich an. Corello und Ava holten beide tief Luft. Sie sahen es auch. Kent hatte seine Gefühle vollkommen von seinen Taten losgelöst.

»Ich musste Sie zerstören, genauso wie ich zerstört worden war. Stück für Stück. Was war Ihnen wichtig? Was konnte ich Ihnen wegnehmen? Ich habe Sie beobachtet, Callahan. Wochenlang habe ich zugesehen, wie Sie Ihr Leben führen.« Kent lachte kurz auf. »Wissen Sie was? Ihr Leben ist ein Dreck. Sie arbeiten. Das ist alles. Ihr Zuhause ist eine kahle, leere Kiste. Sie haben keine Dates. Sie treffen sich nicht mit Freunden. Also musste ich dort zuschlagen, wo ich konnte. Phase eins war Ihr Job, denn der schien alles zu sein, was Sie hatten.«

Kent war erfolgreich gewesen. Dass ihm der Respekt seiner Kollegen und seine Position unter den Füßen weggezogen worden waren, hatte Mason emotional beinahe aus der Bahn geworfen. Er hatte Glück gehabt, dass er sich auf Henleys Fall konzentrieren konnte und dass Ava ihm die Augen geöffnet hatte.

»Ich hatte versucht, diesen Jungen zu schnappen.« Kent drückte seinen Arm fester um Jakes Hals, und das Gesicht des Jungen färbte sich rosa.

Mason verlagerte sein Gewicht auf die Fußballen, sprungbereit.

»Ruhig«, flüsterte Ava.

Er hielt den Atem an.

»Ich konnte ihn nicht erwischen. Dreimal habe ich es versucht. Ich habe mich mit dem Mädchen zufriedengegeben, weil sie ein leichtes Ziel war. Ich dachte, sie würde vielleicht genügen, aber es hat mich nicht befriedigt. Sie stand Ihrem Leben nicht nahe genug. Ihr Tod hätte nicht das Ausmaß an Schmerz verursacht, das ich wollte.«

Dreimal? Masons Magen verkrampfte sich. Jake würde das Haus nie wieder verlassen.

»Und dann war ich verdammt überrascht, als ich herausfand, dass Sie sich einen Hund zugelegt hatten. Wyatt hatte einen Hund. Ich habe ihn weggegeben, nachdem er gestorben war. Hunde und Jungen gehören zusammen. Danach war in meinem Leben kein Platz mehr dafür.«

Ava hob langsam den Hörer, um zu sprechen. »Sie haben Henley und den Hund laufen lassen. Warum?«, fragte sie leise.

Mason spürte, wie ihre Stimme wie heiße Schokolade durch ihn floss, und sein Rücken entspannte sich. Sie hatte eine besondere Gabe, die sowohl bei Kent als auch bei ihm selbst wirkte.

Kent zuckte mit den Schultern und sah weg. »Sie zu töten, hätte Ihnen nicht so wehgetan, wie ich es brauchte.«

Er richtete seinen adlerscharfen Blick wieder auf Mason. »Ich wollte Sie ins Herz treffen. Der Verlust des Hundes und des Mädchens hätte sie getroffen, aber es wäre nichts im Vergleich zum Schmerz über den Verlust Ihres

Sohnes gewesen. Ich wusste, ich musste zu meinem ursprünglichen Plan zurückkehren, um Sie vollständig zu zerstören.« Er drehte die Hand mit dem Messer in die Nähe von Jakes Ohr und legte die Klinge an die Lebensader an Jakes Hals. Genau dort, wo der Obdachlose sein Messer an Wyatts Hals gehalten hatte.

»Ich weiß, wohin ich zielen muss, um Ihr Herz zu treffen«, sagte er zu Mason, während er langsam seine Waffe hob.

Blut trat an Jakes Hals hervor, während Mason aufschrie; sein Blick war auf die Bewegung von Kents Klinge verengt.

Die Zeit verlangsamte sich.

Kent feuerte und Ava keuchte auf. Mason zog seine Waffe und hörte, wie hinter ihm mit dem Knall eines Gewehrschusses die Fenster zersprangen. Kent zuckte nach rechts, riss Jake zu Boden, als er sich wegdrehte. Kent rannte in den hinteren Teil des Ladens und lief im Zickzack, um weiterem Scharfschützenfeuer zu entgehen.

Neben Mason keuchte Ava erneut auf und beugte sich über die Kasse, die Hand auf ihre Schulter gepresst. Blut floss unter ihrer Hand hervor. Kents Kugel hatte sie erwischt. Mason erstarrte, hin- und hergerissen zwischen Ava, Jake und Kent.

Wer zuerst?

Corello packte Avas Arm, stieß sie zu Boden und drückte auf ihre Schulter.

»Los!«, schrie sie Mason an. »Geh zu Jake.« Ihre blauen Augen flehten. »Mir wird nichts passieren.«

Corello blickte mit grimmiger Miene auf und nickte.

Mason raste um die Kasse herum, fiel neben Jake auf dem Boden des Tiefkühlgangs auf die Knie und fuhr mit den Händen über seinen Sohn, um ihn auf Schusswunden zu untersuchen. »Jake!«

»Dad! Mir geht's gut.« Jake wand sich in seinem Griff. »Ich wurde nicht getroffen.«

Er schlang seine Arme um Jake, während sie auf dem Boden lagen. Mason drückte fest zu und versuchte, sein rasendes Herz zu beruhigen. *Jake ist in Sicherheit.* Mason neigte den Kiefer seines Sohnes zur Seite, um sich seinen Hals anzusehen. Der Schnitt an Jakes Hals war oberflächlich. Nichts Lebensbedrohliches. Er stand auf und zog Jake mit sich hoch. »Leg dich hinter der Kasse zu Ava. Und bleib da, bis sie dich aus dem Laden holen!«, befahl er und gab dem Jungen einen Schubs in die richtige Richtung. Jake stolperte, seine Arme immer noch hinter dem Rücken gefesselt. Er fand sein Gleichgewicht und drehte sich um, um Mason anzusehen.

»Was ist mit dir?«, fragte Jake mit großen Augen.

»Ich muss diesen Mistkerl aufhalten.«

Mason hörte Rufe wie »Alle runter!«, als das SEK-Team in den Laden stürmte. Er gehorchte nicht. Er würde Kent Jopek zuerst finden.

Er rannte den Gang entlang und folgte den Blutstropfen.

Jopek war getroffen worden.

26

Die Tropfen führten zu den doppelten Schwingtüren im hinteren Bereich des Ladens. Mason holte tief Luft, warf einen kurzen Blick durch das trübe Plastikfenster in einer der Türen und stieß sie dann mit vorgehaltener Waffe auf.

Im Lagerraum des Lebensmittelgeschäfts war es still, die fröhliche Weihnachtsmusik war auf die Gänge des Ladens beschränkt. Der Boden wechselte von hochglanzpolierten Fliesen zu Beton, und die Beleuchtung wurde schwächer. Der hintere Teil des Ladens war wie eine Garage. Hohe Decken, unverputzte Wände und überall war Mist gestapelt: Kisten, Wischmopps, Besen, beschädigte, unverkäufliche Waren. Paletten mit Lebensmitteln in Pappkartons, die in durchsichtige Plastikfolie eingewickelt waren, warteten darauf, geöffnet und ausgepackt zu werden. Mason überflog den Raum. Die Blutspur führte nach links, um die Ecke eines riesigen Kühlraums.

Er folgte ihr.

Von vorne aus dem Laden waren Rufe zu hören, wo das

SERT-Team methodisch die Gänge sicherte. Jeden Augenblick würden sie die Blutspur finden.

Sollen sie sich doch um Kent kümmern.

Sieh lieber nach Ava.

Er konnte es nicht. Er machte weiter. Er musste den Mann finden, dessen Leben er vor zwei Jahrzehnten zerstört hatte. Er konnte Kent Jopek nicht einfach entkommen lassen. Ein Teil von ihm hatte das Gefühl, er schulde dem Mann etwas. Aber was? Er hatte beinahe Jake, Henley und Ava getötet. Er hatte Josie Mueller getötet.

Du schuldest ihm gar nichts.

Mason hatte sich zwanzig Jahre lang mit dem Schmerz gequält, den er Kent zugefügt hatte; es war schwer, seine Denkweise zu ändern. Innerhalb von vier Tagen hatte der Mann das Leben von Masons Familie entwurzelt. Er verdiente es nicht, mit Samthandschuhen angefasst zu werden. Kent Jopek war jetzt ein Zerstörer, kein Opfer mehr, und Mason musste das endlich begreifen.

Er hat Josie kaltblütig ermordet.

Mason verlangsamte seine Schritte. Zweifellos würde Kent schießen, sobald er ihn sah. Er spähte um die Ecke des Kühlraums, um einen schnellen Blick auf den Weg dahinter zu erhaschen.

Die Luft war rein.

Er trat schnell um die Ecke, die Waffe vor sich, die Augen auf jede Bewegung gerichtet. Die Bluttropfen folgten der Rückwand des Kühlraums. Mason bewegte sich vorwärts und lauschte angestrengt nach Kent. Hohe Paletten mit Lebensmitteln und eine Kartonpresse bildeten einen schmalen Gang hinter dem Kühlraum. Er ging weiter und spähte zwischen den Paletten mit Trockenwaren hindurch, als er daran vorbeikam.

Draußen ertönte das leise Heulen einer Krankenwagensirene, was Mason seine Jagd beinahe aufgeben ließ. *Ava?* Die Schusswunde an ihrem Oberarm hatte nicht schlimm ausgesehen. Aber was, wenn die Kugel mehr als nur ihren Arm getroffen hatte? *Verdammt.* Hätte sie das nicht erwähnt?

Ein Rascheln war vor ihm zu seiner Linken zu hören.

»Kent?«, fragte er leise.

»Bleiben Sie weg, Callahan.«

Mason setzte seinen Weg fort. Das Blut bog um die andere Seite des Kühlraums ab. Er blieb an der Ecke stehen und stellte sich vor, wie Kent auf der anderen Seite mit seiner Waffe auf die Stelle zielte, von der er glaubte, dass Masons Kopf dort zuerst erscheinen würde.

»Sie sind angeschossen«, stellte Mason das Offensichtliche fest.

»Kein Scheiß«, kam die Stimme um die Ecke. In den Worten lag keine Kraft.

»Das SERT wird jeden Moment hier sein. Sie bringen Sie ins Krankenhaus.« Mason fragte sich, wie schwer er verletzt war. Die Bluttropfen waren zu einem Rinnsal geworden, während er sich am Kühlraum entlangbewegt hatte.

»Ich gehe nicht ins Krankenhaus.«

»Wohin wollen Sie denn gehen?«

Kent antwortete nicht.

»Ich komme jetzt um diese Ecke. Werden Sie schießen?«, fragte Mason.

Ein langes Schweigen ließ Mason vermuten, dass der Mann das Bewusstsein verloren hatte.

»Nein, ich werde nicht schießen.« Kents Stimme war leise.

Sollte er hingehen? Mason zögerte. Er wollte derjenige sein, der Kent für die Verbrechen, die er den Menschen in seiner Nähe angetan hatte, zur Strecke brachte. Aber das Klügste wäre, auf das SERT-Team zu warten.

»Ich werde wieder bei meinem Sohn sein«, sagte Kent.

Mason wirbelte um die Ecke, seine Waffe auf Kent gerichtet. Der Mann saß in der Ecke auf dem Boden, an die Wand gelehnt, die Füße vor sich ausgestreckt. Der Schuss des Scharfschützen hatte mehr Schaden angerichtet, als Mason angenommen hatte. Blut tränkte die Vorderseite von Kents Jacke und sammelte sich links von ihm auf dem Boden. Sein Blick hob sich nur langsam zu Mason. Er umklammerte seine Waffe an seiner blutigen Brust; seine andere Hand lag nutzlos neben ihm. Er sah auf Masons Waffe und dann in Masons Augen.

»Ich kann ihn rufen hören«, sagte er. Seine Augen kämpften darum, zu fokussieren.

Mason hörte, wie draußen im Verkaufsraum Befehle gebrüllt wurden. »Ich glaube, Sie hören das SERT-Team«, sagte Mason. Kent sah aus wie ein Mann, der aufgegeben hatte, und Mason spürte einen Anflug von Mitgefühl.

»Nein, es ist Wyatt. Er sagt mir, ich soll mich beeilen.«

Rufe von »Los, los, los!« hallten in den hinteren Raum.

Mason ging vor den Füßen des geschlagenen Mannes in die Hocke, seine Waffe bereit. »Ich wollte Ihrem Sohn nie wehtun. Ich tat, was ich für richtig hielt. Und ich weiß, ich hätte nicht anders gehandelt.«

Kent nickte und zuckte vor Schmerz zusammen, als er sich auf dem Boden bewegte. »Das tut verdammt weh.«

»Tut mir leid.«

»Der Schmerz fühlt sich irgendwie gut an, wissen Sie? Ich spüre tatsächlich etwas außer dieser verdammten Leere in meinem Herzen.«

Mason wusste nicht, was er sagen sollte.

»Ich gehe nicht ins Gefängnis«, erklärte Kent und sah

Mason wieder in die Augen. »Das kann ich nicht. Ich war zwanzig Jahre lang im Gefängnis.«

»Sie wissen nicht, ob das passieren wird.«

»Doch, das weiß ich. Ich habe diese Prostituierte getötet und es so aussehen lassen, als wären Sie dort gewesen. Ich musste es brutal und wütend aussehen lassen. Ich wollte, dass die Szene Sie und jeden, der sie sah, verstört.«

»Haben Sie Jakes Koffer genommen?«

Kent schnaubte. »Ja, ich war am Verzweifeln. Ich dachte schon, ich würde Ihren Sohn nie in die Finger bekommen. Ich hatte gehofft, im Koffer etwas zu finden, mit dem ich ihn anlocken könnte, aber stattdessen fand ich schmutzige Wäsche und ein Stofftier.«

Mason bemerkte die wachsende Blutlache zu Kents linker Seite.

»Wir sind hier hinten!«, rief Mason dem SERT-Team zu. »Er ist am Boden!«

»Nein!«, flüsterte Kent. »Halten Sie sie fern.«

Mason streckte die Hand aus, um die Waffe aus Kents Hand auf seiner Brust zu nehmen. »Geben Sie sie mir.«

Kent schüttelte den Kopf, riss sich die Waffe in den Mund und drückte ab.

Mason kämpfte gegen den Brechreiz, während drei Mitglieder des SERT-Teams versuchten, Kent Jopek wiederzubeleben.

Warum habe ich ihm die Waffe nicht früher abgenommen?

Mason war vor Schock nach hinten gefallen, als Kent blitzschnell die Waffe gegen sich selbst gerichtet hatte und sein Blut an die Wand hinter ihm gespritzt war. Er war von der Leiche weggerutscht, einen Sekundenbruchteil bevor das SERT-Team in den hinteren Raum stürmte. Jetzt saß Mason auf dem Boden, den Rücken gegen einen Stapel

Paletten gelehnt. Ein schwer gepanzerter Beamter fragte ihn, ob er verletzt sei, und Mason schüttelte den Kopf.

Er konnte nicht sprechen. Der Schock verschlug ihm die Stimme.

Mason hatte Kents Selbstmord nicht kommen sehen. Es war keine Zeit gewesen, irgendwelche Anzeichen zu deuten.

Die Beamten brüllten Befehle und taten so, als hätten sie die Wiederbelebung hundertmal geübt. Mason starrte auf Kents Füße, die unter den Bewegungen der Beamten zuckten, obwohl er wusste, dass ihre Versuche aussichtslos waren. Niemand konnte eine solche Hirnverletzung überleben.

Jake sprintete vom anderen Ende des Kühlraums herein, zwei SERT-Mitglieder dicht auf den Fersen, die ihm zuriefen, er solle stehen bleiben. »Dad!«, schrie er, als er Mason auf dem Boden sah.

Mason hob eine Hand, während Jake zu ihm rannte. »Ich bin nicht verletzt.«

»Ich habe einen Schuss gehört!« Jake fiel keuchend auf die Knie.

Mason zeigte auf die Beamten, die fieberhaft an Kent arbeiteten. »Er hat sich erschossen.«

Jake sah hin und sprang wieder auf. »Hört auf!«, schrie er die Beamten an. »Helft ihm doch nicht!« Er stürzte sich auf einen Beamten, wurde aber von einem, der ihm durch den hinteren Raum gefolgt war, um die Taille gepackt.

»Jake!« Mason sprang auf und riss seinen Sohn von dem Beamten weg. »Was machst du da?«

»Lassen sie ihn! Halt sie auf!«

Mason schüttelte den Jungen, sodass Jake ihn ansehen musste. »Die machen nur ihren Job!«

»Lass nicht zu, dass sie ihn retten«, flehte Jake, während

ihm Tränen über das Gesicht liefen. »Er kommt zurück und tut uns das wieder an!«

Mason zog seinen Sohn an seine Brust. »Es ist vorbei«, sagte er ihm leise ins Ohr. »Er ist schon fort. Sie können ihn nicht retten. Er wird nicht zurückkommen.«

Jake stieß ein erschüttertes Schluchzen aus und brach in den Armen seines Vaters zusammen.

27

Es klopfte an der Krankenhaustür, dann wurde sie aufgestoßen. Mason sprang auf und zupfte an dem zerknitterten Hemd, das er die ganze Nacht getragen hatte, während er versuchte, in dem unbequemen Krankenhausstuhl zu schlafen.

ASAC Duncan spähte um die Tür herum und sein Blick traf den von Mason. »Stört es, wenn ich reinkomme?«

Avas Boss war mehr als willkommen, denn Mason wollte ein paar Antworten haben. Der Agent schlich praktisch auf Zehenspitzen ins Zimmer und beäugte die im Bett schlafende Ava. »Wie geht es ihr?«

»Gut. Sie kam gegen Mitternacht aus dem OP. Sie war im Aufwachraum eine Weile wach, hat dann aber die ganze Nacht durchgeschlafen. Wer weiß, wie vollgepumpt mit Schmerzmitteln sie ist.«

»Ihre Operation ist gut verlaufen?«, fragte Duncan.

Mason vermutete, dass er bereits einen vollständigen Bericht vom Chirurgen selbst erhalten hatte. »Ja, ihr Oberarm wird für den Rest ihres Lebens bei Metalldetektoren Alarm auslösen, aber sie dürfte fast die volle Bewegungsfreiheit zurückerlangen.« *Mit der Zeit. Und nach jeder Menge Physiotherapie.*

»Das ist gut.« Die beiden Männer standen schweigend da und beobachteten die schlafende Agentin.

»Wir haben heute Nacht Kent Jopeks Wohnung durchsucht«, erklärte Duncan.

Mason war sofort hellhörig. »Und?«

Duncan schüttelte den Kopf. »Er hatte praktisch einen Schrein für Sie.«

»Was?« Mason schmeckte Galle im Hals. Er schielte zu der Plastikschüssel auf dem Tisch neben Avas Bett.

»Er hatte einen Ordner mit jedem Zeitungsartikel, in dem Sie jemals erwähnt wurden. Ausdrucke aus dem Internet und all seine juristischen Unterlagen von seinem Zivilprozess und der Untersuchung der Schießerei.«

Schwindel überkam Mason. Er setzte sich und rieb sich über das Gesicht.

»Er hatte Jakes Stundenplan und wir haben die Belege für seine Flugtickets nach North Carolina gefunden. Eine Speicherkarte voller Bilder von Jake auf dem Campus, Henley an ihrer Bushaltestelle, Ihrem Haus und von Ihnen bei der Arbeit an verschiedenen Orten. Er hatte auch ein selbstgebasteltes Set zur Übertragung von Fingerabdrücken. Ich nehme an, die, die wir darin gefunden haben, werden Ihre sein. Ich glaube nicht, dass Sie noch lange beurlaubt sein werden.«

Heilige Scheiße. »Er hat mir gesagt, dass er Josie getötet hat.«

Duncan fuhr fort. »Der gestohlene Minivan war in seiner Garage und seine Chevy-Limousine stand auf dem Safeway-Parkplatz.«

»Ich fasse es nicht«, murmelte Mason.

»Neben denen von Ihnen und Jake hatte er auch einen

Haufen Fotos von Wyatt überall im Haus. Es gab sogar ein Kinderzimmer, das für einen kleinen Jungen eingerichtet war. Kent hat erst drei Jahre in dieser Wohnung gelebt, also hat Wyatt offensichtlich nie dort geschlafen. Ich frage mich, ob es eine Nachbildung seines alten Zimmers ist. Es sieht so aus, als ob Henley in einem kleinen, verschlossenen Raum in seinem Keller festgehalten wurde. Wir haben etwas Essen, Wasser und Bettzeug gefunden. Sogar ein paar Bücher.«

Mason stieß einen dankbaren Atemzug aus. Er hatte sich vorgestellt, dass das Mädchen an einem viel schlimmeren Ort festgehalten worden war.

»Sanford war dabei, als Henley und ihre Eltern in der Notaufnahme wiedervereint wurden. Er sagte, es gab kein trockenes Auge im Krankenhaus. Einschließlich aller Krankenschwestern und Polizisten. Henley war von den Strapazen nur dehydriert. Sie haben sie nicht einmal über Nacht dabehalten.« Duncans Miene wurde düster. »Und sie wurde nicht sexuell missbraucht oder überhaupt misshandelt. Bei ihr war alles in bester Ordnung.«

»Gott sei Dank. Das hätte auch ganz anders ausgehen können.«

Duncan nickte. »Amen. Oh, und ich soll Ihnen ausrichten, dass die Frau von der Such- und Rettungsmannschaft Ihren Hund mit zu sich nach Hause genommen hat, bis Sie ihn abholen können.«

»Bingo«, sagte Mason und erinnerte sich an den Namen, den Henley dem Hund gegeben hatte. »Ich weiß nicht, ob er wirklich mein Hund ist. Ich glaube, er gehört zu Henley«, sagte er langsam und bemerkte, dass er den pelzigen, schwarzen Mischling ziemlich ins Herz geschlossen hatte.

»Ich glaube nicht, dass das eine Option ist«, sagte Duncan. »Sanford hat mir erzählt, dass Henleys Mutter in der Notaufnahme einen Niesanfall bekam, weil das Mädchen voller Hundehaare war. Die Krankenschwestern wollten ihr schon ein Antihistaminikum spritzen«, sagte er mit einem Lächeln. »Sieht so aus, als würden Sie Ihren Hund zurückbekommen.«

Mason unterdrückte ein Lächeln. Bingo hatte sich einen Ehrenplatz in seinem Zuhause verdient. Er würde ihm sogar das teure Hundefutter kaufen.

»Jake sagt, bei den Fairbanks ist immer noch die Polizei.« Mason war nach der Schießerei mehrere Stunden im Safeway-Supermarkt gewesen und dann direkt ins Krankenhaus gefahren, um im Wartezimmer zu sitzen, während Ava operiert wurde. Jetzt war es fast 8 Uhr.

»Ja, wir haben immer noch ein Team im Haus, das dort bleiben wird, bis sich das ganze Chaos gelegt hat. Wahrscheinlich ein oder zwei Tage.«

Jake hatte ihm letzte Nacht ein paar Mal geschrieben und nach Avas Zustand gefragt. Mason hatte die unpersönliche Art der Textnachrichten nicht gefallen. Er hatte sich vorgenommen, ein Handy zu besorgen, mit dem man Videoanrufe machen konnte. Auf diese Weise konnte er seinen Sohn sehen, wann immer er wollte. Und Mason würde immer wissen, wer am anderen Ende der Leitung war.

»Wir haben auch herausgefunden, dass Kent seine Bankkonten aufgelöst hatte. Er hat auch ein paar Abschiedsbriefe an seine Ex-Freundinnen hinterlassen.«

Der Mann war von Anfang an suizidgefährdet gewesen.

»Ich glaube, wir hatten verdammt viel Glück, dass er niemanden mit in den Tod gerissen hat«, sagte Duncan. »Ich glaube, das war sein ursprünglicher Plan. Er wollte entweder Sie oder Jake erledigen und sich dann das Leben nehmen.«

»Er sagte, er wolle seinen Sohn sehen«, erklärte Mason. Sein Gehirn rotierte. *Wie knapp waren er und Jake gestern dem Tod entronnen?*

»Ava hat gute Arbeit geleistet und ihn beruhigt.« Duncan blickte zu der im Bett schlafenden Frau.

»Ja, und dann bin ich reingekommen und habe ihn auf die Palme gebracht.«

»Es ist gut ausgegangen.«

»Das hängt von Ihrer Definition von ‚gut' ab«, widersprach Mason.

»Henley ist heil und gesund zu Hause. Genauso wie Jake und Sie. Ava wird es auch bald sein. Ich nenne das ein verdammt gutes Ende.« Duncan warf einen weiteren Blick auf Ava. »Ich fahre jetzt nach Hause, um zu duschen, und dann zurück ins Büro. Lassen Sie mich später wissen, wie es ihr geht.« Er schritt zur Tür, öffnete sie und hielt inne, um Mason anzulächeln. »Frohe Weihnachten.«

Mason blinzelte. Es war Weihnachten. »Ihnen auch«, erwiderte er automatisch.

Duncan war verschwunden.

Mason zog seinen Stuhl an Avas Bett und ergriff ihre gesunde Hand, als er sich setzte. »Frohe Weihnachten«, sagte er leise.

Das erste von vielen, die noch kommen würden, beschloss er. Er würde Ava McLane nicht so bald aus seinem Leben gehen lassen. Sie hatte sich in sein Herz geschlichen, und er hatte vor, sie dort zu behalten. Ihre Augen öffneten sich, und sie sah ihn direkt an und lächelte leicht.

»Ist er weg?«, flüsterte sie.

»Warst du wach?«

»Ich bin aufgewacht, während er geredet hat. Ich wollte

mich nicht mit dem Dienstkram vom Bureau befassen«, sagte sie.

Mason gluckste. »Du hast uns beide an der Nase herumgeführt. Ich bezweifle, dass er dich heute Morgen in die Mangel genommen hätte.«

»Du kennst Ben Duncan nicht sehr gut. Bewusstlos zu sein ist die einzige Möglichkeit, seinen Fragen zu entgehen.« Sie gähnte und zuckte zusammen, als die Bewegung ihre bandagierte Schulter dehnte. »Bin ich noch an einem Stück?«

»Ja, der Gnade Gottes und Kents schlechter Zielsicherheit sei Dank. Jetzt bist du eine halbe Cyborgfrau. Der Chirurg schien sehr zufrieden mit sich zu sein, also glaube ich, dass du gut funktionieren wirst.«

»Hört sich so an, als würde ich eine Weile Hilfe brauchen«, sagte sie und blickte ihm mit ihren blauen Augen direkt in seine.

»Ich werde dir jede Hilfe geben, die du brauchst. Beim Anziehen, Baden, Essen.«

»Das könnte eine große Aufgabe werden. Ich bin ziemlich anspruchsvoll«, erklärte Ava.

Er starrte sie an. »Wieso glaube ich dir das nicht?«

»Ich kann schwierig sein. Ich bin sehr eigen, was die Erledigung von Dingen angeht.«

Mason lächelte und beugte sich näher zu ihr. »Dann bin ich dein Mann. Jeder mit anspruchsvollem Geschmack will, dass ich ihm beim Anziehen helfe.«

»Was schlägst du vor, Detective?«

»Ich schlage vor, dass du dich eine Weile auf mich verlässt«, sagte er leise. »Komm zur Ruhe, heile, und schau, ob es dir gefällt, mich jeden Tag zu sehen.«

Ihre Augen weiteten sich, als seine Worte bei ihr ankamen.

Waren sie auf einer Wellenlänge?

»Ava? Bist du hier drin?« Ohne ein Klopfen flog die Tür auf und Jayne fegte ins Krankenzimmer, ihr blondes Haar wehte hinter ihr her. Sie hatte zwei Pflaster von ihrem Autounfall im Gesicht und ihre Hand steckte in einer Stoffschiene.

Mason sprang auf und stellte sich vor Avas Zwillingsschwester, bevor sie ans Bett stürmen konnte. »Langsam!«

»Jayne? Was machst du hier?«, fragte Ava mit überraschtem Gesicht.

»Das Krankenhaus hat mich benachrichtigt. Das ist ja mal ein Rollentausch«, sagte Jayne mit einem breiten Lächeln. Sie musterte das Bett, das Zimmer, das Fenster und Mason innerhalb von zwei Sekunden. Die Frau wirkte für einen Krankenhausbesuch um acht Uhr morgens ziemlich aufgedreht.

Ihre Pupillen waren riesig.

Scheiße. Was hat sie genommen?

»Normalerweise bin ich diejenige im Krankenhausbett.« Jayne lachte, als wäre es der cleverste Witz der Welt. »Ich habe so ein Glück, dass meine Verletzungen von diesem dummen Autounfall nicht allzu ernst waren.«

Mason hielt eine Hand auf dem gesunden Arm des Zwillings. Energie vibrierte unter seinen Fingern. Das war keine Überdosis Espresso. Jayne blinzelte zu oft, und ein Zucken erschütterte ihre Schultern, was ihn schmerzlich an Josie bei seinem letzten Besuch erinnerte, bevor sie ermordet worden war.

Meth?

»Frohe Weihnachten, Liebes!«, quietschte Jayne und versuchte, sich aus Masons Griff zu befreien, um ihre Schwester zu umarmen. »Lassen Sie los.« Sie zerrte an ihrem Arm, und ein Stirnrunzeln vertiefte die Falten zwischen ihren Brauen.

»Nein«, sagte Mason. »Fassen Sie ihre Schulter nicht an. Sie wurde operiert.«

»Ich gebe ihr nur einen Kuss auf die Stirn.«

Mason ließ langsam los, und Jayne drückte Ava einen Kuss auf die Stirn. Avas Miene veränderte sich nicht. Sie beobachtete ihre Schwester einfach nur.

»Ich muss los. Ich konnte nur eine Minute entbehren. Ich rufe dich später an.« Jayne winkte Mason mit ihrer bandagierten Hand zu und hüpfte praktisch zur Tür. »Tschüsschen, ihr Lieben.«

Stille erfüllte den Raum.

AVA SAH ZU, wie die Tür hinter ihrem Zwilling ins Schloss fiel. Tränen brannten ihr in den Augen. Sie blinzelte heftig. *Ich lasse nicht zu, dass sie mich zum Weinen bringt*. Sie wischte sich übers Gesicht.

Mason schien sprachlos zu sein. Er wandte seine braunen Augen ihr zu, seine Lippen waren vor Schock leicht geöffnet. Er schüttelte den Kopf, und ein finsterer Blick zog seine Mundwinkel nach unten. »Und ich dachte, ich könnte nach unserem ersten Treffen nicht noch mehr überrascht sein. Sie hat keine einzige Frage zu deinen Verletzungen gestellt.«

Ava versuchte, mit den Schultern zu zucken, und ein scharfer Schmerz schoss ihr links den Hals hoch.

»Sie stand unter Drogen«, stellte Mason fest.

»Das tut sie meistens.«

Mason setzte sich vorsichtig auf die Kante ihres Bettes

und nahm ihre gesunde Hand, rieb ihre Finger in seinem Griff. »Du bist überhaupt nicht wie sie.«

»Ich weiß.« Ava kämpfte darum, die Tränen zurückzuhalten.

»Nein. Hör mir zu«, sagte Mason, beugte sich vor und betonte jedes Wort. »Du bist randvoll mit Fürsorge. Jede verdammte Zelle in deinem Körper sorgt sich um die Menschen um dich herum. Sogar um die, die verrückt sind und dich wie Dreck behandeln. Das macht dich zu einer wahnsinnig guten Agentin. Als ich dich gestern mit Kent reden hörte, konnte ich echte Sorge in deiner Stimme hören.«

»Ich wollte nicht, dass jemand verletzt wird«, flüsterte Ava.

»Glaubst du, Jayne kümmert es, ob jemand verletzt wird?«

Ava rieb sich die Nase und suchte nach einer anderen Antwort als der, die in ihrem Kopf schrie. »Nein«, gab sie schließlich zu.

»Diese Frau denkt nur an sich selbst. Vielleicht sind es die Drogen, aber ich glaube, die verstärken nur den wahren Charakter.«

Er hat so recht.

»Sie war schon immer so«, sagte Ava. »Ich bin überrascht, dass sie mich nicht gefragt hat, wo ihr Weihnachtsgeschenk ist.«

Masons Augen leuchteten auf, als er lächelte.

Avas Herz machte bei diesem attraktiven Anblick einen Sprung. Mason Callahan war etwas ganz Besonderes. Ehrenhaft. Verlässlich. Beständig. Fürsorglich. Definitiv altmodisch, aber das liebte sie an ihm. Sie liebte sogar diesen verdammten Cowboyhut, der immer in Reichweite war. Sein Angebot, bei ihr zu bleiben, während sie sich erholte, hatte sie fast zum Weinen gebracht. Jayne hatte einen wichtigen Moment unterbrochen.

»Du tust mir sehr gut«, sagte sie.

Sein Lächeln wurde breiter. »Mir geht es genauso.«

»Ich hatte gestern Angst, er würde auf dich schießen, wenn du in den Laden kommst. Ich wollte dich nicht reinlassen.«

Sein Lächeln schwand. »Hast du eine Ahnung, wie schwer es für mich war, dich allein in die Höhle des Löwen gehen zu lassen? Ich hätte kotzen können, als die Türen hinter dir zugingen. Duncan wollte mir gerade Handschellen anlegen, damit ich nicht den Laden stürme, als Kent anfing, dich anzuschreien.«

»Wir haben harte Jobs«, sagte Ava langsam. »Zeitaufwendig. Manchmal gefährlich.«

Würde er verstehen, was sie fragte?

Masons Blick wanderte von einem ihrer Augen zum anderen. »Dessen bin ich mir vollkommen bewusst.«

»Schaffen wir das?«, flüsterte sie und legte ihr Herz für ihn offen. »Kann das zwischen uns funktionieren?«

Seine Hand drückte ihre fester. »Erinnerst du dich, wie du mich gefragt hast, ob ich jemals jemanden geliebt habe, bei dem das Gefühl völlig außer Kontrolle war? Wo man die andere Person körperlich spürt, wie sie sich durch die Welt bewegt? Genau dieses Gefühl wächst in mir. Ich habe exakt das gespürt, was du beschrieben hast, und ich möchte es weiterhin jeden Tag mit dir erleben.«

Meine Worte. Er hat mir zugehört. Ihre Kehle schnürte sich zu.

»Ich bin bereit, mein verdammt Bestes zu geben, damit das zwischen uns klappt. Hinter meinem Angebot, bei dir zu bleiben, während du heilst, steckte noch ein anderes Motiv. Ich hatte irgendwie gehofft, dass du süchtig danach wirst, mich um dich zu haben«, fuhr Mason fort. »Du hast ein gewaltiges Stück aus meinem Herzen gerissen, Agent McLane. Ich würde es begrüßen, wenn du sorgfältig damit umgehst. Und ich verspreche, dasselbe zu tun.«

Die Liebe zu ihm durchströmte sie.

»Küss mich«, flehte sie. »Und lass mich nicht mehr los, okay? Versprichst du es?«

»Das ist ein Deal, von dem ich niemals zurücktreten werde.«

Er küsste sie.

ÜBER DIE AUTORIN

Kendra Elliot schaffte es mehrfach auf die Bestsellerliste des Wall Street Journal und hat mehr als vierzehn Millionen Bücher verkauft. Sie ist die preisgekrönte Autorin der Serien »Bone Secrets« und »Callahan & McLane«, der »Mercy Kilpatrick«-Romane und der »Columbia River«-Thriller. Sie ist dreifache Gewinnerin des Daphne du Maurier Award und Finalistin des International Thriller Writers Award. In Deutschland stand sie mit ihrem Thriller »Die verschollene Schwester« wochenlang auf der BILD-Bestsellerliste.

Kendra ist im verregneten Pazifischen Nordwesten der USA geboren und aufgewachsen, lebt jetzt aber am Strand, wo sie den ganzen Tag Flipflops tragen kann.

Weitere Informationen gibt es auf ihrer Website: www.kendraelliot.com

Printed in France by Amazon
Brétigny-sur-Orge, FR

40882060R00239